ro
ro
ro

Matthias Egersdörfer, geboren 1969, studierte zunächst Germanistik und Philosophie, danach Malerei an der Kunstakademie Nürnberg. Seit vielen Jahren ist er als Kabarettist, Komiker, Musiker und Schauspieler bekannt. Für seine Soloprogramme wurde er vielfach ausgezeichnet, u.a. mit dem Deutschen Kleinkunstpreis, dem Bayerischen und dem Österreichischen Kabarettpreis. Er spielt im Franken-«Tatort» mit und ist in Sendungen wie «Die Anstalt» zu sehen. Matthias Egersdörfer lebt in Fürth.

*«Allgemeingültig, knallig, witzig.»* BR24

*«... ein Gesellschaftsbild in authentischem Zeitkolorit.»*
Die Rheinpfalz

MATTHIAS EGERSDÖRFER

# VORSTADTPRINZ

ROMAN
MEINER
KINDHEIT

ROWOHLT TASCHENBUCH VERLAG

Veröffentlicht im Rowohlt Taschenbuch Verlag,
Hamburg, September 2020

Covergestaltung any.way, Barbara Hanke / Cordula Schmidt,
nach einem Entwurf von Frank Ortmann
Coverabbildung Stephan Minx
Satz aus der Joanna
bei Pinkuin Satz und Datentechnik, Berlin
Druck und Bindung CPI books GmbH, Leck, Germany
ISBN 978-3-499-29151-7

Die Rowohlt Verlage haben sich zu einer nachhaltigen Buchproduktion verpflichtet. Gemeinsam mit unseren Partnern und Lieferanten setzen wir uns für eine klimaneutrale Buchproduktion ein, die den Erwerb von Klimazertifikaten zur Kompensation des $CO_2$-Ausstoßes einschließt.
www.klimaneutralerverlag.de

FSC
www.fsc.org
MIX
Papier aus verantwortungsvollen Quellen
FSC® C083411

Jeder bekommt seine Kindheit über den Kopf gestülpt wie einen Eimer. Später erst zeigt sich, was darin war. Aber ein ganzes Leben lang rinnt das an uns herunter, da mag einer die Kleider oder auch Kostüme wechseln wie er will.

Heimito von Doderer

Die Erinnerung ist das einzige Paradies, aus dem wir nicht vertrieben werden können.

Jean Paul

# EINS

ICH bin nicht mehr gewesen als die erste, verschwommene Silbe einer fernen Ahnung. Als feines Fuzelchen einer Schuppe von einem Nichts schwebte ich körperlos in der fernen Weite des Nirgendwo. Aber allein das Wort «schweben» ist schon maßlos übertrieben. Mir fehlte alles, und ich bemerkte es nicht einmal. Wenn man den geringen Dreck unter dem kleinen Fingernagel eines Verwaltungsangestellten einer Firma, die Büroklammern herstellt, hervorholen und auf ein Fensterbrett legen würde und dann für einen kurzen Moment die Sonne zwischen den Wolken auftaucht und der kleine Schmutz einen Schatten wirft, dann war ich ein Hauch davon. Aber das ist immer noch so übertrieben, dass es mich eigentlich maßlos ärgert. Die Wahrheit ist, dass ich noch viel weniger war. Vielleicht könnte man sagen, dass ich die verdunstete Träne einer Ameise gewesen bin, die ein kleiner Babywurm auf einem unentdeckten Planeten ein gutes Stück hinter der Unendlichkeit einmal geträumt hatte. Im Raum des Möglichen schwebte ich reglos als fixe Idee an der Grenze zur Unmöglichkeit.

Kurz gesagt: Mir fehlte einfach alles zum Sein, und selbst das «mir» war nicht vorhanden und von niemandem jemals vorgesehen. Zwischen dem Nachhall dessen, was schon gewesen ist, und dem lautlosen Flimmern von dem, was noch kommen wird, steckte ich fest wie ein zugegipster Dübel in der Wand eines Luftschlosses, ohne Betrübnis oder den Wunsch, dass jemals etwas anders sein könnte. Aber dann sollte sich alles auf einen Schlag grundlegend ändern. Jetzt bin ich ein wenig klüger und kann behaupten, dass es sich damals schon abgezeichnet hatte. Aber das war weit vor meiner Zeit. Mich traf die ganze Geschichte komplett unvorbereitet.

ES müsste nach Ostern passiert sein. Ich bin nicht gut im Rechnen und nehme an, dass meine Eltern in Österreich beim Skifahren gewesen sind. Der Himmel war so makellos blau wie der Lack einer Limousine, die gerade vom Band gelaufen war. Nirgendwo in dieser unendlich hohen und weiten Bläue war auch nur eine kleine Wolke zu sehen. Gott höchstpersönlich hatte sich für diese monochrome Wonne jegliche Trübung, und wäre es auch nur durch einen kleinen, am Rand angedeuteten Dunst, kategorisch verbeten.

Die Sonne spielte die Hauptrolle. Sie übertrieb und schien mit einer derartigen Wucht, dass man sie nicht lange ansehen konnte, ohne fürchten zu müssen zu erblinden. Der Schnee blitzte, glitzte, funkelflimmerte, strahlte und leuchtete in verschwenderischer Pracht. Mein Vater fuhr in reinster Alpenluft mit vollendetem Stil die weiten Hänge hinab. Unter Hunderten, die hier vom Gipfel hinabrauschten, konnte man ihn mühelos erkennen. Mit elegantem Schwung, perfekt parallel gewinkelten Beinen, der lässigen Drehung der Schulter und einem leichten Kräuseln der Mundwinkel tanzte er schwebend die steilsten Abfahrten hinab. Seine stahlblonde Frisur hatte der Fahrtwind schwungvoll nach hinten gekämmt. Einzelne Härchen, die aus seinen kühnen Koteletten herausstanden, waren mit Raureif überzogen. Um den Hals hatte er ein elegantes

Seidentuch gebunden, wie ein Gentleman aus einer Grafschaft im Osten von Wales. Sein Lächeln war geheimnisvoll und entbehrte nicht einer gewissen, wohldosierten Frechheit. Er hatte ein Kreuz wie ein mächtiger Hirsch, und sein Geweih waren seine blauen, leuchtenden Augen. Egal ob Steilhang, Buckelpiste oder Ziehweg, mein Vater fuhr wie ein nobler Zauberer mit seinen beiden Zauberstöcken in geschmackvoller Geschwindigkeit. Höchste Höhen und steilste Hänge konnten ihn nicht schrecken, sondern zogen ihn förmlich an.

Meine Mutter blieb im Tal und vertrieb sich den Tag an kurzen Liften, die Anfänger des Wintersports auf kleine Hügel hinaufzogen. Ihre Art und Weise, bergab durch den Schnee zu fahren, war durchaus zweckdienlich, man hätte es aber auch rustikal nennen können. Mutters hauptsächliches Anliegen bestand darin, bei der Abfahrt nicht zu stürzen. Sie fürchtete Verletzungen. Aber noch mehr scheute sie die Anstrengung, sich von ganz alleine wieder aufrichten zu müssen, wenn sie aus der Bahn und in den Schnee geraten war. Ganz schlank ist meine Frau Mama nie wirklich gewesen. Aber sie war auch nicht dick, sondern auf eine barocke Art verschwenderisch prall. Ihr Fleisch war fest und das Blut, das in ihren Adern floss, glühend in zügelloser Leidenschaft. Ihr Busen war legendär in seiner ganzen einzigartigen Pracht. Diese unbegreiflichen Brüste schafften es binnen Sekunden, das Selbstbewusstsein junger Frauen aus guten Familien mit fundierter Bildung, Hochschulabschluss und integrem Freundeskreis, Frauen zudem, die man ohne jeden Zweifel als optisch reizvoll bezeichnen konnte, unwiederbringlich auszulöschen. Männer aus den verschiedensten Teilen der Welt, Geistesmenschen, Handwerker, Beamte und Ofenbauer verbrachten damals ganze Abende in verrauchten Wirtshäusern in endlosen Diskussionen über die vollen Melonen meiner Mutter. Meine Mutter wusste um deren Wirkmacht und richtete trotzdem rücksichtslos Verheerung mit den Dingern an. Kollateralschäden nahm sie billigend in Kauf.

Die Zauberkraft ihres Vorbaus resultierte neben der Formschönheit aber eben auch aus der eigentlich regelwidrigen Größe der Ballone. Damit einher ging dann auch ein stattliches Gewicht, in dem wohl der eigentliche Grund lag, dass meiner Mutter viel darum zu tun war, beim Wintersport nicht zu stürzen. Es muss einfach sehr mühsam gewesen sein, die beträchtliche Erdanziehungskraft auf die gewichtigen Glocken zu überwinden und sich nach einem Sturz wieder in die aufrechte Position zurückzuversetzen. Dazu kommt, dass meiner Mutter an Unterhaltung mit den Mitmenschen sehr viel mehr gelegen war als am Skifahren. Genau wie schon der Busen alle Formate sprengte, wollte sich auch ihr Mundwerk in keinster Weise schüchtern zurückhalten. Sie plapperte ganztägig und radikal. Diese von ihr so genannten «Unterhaltungen» meiner Mutter bestanden hauptsächlich darin, dass sie ihrem jeweiligen Gegenüber schillernde Einblicke in ihre unkonventionelle Lebensführung gab. Die Welt war ihre Bühne, und meine Mutter hatte den meisten Text. Und wenn das Publikum mal nicht bei der Sache war, forderte sie durch verbale Lautstärke die Konzentration zurück.

Während mein Vater in formvollendeter Schönheit von einer Bergspitze zur nächsten wedelte, brüllte meine Mutter die Talniederung zusammen. Im Drang nach Gründlichkeit und wegen des Rentierens versuchte mein Erzeuger, im Urlaub möglichst flächendeckend das gesamte Skigebiet abzufahren. Die Investition in eine Mehrtageskarte für die Liftanlagen musste sich auszahlen, das gebot ihm seine protestantische Sparsamkeit. Pausen hielt er aus diesem Grund gerne sehr knapp, die Fahrten mit Bergbahn und Lift nutzte er geschickt, um schnell die selbstgeschmierten Brötchen zu vertilgen. Diese zwei mit Butter bestrichenen Semmelhälften, in deren Mitte zwei Scheiben Wurst oder Käse geschmackvoll ruhten, waren in eine Serviette gehüllt und harrten ihrer Verspeisung in Vaters Wimmerl, der Gürteltasche, die er sich um den Bauch geschnallt hatte. In selbiger befanden sich immer griffbereit zwei Gletschereisbonbons, drei in ganz dünnes Papier gewickelte israelische Feigen, zwölf Blätter dreilagiges Klopapier und feinster englischer Schnupftabak in einem kleinen, durchsichtigen grünen Fläschchen. Hatte er an einem Tag einmal für seine Verhältnisse schon viel Strecke abgefahren, gönnte er sich einen Moment Rast auf einer Bergspitze. Dann zog er seine schwarzen Handschuhe aus, klemmte sie zwischen die Beine, klopfte zwei kleine, dunkle Häufchen aus dem grünen Behältnis auf seinen behaarten Handrücken, neigte seine stattliche Nase langsam und saugte dann blitzschnell mit resolutem Geräusch den linken Tabakshügel ins linke Nasenloch und den rechten Tabakshügel ins rechte. Und verschloss, so schnell hat einer nicht «blubb» gesagt, die kleine Nasenpulverflasche, verstaute sie im Wimmerl, streifte die Handschuhe über, holte Schwung, stieß sich mit seinen Stöcken ab und sauste zischend davon.

Meiner Mutter war solcher Ehrgeiz gänzlich fremd. Das Gleiten auf den Skiern war für sie Mittel zum Zweck. Gegen Ende des Tages erfreute sich der Vater an der Vielzahl der Berge, die er hinaufgegondelt und hinuntergefahren war, und meine Mutter empfand Genugtuung, weil inzwischen nahezu das gesamte Skigebiet ihre Lebensgeschichte kannte und bereits ihr unbekannte Menschen aufgrund der Erzählungen begannen, sie auf der Straße zu grüßen.

In diesem Bild von der Mutter und dem Vater, von Schnee, Himmel und Bergen, fehlen eigentlich noch die Großmutter und die beiden Schwestern. Das Ausbleiben der Großmutter an dieser Stelle der Geschichte ist leicht erklärbar. Die Großmutter fuhr nicht auf Skiern und ist vermutlich niemals in ihrem Leben irgendwelche Berge hinabgefahren. Sie hat die Eltern auch niemals zum Skifahren begleitet. Wir können uns die Oma zeitgleich auf ihrem Sofa in der guten Stube vorstellen. Sie sitzt da und horcht in das Haus hinein, und sie hört nicht viel. Vielleicht gluckert die Heizung im Keller, aber nur ganz leise. Vielleicht weht ein Wind ganz sachte durchs Geäst eines Baums im Garten. Der Nachbarshund bellt kurz, eine Amsel schimpft. Die Großmutter hört besonders gern den großen, geradezu symphonischen Klang dessen, wovon man sonst so gar nichts hört. Sie lauscht und genießt die eindrucksvolle Stille, die entstanden ist, weil die Tochter mit ihrem enormen Sprech- und Brülldrang in der Ferne weilt. Die Großmutter ist entzückt davon, wie leise die Welt sein kann, und das ist alles, was man im Augenblick über sie sagen kann. Und die beiden Schwestern? Vielleicht waren sie in diesem Urlaub zugegen. Ich halte es nicht für ausgeschlossen, aber ich möchte an dieser Stelle nicht von ihnen schreiben. Sie wurden jetzt ja zumindest schon einmal erwähnt, das reicht vollkommen, und ich werde noch früh genug von den Schwestern erzählen.

Die letzte Gondel war den Berg hinabgefahren. Der Vater stieg aus den Skistiefeln und hängte die Strümpfe an die dafür aufgespannten Wäscheleinen im Heizungsraum der Pension. Die Mutter hatte an dem Tag in verbaler Hinsicht schon viel geleistet und erlebt und bemalte ihre Lippen mit Lippenstift. Die Sonne machte Platz für den Mond und seine Kumpel. In der Pension roch es nach Pfannkuchensuppe, und die beiden verspeisten ihre Halbpension. Dann, in der Nacht, als Vater und Mutter schon schliefen, zogen Wolken auf. Dichter Nebel verhüllte die Welt, und dicke Schneeflocken fielen vom Himmel. Am nächsten Morgen in der Früh hatte mein Vater gleich nach dem Aufstehen aus dem Fenster des Doppelzimmers geschaut und hoffnungsvoll geraunt: «Das reißt noch auf. Das wird schon. Da oben sehe ich schon wieder freien Himmel.» Aber sein Aus-dem-Fenster-Schauen, seine Beschwörungsformeln in das Schneegestöber hinein sollten nichts bewirken. Es zog sich an diesem Morgen immer mehr zusammen.

Mit leichtem Schmerz, dass die Skiliftkarte für heute gänzlich unbenutzt verfiel – es muss ihm vorgekommen sein, wie wenn man aus Geldscheinen Papierschiffe faltet und sie dann den Fluss hinunterfahren lässt –, vertilgte mein Vater sein Frühstück. Sein Kaffee schmecke heute ein bisschen bitter, befand er. Meiner Mutter schmeckte der Kaffee eigentlich sehr gut. Sie goss Milch dazu und mochte es, wie die dunkle Flüssigkeit dabei heller wurde. Einmal nicht Ski fahren zu müssen erschien ihr keineswegs unangenehm. Sie schnitt mit Schwung das Brötchen auseinander, schmierte Butter darauf, verteilte großzügig Erdbeermarmelade darüber und biss mit Lust und Krachen ein Stück heraus. Mit einer Spur Marmelade im Mundwinkel lächelte meine Mutter meinen Vater an. Mein Vater verstand erst gar nicht, wie man sich über die widrigen klimatischen Bedingungen, die jegliche Ausübung des

Wintersports vereitelten, mit einem geradezu schamlosen Lächeln hinwegverlustieren konnte.

Dann waren die Brötchen verspeist und der Kaffee getrunken. Das Wetter blieb schlecht. Ende der sechziger Jahre gab es unter solchen Umständen in den Wintersportgebieten nicht viele Möglichkeiten der Kurzweil, insbesondere am Vormittag. Meine Eltern gingen also zurück auf ihr Pensionszimmer. Mein Vater schaute vielleicht noch einmal sehnsüchtig zum Fenster hinaus, und dann zog meine Mutter den Vorhang zu und den Vater in ihre Arme. Und dann küsste sie ihn, dass es schnalzte, und er küsste zurück, und Finger fuhren den Nasenbogen entlang, zwirbelten Haar, rieben den Hals, öffneten das Hemd. Die Skihosen flogen im hohen Bogen durch das Zimmer. Spucke mischte sich mit Spucke, am Ohrläppchen wurde geleckt, am Busen gesaugt. Verärmelt, gegnietscht, gesaugleckt und der andere eingeatmet. Jetzt lächelte vielleicht auch mein Vater. Das Skigebiet, die Liftkarte, das Gewicht der Welt und eines braunen Wollstrumpfes verschwanden wie Kandiszucker in einer Tasse Darjeelingtee, gingen unter im schmelzenden Brausen der rasenden Lust.

Das Weib saugschlingt den Mann wie eine reißende Strömung. Wie eine Lawine gewitterrast der Mann in das Weib. Die Lust kocht, und in einer Explosion schießt aus dem Unterleiberknoten ein heller leuchtender Pfeil durch die Decke des Pensionszimmers, durch weitere Stockwerke und Dach. Glühendrot rast er durch die Schlechtwetterwolken. Grün zischt das Geschoss der Liebe durch die Umlaufbahnen der Planeten. Strahlt gelb, knallt knapp an der Sonne vorbei und weiter, hinter der Unendlichkeit trifft die weiße Spitze den Kern meiner Wahrscheinlichkeit, rast in einem weiten Regenbogen mit der möglichen Existenz zurück zum Ausgangspunkt. Wandelt sich aus hellem Weiß in Gelb, dann Grün, fuhr der Mutter durch All und Luft und Hausgebälk rot glühend in den Unterleib hinein.

So wurde ich möglicherweise gezeugt. In einer Mischung aus schlechtem Wetter, Langeweile und Unachtsamkeit.

ICH war jetzt ein kleines bisschen. Viel weniger als eine Löffelspitze Joghurt. Aber doch schon da, ich wuchs und wuchs heran, und alles war wunderbar. Ich schwappte in angenehm warmer Brühe einfach umher. Ab und zu gluckerte etwas, oder ein tiefer Bass ließ mich wohlig von oben bis unten vibrieren. Wenn mich etwas störte, weil es zu arg schwappte oder ein Sound mir missfiel, trat oder boxte ich einfach mit Schmackes ein paar Mal gegen die Wand. Sofort selige Ruhe. Keiner wollte etwas von mir, keine Termine, Vorwürfe oder Prüfungen. So hätte das bis in alle Ewigkeit weitergehen können, wenn es nach mir gegangen wäre.

Der Bauch meiner Mutter war jetzt über alle Maßen groß. Er war derartig groß, dass die Brüste meiner Mutter nach oben abstanden. Die Rundung darunter war so exorbitant, dass meine Mutter nur noch breitbeinig watscheln konnte. In der Stadt wurde viel und oft über den Bauch der Mutter gesprochen. Fremde Menschen baten meine Mutter, ihren Bauchumfang mit Maßbändern vermessen zu dürfen. Die Ergebnisse wurden in Bücher eingetragen. Nach der Verschriftlichung zweifelten die Menschen die Zahlen an und wollten sofort eine nochmalige Vermessung ihres Leibumfangs durchführen. Anfänglich hatte sich die Mutter das Vermessen noch gern gefallen lassen. Sie stand gern im Mittelpunkt, und in diesem Fall bedurfte es keinerlei Anstrengung ihrerseits. Aber mit der Zeit missfielen ihr die fremden Bemühungen, vielleicht auch weil sie begriff, dass dieses Interesse im Kern nicht ihr selbst galt.

Meinem Vater hatten die ständigen Heimsuchungen der fremden Menschen mit den Messbändern und den Büchern von Anfang an nicht behagt. Er suchte deshalb den Doktor A. auf, um Rat einzuholen. Der Doktor A. war ein Freund der Familie. In seinem Garten wohnten drei Schildkröten. Als der Doktor A. sich angehört hatte, was mein Vater vom Bauch meiner Mutter erzählte, antwortete er, dass er seit geraumer Zeit eine der Schildkröten vermisse, die schüchternste der drei. Noch bevor erste Wolken aufzogen, lange vor jedem Regentropfen, ziehe sie den Kopf in ihren Panzer ein. Sie beschnuppere jeden Grashalm erst von allen Seiten, bevor sie ihn ganz vorsichtig verspeise. Wenn der Doktor Besuch habe, ziehe sich die Schildkröte zurück. Ihr missfielen alle Symphonien von Beethoven, Schubert und Brahms, einzig der Matthäuspassion von Johann Sebastian Bach könne sie etwas abgewinnen. Der Doktor A. erzählte noch lange und ausführlich von der Schildkröte, sodass mein Vater den Bauch der Mutter vollkommen vergaß. Nach der Verabschiedung rief der Doktor A. meinem Vater noch hinterher, er solle mit meiner Mutter den Roten Berg, der sich von der Stadt, in der ich aufwachsen sollte, mit dem Auto in etwa zwanzig Minuten erreichen ließ, hinauflaufen.

Als dann mein Vater mit meiner dicken Mutter den Roten Berg hinaufgelaufen war, geschah es plötzlich, dass sie das ganze schöne warme Wasser ablaufen ließen, in dem ich so angenehm schwamm. Dann geht's halt trocken weiter, dachte ich mir. Aber da bemerkte ich, dass sie mich unbedingt rausholen wollten. Das wollte ich nicht, also wehrte ich mich mit Händen und Füßen. Es handelte sich allerdings um Profis, die bereits eine Vielzahl solcher Einsätze hinter sich hatten. Ich machte eine falsche Bewegung. Einer packte mich am Kopf und zog mich schnell aus dem blutigen Loch im Bauch meiner Mutter. Schmerzende Helligkeit und eisige Kälte umarmten mich gnadenlos. Mir fehlten die Worte. Ich empfand blankes Entsetzen und brüllte aus Leibeskräften.

Ich weiß noch, dass dann ein Mann im weißen Kittel auf mich zukam. In seiner Hand hielt er eine größere Schere. Während ich noch überlege, was er mit dem Ding vorhaben könnte, setzt er schon mit den geöffneten Scherblättern an meiner Nabelschnur an. Ich will noch Einspruch erheben und erklären, dass es sich hier um meine Ernährungskabel handelt, über die ich seit Monaten optimal versorgt werde, und dass ich an der Zweckmäßigkeit sowie an der Qualität der Nährsuppe nicht das Geringste auszusetzen hätte. Aber mein Entsetzen ist so groß, dass ich nur massiv schreien kann und meine Augen schließe, um das Grauen nicht mit ansehen zu müssen. Der Mann schneidet mein Nährkabel gnadenlos durch.

Ich rechnete mit dem Schlimmsten, denn es war Tatsache und offensichtlich: Diese Ungeheuer waren zu allem fähig. Was würde als Nächstes kommen? Zerhacken, grillen und verspeisen sie mich?

Sie taten es nicht. Ich wurde gewaschen und in eine Decke gewickelt. Trotzdem war mein Schreck so groß, dass ich die folgenden Jahre lang nur Brülllaute von mir gab und die Benutzung von Sprache gänzlich verweigerte.

JETZT kommt die Stelle, an der meine beiden Schwestern auftreten dürfen. Die eine hat blonde Haare. Das Blond mag man sich vorstellen wie Vanilleeis, nur ohne die schwarzen kleinen Punkte. Die Backen waren gerötet vor Aufregung, als sie mich begrüßen durfte. Sie stupste mich leicht am Bauch, und ich griff mit der Hand die Spitze ihres Zeigefingers. So klein war mein süßes Händchen damals gewesen. Meine Schwester war ergriffen und begeistert von meinem überdurchschnittlichen Liebreiz und fotografierte mich. Meine Schwester hat schon immer viel fotografiert. Aber die Prägnanz und zeitlose Anmut der Porträts von mir bleiben bislang unerreicht.

Die andere Schwester hatte schwarze Haare, so dunkel wie die schwarzen Tasten des Klaviers, das bei uns im Klavierzimmer unter dem Dach stand. Die düstere Schwester lächelte und war ebenfalls ergriffen, als sie mich in meiner vollendeten Prächtigkeit erschauen durfte.

Die Kunst der finsteren Schwester lag im Sprechen. An manchen Tagen war sie imstande und sprach dir, wenn du ungünstig standest, einen ganzen Roman ins Ohr hinein. Über mein erstes Lächeln hat sie ein Gedicht verfertigt, das ihr wirklich gut gelungen ist und das ich hier nicht unerwähnt lassen möchte. Es beschreibt sehr gut die tief empfundene Freude in unserer Familie, bei den Verwandten und Bekannten, sowie die Hoffnungen und die zum Teil wohl auch übersteigerten Wunschvorstellungen, die in unserem Städtchen und großen Teilen des Landes mit dem Anbruch meiner Existenz einhergingen.

Ich kann mich auch noch erinnern, als die Nase meiner Großmutter sehr nah vor meinem Gesicht auftauchte. Sie schnüffelte mir über den Kopf, streichelte sanft über meine malerischen Backen und strahlte Liebe ab wie ein

Kachelofen die Wärme. Im Frühjahr besuchte mich auch einmal ein Cousin. Er trug eine Sporthose und Turnschuhe und hatte einen Ball dabei. Er blickte nur kurz auf mich und musste enttäuscht feststellen, dass ich noch nicht in der Lage war, mit ihm Fußball zu spielen. Etwa zwanzig Jahre später habe ich ihn einmal sehr spät in einer Kinovorstellung getroffen. In dem Film ging es um einen Familienvater, der sich darum bemühte, seine Familie auszulöschen. Im Lauf der Geschichte stellte sich dann heraus, dass er bereits eine andere Familie ausgelöscht hatte und auch schon die übernächste Auslöschung plante. Ich will damit an dieser Stelle nur andeuten, dass der Cousin ein offensichtlich fragwürdiges Kulturverständnis an den Tag legte, und ich bezweifle, dass er noch einmal in diesem Roman auftauchen wird.

Zwei Personen hatten offensichtlich ein ausgeprägt schlechtes Gewissen wegen des unschönen Beginns meiner Existenz. Am Oberkörper der einen waren zwei vergrößerte Getränkebehältnisse angebracht, auf denen sich jeweils eine Trinkwarze befand. Sobald ich meine Situation bedauerte, unter Hunger oder der Fadheit der Welt litt, entblößte meine Mutter sofort einen Tank und steckte mir eine Warze in den Mund. Die Funktion war selbsterklärend. Ich saugte, und sogleich schoss mir sämige Suppe in den Mund. Ich mochte auch das Geräusch dabei. Sie mochte den Umstand, dass ich an ihr saugte. Manchmal hatte ich schon gar keinen Hunger mehr und saugte dennoch weiter die weiße Sauce, bis es rechts und links an meinen Mundwinkeln herauslief, einfach weil es ging. Ein anderes Mal biss ich aus purer Boshaftigkeit in den Nippel. Sie schrie auf vor Schmerzen. Mich traf keinerlei Sanktion, und ich genoss diesen Zustand. Ich spürte den Neid der zahlreichen Männer in meinem Nacken, wenn ich mich an den Brüsten meiner Mutter labte. Die Männer konnten es einfach nicht begreifen, dass ich zahnloses Ungeheuer Tag und Nacht Zugriff auf die wunderbaren Melonen hatte. Ich konnte weder meinen Namen schreiben noch selbständig auf eigenen Beinen stehen, war nicht geschäftsfähig und hatte keinen Führerschein, trotzdem saugte ich selbstvergessen und arrogant an den Früchten, von denen sie träumten. Die blonde und die schwarze Schwester wussten, dass es nicht nur Milch war, die ich meiner Mutter aus dem Leib saugte. Und auch mein Vater verstand, ohne es auszusprechen, dass ich fast die ganze Liebe aus seiner Frau herauszuzelte.

Der Vater war in dieser Zeit für mich nicht mehr als eine Randfigur, da er mit nur sehr flachen, fast kümmerlichen Brüsten ausgestattet war. Diese Person verfügte außer gelegentlichem Streicheln und Transportieren über keine erwähnenswerten Funktionen. Aber auch er war bemüht, mir alles recht zu machen. Ich wurde getragen, gefahren, geschultert, geschuckelt, gekämmt und geküsst. Manchmal übertrieben sie es. Ich ließ es mir gefallen und beschloss, es mir die nächste Zeit einfach nur gut gehen zu lassen. Damit meine ich aber nicht, dass ich mich einem interessenlosen Müßiggang hingab. Ganz im Gegenteil erforschte ich die Beschaffenheit meiner selbst sowie der mich umgebenden Welt. Lange Zeit widmete ich mich der gründlichen Inspektion meines eigenen Körpers, insbesondere meiner rechten und linken Hand. Ich war wie besessen von dem Gedanken, meine Gliedmaßen durch Dauerbespeichelung selbständig aufzulösen. Daneben saugleckte ich aber auch an verschiedensten Kleidungsstücken, Decken, Möbeln, Servietten und Fremdfingern mit dem Ziel, mir einen grundlegenden Einblick über deren Eigenschaften und Tiefenstruktur zu verschaffen. Über einen längeren Zeitraum erstreckte sich daneben eine Versuchsreihe, in der ich mich selbst, beginnend an den eigenen Fingern, aufzuessen trachtete.

Auch von immer neuen Experimenten mit der Schwerkraft ließ ich mich selbst durch erbitterten Widerstand nicht abbringen. Mir war es sehr wichtig herauszufinden, wie sich Gegenstände verhalten, wenn sie zum Beispiel über Tischkanten geschoben oder auch geschleudert wurden. Hielt sich das leere Glas im Gegensatz zum vollen Glas noch für einen Moment in der Luft, bevor es herunterstürzte? Durch welche Benutzung welchen Dinges konnten bei Mitgliedern des Familienverbundes welche Art Schrei- oder Brüllgeräusche erzeugt werden?

Neben der konsequenten Zerlutschung der Welt und der partiellen Zertrümmerung und Verschrammung mir erreichbarer Teile widmete ich mich auch oft und ausgiebig der Beobachtung von tierischen Lebewesen, insbesondere der Stubenfliege. Nahezu hörig verfolgte ich die surrende Kreatur in der Luft sowie am Fensterglas auf- und ablaufend, als wäre nichts dabei. Mein Blick drehte sich in Schleifen und Drehungen den Wegen nach, die das Fliegentier auf den Gardinen zurücklegte. Tatsächlich krabbelte das Tierchen verschlungene Mandalas und geometrische Zauberformeln vor meinen gebannten Äuglein, die nicht ablassen konnten vor dem Verwirrspiel. Meine Schwenkungen des Blicks und die damit einhergehenden elliptischen Schleifen meines Köpfleins schraubten meinen Kleinkindverstand aus der Fassung, und lose wackelte er im Kopf herum und schwebte zum linken Nasenloch heraus. Das Fliegentier schnappte sich das feine Wölkchen und flog damit im Zimmer herum, und ich mühte mich, befreit von Sinn und Verstand, ihrer Bahn nachzusehen. Das flügelige Wesen beabsichtigte dabei nie einen Schaden und war noch im Flug im hintersten Eck des Zimmers zärtlich mit mir verbunden. In einer engen Flugkurve ließ es mein feines Verstandeswölkchen los und wieder allein weiterschweben. Ich atmete mehrere Male hintereinander schwer ein, sodass sich mein Brustkorb merklich hob, und schnaufte zu guter Letzt mein loses Seelchen durch das rechte Nasenloch wieder in den Hirnkasten zurück.

Als mein Schauen weiter reichte, aus dem Fenster hinaus zum Baum im Garten, sah ich den Ästen, Zweigen und zartesten Zweiglein zu, wie sie sich in die Weltluft streckten und reckten und aus der Erde Wasser und Kraft saugten noch ins höchste abstehende Holzfingerchen hinein. Kahl und stumm war der Baum, weil lange Winter war, als er anfing, mich in der Chronik seines Stammes einzutragen. Die Amsel, die auf seinem buckligen Ast gesessen hatte, erzählte mir davon. Ich verstand ihre Sprache und konnte in Gedanken mit ihr Konversation betreiben, noch lang bevor ich auch nur ein halbes Silblein lallen wollte.

Es gab aber auch weniger beschauliche Seiten in meinem Leben. Ich führte mich auf wie eine regelrechte Drecksau. Ich fragte nicht etwa lang: «Entschuldigung, wo befinden sich hier die Toiletten?» Ich schiss mich einfach voll. Einer von den beiden Trotteln machte mich dann schon sauber. Und ich brunzte mich an. Angenehm warm lief mir die Pisse die Beine hinunter. Ein Einfaltspinsel trocknete mich sogleich und puderte mir den Hintern, als wär ihm selbst das Missgeschick passiert. Wenn es zu lange keiner bemerkte, schrie ich. Dann konnte man die zwei Doldis flitzen sehen.

Es war nicht viel nötig, um die beiden einfach strukturierten Menschen bei Laune zu halten. Ich musste keine Vorträge über die Weltlage geben, keine komplizierten Klavier- oder sonstige Kunststücke vorführen, um Vater und Mutter zu erfreuen. Der Aufwand dafür war wesentlich geringer. Jedes Mal, wenn ich reichlich Milch gesaugt hatte, nahm mich einer von beiden auf den Arm, bettete mein Köpfchen an seine Schulter und klopfte mir zwanghaft auf den Rücken. Ich machte es erst mal eine Zeitlang spannend, reagierte also gar nicht. Dann rülpste ich ausgiebig. Sie freuten sich über alle Maßen, als hätte ich gerade meine erste selbstkomponierte Oper vor ausverkauftem Haus dirigiert.

Mehrere Jahre lang hatte ich wegen der schikanösen Misshandlungen während meiner Geburt kein Wort sprechen wollen. Dann aber bemerkte ich, dass es dem Weltgeist mit Inbrunst nach meinem Kommentar dürstete. Anfangs sträubte ich mich erfolgreich, und um meinen ganzen Widerwillen zu demonstrieren, lallte ich stetig wiederholend verschiedene Silbenfolgen. Aus meinen monothematischen Ausführungen erwuchs aber schon bald die Problematik, dass meine diversen Gegenüber ebenfalls in sehr idiotische Wiederholungen sogar noch der allerkleinsten Sinneinheiten mir gegenüber verfielen. Geradezu unerträglich empfand ich obendrein das dazukommende aufgesetzte Lächeln aus bizarr verzerrten Gesichtern. Bereits damals beschlich mich eine vage Ahnung, dass ich überwiegend von hinsichtlich ihrer geistigen Fähigkeiten eher schlichten Charakteren umgeben war. Um wenigstens das dauernde Angestammeltwerden zu unterbinden, erhob ich schließlich doch meine Stimme.

Da ich mich lange mit der Stubenfliege und diese sich mit mir beschäftigt hatte, war es mehr als naheliegend, dass ich dem Tier einen Namen gab. Ich nannte meinen Freund mit den schillernden Flügeln und den haarigen Beinen «Monna». Laut und deutlich sprach ich den aus mir selbst geschöpften Namen für das Lebewesen in das Zimmer hinein und befand die Bezeichnung für richtig und gelungen. Das Tier, dessen Reich die Zimmerluft, die blanke Fensterscheibe und unterschiedlichste Oberflächen von Dingen waren, ließ ein kurzes Brummen vernehmen und sauste voller Dankbarkeit direkt vor meiner Nase vorbei.

Weil ich kurz nach dem Herrn Jesus geboren worden war, stand da, wo ich nach der Schmach meiner Geburt lag, bestimmt auch ein Weihnachtsbaum, dessen zeitweises Leuchten und Kugelgeflunker meiner Aufmerksamkeit nicht entgangen war. Man mag es nicht zu meinen größten Geistesleistungen rechnen, dass ich durch den Eindruck des heidnischen Gelichtgeblinks und wohl mehr noch durch den Schock des Geborenwerdens mich selbst, sobald ich die Stubenfliege benamst hatte, als «Thissi Lichtbaum» bezeichnete. So also hatte ich aus Not und Gründen des Selbstschutzes begonnen zu sprechen. Sollte ich aber geglaubt haben, dass ich mich damit weiteren Demütigungen erfolgreich entzogen hätte, wäre das ein Irrtum in der Dimension eines Ozeans gewesen.

VON einem Tag auf den anderen endete die Zeit der Harmlosigkeit. Ich saß plötzlich aufrecht in einer Art Spezialstuhl, aus dem ich mich mit eigener Kraft nicht befreien konnte. Vor mir auf dem Tisch stand ein Plastikteller mit einem Bauch unten, der hohl gewesen ist. Dort hinein war heißes Wasser gefüllt worden. Im Teller schwammen vor einem bedrohlichen Kartoffelgebirge Kohlrabibrocken in einer undefinierbaren, grün schillernden Tunke. Es roch entsetzlich. Ich fragte mich, was diese Installation zu bedeuten hatte, und fand keine Antwort.

Meine eigene Mutter erklärte mir, dass es sich hierbei um mein Mittagessen handle. Das konnte nur ein Witz sein, oder eine Verwechslung. Ich betrachtete skeptisch den dickwandigen Teller und die zweifelhaften Speisen darin und gewann die Überzeugung, dass es keinen Gott auf einem Planeten geben konnte, auf dem so etwas wie Kohlrabi wuchs. Dann sagte die Frau, die mir mit jedem Augenblick fremder wurde, mit kalter Stimme, dass ich mindestens fünfundsiebzig Prozent von der Speise essen müsste. Vorher dürfte ich den Tisch nicht verlassen. Ich protestierte lautstark und wollte wissen, warum ich nicht weiterhin aus den Trinkwarzen saugen durfte, ob die Brüste denn leer seien. Als Antwort schob die mir nun unbekannte Frau einen Teil Kartoffeln und Gemüse auf meine Seite des Geschirrs und macht mir unmissverständlich klar, dass ich diese Menge zu vertilgen hätte. Vorher wäre ein Verlassen von Tisch und Raum nicht vorstellbar.

Der strenge, mitleidlose Blick verriet mir, dass es die Wärterin ernst meint. Jetzt wurde mir auch langsam klar, warum sich im Bauch des Tellers heißes Wasser befand. Wenn der Delinquent Schwierigkeiten hatte, die obskuren Lebensmittel zügig in seinen Mund zu schaffen, zu kauen und zeitnah zu schlucken, wurde der Verzögerung entsprochen, indem man den Schlangenfraß künstlich warm hielt. Um die Demütigung noch weiter zu treiben, befand sich am inwendigen Boden des Folterwerkzeuges die Abbildung eines recht agilen Donald Duck, der sich mit ganzer Kraft seines Lebens erfreute. Als Lohn für das Hineinwürgen der gekochten Beleidigung glotzte einen also der amerikanische Vogel an. Ich habe die infantile Ente ohne Hose immer gehasst.

Ich begriff, dass es in der Sache keinerlei Handlungsspielräume gab. Wenn ich nicht essen würde, müsste ich vor dem Teller sitzen bleiben.

Ich sah meine Spielgefährten sich fragen, warum ich denn nicht mehr käme. Tage vergingen, und ich bliebe verschwunden. Die Kameraden wollen es nicht glauben, immer wieder fragen sie sich und andere, ob ich denn nicht irgendwo aufgetaucht sei. Aber niemand hätte mich gesehen. Ich säße Tag und Nacht vor dem Kohlrabigemüse. Ein Freund hätte sich dann eines Tages vielleicht ein Herz gefasst, vielleicht wäre es Reinhard gewesen, mit dem war ich schon in Windeln durchs grüne Gras gerobbt. Wir waren schon Kumpels in der Zeit, als noch undefinierbare Geräusche aus unseren Mündchen kamen. Er wohnte in einem Haus in unserer Straße, hundert Meter runter rechts. Reinhard wäre der Sache auf den Grund gegangen und hätte an unserer Haustür geklingelt. Die Mutter hätte das Fenster geöffnet und gefragt, was es gäbe. Reinhard hätte gegrüßt und gesagt, er wolle sich nur mal erkundigen, ob ich krank sei, weil er mich schon länger nicht mehr gesehen habe. Die Mutter hätte dann geantwortet, dass es mir bestens ginge, ich müsse nur im Haus bleiben, weil ich noch immer nicht den Kohlrabi gegessen habe, den sie extra für mich gekocht hätte. Dann hätte sie sich verabschiedet und das Fenster geschlossen. Reinhard wäre wieder nach Hause gegangen.

Später wären Reinhard und die anderen eingeschult

worden. Hätten Dezimalzahlen und den Tanz der Bienen kennengelernt. Immer wieder hätten sie sich gefragt, wo ich denn bleibe, und mein Fehlen bedauert. Am Kinn wären ihnen Haare gewachsen, Campari Orange hätten sie getrunken und lyrische Sätze in wohlgeformte Ohrmuscheln geflüstert. Währenddessen saß ich vor dem Kohlrabi und den Kartoffeln. Die Genossen hätten Führerscheinprüfungen gemacht, Dachwohnungen ausgebaut und sich scheiden lassen, und den Kindern aus erster Ehe hätten sie erzählt, dass sie einmal einen guten Freund hatten, der von einem Tag auf den anderen nicht mehr aufgetaucht sei, weil er sich weigerte, das von seiner Mutter gekochte Mittagessen aufzuessen. Ich wäre mit dem seltsamen Stuhl verwachsen. Graue lange Haare hingen mir vom Kopf, fast mein ganzes Leben lang hätte ich auf ein paar Stückchen Kohlrabi und Kartoffeln geschaut ... Das dachte ich, während ich auf meinem Stühlchen saß. Es half also alles nichts. Ich legte mir eine Technik für die Situation zurecht, die sich noch öfter wiederholen sollte: Ich atmete dreimal schwer durch und gabelte mir die verhasste Speise ohne zu atmen in den Mund, kaute und schluckte schnell, um meine Geschmacksnerven so wenig wie möglich zu belasten.

Ich möchte die Kochkünste meiner Mutter durchaus nicht schlechtreden. Vielleicht war mein kulinarisches Fassungsvermögen in dieser frühen Phase meiner Existenz einfach noch überfordert. Vielleicht konnte ich den Kohlrabi in seiner geschmacklichen Dichte einfach nicht begreifen. Eventuell war die Mutter auch eingeschränkt durch die Küchensituation an sich. Wir nannten das Kochräumchen familienintern auch die «Kombüse», denn die Verhältnisse waren so begrenzt, dass die Mutter, nicht zuletzt wegen ihrer barocken Körperfülle, sich nur mit äußerster Not hineinzwängen konnte. Wenn sie zum Beispiel das Salz aus dem Hängeschrank links entnehmen wollte, um das Gericht im Topf auf dem Herd rechts zu würzen, vermochte sie sich nur noch mit Mühe um die eigene Achse zu drehen. Nicht selten kam es vor, dass sich meine Erzeugerin derartig im Mobiliar verkeilte, dass der Vater einen Nachbarn verständigen und sie die Gefangene dann mit gemeinsamem Kraftaufwand und unter vielfachen Flüchen aus der engen Falle herausschrauben mussten.

Neben dem Kohlrabi waren die verherrlichend so benannten «Gemüsesuppen» für mich eine immer wiederkehrende geschmackliche Grenzerfahrung. Leimartig in der Konsistenz waren diese Gerichte. Die Ingredienzien entzogen sich im Laufe der Zubereitung konsequent fortschreitend jeglicher Nachvollziehbarkeit. Sie erforderten einen Verdauungsvorgang, der mehrere Tage andauern konnte.

Keinesfalls ungelobt möchte ich aber die Geschwindigkeit lassen, mit der Mama Gerichte zubereitete. Kaum hatte ich mich an den Esstisch gesetzt und einen Gedanken gefasst, den ich gerade mit einem weiteren Gedanken fortführen wollte, stand schon da ein frisch zubereitetes Essen vor mir. Der Preis für diese Sportlichkeit war Mutters eher unkonventionelle Herangehensweise an die Speisenbereitung. Ich entsinne mich noch, wie ich einmal mit Reinhard und anderen Freunden in ein Brettspiel vertieft war, als plötzlich der Kopf der Mutter über uns auftauchte und kurz fragte, ob wir die Geselligkeit vielleicht durch einen Kuchen aufwerten wollten. Dankbar stimmten wir dem freundlichen Angebot zu.

«Ich back schnell einen», sprach sie und verschwand

schon in der Hälfte des Satzes. Unsere Spielfiguren hatten sich unwesentlich fortbewegt, als schon ein optisch makelloser Weichselkuchen auf dem Tisch stand. Jeder schnitt sich ein Stück ab und biss mit Lust in die dargereichte Wonne. Wir kauten und schluckten. Kurz darauf wunderten wir uns aber ob der ungeahnten Würzigkeit des Obstkuchens. Waren die Weichseln vielleicht versehentlich vor der eigentlichen Reife geerntet worden? Ich hielt im Kauen inne. Ein Freund hatte das Kauen schon beendet und ließ ein fast verspeistes Kuchenstück wieder aus dem Mund fallen. Als ich meine Mutter fragte, welche Art von Weichseln sie genommen hatte, antwortete sie mir: Die Weichseln wären einwandfrei gewesen. Der besondere Geschmack resultierte lediglich aus dem Umstand, dass sie keinen Zucker zur Hand gehabt und stattdessen Salz verwendet habe.

Dergleichen kam so selten nicht vor. Immer wenn das Essen von zweifelhafter Provenienz, die Zubereitung besonders lieblos und die Demütigung besonders groß waren, bin ich nach den Zwangsmahlzeiten zur Oma ins Erdgeschoss geflohen. Dort unten, gleich rechts neben der Haustüre, befand sich die Pforte zu ihrem Reich.

Meine Oma saß meist auf einem Sofa, das mit buntem Blumenstoff überzogen war. Vor dem Sitzmöbel mit der älteren Dame stand ein Schrank, auf dem der Fernseher thronte. Dieser Schrank hatte hölzerne Löwenbeine, und es schien, als strecke er seinen intarsienverzierten Bauch selbstbewusst nach vorn. Sein eigentlicher rätselhafter Schatz befand sich im Inneren. Zwischen gestapelten Tellern und Tassen, Servietten aus edlem Stoff und einer silbernen Zuckerdose lagen immer vier Tafeln feinster Vollmilchschokolade. Manchmal schaute ich heimlich kurz in den Schrank, nur um mich dieser Unvorstellbarkeit zu vergewissern.

Mutter, Vater, die Schwestern und ich wohnten vom ersten Stock bis unters Dach. Hier herrschte eine andere Realität. Dinge flogen durch die Luft, Worte und Spucke. Menschen sprangen, rannten und explodierten plötzlich. Im Erdgeschoss atmete die Zeit erst einmal tief durch, bevor sie verging. Anders gesagt: In den oberen Stockwerken hatte eine Tafel Schokolade eine Halbwertszeit von maximal fünf Minuten. Nach zehn Minuten war sie restlos verschlungen, und niemand vermochte Angaben darüber zu machen, wann und ob einmal eine neue Schokolade auftauchen würde. Es kam schon selten genug vor, dass Süßigkeiten überhaupt über die Treppe zu uns in den ersten Stock gelangten.

Häufig passierte es, dass die Mutter das Haus erbeben ließ mit ihrem Notruf: «Ich habe Unterzucker. Ich brauche auf der Stelle etwas Süßes, sonst sterbe ich.» Darauf antwortete der Chor der Schwestern: «Wir leiden auch, und zwar schon lange, unter Unterzucker. Wir brauchen sofort etwas Süßes, sonst sterben wir in der nächsten Sekunde.» Im gleichen Moment rannte die Mutter in die Küche, zog einen Topfdeckel aus dem Schrank und klopfte mit einem Kochlöffel einen wild scheppernden Rhythmus, dazu rief sie so laut, dass man es auch zusammen mit dem Topfdeckellärm noch weit entfernt hörte: «Matthias, komm schnell her, mein kleiner Schatz! Ich glaube, wir müssen ganz schnell etwas tun, damit du nicht in die schlimmste Unterzuckerung gerätst.»

Dann rannte die Mutter mit stampfenden Schritten die Treppe hinunter, ohne vom Deckeldreschen abzulassen. Ihr hinterdrein riefen die Schwestern zischend: «Schokolade, Schokolade!» Ich ließ alles stehen und liegen. Das mit dem Unterzucker musste man mir nicht zweimal sagen, und schnell lief ich meinen Geschwistern hinterher. Trommelnd und brüllend rannten wir die Treppe vor unserem Haus hinab. Bevor die Mutter durch das Tor schritt, warf sie Topfdeckel und Kochlöffel hinter sich, ich konnte gerade noch meinen Kopf einziehen, sonst hätte mich das Kochgerät an der Stirn getroffen. Wir sprangen gleichzeitig durch alle vier Türen in den Renault, der vor dem Haus parkte, sodass das grüne Auto sich ächzend hinkniete. Die Mutter fuhr quietschend los und raste durch die Stadt direkt zum Supermarkt. Wie die wilde Jagd sprangen wir aus dem Auto und flitzten in das Geschäft, an anderen Regalen vorbei direkt auf die uns gut bekannte Stelle zu, wo sich der mit Vollmilchschokolade überzogene Puffreis befand. Einer schnappte die Doppelpackung, die die Erfüllung unserer rasenden Leidenschaft enthielt. Die Schwestern und ich heulten wie ein kleines Wolfsrudel, als die Mutter an der Kasse die Götterspeise bezahlte. Alles ging so rasant, dass die Frau hinter der Kasse überlegte, ob sie gerade geträumt habe oder ob sie überfallen worden sei. Während wir noch in das Auto sprangen, rissen wir die Packung auf, und jedes griff sich schnell ein Stück der Köstlichkeit. Man hörte Kauen und Schlucken und gebrummte Laute des Wohlgenusses. Noch bevor der Wagen wieder zu Hause ankam, war die Packung Schokoladen-Puffreis restlos vertilgt.

Im krassen Gegensatz zu solchen Verhältnissen lagen im Schrank der Oma immer vier Tafeln feinster Schokolade in Gleichmut und geradezu aristokratischer Würde übereinander. Die Schokolade ruhte dort für den Fall, dass man einmal gern ein Stückchen davon verspeisen wollte. Unter

Umständen verspürte man den Appetit an einem Sonn- oder Feiertag, und dann war man versorgt und musste nicht erst warten, bis wieder ein Laden öffnete. War eine Tafel verspeist, wurde sie zeitnah durch eine neue ersetzt. Es war eine andere Welt, in der meine Oma lebte.

ICH klopfte an der braunen Holztür, hörte sie dahinter leise «herein» sagen und drückte die Klinke zu meinem Zufluchtsort. Sie hatte die Zimmer mit meinem Großvater eingerichtet und auch nach seinem Tod genauso belassen. Sollte der Fall eintreten, dass es ihm im Jenseits nicht mehr gefallen würde und er zu meiner Oma zurückkehren wollte, würde er alles so unverändert vorfinden wie an dem Tag, an dem er das Zimmer verlassen hatte. In holzeingefassten Vitrinen standen vielerlei Dinge, die die beiden gefunden und aus dem Trubel der Welt befreit hatten. Da lag etwa eine Packung Streichhölzer aus einem Hotel in Bad Reichenhall. Die Großmutter war noch jung gewesen, in dem Alter, in dem man sich über Vernunft nur amüsieren kann. Mit Freunden hatte man damals im Kurbad gespeist, getrunken und war ins Scherzen gekommen. Spät in der Nacht wurden flambierte Getränke serviert, man tanzte auf den Tischen, und meine Großmutter, damals noch weit davon entfernt, je eine Großmutter zu sein, hatte dann zum ersten und letzten Mal in ihrem Leben eine Zigarre geraucht, bis die so kurz war wie der Schwanz eines Mopses. Danach war ihr schlecht. Bereut hat sie nichts. Übrig geblieben waren nur die Streichhölzer.

Hinter dem Glas der Vitrine breiteten sich Wurzeln aus, die, wenn man genauer hinsah, aus vielerlei Gesichtern bestanden. Die sich, wenn man kurz in Gedanken abschweifte oder nur aus dem Augenwinkel hinsah, scheinbar bewegten und sich in einer unbekannten Sprache Geheimnisse zuflüsterten. Dort lag ein geschnitzter Vogel, der ursprünglich von einem großen Orchestrion stammte, das der Besitzer im Rausch der Eifersucht kurz und klein gehackt hatte. Ein Lichtstrahl beleuchtete eine bunte Feder, gefunden in einem Park nahe der Stadt Padua. Daneben der Hauch eines kleinen Tässchens mit einem zierlichen Löffel, aus dem wohl einmal eine Fee getrunken hatte. Vielleicht hatte dieses Traumwesen mit ihren Glasfüßchen in einem kleinen Hinterhoftheater in der Vorstadt von Paris getanzt, und der Großvater saß im Publikum. Ihre Blicke trafen sich, und nach der Vorstellung hatte ihn die Mademoiselle noch in ihre Dachwohnung geführt. Durch ein kleines Fenster konnte mein Großvater über die Dächer der Stadt unterm großen Sternenmeer sehen, und das Leuchten des Mondes spiegelte sich im linken Auge des zierlichen Engels. Auf ihrem Platz in der Vitrine durfte die Tasse in Würde über die tatsächliche Geschichte schweigen. Aber derjenige, der sie ansah, konnte sich dabei tausendundein Märchen ausdenken. Dann ein fröhlicher, sitzender Buddha, schillernde Steine und ein kleiner Fingerhut aus Tasmanien. Oft habe ich die Schätze geschaut und dabei die Welt vergessen. Die Kostbarkeiten waren umhüllt von der Liebe, die meine Oma immer noch mit ihrem Mann verband.

Meine Großmutter hatte lange weiße Haare, die aber nicht einfach lose herunterhingen, sondern als kunstvoller Knoten ihr aristokratisches Gesicht überragten. Sie verwendete zuweilen Worte wie «Kommerzienrat» oder «echauffieren». Ich verstand oft nur die Hälfte. Wir beide hatten eine Vorliebe für Tierfilme. Sehr gerne saß ich neben ihr auf dem Sofa, und wir schauten zusammen im Fernsehen wilde Tiere in fernen Ländern an.

Manchmal konnte so ein Dokumentarfilm sehr spannend werden, wenn hungrige Löwen eine Antilope jagten und ich hoffte, dass der zierliche Vegetarier doch noch einen Ausweg finden würde in den Weiten der Savanne. Wenn die Aufregung meinerseits zu groß wurde, hielt ich mich an der Hand der Großmutter fest. Die Omahandhaut war lose verlegt. Wenn ich mit Daumen und Zeigefinger ein kleines Stück von der Haut über ihrer Hand zusammenzwickte und vorsichtig nach oben zog, konnte ich ein kleines Omahandhautzelt bilden. Die Maximalhöhe war dann erreicht, wenn meine Großmutter leise «au» sagte. So weit ließ ich es aber meistens nicht kommen, weil ich meine Oma sehr lieb gehabt habe.

Gern schaute ich mit der Oma auch die Sendung «Dalli Dalli». Da brauchte ich keine Angst haben, dass ein unschuldiges Lebewesen von Raubtieren zerfleischt würde. Prominente Gäste mussten hier ganz schnell Begriffe nennen, und es gab einen Schnellzeichner, der ganz schnell Zeichnungen zeichnete. Wenn besonders viele Begriffe in sehr kurzer Zeit erraten wurden oder irgendetwas ähnlich Kolossales passierte, sprang der fast zierlich zu nennende Moderator hoch in die Luft vor Freude. Einmal sagte meine Oma nach so einem Sprung: «Schau, das ist der Hans Rosenthal, der ist ein Jude. Du musst wissen, die Juden sind uns Christenmenschen haushoch überlegen. Das ist historisch bedingt. Die Juden waren ursprünglich ein Nomadenvolk. Die hatten keinen festen Wohnsitz und sind in der Wüste herumgelaufen. Wo bei uns im Mittelalter schon die Kartoffeln auf dem Acker gewachsen sind, das Schwein im Stall gegrunzt hat und das Wasser aus der Leitung herausgekommen ist, gab es bei den Juden nur Sand und Sonne. Für die kleinste Tasse Cappuccino hat dieses Volk enorme Leistungen aufbringen müssen. Deswegen sind die alle so pfiffig. Du brauchst dir nur diesen Rosenthal ansehen. Der springt in jeder Sendung dreimal in die Luft und verdient damit viel Geld. So etwas würde ein schlichter Christ nicht so einfach hinbekommen.» Ich wusste damals nicht, was ein Jude oder ein Cappuccino ist. Aber ich fragte bei der Großmutter nicht nach, sondern zupfte stattdessen ein bisschen an ihrer Hand herum.

Stets genügten ihr schon meine Begrüßungsworte, und sie konnte mir am Tonfall anhören, dass meine Mutter mir wieder schwer zugesetzt hatte. Dann lächelte sie milde und sagte aufmunternd: «Ich glaube, du brauchst ein Dany.»

Dany war Schokoladenpudding mit einer Schicht Sahne obendrauf, der sich in einem durchsichtigen Plastikbecher mit Aludeckel befand. In Omas Kühlschrank lagerten immer einige Danys für etwaige Notfälle. Ich befolgte den Rat meiner Großmutter, holte die süße Speise und einen Löffel aus der Küche und setzte mich zu ihr auf das Sofa. Manchmal aß sie auch einen Pudding. Wenn sie den silbernen Deckel geöffnet hatte, löffelte sie immer sogleich die Sahnekrone in ihren gespitzten Mund, denn vom ganzen Pudding mochte sie die Sahne am allerliebsten, wie sie mir einmal verriet. Ich habe es dann auch ausprobiert und die weiße Haube separat verspeist. Aber mir war das zu süß, und gleich darauf befand ich, dass umgekehrt dem Pudding etwas fehlte, wenn man ihn für sich aß. Es gibt Situationen im Leben, wo Weichen gestellt werden. Entweder du isst erst die Sahne und dann den braunen Pudding, oder du rührst mit dem Löffel erst einmal gründlich im Becher herum. So wurde ich zu einem, der sein Dany rührte.

Manchmal geschah es, nachdem ich mein Dany gerührt und anschließend vollständig ausgelöffelt hatte, dass mich meine Oma sehr gründlich musterte, als wolle sie in mich hineinsehen. Dann atmete sie tief ein und sprach beim Ausatmen: «Matthias, ich glaube du brauchst noch ein Bier.» Sie meinte damit Karamalz, ein alkoholfreies Nährbier, speziell gebraut für Kinder in Not. Ein ganzer Kasten stand direkt neben ihrem Kühlschrank. Ich nickte einsichtig, holte mir eine Flasche und kehrte zu Sofa und Oma zurück.

Auf dem Tisch vor der Polsterbank, auf der wir stets in Eintracht und gegenseitigem Verständnis füreinander saßen, stand eine bunte Keramikschüssel. Grüne Zweige, Blumen, Vögel und vielerlei Früchte umrankten das Gefäß, in dem meine Oma wichtige Dinge für die Anforderungen des Lebens bereithielt. Hier wurden Zettel und Stift griffbereit aufbewahrt, ein Knopf, der sich von einer Bluse entfernt hatte, der Kassenzettel vom letzten Einkauf, zwei Büroklammern sowie der Bieröffner. Mit diesem silbernen Werkzeug öffnete ich die Flasche und wollte damals in meinem kindlichen Elan und dem tiefen Vertrauen, dass es sich hier um die richtige Medizin zur Linderung meiner seelischen Ramponiertheit handelte, das süße Malzgetränk immer direkt aus der Flasche trinken. Da intervenierte meine zierlich gebaute Oma aber stets mit einer Heftigkeit, die man der schmalen Frau so gar nicht zugetraut hätte, sie brauste schier auf: «Halt, Matthias! Trink nicht aus der Flasche, du weißt ja nicht, ob da vorher ein Neger mit seiner dreckigen Hand drübergewischt hat.»

Ich erschreckte mich jedes Mal sehr und sagte dann immer: «Aber so etwas machen doch die Neger nicht. Die wischen doch nicht absichtlich mit schmutzigen Händen über die Flaschen.» Meine Oma entgegnete stets, dass man dergleichen nicht mit Sicherheit wissen könne, dass ich mich aber in jedem Fall auf der sicheren Seite befände, wenn ich das Bier aus dem Glas trinken würde.

Manchmal bereue ich es, dass ich niemals zusammen mit meiner Oma zur Karamalz-Fabrik gefahren bin, um dem Geheimnis der vermeintlich verschmutzten Flaschen auf den Grund zu gehen. Vielleicht hätte uns der Firmenchef, Karl Malz, persönlich seine Anlage gezeigt. Staunend wären wir vor zwei riesigen Hochbehältern gestanden, und Doktor Malz hätte erklärt: «Im linken Tank befindet sich reinstes Kara, im rechten das Malz. In streng geheimem Mischungsverhältnis werden beide Substanzen mit reinstem Quellwasser und Kohlensäure vermengt und dann direkt in die Flasche gesprüht.» Meine Oma und ich hätten dann die Düse entdeckt, unter welcher die kleinen Flaschen auf dem Fließband nacheinander hinfuhren und kurz anhielten, um mit dem köstlichen Kinderbier befüllt zu werden. Sodann wurden die randvollen braunen Fläschchen weiter transportiert und am Bauch von einer Maschine mit dem bekannten Namensschild beklebt. Am Ende des Förderbandes, das die Flaschen in die Bierkästen verteilte, wurde jede Flasche mit einem Kronkorken versiegelt, doch kurz vor der finalen Verschließung des Getränks stand dann da ein grinsender, schwarzer Mitarbeiter mit offensichtlich sehr schmutzigen Händen und wischte zuvor noch einmal schnell über den offenen Flaschenhals. Meine Oma und ich hätten das mit unterschiedlich ausfallender Überraschung angesehen, ich mit größter, sie mit geringer, und sie hätte mich am Arm gestupst und gesagt: «Da schau, Matthias, was ich dir gesagt habe.»

Oft bin ich neben der Großmutter auf dem Kanapee mit

dem Blumenmusterbezug gesessen und habe gerührt, getrunken, geschaut oder mir etwas erzählen lassen – und dann passierte es, dass ein Klingeln an der Haustür unser Zusammensein jäh unterbrach. Weil ich sofort aufsprang. Ich bin nämlich in dieser Zeit über alle Maßen neugierig gewesen und musste es immer als Erster wissen, wer da wohl geklingelt hatte. Aus allen Ecken des Hauses kam ich geflitzt, wenn ich das Läuten vernahm, um ja nur der Erste zu sein, der den Gast in Augenschein nehmen durfte. Ein zweibeiniger Hund ohne Fell bin ich gewesen.

BESONDERS erfreut war ich, wenn ein Galan einer meiner bezaubernden Schwestern Einlass begehrte. Meine Schwestern waren fürwahr bezaubernd. Und diese Zauberhaftigkeit entging auch fremden jungen Männern nicht, die von den Schwestern aus allen Landesteilen magnetisch angezogen wurden. Zwei liebreizende Schwestern habe ich nämlich, eine anmutiger als die andere: die eine blond und schön wie der Vollmond; die andere ist schwarz und geheimnisvoll wie ein Waldteich im Sommer. Es müssen Sonntage gewesen sein, als die zwei Liebenswürdigkeiten das Licht der Welt erblickten.

Viele und schöne Worte sprudelten den ganzen Tag aus ihren Mündern. Sie drückten sich gewählt und zugleich ausdrucksstark aus. Die Silben flossen ohne Unterlass aus ihren hübschen Mündchen, wie silberglitzerndes Wasser aus einer nie versiegenden Quelle. Sie schnatterten wie Gänse, die Hasch geraucht hatten. Es kam nicht von ungefähr, auch meine Mutter redete ja ohne Unterlass. Direkt nach dem Erwachen am Morgen fing sie an, die sie umgebende Luft reichlich mit Buchstaben zu befüllen. Selbst meine eher zurückhaltende Großmutter konnte, wenn sie wollte, recht großzügig dozieren.

Mir blieb immer ein Rätsel, wie viel und schnell die Damen Sachen sagen konnten. Bei mir dauerte es allein schon seine Zeit, bis ich einen Gedanken komplett gefasst hatte. Danach musste ich erst mal die Silben zusammensuchen und mühevoll die Worte einzeln verschrauben, bevor ans Aussprechen überhaupt nur zu denken war.

Alle Grenzen der Nachvollziehbarkeit waren überschritten, wenn die Frauen der Familie an einem Ort zusammentrafen. Die Unterhaltung entartete zu einem Wettkampf, bei dem die drei Generationen gleichzeitig versuchten, möglichst viele Worte in möglichst wenig Zeit zu sprechen. Mir schwirrte der Kopf allein schon vom Zuhören, ich konnte kaum herausfinden, um was es bei der Unterhaltung überhaupt ging.

Für eine Beteiligung meinerseits fehlten mir alle Mittel. Irgendwann fing ich dann an, lautstark zu brüllen. Ich hörte nicht mehr auf damit und schrie, bis ich einen hochroten Kopf hatte. Es endete meist damit, dass die Grazien ihr Gespräch unterbrechen mussten, mich eine der Schwestern packte und auf einen hohen Schrank hinaufsetzte. Ich leide seit jeher unter akuter Höhenangst und fiel deshalb auf dem Dach des Möbels immer sehr schnell ins Schweigen, weil ich fürchtete, herunterzufallen und mein kurzes Leben mit einem Genickbruch am Boden zu beenden. In dem Moment meines Verstummens konnten die Mesdames und Mesdemoiselles ihre angeregte Unterhaltung fortsetzen.

Meine Brüllanfälle wurden zum Selbstläufer. Ich nutzte diese Ausdrucksweise gern und oft in Momenten der relativen Benachteiligung, Nichtbeachtung sowie in allen Anfällen wie auch immer abgestuften Zorns. Über diese meine Verhaltensauffälligkeit wussten oft auch die jungen Herren Bescheid, denen Einlass gewährt wurde, um zu den lieblichen Schwestern vorgelassen zu werden. Gern wollten die Sachen sagen wie: Deine Augen leuchten wie zwei Topfdeckel in einem Gebirgsbach bei schönstem Sonnenschein. Oder: Dein Haar ist so weich wie das von einem duftenden Dackel. Diese Komplimente wollten sie aber nicht mir, sondern den Schwestern in schönster Zweisamkeit darbringen. Ich stand da eher im Weg, wie ein unangenehmer Gartenzwerg im Vorgarten der Sehnsucht.

Einfach ignorieren und übergehen konnten mich die Herren aber auch nicht. Die Gefahr war zu groß, dass ich dann mit meinem Geschrei begonnen und die Stimmung für alle weiteren Vorhaben im vorneherein im Keim erstickt hätte. Deswegen bestand die stille Übereinkunft mit mir und den nervösen Rittern, dass sie mir vorab freundlich einige Zeit widmeten, um in Spiel und Anteilnahme mit mir meine Einwilligung zu erschmeicheln, dass ich anschließend das Feld räumte und sie die Prinzessinnen für sich alleine hätten.

Diese Zeiten, die ich mit den jungen Gefährten verbringen durfte, erfreuten mich sehr und waren darüber hinaus oftmals sehr lehrreich. Ein blonder Jüngling mit Brille weihte mich zum Beispiel recht grundlegend in die Kunst der Fotografie ein. Ein anderer, dem lange braune Haare über die Ohren hingen, lehrte mich das Schachspiel und weckte in mir das große Vergnügen, einen Krieg mit Holzfiguren zu führen. Mit einem rothaarigen Lockenkopf uferte der kurzfristige Zeitvertreib dann etwas aus.

Der Kerl fuhr einen eindrucksvollen Geländewagen mit

originalen Dreckspritzern an der Seite. Vermutlich glaubte er, es genüge, den kleinen Bruder ein bisschen am Lenkrad drehen zu lassen, und dann wäre die Bahn frei, um ein bisschen an seiner Schwester herumzuschrauben. Er hatte aber nicht mit meiner maßlosen Begeisterung gerechnet, was sein Fahrzeug betraf.

Er öffnete die Tür seines Jeeps, und ich durfte mich auf den Fahrersitz hinter das Lenkrad setzen. Schönste Aufregung schüttelte mich innerlich, und sie muss sich im gleichen Augenblick auf den Fahrzeughalter übertragen haben.

«Hättest du Lust, mit mir eine Runde um den Block zu fahren?», fragte er. Aus meiner Sicht sprach nichts gegen den Vorschlag. Als er das Auto anließ, klang es so, als würden sieben Löwen im Chor brüllen. Wir schaukelten los, und ich fragte ihn nach einer Weile, ob man mit so einem Fahrzeug auch auf einen steilen, hohen Berg hinauffahren könne. Er antwortete, das sei keinerlei Problem, und wie man auf der einen Seite des Berges hinauffahren könne, würde man auf der anderen Seite wieder hinunterfahren. Und das sei noch lange nicht alles, was mit so einem Wagen möglich wäre. Man könne damit durch Flüsse fahren und sogar durch Wüsten, wenn man genug zum Trinken dabei habe.

So kam es dann, dass ich mit dem rothaarigen Roland einige Jahre in seinem olivfarbenen Land Rover um die Welt fuhr. Hohe Berge sind wir hinaufgebrummt. Auf einem wuchsen metallisch glänzende Blumen mit oktaederförmigen Blütenkelchen, die sehr intensiv nach Schweizer Kräuterbonbons rochen. Kleine Hasen sprangen auf den Wiesen. Wenn die Luft aus ihren Hasennasen atmeten, erklangen vier Takte aus den «Brandenburgischen Konzerten» von Johann Sebastian Bach, und wenn sie einatmeten, konnte man sechs Takte aus dem Sommer von Vivaldis «Vier Jahreszeiten» hören. Wir fuhren einmal durch einen Fluss, und ich konnte im Wasser ältere Fische mit Brillen unter den Wellen sehen. Wir durchquerten mehrere Wüsten und tranken mit Beduinen Tee mit gesalzener Milch. Nach der zweiten Tasse schmeckte das sehr angenehm. Außerdem gibt es meiner Meinung nach nichts Besseres, wenn man starken Durst hat.

Als wir wieder zurückkehrten, stellte sich heraus, dass die von Roland verehrte Schwester in der Zwischenzeit schon geheiratet hatte. Roland schluckte drei Mal hintereinander mit geschlossenen Augen. Kurze Zeit später hat er sich dann in eine der drei Nachbarstöchter verliebt. Die beiden leben jetzt auch schon seit über dreißig Jahren zusammen. Sieben Töchter sind ihrer Liebe erwachsen, die Jüngste hat rote Haare.

Ich war jetzt um die halbe Welt gefahren, war aber auch immer noch so klein, dass ich mich im Badezimmerspiegel nur knapp ab der oberen Hälfte der Nase sehen konnte. Und auch dazu musste ich mich noch auf die Zehenspitzen stellen.

ES war ein Samstag, und gleich nach dem Frühstück ging ich in unseren Garten, um mich umzuschauen, ob irgendwo etwas los wäre. Über die Treppen vor der Haustür lief ich zur hohen und breiten Buchenhecke, die unser Haus umgab. Jetzt war sie grün und prall, weil der Frühling es wollte. Die grünen Blätter und Blättchen flüsterten Geschichten, wenn der Wind sie dazu aufforderte. Manchmal kletterte ich an einer Stelle, an der die Äste nicht so dicht waren, tief hinein und war unauffindbar. Manchmal träumte ich, dass ich mich in der Hecke versteckte, und die Äste zupften aufdringlich an meinem ganzen Leib. Das Blattwerk redete mir unglaubliche Sachen ein. Einmal passierte es, dass ich mich vom Garten durch die Hecke zwängte und auf der anderen Seite die Mauer hinuntersprang, die unser Grundstück begrenzte. Ich sprang in die Welt hinein, rannte durch unbekannte Straßen und atmete fremde Gerüche und Lüfte. Vielleicht habe ich das nachts erlebt, im Bett mit geschlossenen Augen.

An dem speziellen Samstag wollte ich auf jeden Fall nicht, dass die groben Astarme nach mir griffen. Ich lief um die Hecke herum, schaute und horchte. Aber die Blätter schwiegen, und kein Nest mit piepsenden Vogelkindern konnte ich an den Stellen finden, wo ich früher schon einmal welche entdeckt hatte. Kein Käfer knabberte ein Heckenblatt oder wollte mir Gesellschaft leisten.

Vom älteren Nachbarn, der mit seiner Frau im Haus hinter der Hecke wohnte, war nichts zu sehen. Er war ein großer Vogelfreund. An jedem der Bäume in seinem Garten waren Vogelhäuser angebracht. Außerdem hatte er großzügig etliche Vogeltränken über sein Grundstück verteilt. Wenn Vögel Zeitungen lesen würden, hätte er bestimmt einige abonniert und an einem Ständer für seine singenden Freunde bereitgestellt. So umfassend, wie seine Liebe zu den Vögeln war, so abgrundtief hasste er Katzen.

Seine Abneigung gipfelte darin, dass er gleich hinter dem Gartenzaun eine Katzenfalle aufgestellt hatte. Es war ein länglicher Käfig, in dem hintendrin ein Köder baumelte, ich nehme an, dass es ein mit Baldrian betröpfeltes Stück Stoff gewesen ist. Die kleinen Raubtiere sind ja bekanntlicherweise recht angetan von dem Mittel. Wenn nun ein Katzentier, von dem verführerischen Duft gelockt, in die Falle ging, um mit der Nase an dem Baldrianzipfel zu schnuppern, wurde ein Mechanismus ausgelöst, der hinter ihm eine Klappe zufallen ließ. Das Tier war gefangen, und eine kleine Bimmel begann zu klingeln. Wenn der Nachbar dieses Geräusch hörte, ließ er alles stehen und liegen und rannte schnell zu der Falle. Dann schleppte er den Käfig samt Katze in die Mitte seines sorgsam gepflegten Rasens, erfreute sich erst eine gewisse Zeit am besorgten Maunzen, um dann in Seelenruhe seinen Gartenschlauch abzuwickeln, mit dem er dann das Tier gründlich und lange nass spritzte. Nach der Prozedur öffnete er die Klappe. Mit lauten Klagelauten suchte das durchnässte Tier daraufhin schnell das Weite, das milde Lächeln des Nachbarn folgte ihm.

Die Falle war an dem Tag aber leer, und ich schlenderte weiter zu unserer hohen und mächtigen Blautanne. Ich wippte ein bisschen auf den dicken Wurzeln herum und schaute durch das Durcheinander der Äste den wohlgenährten Stamm hinauf. Manchmal saß eine Taube im Baum und gurrte. Meiner Großmutter missfiel der melancholische Gesang sehr. Wenn sie auf ihrem Sofa saß und die trüben Rufe vernahm, verzog sie ihr ehrwürdiges Gesicht und begann zu klagen. Oft wünschte sie, dass einmal ein Mann kommen und mit seinem Gewehr die Blautanne hinaufschießen solle, damit ein für alle Mal das schreckliche Gurren aufhören würde. Aber an diesem Vormittag saß keine Taube auf einem Ast. Die Blautanne war komplett leer.

Hinter der Garage begann mein Blick etwas zu suchen. Zwischen unserer Garage und dem Zaun des Katzenfeind-

Nachbarn, an den dessen Hecke anschloss, deren Blätter glänzten wie frisch lackiert und noch nicht getrocknet und die so ähnlich wie Schuhcreme rochen, befand sich ein schmaler Streifen Garten, der sich nach hinten verengte. Hier herrschten immer Schatten und Kühle. Ich betrat den schmalen Gang. Hier lagen Dinge, für die man keinen besseren Platz gefunden hatte und die man, einmal hierher verschafft, einfach vergessen hatte. Die Sachen, die hier herumlagen, hatten vielleicht noch einige Zeit gehofft, dass jemand sich einmal irgendwann wieder an sie erinnern und sie hervorholen würde. Dann hatten sie diese Hoffnung vergessen, und so lagen sie nun in trauriger Müdigkeit. Der abgebrochene Stiel eines Spatens jammerte kurz auf, auf als ich auf ihn trat. Ein verrosteter Rechen beschwerte sich mit kratziger Stimme über die Störung, vermooste Blumentöpfe klapperten und wollten, dass ich verschwinde. Ganz hinten, wo die Dunkelheit schier der Nacht glich, trat ich gegen einen schmierigen Topf, in dem sich Regenwasser gesammelt hatte. Hundert Fliegen hatte ich mit meiner Unachtsamkeit geweckt, und sie schwirrten mir erbost ins Gesicht, in die Augen, den Mund und die Nase. Ich merkte endgültig, dass ich hier nichts verloren hatte, und sprang schnell aus dem dunklen Korridor.

Ich ging vor das Haus zu den beiden Mülltonnen und öffnete nacheinander ihre Deckel. Nichts befand sich darin. Nur ein bisschen bittersüßliche, gestaute Luft fuhr mir in die Nase. Oben in der einen Tonne klebten drei Kartoffelschalen und ein paar Müsliflocken mit einem kleinen Milchtropfen am Rand. Sonst waren die Kübel komplett leer. Die Müllabfuhr hatte gestern erst alles abgeholt.

Die Rosen standen daneben ausgemergelt wie alte Damen, die zu viel Sport machen und nur so viel aßen, wie auf einem kleinen Unterteller Platz hat. Der Steingarten, der das Haus unten umarmte, konnte mein Interesse an diesem Samstag nicht wecken. Manchmal fuhr ich mit einem Spielzeugauto durch ihn hindurch, durch seine phantasierte Gebirgslandschaft, erlitt Achsenbruch und machte Lagerfeuer. Ich sprach dazu die Dialoge der beiden Abenteurer, die einem wichtigen Auftrag folgend die raue Landschaft durchquerten. Ich sagte, was die Räuber riefen, die die beiden Freunde von ihrem Ziel abbringen wollten. Ich ließ Wölfe aufheulen und in schlimmster Not Retter mit mutigen Fäusten, Gewehren und Pistolen zu Hilfe kommen. Aber heute hatte ich keine Lust, mir im Garten etwas einzubilden.

Dann hörte ich, wie jemand meinen Namen rief. Es war mein Vater, der aus dem Haus kam. Mein Vater war fast so groß und mächtig wie unsere Blautanne. Wenn ich direkt vor ihm stand und ihm ins Gesicht schauen wollte musste ich meinen Kopf ein gutes Stück nach hinten beugen. Mein Vater hatte nicht viele und sehr weiße Haare. Sie wuchsen bei ihm hinten und an der Seite. Oben und vorne an seinem Schädel ist er ganz nackt gewesen. Wenn ich ihn von unten ansah, blickte ich direkt in seine großen Nasenlöcher hinein. Auch darin wuchsen ein paar kleine weiße Haare.

Er sagte: «Geh her, Matthias. Jetzt zeig ich dir was.» Dann ging er zur Garage, ich folgte ihm. Er öffnete die klapprige Holztür, trat hinein und schob sein Fahrrad heraus. Das Rad hatte einen großen Sattel aus dunklem Wildleder. Einem mächtigen Stier war für den Sitz bestimmt ein stattliches Stück aus dem Hintern geschnitten worden. Zwei glühbirnengroße Federn waren darunter angebracht und quietschten wie Trompeten, wenn sich der Vater draufsetzte. Wenn man mit der imposanten Klingel klingelte, war es ungefähr so laut, wie wenn Mutter von dem obersten Regal im Küchenschrank zwei Töpfe auf den Boden schleuderte. Die Fahrradlampe war nur ein kleines bisschen kleiner als meine Müslischale. Vorne auf dem Schutzblech befand sich ein Panther aus Blech angebracht.

Er ging mit seinem Fahrrad direkt auf die Straße vor unserem Haus und erklärte mir: «Heute kannst du einmal sehen, wie man rückwärts Fahrrad fährt.» Ich verstand nicht genau, was er meinte, und befürchtete schon fast, dass ihm ein paar der weißen Haare aus seiner Nase ins Hirn hineingewachsen waren.

«Du musst schauen, dass mir vorne nichts entgegenkommt», rief er und stieg verkehrt herum auf das Rad. Also nicht mit der Nase nach vorne, sondern umgekehrt in Richtung Rücklicht. Dann stieg er mit dem rechten Fuß auf das eigentlich linke Pedal und mit dem linken Fuß auf das rechte und saß schon mit dem Hintern auf dem Lenker. Der Vater und das Fahrrad wackelten sehr, und ich begriff sofort, dass es beim Rückwärtsfahren mit dem Gleichgewicht nicht so einfach war. Hinter dem Zaun schaute jetzt auch der Bernhardiner der Nachbarn. Er schüttelte den Kopf. Der Hund stammte aus der Schweiz und hatte so etwas in seinem bisherigen Leben noch nie gesehen, er wunderte sich bestimmt so wie ich und bellte.

Jetzt fuhr mein Vater los. Aber er steuerte direkt auf den Randstein zu. Ich wollte ihn warnen, dass rechts gleich die Bordsteinkante kam, wusste aber nicht, ob ich nicht besser «links» schreien sollte, weil er ja verkehrt herum saß. Ich brüllte sehr laut, weil in dem Augenblick auch der Bernhardiner sehr laut zu bellen begonnen hatte: «Vorsicht, der Randstein!» Mein Vater bog gerade noch rechtzeitig ab.

Wegen dem Geschrei und dem Hundegebell schaute unsere Nachbarin, Frau Conrad, aus dem Fenster und rief: «Der Vater vom Matthias fährt rückwärts die Strasse hinauf. Ich glaube, ich werde verrückt.» Da war aber mein Vater schon fast an der Straßenkreuzung, und ich sagte zu ihm: «Jetzt musst du rechts abbiegen.»

Der Vater bog ab, ich lief ihm hinterher. Auch Frau Conrad war aus dem Haus gekommen und lief hinter mir nach, der Bernhardiner war über den Zaun gesprungen und rannte ganz aufgeregt der Frau Conrad nach. Herr und Frau Büttner hatten Frau Conrads Ruf gehört, waren aus ihrem Haus geflitzt und verfolgten uns, Herr Büttner schob sogar seine Mutter im Rollstuhl mit. Frau Reichel, Doktor Spöhrl und die komplette Familie Allisath hatten alles stehen und liegen gelassen und schlossen sich der Gruppe an, die hinter meinem Vater herlief.

Am Schluss trabte die halbe Stadt hinter meinem Vater, der rückwärts fast bis nach Ottensoos gefahren war. Auf einer schönen Wiese ist er dann stehengeblieben, die vielen Menschen haben applaudiert, und der Bernhardiner hat noch einmal sehr laut gebellt. Eine kleine Blasmusikkapelle kam nach einer Weile auch noch dazu. Ein Bierfass wurde angestochen. Lang haben alle gelacht, getanzt und gesungen, bis schon die Sterne am Himmel standen, und der Mond hat amüsiert auf uns heruntergeblinzelt. Spät in der Nacht fuhr mein Vater wieder heim, aber dieses Mal richtig herum. Ich durfte auf der Stange sitzen, zwischen seinen Armen.

IN diesem Sommer bin ich oft allein im Garten gesessen und habe die Natur beobachtet. Sehr lange konnte ich mich damit beschäftigen, die Ameisen bei ihrem Tagwerk zu erforschen. Das war schon sehr erstaunlich, wie hektisch so ein kleines Tierchen zwischen den Gehwegplatten stundenlang hinauf und hinunter, nach rechts und links rannte. Es ist mir immer ein Rätsel geblieben, wohin die Ameise eigentlich will und welche Absicht sie verfolgt.

Es genügt ein kleiner Tropfen Kleber, den ich ganz sanft auf das Insekt fallen ließ. Sofort kam die Ameise zur Ruhe. Jetzt konnte sie die Seele einmal baumeln lassen und sich überlegen, was die ganze Rennerei eigentlich sollte. Zu guter Letzt habe ich dann die Ameise und den Kleber mit einem Streichholz angezündet. Wer es schon einmal ausprobiert hat, wird mir recht geben, dass Ameise, Kleber und Feuer insgesamt sehr harmonisch miteinander reagieren.

In genau so einem Moment konnte es gut passieren, dass meine Mutter daherkam und sagte: «Matthias, komm! Wir gehen jetzt einmal zusammen einkaufen.» Ich widersprach immer sehr nachdrücklich und wies darauf hin, dass ich gerade höchst beschäftigt wäre und dass meine verschiedenartigen Verpflichtungen keinerlei Verzögerung duldeten. Meine Mutter zeigte keinerlei Verständnis für meine Ausführungen. Ich musste klein beigeben und begleitete diese uneinsichtige Person mit leichtem Trotz zum grünen Auto, wo ich mich hinten hineinsetzte.

Meine Mutter fuhr heraus aus unserem Stadtviertel, in dem die Straßen Blumennamen hatten. Unser Auto kam an dem Haus von dem Mann mit der leisen Stimme vorbei. Er war Arzt. Ich konnte mir immer nur sehr kurz merken, für welche Krankheiten er zuständig war. Seine Frau war ein stummer, huschender Schatten. Das Haus sah aus, als hätte man verschieden große Käseschachteln in seltsamen Formen auseinandergeschnitten und anschließend, und zwar während der Fahrt in einem Kettenkarussell, wieder zusammengeklebt. Manchmal habe ich mir vorgestellt, dass sich hinter der völlig zerfalteten Fassade ein ganz normales, viereckiges Häuschen befand, in dem der stille Mann mit seinem Schatten wohnte.

An der Kreuzung bog sie links ab. Rechts über der Kreuzung tat sich zwischen den Häusern und Straßen eine weite Lücke auf. Hier schütteten die Menschen im Schutz der Dunkelheit heimlich ihre Gartenabfälle auf Haufen. Aus den Haufen wurden Hügel. Auf denen wuchsen jene wilden Pflanzen, die man aus den ordentlichen Gärten mit Vehemenz vertrieben hatte. Ein großer, hoher Baum stand am Rand dieser Wildnis und reckte provozierend seine kräftigen Äste.

Mutter lenkte das Auto vorbei an einem Haus, in dessen Vorgarten die Mülltonnen in einer kleinen Hütte wohnten. Die Menschen, die dort lebten, schmierten sich dick Deckweiß auf labbrige Weißbrotscheiben. Sie zeichneten sich durch ganz weiße Haut aus. Wenn es dunkel war und so einer bei uns in einer Straße mit Blumennamen herumlief, konnte man ihn schon von weitem sehen, weil er so leuchtete. Die Haare dieser Leute waren aus Lakritz, und wenn sie sprachen, schnauften sie die einzelnen Wörter mit Anstrengung aus ihren engen Nasenlöchern.

Wir fuhren am Haus der Stadträtin vorbei. Sie stammte aus derselben Baureihe wie meine Mutter, bei ihr war weder an Wortreichtum noch an Oberweite gespart worden. Der Mann der Stadträtin trug eine Brille mit Gläsern, die so dick und groß waren wie die Böden von Maßkrügen. Er fuhr ein riesengroßes Auto. Bei schlechtem Wetter wanderte die Stadträtin mit ihrer Familie am Sonntag im Auto herum, und zu der Familie gehörte eine kugelrunde Tochter, die ständig laut lachte, und Bruder Brummbär. Wenn sie ins Auto geklettert und endlich auf den hinteren Sitzen angekommen waren, rasteten sie kurz, tranken Pfefferminztee aus der Thermoskanne und aßen ein paar Brote, die die Stadträtin ihrem Mann in den Rucksack gepackt hatte.

Direkt ans Grundstück der Stadträtin grenzte, nur von einem schmalen zugewachsenen Streifen getrennt, der Blacherweiher. Der Blacher war ein Riese gewesen, in einer Zeit weit bevor die Zahnbürste erfunden worden war. Er wanderte in der Gegend herum, weil er außerordentlich gern wanderte. Als er gerade hier unterwegs war, fing es leicht zu regnen an. Ausgerechnet an dem Tag aber hatte der Riese seinen grünen Hut mit der kleinen Rabenfeder daheim vergessen. An der Stelle sollte man dazusagen, dass die Rabenfeder eigentlich nicht klein gewesen ist, tatsächlich handelte es sich sogar um eine erstaunlich große Rabenfeder. Sie schaute nur klein aus, weil sie im Hutband eines sehr großen, grünen Hutes für den riesigen Kopf eines Riesen steckte. Blacher hatte schütteres Haar und er mochte es nicht, wenn Regentropfen auf seine nackte Kopfhaut tropften. Seinen grünen Hut hätte er also sehr gut gebrauchen können. Seine Riesenmutter hatte ihm außerdem noch gesagt, kurz bevor er loswanderte: «Blacher, nimm deinen grünen Hut mit. Wenn es regnet, bist du froh darum.»

Blacher hatte seiner Mutter geantwortet: «Ach was. Die zwei lächerlichen Wolken geben keinen Regen.»

Jetzt regnete es, und Blacher wusste genau, daheim würde ihn die Mutter spöttisch lächelnd ansehen und dabei sprechen: «Was ich dir gesagt hab, mein kleiner Blacher.» Blacher mochte nicht, wenn ihn seine Mutter so anschaute und sagte, «was ich dir gesagt hab». Blacher wurde deshalb richtig wütend, und er stampfte mit dem rechten Absatz seines Stiefels so heftig auf die Erde, dass es qualmte und schepperte. Ein tiefes Loch bildete sich, das sich bei dem Regen, der auch noch immer stärker wurde, mit Wasser füllte. Der Riese kam nie wieder in unsere Gegend, weil er stocksauer gewesen ist. Aber genau an der Stelle, wo der Riese aufgestampft hat, ist heute noch der Blacherweiher zu sehen.

Gelegentlich bin ich mit dem Vater zum Weiher gewandert. Dann standen wir immer eine Weile am Ufer und haben ins Wasser hineingeschaut. Einmal habe ich mein eigenes Gesicht im dunklen Weiherwasser entdeckt und mich angelächelt. Und dann habe ich mir die Zunge herausgestreckt und versucht so zu schauen wie meine Oma, wenn sie müde ist. Da ist ein Frosch durch mein Gesicht geschwommen, und mein Vater hat gesagt: «Komm Matthias. Lass die Krämpf. Wir gehen weiter.»

Die Mutter fuhr vorbei an dem Haus, das aus kleinen roten Steinen gebaut worden war und auf dessen Dach ein Leuchtturm fast bis in die Wolken ragte. Sie sauste über die Bahnbrücke. Manchmal pafften alte Züge unter uns weißen Qualm und pfiffen aufbrausend. Das Auto fuhr in schnellen Kurven direkt auf den Marktplatz, und das Kopfsteinpflaster schüttelte mich.

Ich schaute zum hinteren Autofenster hinaus, ohne etwas zu sehen, und fragte mich, ob Ameisenkinder auch mitmüssen, wenn die Ameisenmutter zum Einkaufen geht. Meine Mutter kaufte nun in den verschiedensten Läden, Märkten und Geschäften die verschiedensten Dinge, und mir blieb es immer schleierhaft, warum ich dabei sein sollte. Ich wurde niemals in irgendwelche Entscheidungen, etwas zu kaufen oder nicht zu kaufen, einbezogen. Ich trottete unbeteiligt mit wie ein kleines Pferdchen, das man an einen Planwagen gebunden hatte, der immer wieder anhielt und mit Sachen vollgeladen wurde.

Als letzte Station unserer Odyssee betraten wir immer die Metzgerei Pristownik. Wenn man die Pforte durchschritten hatte, stand man vor einem gläsernen Altar, in dem Wurst und Fleischwaren üppig ausgelegt waren. Immer standen schon Damen und Herren mit Beuteln und Taschen vor dem Allerheiligsten an. An den Seiten flankierten Regale mit Nudeln, Senfgläsern, Würzmischungen und Eiern das Zentrum des Begehrens. Hinter der Auslage hantierten rosige Damen in weißen Schürzen vor einer Wand, die mit schwarzen und rotmarmorierten Wurstgirlanden behangen war, stachen mit gut durchbluteten Fingern in Wurstscheibenberge, zerschnitten große Klumpen roten Fleisches oder zählten leise pralle Würste auf ein Stück Einwickelpapier. Über allem wachte mit Ruhe und Übersicht die Zeremonienmeisterin, Frau Pristownik höchstpersönlich. Sie zupfte sanft eine Untergebene am Ärmel, bewegte dabei den Kopf sachte und nur ein ganz kleines Stück in den Nacken. Die Bezeichnete wusste sogleich, dass ihre Herrin im nächsten Augenblick mit geschwindiger Ruhe die hintere Tür durchschreiten und beim Metzgermeister siebenhundertfünfzig Gramm Hackfleisch holen würde, um damit das fast schon leere Behältnis in der Auslage neu zu füllen. Ein sanfter Augenaufschlag der Meisterin genügte, und eine andere feinfühlige Angestellte verließ ihren Posten hinter der Theke und trat in den Ladenraum, um einer älteren Dame die sorgsam verpackten

Einkäufe behände im Rollwägelchen zu verräumen, ihr die Glastür zu öffnen, sie mit guten Worten über die Stufe aus dem Laden zu führen und ihr einen herzenswarmen Abschiedsgruß hinterherzuschicken.

Manchmal, wenn ich genug davon hatte, fremder Leute Hintern zu betrachten, die vor mir herumstanden und die Sicht versperrten, schloss ich meine Augen und versank in mich selbst. Ich widmete mich meinen Gedanken, und die lärmende Welt verschwand hinter einem schweren, hohen Vorhang. Meine Überlegungen kreisten um die Frage, ob man in der Untersuchung der Ameisen vielleicht auch einmal andersartige Kleber verwenden sollte. Im Keller des Hauses befand sich meines Wissens eine Flasche mit milchigem, zähem Holzleim. In dem breiten Schubfach im Schreibtisch der Großmutter wiederum wurde in einer Glasflasche mit blauer Nase durchsichtiger Kleber aufbewahrt. Es war unbedingt ratsam, die unterschiedlichen Klebstoffe hinsichtlich ihrer fixierenden Wirkung auf das Insekt und des Weiteren auf seine Brennbarkeit hin genau zu untersuchen. Über derlei sann ich nach, bevor mich immer wieder irgendetwas in die Gegenwart des Fleischereifachgeschäftes zurückrief.

In der Metzgerei Pristownik gab es wie in jeder anderen Metzgerei dieses Landstrichs eine unausgesprochene Ordnung, nach der sich die fleischbegehrenden Menschen hintereinander aufstellten, um in der Reihenfolge ihres Eintreffens nacheinander den Metzgerei-Äbtissinnen ihr Begehr ins Ohr zu sprechen. Meine Mutter durchbrach diese Gleichheit regelmäßig und mit leidenschaftlicher Absicht. Wenn andere Kunden meine wuchtige Erzeugerin auf die bestehende Regelung vorsichtig hinweisen wollten, dampfbügelte sie mit drei kurzen, knappen Sätzen das

Murren flach und glatt. Die Gesetzmäßigkeit der Warteschlange ändere sich durch dieses Verhalten jede Woche willkürlich und undurchschaubar. Daheim liege der Mann krank im Bett, der schmächtige Sohn stünde kurz vor dem Verhungern, dergleichen argumentierte sie. Nichts habe sie gegen Gerechtigkeit einzuwenden, aber hier sei Gefahr in Verzug. Dann machte sie einen beherzten Ausfallschritt, schob mich in die vorderste Reihe und begann, ihre Wurst- und Fleischbestellung laut und deutlich aufzusagen.

In mir kreiste immer noch die Methodik zur Verjenseitigung der Ameise an sich. Immerhin der Versuch sollte einmal unternommen werden, den sechsbeinigen Gliederfüßer auch mittels Klebeband zum Gleichmut zu bewegen. Doppelseitig haftendes Band wäre dazu prädestiniert, die doppelseitige Klebbarkeit ließe sich durch ein paar unkomplizierte Handgriffe mühelos selbst herstellen. Ohne Frage würde sich keine Ameise mit eigener Kraft von einem Paketklebeband befreien können. Die Nutzung von Streichhölzern oder Feuerzeug zur Entflammung des fixierten Probanden erwog ich obendrein. Im Fernsehen hatte kürzlich ein jugendlicher Held unter Verwendung des Sonnenlichts und einer Lupe eine kleinere Anzahl von trockenen Zweigen zum Brennen gebracht. Konnte man sich dieses Verfahren auch in der Ameisenfrage zunutze machen? Wie wäre es, den heißen Lichtstrahl auf ausgesuchte Körperpartien des Tieres zu richten, fragte ich mich.

Beiläufig nahm ich wahr, dass die Mutter angefangen hatte, ihre Bestellung der Frau Pristownik persönlich zu sagen. Nach leichtem Vorbücken und Griff zum genannten oder gedeuteten Fleischstück aus der gekühlten Auslage fragte diese dann meine Mutter stets, wie viel davon es sein dürfte. Dann schnitt die Pristownik vom rohen Fleisch, schob große Brocken über die silberglänzende, surrende Schneidmaschine oder hob, mit einem kaum wahrnehmbaren Verengen der Augen, blitzschnell taxierend Wurstscheiben von Wursttürmen. Rasch wurde das rosige Trumm Nahrung auf ein Blatt milchweißes Einwickelpapier gesetzt und lag schon mit der nächsten fließenden Bewegung auf der Waage. Nach kurzem Blick auf das Messgerät folgte gelegentlich die Frage an die Mutter, ob es ein bisschen mehr sein dürfte. In den meisten Fällen, in denen die Hohepriesterin dieses Fleischtempels selbst die Zeremonie besorgte, stimmte das von der Mutter gewünschte Gewicht allerdings aufs Gramm genau mit der durchs Wiegen ermittelten Ziffer überein. Dann bewegten sich die Mundwinkel der Pristownik kaum erkennbar mit einem gleichzeitigen minimalen Nicken des Kopfes nach oben. Es folgte das geschwinde Einwickeln des erst genannten, dann geschnittenen oder abgezählten, zuletzt gewogenen Teils. Hatte ein Fleischstück diese gesamte Prozedur erfahren, schloss die Fachkraft mit der Frage an die Mutter, ob es denn noch etwas sein dürfte. Die Mutter nannte wieder eine Fleisch- oder Wurstsorte. Die Metzgerin schnitt, zählte ab, wog und fragte erneut. Die Mutter sagte dann ein anderes Fleisch oder eine andere Wurst. Die Metzgerin schnitt, zählte, wog das andere Stück und stellte die Frage noch einmal. Die Zeit stand in diesem Ablauf still. Die Mutter schaute und nannte Fleisch und Wurst. Die Pristownik beugte sich, schnitt und nahm, wog und fragte, und dazwischen schwebte ich in der gekachelten Metzgerei zwischen den Wörtern, Würsten, den erdachten Ameisen und Klebebändern. Es hörte nicht auf, dass die Mutter Wurst oder Fleisch nannte. Es wollte nicht enden, dass die Fleischerin sich bückte, griff, schnitt, stapelte, wog und sagte und fragte.

Oft fragte ich mich in diesen ewigen Schlaufen, warum die Metzgermeisterin oder die Fleischereifachverkäuferin die Mutter immer wieder fragte, ob es noch etwas sein dürfe. Meine Mutter wusste doch genau, was sie in der Fleischerei erwerben wollte. Sie war ja nicht absichtslos in das Geschäft hineingeflogen oder hatte sich hierher verirrt. Sie war nicht zum ersten Mal in der Metzgerei, und alle wussten das. Die Mutter kam doch in stetiger Regelmäßigkeit, um hier Wurst und Fleisch zu erwerben. Sie war bekanntermaßen alles andere als schüchtern. Meine Mutter würde doch selbstverständlich von sich aus äußern, wenn sie noch mehr Wurst und Fleisch wünsche, und sie würde das Benennen von Fleisch und Wurst genau dann beenden, wenn alle ihre Wünsche ausgesprochen waren.

In derartigen Gedankenkähnen schlingerte ich über den ruhigen See der Selbstvergessenheit, bis schließlich die Pristownik die immer wiederkehrende, aber genauso immer wieder überraschende Frage stellte, ob ich eine Wurst haben wolle. Oft war ich derart in mich verstülpt, dass ich die Worte zwar hörte, aber ihre Bedeutung mir fern und fremd blieb. Die Mutter stupste mich sodann an und fragte noch einmal bei mir nach, ob ich vielleicht ein kleines Stück Wurst essen wollte. Ich erwachte mit einem kräftigen Ruck. Das Licht in dem Fleischgeschäft war hell, und alle Dinge, Menschen und Gegenstände zeichneten sich scharf und mit deutlichen Konturen ab. Die Mutter blickte auf mich. Frau Pristownik betrachtete mich aufmerksam. Auch die anderen Fleischereifachverkäuferinnen hatten ihre Handlungen eingestellt und richteten ihre gesamte Konzentration auf mich. Die übrigen Kunden im Laden hatten sich um mich und meine Mutter gestellt, um mich und meine Reaktion unverstellt beobachten zu können. Alle Menschen in der Metzgerei Pristownik schienen den Atem anzuhalten. In die Stille des Augenblicks hinein sagte ich halblaut ja. Frau Pristownik schnitt daraufhin eine Scheibe Gelbwurst ab und reichte sie meiner Mutter. Der Arm der Pristownik war zu kurz und ich selbst zu klein, als dass sie mir persönlich die Scheibe über die Fleischtheke hinweg hätte aushändigen können. Meine Mutter nahm die Gelbwurstscheibe und reichte sie mir weiter. Auf der Stelle griff und vertilgte ich das Wurststück. Das weiße Rundstück war angenehm kühl, und ich kaute gern die weiche, frische Wurst. Die kleine Mahlzeit war eine schöne Abwechslung, die mich aus meinen Grübeleien befreite. Aber das kleine Vergnügen wurde stets mit einem Mal beendet. Denn meine eigene Mutter richtete nun eine für alle im Raum unüberhörbare Frage an mich: «Wie sagt man?» Die Pristownik und ihre Angestellten, alle Männer und Frauen im Geschäft, die sich während meines Gelbwurstkauens wieder entspannt hatten und ihren eigenen Belangen nachgegangen waren, hielten auf die Verhörfrage hin die Luft an und fixierten mich reglos und streng.

Ich wusste nicht, was meine Mutter von mir wollte. Rücksichtslos hatte mich diese Person aus meinen wichtigen Beschäftigungen herausgerissen. Gegen meinen Willen war ich durch die halbe Stadt geschleift worden. Ich begriff nicht, was Sinn und Zweck meiner Begleitung sein sollte. Mir war Wurst angeboten worden. Ich hatte das Angebot angenommen. Jetzt war ich gerade dabei, das kleine Gelbwurststück zu kauen und zu schlucken. Ich hatte den Mund voll. Mit vollem Mund spricht man nicht.

Die Mutter ließ es aber mit einer einmaligen Frage nicht

bewenden. Immer wieder fragte sie: «Wie sagt man? Wie sagt man?» Bei jedem Wie-sagt-man der Mutter rückten die Rund-, Haken-, Stups- und Plattnasen der Fleischkundschaft immer näher in Richtung meiner kauenden Visage. Die Pristownik lächelte zwar, beäugte mich jedoch streng. Einer angestellten Wurstnonne wackelte die Zungenspitze aufgeregt auf der Oberlippe. Eine andere Hackfleischschwester hatte die Hände flach gefaltet und blickte flehend zur Decke hinauf. Ich ahnte annähernd, was die Mutter von mir zu sagen verlangte.

Aber ich wollte diesem Wunsch auf keinen Fall entsprechen. Was für ein übertriebenes Schauspiel wurde hier veranstaltet? Ich hatte ein kleines Stück Wurst offeriert bekommen, hatte sie angenommen und die Wurst gerne verspeist. Und jetzt sollte ich vor Dankbarkeit auf den Bodenkacheln niederknien? Meine Mutter war gerade dabei, einen großen Sack voller Wurst und Fleisch einzukaufen. Wenn wir wieder zu Hause angelangt wären, könnte ich problemlos aus diesem toten Tierberg faustgroße Stücke herausreißen und verschlingen. Da würde mich auch keiner zwingen, nach jedem Schluckvorgang dezidiert meiner Dankbarkeit Ausdruck zu verleihen. Ich verweigerte die Aussage und betrachtete die Verfugungen der grauweiß gesprenkelten Fliesen unter meinen Füßen. Zum Abschluss des Gelbwursttheaters, als ersichtlich wurde, dass der Wurstesser jede Aussage verweigerte, erhob meine Mutter den Kopf in die Luft des Bratwurst-Pantheons und sprach: «Der Bub ist halt noch so klein. Der traut sich halt noch gar nicht, danke zu sagen.» Die Statisten dieser Szene atmeten aus und schüttelten Arme und Beine wie Läufer nach einem Lauf über mehrere Runden. Frau Pristownik lachte lautlos. Die Angestellte neben ihr ließ die Zungenspitze im Mund verschwinden. Eine andere zupfte kurz an dem Schwarzgeräucherten, das vor der Wand hing, und verschwand durch die Tür.

Das Schlimme an der Geschichte war die Tatsache, dass sie sich in ihrer gänzlichen Unerträglichkeit immer aufs Neue wiederholte. Immer wieder wurde ich aus Forschung und Wissenschaft gerissen und musste die Mutter als stumme Geisel auf ihren Karawanen durch den drögen Einzelhandel begleiten. Immer wieder endete diese sinnlose Strapaze in der Metzgerei Pristownik, und immer wieder landete ich in der Gelbwurstfalle. Jedes Mal wurde ich gefragt, ob ich Wurst haben wollte. Jedes Mal sagte ich ja. Jedes Mal sang meine eigene Mutter die Wie-sagt-man-Arie.

Allzu gern hätte ich einmal auf die Frage der Pristownik nein geantwortet: «Nein, liebe Frau. Ich weiß Ihr Angebot und Ihre Wurstwaren im Allgemeinen sehr zu schätzen. Aber ich möchte heute lieber kein Stück von der Gelbwurst. Es dürfte Ihnen ja nicht entgangen sein, dass meine Mutter gerade dabei ist, Wurst und Fleisch bei Ihnen einzukaufen. Ich nehme an, dass dabei auch mein Bedarf bedacht wurde. Wenn es Ihnen nichts ausmacht, würde ich Ihre exzellenten Erzeugnisse lieber erst zu Haus verzehren.»

Ich habe das leider nie hinbekommen. Und auch die Inszenierung änderte sich niemals. Die Wiederholungen waren endlos. Inzwischen glaube ich, dass meine Mutter die Frau Pristownik im Vorfeld informiert hat. Wenn sie mit mir am Nachmittag die Metzgerei besuchte, hat sie wahrscheinlich schon am Vormittag bei ihr angerufen. «Hallo Frau Pristownik, hier Egersdörfer. Passen Sie einmal auf. Ich tät so um circa halb drei heute Nachmittag wieder mit meinem Bub bei Ihnen vorbeischauen. Wie wär's?

Wollen wir das Wurstspiel machen? Sie kennen das ja. Ich kauf Wurst und Fleisch bei Ihnen, wie immer. Und dann würde ich Sie bitten, dass Sie fragen, ob der Bub eine Wurst haben will. Der macht ja mit. Schneiden Sie am besten ein Stück von der Gelbwurst ab, die schmeckt meinem Bub so besonders gut. Da sagt er ja dann auch immer ja. Dann geben Sie mir die Scheibe, und ich geb die dann dem Bub. Seine Arme sind ja zu kurz, als dass er sie selber nehmen könnte. Wenn er dann gegessen hat, frag ich ihn, wie man jetzt sagt. Das mach ich immer ein paar Mal hintereinander. Frau Pristownik, ich seh schon, das wird wieder ein Spaß.» Die Frau Pristownik hat dann immer zugesagt, weil ihr das ja auch so gut gefallen hat. Und dem Herrn Pristownik hat sie gleich den Auftrag gegeben, dass er frische Gelbwurst machen soll, dass auf jeden Fall noch was da ist, wenn am Nachmittag die Egersdörferin mit dem Bub in den Laden kommt.

Unzählbar oft stand ich in der Metzgerei am Marktplatz. Wie oft fragte meine Mutter: «Wie sagt man?» Keiner weiß es. Irgendwann konnte ich einfach keinen Widerstand mehr leisten. Ich hatte keine Kraft mehr und sagte müde und halblaut auf die Frage, die meine Mutter zum millionsten Mal gestellt hatte: «Danke.» So lernt man bei uns in der Gegend das Sprechen in der Öffentlichkeit und den höflichen Umgang mit Menschen, die einem eine Gunst erwiesen haben.

Es kam auch vor, dass ich nicht traktiert wurde. Dann, wenn ich nicht auffindbar und für den Radar der Mutter unsichtbar war. Vielleicht hatte sie mich, der ich in einer intensiven Beschäftigung auf kleinem Raum hinter dem weinrot bezogenen Sessel oder lautlos in einem toten Winkel verschwunden war, beim oberflächlichen Überblicken der Zimmer glattweg übersehen, oder sie hatte aufgrund einer plötzlichen Eiligkeit das Auffinden meiner Person kurzzeitig hintenangestellt. Die Schwestern lernten die Gesetze der Geometrie und das englische Wort für Apfelkuchen. Der Vater machte in Städten, deren Namen nach Häusern aus grobem Stein und nach grauem Bier klangen, Geschäfte mit Menschen, die vor jedem Wort, das sie aus ihrem Mund herausließen, erst einmal bellten. Mit einem prächtigen Scheppern hatte die Mutter die Haustür hinter sich ins Schloss fallen lassen und war die Treppe hinuntergetrappelt. Während sie schritt, besprach sie mit der Nachbarin über die Straße hinweg das Wetter, persönliche Befindlichkeit und Teilaspekte der politischen Entwicklung. Das eben verklungene Krachen der Tür echote noch in einem helleren Klirren des eisernen Gartentores, und das leitete den Auszug der Frau Egersdörfer aus Haus und Hof ein. Ohne freilich der Nachbarin noch ein paar weitere Betrachtungen mitzuteilen, wollte die Mutter sich nicht von der Bühne entfernen. Im Fabulieren öffnete sie die Fahrertür des grünen Autos, setzte sich, startete den Motor, setzte mit herzhaftem Ruck zurück und brauste in die weite Welt.

WIR alle, die vollgesprochene Nachbarin, die Straße mit dem Blumennamen, die Großmutter, ich im Haus und scheinbar auch die Dinge, die uns umgaben, schlossen für einen Moment die Augen und atmeten tief aus. Quer durch das Zimmer flog eine gut genährte Stubenfliege und ließ keinen Zweifel an der Wichtigkeit ihrer Reise. Ein Sonnenstrahl beleuchtete das brummende Insekt in seiner Flugbahn. Wie ein Klümpchen aus feinstem Gold mit strahlenden Flügeln und schillernden Beinchen aus güldenem Draht summte die heilig erleuchtete Fliege. Mit ihr im Lichtschein flimmerten Abertausende Staubkörner, Stäubchen, Flusen und Partikel. Die Luft schien im Blick der Sonne wie ein Meer aus glänzend illuminierten Bestandteilen. Ich atmete das unzählbare Schimmern ein und aus und begriff im Augenblick des Glanzes, dass ich selber auch eine Vielheit von kleinsten Kleinheiten war.

Eine Wolke beendete jäh den Fingerzeig des Himmelsgestirns. Die Fliege landete im gewöhnlichen Alltagsgewand graugrün auf der Gardine und stieg stumm das weiße Netz empor. Die Großmutter öffnete kaum hörbar ihre Zimmertür im Erdgeschoss. Nur ganz leise klangen ihre Schritte zu mir hinauf, und das plötzliche Gurren einer Taube im Garten übertönte sie mühelos. In dieser seligen Ruhe hatte mir die Langeweile ein leichtes Cape umgelegt. Ich schüttelte es mit einer ruhigen Bewegung ab und schritt durch die Wohnung, als wanderte ich durch eine vor langer Zeit versunkene und gerade ausgegrabene Stadt.

Meine Schritte führten mich auf den Balkon. Rot blühende Geranien säumten die Balustrade. Der Wind atmete flach über die gleichgültige Markise. Ich ging zum runden Tisch und wuchtete ihn in Position. Unter der Platte befand sich eine Befestigung, wenn man sie löste, konnte man die Tischplatte senkrecht kippen. Erst wehrte sich der Haken ein wenig, dann gab er nach, und ich stand vor dem großen weißen Steuerrad und fuhr unser Schiff mit ruhiger Hand durchs Häusermeer.

In längst vergessenen Zeiten schwappte in dieser Gegend ein weiter Ozean. Alle Männer waren Kapitäne mit langen, rauschenden Bärten und gedrechselten Augenbrauen. Die Frauen und Mütter aber bestimmten den Kurs, wenn sie nachts über große Karten gebeugt mit dem Zirkel Routen markierten, während die Tranlampe im Rhythmus der Wellen über ihren Köpfen sachte hin und her schwang. Die Schwestern nähten den ganzen Tag die vom Wind zerschlissenen Segel. In dunklen Nächten warfen sie nicht selten Flaschen mit Briefen aus dem Bullaugenfensterchen ihrer engen Schlafkammern. Es waren Botschaften aus dem Jammertal der Ödnis, doch nebenher flochten sie beiläufig Beschreibungen ihrer stilsicheren Frisuren, von dem Schmelz ihrer Blicke und der makellosen Weichheit ihrer Lippen in die Nachrichten mit ein. Insgeheim hofften sie, dass ein flotter Prinz mit zielloser Leidenschaft im Herzen die Flaschenpost aus dem Hafen seines Seeschlosses fischen würde. Er löste den Korken, las, und die blauen Tintenwörter entzündeten sodann ein Feuer in seiner Brust, das ihn noch am frühen Nachmittag dazu veranlassen würde, den Heißluftballon zu füllen und zusammen mit seinem zahmen Bären Rufus das Gefährt zu besteigen, um bei der nächsten Brise über das Meer hinauszufahren. Dabei hielt er ein Fernrohr am Auge, immer auf die unterhalb gondelnden Schiffen gerichtet, um sofort das holdselige Mädchen zu entdecken, das ihn nur mittels Tinte, Papier und Flasche so grundlegend verzaubert hatte. Aber vermutlich hat nie ein Prinz eine der Flaschen gefunden.

Die Großmütter auf den Schiffen in dieser Zeit saßen auf geblümten Sofas am Deck und beobachteten bei Tag die Wolken und die Bahn der Sonne und in der Nacht den Mond mit seinen Kameraden, den Sternen. Daraus konnten die weisen Damen lesen, wohin die Bismarckheringe zogen und wann ein Hafen anzufahren wäre, um die Schokoladenvorräte aufzufüllen und zwei Rollen Garn zu besorgen, damit die launischen Schwestern ohne Unterbrechung weiterflicken konnten. Der kleine Bruder auf dem Schiff hatte von einem freundlichen Delfin das Schwimmen gelernt, noch bevor er laufen konnte. Er schnatterte mit dem Tümmler in seiner Sprache über Gott und die Welt und konnte da noch kein ein einziges Wort sagen. Seine Aufgabe war es, den Anker zu lichten und darauf zu achten, dass die Schokolade nicht verdarb. Manchmal saß er im Ausguck und schaute, ob sich feindliche Piraten näherten, oder er kuschelte sich neben seine Großmutter auf das Sofa, während die ihm die Haare zauste, dabei Namen von Sternen sang und er dabei langsam einschlief.

Irgendwann kam es, dass es sich auf dem weiten Meer herumsprach, dass auf dem Dampfer der Familie Pristownik feinste Wurstwaren verfertigt würden. Unser Schiff steuerte darauf zu und band sich an den Schiffsbauch des Metzgerdampfers. Zwar wollten wir nach ein paar Tagen weiterfahren. Aber aus Tagen wurden Wochen, und statt dann irgendwann doch noch loszumachen, wurde mit einem zweiten Seil die Verbindung zum Fleischerschiff weiter gefestigt. Man munkelte, die Hausmacher Stadtwurst, der rote Presssack und bestimmt auch die Gelbwurst seien ausschlaggebend gewesen. Aneinandergebunden fuhren die Schiffe weiter. Und weitere Kähne, Segler und Fregatten banden sich an das schwimmende Heim der Wurstmacherfamilie. Immer größer wurde das Gebilde, und immer mehr nahm die Geschwindigkeit des Schiffkörperverbunds ab. Nur auf den Booten am Rand war noch ganz leicht ein sachtes Schwappen des Meeres spürbar. Die Menschen liefen jetzt zwischen den Schiffen herum und besuchten sich gegenseitig. Aus aneinanderliegenden Relings wurden Gehsteige; Kapitäne wurden zu Bodenplatten- und Fliesenlegern umgeschult. Das Meer stockte aufgrund des nachlassenden Wellengangs und versinterte unter und zwischen den Schiffsbäuchen. So war die Stadt entstanden.

Aber ich löste unseren Dampfer in meiner Einbildung behutsam los und steuerte ihn an den anderen Schiffen behutsam vorbei auf das weite, geträumte Meer hinaus. Zum Abschied winkte ich der Frau Nachbarin vom Vorderdeck und ließ die Schiffspfeife laut adieu sagen. Möwen umkreisten den Bug. In einer Stunde würde ich die offene See erreichen. Der Hafen und die Obstbäume wären dann nur noch Erinnerung.

Die Großmutter stieg vom Erdgeschoss in den ersten Stock hinauf. Stufe für Stufe, Schritt um Schritt näherte sie sich leise und bedächtig. In der Mitte der Stufen lenkte ein schulterbreiter, weinroter Teppich, der von mattschimmernden Stangen auf jeder Stufe geführt wurde, die feine Dame die Stiegen empor. Mit dem linken Fuß trat sie auf den von Zeit und Staub angegrauten Läufer, zog zugleich mit der rechten Hand ihren schmächtigen Leib am Geländer hoch und beendete die Bewegung, indem sie den rechten Fuß neben die Stelle setzte, wo der linke Fuß schon stand und der Stoff die dunkle Holzstufe nicht bedeckte. Mit einem tiefen Einatmen bewegte sie dann wieder den linken Fuß eine Stufe hinauf und stellte den rechten Fuß mit einem ebenso tiefen und erleichterten Ausatmen daneben. Langsam und bedächtig bewegte sie sich an zwei Topfpflanzen vorbei, die den Aufstieg der Großmutter ungerührt flankierten.

Die gewachsenen Geschwister reckten grün-weiß gestreifte Blattarme, die in gelblich braunen Spitzen endeten. Die Bewässerung dieser stummen Treppenbewohner erfolgte jenseits jeder Regelmäßigkeit. So oft man die beiden Kreaturen in ihren Töpfen übersah oder gar vergaß, gerieten sie doch auch beide immer wieder durch einen unabsichtlichen Blick beim Treppensteigen ins Bewusstsein und wurden dann mit Wasser genährt. Wie ein bitterer Trost hatte sich der Staub der Zeit auch über die zwei schwach geliebten Pflanzen gelegt. Die sachte Schrittfolge der Großmutter erzeugte keinen Wind, der den feinen Schmutz von den Stauden wehen hätte können. Hätte man Ohren dafür gehabt, hätte man vielleicht vernommen, wie die Topfbrüder zusammen mit der Großmutter ausatmeten, wenn diese das rechte Bein neben das linke eine weitere Treppenstufe hinaufbewegt hatte. Aber im Gegensatz zum eher positiven Ausatmen der Großmutter, die froh war, wieder eine Stufe bezwungen zu haben, stelle ich mir die Atemgeräusche der Stauden verdrossen und voll matter Resignation vor. Die Großmutter stieg auch sachte an einem Bild vorbei, das an der linken Wand über der Treppe befestigt war. Es war ein Porträt ihrer Tochter im Augenblick äußerster Konzentration und Ruhe. Der Großvater hatte sie beim Nähen gemalt, hatte den seltenen Augenblick festgehalten, in dem sein Kind ganz gegen seine stürmische Natur an einem Ort stumm verharrte, einmal ohne Sturm in der Frisur und schleudernde Gliedmaßen. In diesem Bildnis war meine Mutter gut erkennbar und zugleich auch wieder nicht – denn niemand, der sie auch nur ein bisschen näher kannte, konnte glauben, dass sie auch nur einen Moment in ihrem Leben der Raserei entsagte und ihre Konzentration auf eine Tätigkeit hin ausrichtete.

Dieses Sachverhaltes ungeachtet, kam die Mutter meines irrlichternden Mütterleins nun die Treppe heraufgelaufen. Ich hörte hinter meinem Gartentischsteuerrad auf dem

Balkon, wie sie im ersten Stock ankam und nach mir rief, schon vorher hatte sie auf den letzten Stufen mehrmalig meinen Namen gerufen. Ich lief ihr entgegen. Sie beschwerte sich, dass sie unten schon einige Male nach mir gerufen habe, aber ich hätte nicht gehört. Jetzt habe sie die ganze Treppe hinauflaufen müssen, was für sie ja immer eine Anstrengung bedeute. Sie schimpfte auf ihre milde Art, und es fühlte sich an, als würde sie mir mit sanften Worten durchs Haar fahren.

«Ich geh jetzt zum Gramp in die Stadt. Möchtest du mich vielleicht begleiten?», fragte sie mich und lächelte ein bisschen verdünnt dabei. Der Gramp war das erste Modehaus der Stadt. Auf mehreren Etagen wurde alles feilgeboten, was man als Mann und Frau jeder Altersgruppe zu den verschiedensten Anlässen am Leib tragen wollte. Außerdem verfügte das Geschäft über diverse Spezialabteilungen, die von Fachpersonal betreut wurden. Meine Großmutter besuchte immer gern die Fadenabteilung. Auf Spulen, Rollen und Spindeln waren hier Fäden aus aller Welt vorrätig. Eine Fadenspezialistin, höchst kundig über die Entwicklung der internationalen Fadenherstellung, unterhielt sich regelmäßig und ausgiebig mit der Großmutter über Brennpunktthemen wie die Reißfestigkeit von Zwirn bis zu Detaildebatten wie etwa, ob man unter bestimmten Umständen einen weißen Knopf mit einem blauen Faden auf eine gelbe Bluse nähen könne. Erwähnenswert scheint mir auch die Unterabteilung im dritten Stock, in dem man alle erdenklichen Knöpfe einzeln oder in mehreren Exemplaren erwerben konnte. In hohen und tiefen Schränken aus braunem Holz lagen in breiten Schubläden Knöpfe dicht nebeneinander in wirklich jeder denkbaren Form und Größe. Das Meer der runden, ovalen, eckigen, dreieckigen, blauen, gelben, gepunkteten, gestreiften, leuchtenden, riechenden, klingelnden Knöpfen wurde von einem Herrn besten Alters überschaut und inwendig durchdrungen. Der in feinen Anzug gewandete Mann hatte in England Knopf studiert und es in dem Fach bis zum Doktor geschafft. Mit der Großmutter diskutierte er beinahe erregt die neusten Errungenschaften der führenden Hersteller. Dabei beließ er es nicht bei einer eingehenden Beleuchtung der Gegenwart des Knopfes an sich, sondern betrachtete auch die Vergangenheit und zukünftige Aspekte, während er gedankenverloren mit der linken Hand an den unteren, metallisch glänzenden Knöpfen seines rechten Hemdsärmels drehte.

Mich persönlich interessieren Fäden, Knöpfe und Mode überhaupt nicht besonders. Trotzdem habe ich meine Großmutter immer gern zum Gramp begleitet, weil es bei Gramp nämlich eine außerordentliche Rutsche gab. Die Großmutter musste ihre Aufforderung also nicht wiederholen. Ich zog mir meine Straßenschuhe an und mein Jäckchen über, und dann bin ich mit der Großmutter losgezogen. Über die Treppen und durch das Gartentor auf die Straße hinaus und dann den Berg hinunter. Wir liefen vorbei am Haus der nicht mehr ganz jungen Dame, die ein Auto ohne Dach fuhr und öfter mal von jüngeren Männern abgeholt wurde, mit denen sie nicht verwandt war. Ein Haus weiter wohnte ein Dalmatiner. Ich hielt immer schon vorher Abstand zum Zaun, weil er immer viel zu sagen hatte, wenn man vorbeiging, und es insgesamt betrachtet ein recht oberflächliches Gebell war, das er von sich gab. Wir kreuzten eine Querstraße und bogen dann in einen schmalen Weg ein, der neben den Bahngleisen die Schritte zu einer Unterführung lenkte. Hier gelangte man durch einen hallenden, auf beiden Seiten gekachelten Schacht zum hell leuchtenden Ausgang auf der anderen Seite. Worte, die man sagte, und Schritte, die man machte, wurden in der Unterführung um ein Vielfaches verstärkt wiedergegeben. Ein unabsichtliches Räuspern wurde zwischen den Kachelwänden ins Brüllen eines hungrigen Gänsegeiers verwandelt. Das war auch der Grund, dass böse Buben an Silvester hier unter den Gleisen ihre Donnerschläge und Heuler besonders gern explodieren ließen. Bis zu uns hinauf in die Straße mit dem Blumennamen, durch geschlossene Fenster und Türen drang dann die bescheidenere, aber immer noch hörbare Melodie der Detonationen.

DIESE Unterführung war vor kurzem der Schauplatz einer Anfechtung für meine Großmutter geworden. Äußerst kurzatmig und für ihre Verhältnisse schnell war sie die Treppen in den ersten Stock fast hinaufgerannt und hatte laut und dringlich nach mir gerufen. Dann hat sie mir direkt von dem Unglück berichtet, das sich zugetragen hatte: Am Mittag sei ihr die Welt noch in guter Ordnung erschienen, das Schicksal ihr wohlgesonnen gewesen, fing die Großmutter ihre Erzählung an.

«Zwei feine Lendchen habe ich mir in der Pfanne herausgebraten.» Lendchen sind immer ihr Lieblingsessen gewesen.

«Dazu habe ich vorher schon angefangen, eine Kartoffel zu kochen.» Die alte Dame brauchte insgesamt nicht viel zur Sättigung, sie war zwar nicht klein, aber auch nicht groß und kam insgesamt ausnehmend schlank, fast grazil, daher.

«Zu guter Letzt schwitzte ich noch eine kleine Zwiebel an, verfeinert mit rot-marmorweißen Speckwürfeln. Zwei Handvoll frische Böhnchen vom Markt habe ich dazugegeben. Mit Anstand, Würde und studierten Kräutern habe ich gewürzt. Geduftet hat dann alles wie am dritten Tag im Paradies. Und nach dem seligen Mahl habe ich mich auf mein Sofa gelegt und einen huldvollen Mittagsschlaf absolviert. Nach dem Aufwachen hab ich mit dem guten Geschmack im Mund dem Tag einen zweiten Anfang geschenkt. Wenn du geträumt hast, und ich sage dir, ich habe geträumt, dann wachst du auf, als hättest du aus einer Quelle im Gebirge getrunken. Ich hab dann gleich noch ein Tässchen Bohnenkaffee mit ein bisschen Milch getrunken. Dann habe ich mich gefreut. Mag sein, dass ich mich zu viel gefreut habe, und der liebe Gott hat beschlossen, mich zu bestrafen. Wer kennt sich denn da aus mit der Theologie? Der Nachbarshund schaut zwar manchmal so fromm, aber schreiben und sagen kann er uns seine Einsichten nicht, deswegen bellt und jault er auch immer derartig. Bin dann aus dem Haus und hab die Stadt hinunter müssen. Weil mir deine Mutter nämlich Brillenputztücher besorgt hat. Aber es sind die falschen, und ich will sie nicht noch einmal bitten, dass sie mir die richtigen mitbringt. Sie hört ja nie zu, was ich sage, bringt mir irgendwelche Brillenputztücher mit und macht trotzdem ein Gesicht. Wenn sie einmal für mich eine Besorgung erledigen soll, macht sie gleich so ein Gesicht. Ich hab letzte Woche bei ihr oben aufgeräumt. Da sagt sie gar nichts. Mit dem Stock bin ich also die Straße hinuntergelaufen. Die Frau Nachbarin wurde von einem jungen Kerl abgeholt. Die Haare hat sie sich am Vormittag extra noch machen lassen, beim Friseur frisch ondulieren für den jungen Mann, und verwandt ist sie nicht mit dem.

Ich habe nichts gesagt, nur ganz freundlich gegrüßt und bin meinen Weg gegangen. Das hat sie geärgert, das weiß ich. An der Bahn vorbei, du weißt ja, was ich meine. Du bist da ja auch schon einmal gelaufen. Dann lauf ich also durch die Unterführung und denk mir so meinen Teil. Von der anderen Seite kommt mir jemand entgegen, und ich überleg mir noch: Wer ist denn das? Wer geht denn da? Den kennst du doch? Meine Brille habe ich halt auch nicht aufgehabt, und dann sehe ich ja nicht mehr so gut. Die Person kommt immer näher, und plötzlich merk ich, wie das in meinem Bauch anfängt. Es hat gebumpert wie in einem Kanonenofen, wenn du mit feuchtem Buchenholz anschürst, und ich hab den Druck schon gespürt. Ich hab dann noch überlegt, ob ich gleich wieder umdrehen soll. Aber ich war ja schon über die Hälfte in dem Tunnel drin. Jetzt schau ich nach vorn und meine plötzlich, dass das wie die Frau Allisath ausschaut, die da direkt auf mich zuläuft. Aber nein, denk ich erleichtert, das ist doch nicht die Frau Allisath! Du hast ja keine Brille auf. Wie kommst du denn darauf, dass das die Frau Allisath sein soll? Das ist bestimmt ein wildfremder Mensch, der dich nicht kennt. Meine Gedanken sind in ein Gewitter geraten. Und mein Bauch hat sich gebläht, hat gespannt, als hätte ich einen Fußball verschluckt. Jetzt war der Mensch schon neun Schritte vor mir, und ich muss erkennen: Das ist freilich die Frau Allisath. Ohne Zweifel kommt mir hier in der Unterführung die Frau Allisath entgegen. Ich merke noch, wie sie schaut und ansetzt, mich zu grüßen. Und hoff noch, dass ich es vielleicht bewerkstelligen kann, den peristaltischen Druck zu unterdrücken, zumindest zu verzögern. Zwei Schritte vor der Frau Allisath lass ich dann einen Bums. Derartig hat es gescheppert, vom Allerfeinsten. Ich wäre am liebsten direkt im Boden versunken. Ich konnte der Frau Allisath gar nicht mehr ins Gesicht hineinschauen. ‹Bohnen, Bohnen, die fürchterlichen Bohnen›, hab ich gesagt und bin schnell davongelaufen.»

Die Großmutter schwieg und blickte mich lange an. «Ich geh jetzt ein paar Jahre nicht mehr aus dem Haus, und wenn mir deine Mutter falsche Brillenputztücher bringt, ist es mir auch egal. Ich werde mich von Brillenputztüchern ernähren, ich koch sie mir in einer Wassersuppe, bis sie weich sind. Dann brauche ich keine Angst haben, dass ich davon Blähungen bekomme.» Ich schaute der Großmutter in ihr trauriges Gesicht. Aber täuschte ich mich, oder bewegte sich ihr rechter Mundwinkel nach einem Moment leicht nach oben? Dann hob sich auch ganz leicht ihr linker Mundwinkel, und dann lachte meine Großmutter mich an, und ich lachte zurück.

Wir gingen und liefen wortlos durch den gekachelten Gang der Schmach. Einmal blickte mich die Großmutter kurz und wehmütig an und erhöhte dann die Laufgeschwindigkeit. Dann hatten wir den Ausgang erreicht. Die Großmutter atmete aus voller Brust aus und verwandelte die ausströmende Luft in einen kleinen Pfiff, der nur für meine Ohren bestimmt war.

Gemessenen Schrittes gingen wir um eine Hausecke und verweilten kurz vor dem an der Wand angebrachten Schaufenster eines Fotografen. Die Großmutter und ich nahmen uns kurz Zeit, um die ausgestellten Fotografien zu betrachten: Eine Frau im weißen Brautkleid mit einem bunten Blumenstrauß im Arm stand in einem Schlosshof. Auf einem anderen Bild schaute ein Junge im blauen Blazer hochkonzentriert auf eine weiße Kerze, als wolle er in dieselbige gleich hineinbeißen. Ein anderes Bild zeigte eine ganze Familie, der Vater im karierten Hemd dominierte die Bildmitte, seine Frau im frischgebügelten Dirndl stand stolz neben ihm, das Paar flankiert von zwei Kindern, die freundlich zu schauen versuchten. Im Bildvordergrund hatte ein Rauhaardackel Platz genommen.

«Hätte sich der Mann denn kein schönes Hemd anziehen können?», fragte meine Großmutter die Glasscheibe, und ich zupfte ein wenig ungeduldig an ihrem Jackenärmel. Ich wollte endlich den Rutschspaß genießen. Die Großmutter setzte sich wieder in Bewegung. Wir schritten an der Bäckerei vorbei, und ich überlegte im Vorübergehen, ob die ausgestellten Kuchen, Brötchen und Hörnchen hinter dem Ladenfenster echt waren. Wurde die ausgestellte Torte mit den Kerzen regelmäßig abgestaubt, damit sie dann wieder wie frisch gebacken erstrahlte? Kam gelegentlich jemand in den Laden und meinte: «Ich hätte gern ein Hörnchen»? Und wenn dann die Frau zu den Backwaren in der Theke griff, sagte der Jemand, dass er lieber das Hörnchen aus dem Schaufenster haben wolle, weil es ihn so schön angelacht hat? Wir zogen am Reisebüro vorüber, in dessen Fenster große Schiffe abgebildet waren, Esel auf gepflasterten Wegen vor weißgetünchten Häuschen und hellen Stränden mit bunten Handtüchern für junge Männer und Frauen in Badebekleidung. Dann warteten wir an der roten Ampel. Die Großmutter sagte: «Bleib schön an meiner Hand. Wenn du hier nicht Obacht gibst, wirst du totgefahren. Ich möchte dich nicht am Friedhof besuchen müssen. Ich kann ja sowieso nicht mehr so gut laufen. Und du willst doch wohl von mir nicht verlangen, dass ich mit meinen kaputten Beinen dich regelmäßig am Friedhof besuchen soll?» Die Ampel wurde grün, und wir gingen über die Straße.

Auf dieser Seite noch befand sich der Geißler. Der Geißler war ein Laden, und es stand auch nicht «Geißler» über der Türe, da stand wahrscheinlich «Geschäft» oder «Laden» oder irgendetwas anderes. Mutter und Großmutter sagten immer, sie müssten noch zum Geißler. «Kannst du mir beim Geißler noch eine Milch mitbringen?», fragte die Großmutter. Oder sie sagte: «Der Kaffee vom Geißler ist gut. Der ist mir lieber als von woanders. Auch wenn er da ein wenig mehr kostet.» Oder: «Lass mich schnell vorn beim Geißler noch raus. Du kannst gleich weiterfahren. Ich lauf heim.» Zwischen hohen, schwer beladenen Regalen schlängelten sich beim Geißler enge Wege, die hinauf und hinunter durch den Laden gingen, die sich gabelnd verzweigten, als laufe man durch eine Ladenlandschaft, in der auf Gestellen und Trägern Kirschen, Kraut, Salz, Mehl, Buttermilch und eine Vielzahl anderer Dinge in Gläsern, Dosen und Kisten heranwuchsen. Oft schon hatte ich mich beim Geißler nicht mehr zurechtgefunden. Ich verlor dort die Mutter aus den Augen, weil mir eine grüne Gurke aus ihrem bauchigen Glas heraus eine Geschichte zuflüsterte. Von einer anderen Seite sangen weiße Bohnen in Tomatensauce einen Choral. Ein muskulöser Mann ohne Haare verstellte mir den Weg, und in solchen Momenten wusste ich nicht mehr, ob die Mutter noch vor dem Gemüse stand oder den dunklen Steig nach hinten genommen hatte.

Aber heute bestand kein Anlass zu der Sorge, für immer und ewig im Ladenlabyrinth zu verschwinden. Denn wir ließen den Geißler links liegen, überquerten die Straße und standen direkt vor den leuchtenden Pforten des Modehaus Gramp. Eine Frau in lila Kostüm und beiger Kurzhaarfrisur, welche mich an die Stoffmütze erinnerte, die meine Großmutter über die Kaffeekanne stülpte, wenn sie eine Gesellschaft gab, öffnete uns mit freundlichem Gruß die goldgefasste Glastür. Wir waren wir am Ziel. Geschäftiges Treiben herrschte. Damen und Herren waren mit Verkäufern in Beratungsgespräche vertieft oder suchten allein auf runden Ständern, Regalen und Auslagen nach einem Anzug für die Beerdigung, einer Bluse für das Rendezvous im Café auf dem Berg oder eine Hose, auf die sie sich während der Busfahrt nach Italien in der zwölften Haarnadelkurve erbrechen würden. Hinter den Theken standen Kassenfrauen, die die Textilien liebevoll falteten und in Tüten schoben, als wären es kleine, schlafende Kätzchen, die man nicht wecken wollte. Dann tippten sie die Zahlen der Preisschilder in die Kasse, öffneten die Schublade, nahmen und gaben Geld und lächelten, als habe Jesus persönlich gerade ein kurzes Höschen für seine Kreuzigung erworben. Die Großmutter ermahnte mich, dass ich es mit der Rutscherei nicht übertreiben solle, und verschwand sogleich in die oberen Bereiche des Bekleidungstempels. Ich schritt wie ein freier, stolzer Mann über den geweihten Boden am Treppenhaus vorbei zu der Rutsche.

Die Rutsche beim Gramp war aus leicht schillerndem, hellem Holz gearbeitet und führte im weiten Bogen an einer runden Wand entlang hinunter in das Kellergeschoss. Wie angesoffen vom Schnaps der Vorfreude, streckte ich meine Beine nach vorne und setzte mich oben auf die Rutsche. Ich zögerte den Start noch ein wenig hinaus, dann drückte ich mich kräftig ab und bewegte mich, in kürzester Zeit immer schneller werdend, den Kanal aus glattem Holz hinunter. Die ausgedehnte Linkskurve kostete ich voll aus. Meine Haare flatterten, und der Rutschwind sang mir in die Ohren. Ich lehnte den Oberkörper steif nach hinten, um die Geschwindigkeit zu erhöhen.

Zum Schluss hin wurde die steile Bahn etwas flacher, und man musste in der schnellen Passage die Geschwindigkeit schon waghalsig erhöht haben, um dann, was das Ziel war, am unteren Ende wie eine Kanonenkugel aus dem Lauf zu schießen. Auch diese Fahrt endete rasant und alles in allem in einem vorzüglichen Genuss. Aber wie ein Geschoss war ich unten nicht angekommen. Da gab es durchaus noch Verbesserungsbedarf, erkannte ich kritisch und dachte auf meinem Weg die vornehm geschwungene Treppe hoch ins Erdgeschoss darüber nach, wie ich die Geschwindigkeit erhöhen könnte. Bei den folgenden Rutschfahrten experimentierte ich mit verschiedensten Änderungen in meiner Körperhaltung. Erst hielt ich meine Arme seitlich an den Leib gepresst. Da bremste aber die Handhaut in der Kurve die Geschwindigkeit. Daraufhin legte ich mein Armpaar oben auf meinen Bauch. Das gewünschte Ergebnis führte das aber auch nicht herbei, weil ich nun unfreiwillig in eine ungleichmäßige, in sich schlingernde Abwärtsbewegung geriet. Ich variierte ideenreich die Haltung meines Oberkörpers. Ich rutschte mit Hohlkreuz und Hühnerbrust, hob und senkte meine Beine, kombinierte auch die unterschiedlichsten Arm-, Bein- und Körperhaltungen miteinander. Selbstverständlich achtete ich immer darauf, dass meine Schuhe nicht die glatte Bahn berührten, sondern erst zum letzten Ende hin im allerletzten Bremsen eingesetzt wurden. Ich rutschte mit offenen und geschlossenen Augen. Zuletzt unternahm ich eine Fahrt mit dem Kopf voran auf dem Bauch. Die Haltung war ungewohnt. Zwar entwickelte sich jetzt die Geschwindigkeit auf geradezu ideale Weise, aber die Fahrt endete in Kalamitäten, weil die seitlich angelegten Arme nicht zum Bremsen bereit standen und ich damit in die Gefahr geriet, mit meinem nackten Kinn voraus aus der Bahn geschleudert zu werden. Um ein Haar hätte ich mit meinem Kopf die Fahrt gebremst. Aber es ist mir noch gelungen, die Fahrt mit den Armen zu beenden. Ich bin nur dieses eine Mal beim Gramp mit dem Kopf voran vom Erdgeschoss in den Keller gerutscht. Für den heutigen Tag hatte der Rutschspaß sein Ende gefunden. Der Erkenntnisgewinn und das Vergnügen hatten sich, abschließend betrachtet, äußerst positiv entwickelt. Im Hinblick auf die enorme Vorfreude war das freilich ein positiver Abschluss gewesen. Ein Übermaß an positiver Erwartung führte beim Eintreffen des ersehnten Umstands meistens zu schneller Ernüchterung, wenn nicht sogar zu Verdruss. Weihnachten war ein gutes Beispiel für so ein unschönes Missverhältnis. Ich werde noch auf diese Problematik zurückkommen.

Vom leichten Schreck des ungebremsten Bauchrutschens innerlich durchschüttelt, stieg ich die Steintreppen hinauf und hielt Ausschau nach meiner Großmutter. Bald erblickte ich sie, was mir ein wohltuendes Gefühl an den Schläfen auslöste. Wenn man einen geliebten Menschen, der einen im Leben begleitet, mit Blicken sucht, fühlt sich der Moment, in dem man seiner wieder ansichtig wird, an, als würde sich das Hirn in seiner Schale aus einer Verkrümpelung wieder selbst entfalten.

Die Großmutter stand mit keinem Geringeren als dem Besitzer des Modehauses, Herrn Gramp höchstpersönlich, ins Gespräch vertieft wie selbstverständlich im steten Gewoge des großen Hauses.

«Sag dem Herrn Gramp einmal grüß Gott und gib ihm deine Hand», forderte mich meine Großmutter milde auf.

Ich grüßte Herrn Gramp und wurde im selben Augenblick der körperlichen Stattlichkeit des Mannes gewahr.

Wie ein respekteinflößendes Gebirge ragte er vor mir. Es schien, als würde nicht er mit seinen baumstammartigen Beinen auf der Welt stehen, sondern als befände sich die Welt wie ein Ball unter seinen Füßen und würde von seinen Schritten gedreht. Sein Bauch glich einer Himmelswolke, die allein von Hemd, Jackett und der Kraft etlicher Götter daran gehindert wurde, nicht sofort zur Sonne hinaufzusteigen. Mit nur einer leichten Drehung seiner Schulter konnte er Sternenkonstellationen umwerfen und neu ordnen. Sein schrankartiger Leib war gekrönt von einem kugelrunden, nahezu haarlosen Schädel und einem ebenso runden Gesicht, aus dem zwei lebhafte Augen auf mich heruntersahen. Ich reichte Herrn Gramp meine Hand. Als die seine die meinige umfasste, schien es mir, als schluckte ein stumpfzahniger Haifisch meine kleine Flosse in seinen hungrigen Rachen. Ein Schraubgriff, der mich unauflöslich an den Gramp fesselte. Eine leichte Schüttelbewegung setzte ein, in der meine Hand und dann über den Unterarm mein ganzer kleiner Leib in stetiger Frequenz auf- und abwärts bewegt wurde. Vorschnell keimte in mir die Hoffnung, das ergreifende Begrüßungszeremoniell würde nach zwei zaghaften Atemstößen meinerseits ein Ende finden. Dem war nicht so. Gramp schüttelte gleichmäßig weiter und löste die Umklammerung kein bisschen. Zugleich setzte er das Gespräch mit meiner Großmutter, das durch die Begrüßung eine Unterbrechung erfahren hatte, einfach fort. Möglicherweise ging es thematisch um allgemeine Betrachtungen des Wetters unserer Region. Es ist auch denkbar, dass Gramp und meine Großmutter sich über den Verbleib und die biographischen Entwicklungen von beiden bekannten Personen austauschten.

Um ehrlich zu, sein konnte ich dem Gesprächsverlauf

nicht konzentriert folgen und betrachtete bei leichter Erstarrung meines restlichen Körpers meine erdrückte Hand, die in stetiger Wiederholung gehoben und gesenkt wurde. Eine ganze Weile war jetzt schon verstrichen, und Gramp machte keine Anstalten, das Händeschütteln in nächster Zeit zu beenden. Würde er mich jemals wieder auskommen lassen? Vielleicht schüttelt und drückt er einfach immer weiter, während er sich mit der Großmutter bis zum Ladenschluss unterhält. Dann begleitet er meine Großmutter nach Hause, während er mich an der Hand haltend und schüttelnd durch die Stadt und die Unterführung bis zu unserer Haustür führt. Die Großmutter sperrt auf, verabschiedet sich von Herrn Gramp und mir und verschwindet in ihrem Zimmer. Ich gehe dann mit Herrn Gramp in den ersten Stock hinauf. Meine Mutter begrüßt uns beide und fragt, welchem Anlass es denn zu verdanken sei, dass der Herr Gramp uns besuche. Ich sage dann der Mutter, dass ich auf Wunsch der Großmutter dem Herrn Gramp zum Gruß meine Hand gereicht habe. Er hätte dann meine Hand ergriffen und seither nicht mehr losgelassen.

Nun beginnt Gramp ein Gespräch mit der Mutter. Beim Abendessen unterhält er sich angeregt mit meinem Vater und den Schwestern. Die Mutter schneidet, schmiert und belegt ihm und mir einige Scheiben Schwarzbrot, weil Gramp meine Hand ja nicht loslässt. Dann liegt Gramp neben mir im Bett. Ich muss auf dem Rücken liegen, weil es keine andere Möglichkeit gibt. Ich bin es zwar gewohnt, in Seitenlage einzuschlafen oder auf dem Bauch, aber beides ist nicht möglich. Gramp schnarcht. Ich kann nur schwer einschlafen. Am nächsten Tag laufe ich mit Gramp an der Hand in die Schule. Die Klassenleiterin ruft alle Schülerinnen und Schüler in alphabetischer Reihenfolge nacheinander auf. Ich werde aufgerufen. Ich melde mich. Die Klassenleiterin sieht mich an und fragt, wer der ältere Mann an meiner Hand wäre. Ich erkläre, dass das Herr Gramp wäre, der seit gestern nicht mehr aufhören würde, mir die Hand zu schütteln. Die Klassenleiterin setzt das Vorlesen der Schülernamen fort und beginnt dann mit dem Unterricht. Wie würde ich in Zukunft Fahrrad fahren oder schwimmen, wenn der Gramp nie wieder meine Hand losließe? Wie würde ein Mädchen reagieren, das ich vielleicht in einigen Jahren einmal kennenlernen würde? Vielleicht treffe ich sie in einem Kaffeehaus. Ihr fällt ihr kleines Hütchen vom Kaffeetisch, und ich hebe es mit meiner linken Hand auf. Ein angenehmes Gespräch ergibt sich, in dem sich herausstellt, dass wir beide gerne Schokopudding mögen und von Fliegen fasziniert sind. Dann muss sie sich verabschieden, ich gebe ihr meine linke Hand und frage: «Wollen wir uns nicht vielleicht noch einmal treffen und Pudding essen?» Und das Mädchen sagt: «Sehr gerne würde ich das machen. Ich habe unser Gespräch sehr genossen. Aber sag einmal – also, ich möchte jetzt durchaus nicht indiskret erscheinen –, aber wer ist denn der ältere Mann, der während unserer Unterhaltung ununterbrochen deine rechte Hand gehalten hat?» Ich antworte: «Das ist der Herr Gramp. Zehn Jahre ist es her, dass ich in seinem Modehaus ein paar Mal auf der Rutsche vom Erdgeschoss in den Keller gerutscht bin. Danach habe ich auf die Aufforderung meiner Großmutter hin dem Herrn Gramp die Hand gegeben. Herr Gramp hat daraufhin meine Hand ergriffen und geschüttelt und lässt mich seither nicht mehr los.»

Gramp hat dann doch immer losgelassen. Meine Hand war rot und hat gebitzelt, und ich war erleichtert, dass sich meine Finger noch bewegen ließen. Herr Gramp begleitete meine Großmutter und mich noch persönlich zum Ausgang, öffnete uns die Tür, und wir traten den Nachhauseweg an.

DAHEIM machte die Großmutter das Gartentor auf und sagte: «Wir müssen das Gartentor hinter uns wieder zumachen. Das musst du dir merken, dass du das Gartentor geschlossen hältst. Sonst kommen in der Nacht die Räuber und nehmen uns alles, was wir haben.»

Ich ging auf dem Steinplattenweg zu unserer Garage und sagte: «Ich fahr jetzt noch mit meinem Fahrrad achtmal um das Haus herum.»

Die Großmutter antwortete: «Freilich fährst du noch um das Haus herum. Aber fahr nicht so schnell, nicht dass du noch hinfällst und dir dein Knie zertrümmerst und ins Krankenhaus kommst. Fahr nicht auf die Straße hinaus, sonst wirst du noch von einem Lastwagen überrollt. Die rasen ja heutzutage wie die Verrückten. Denen ist es doch egal, wenn sie einen kleinen Buben auf seinem Fahrrad zerquetschen. Dann muss ich dich immer am Friedhof besuchen. Wo mir doch meine Beine sowieso so weh tun.»

Um unser Haus führte ein Steinplattenweg, der von einer kleinen Treppe zur Haustür hoch unterbrochen wurde. Auf diesem Steinweg fuhr ich auf meinem Fahrrad rechts um das Haus, bis die Treppe meine Fahrt beendete. Dann änderte ich die Richtung und fuhr auf dem Weg links um das Haus, bis ich wieder an der Treppe ankam und von dort aus in umgekehrter Richtung zurückfuhr. Wenn ich an der Garage vorbeiradelte, begleiteten mich gelegentlich mein Schatten und der meines Fahrrads an der Wand. Der Bernhardiner der Nachbarn verfolgte mich hinter dem Zaun und bellte. Das Bellen klang, als sei er ein wenig neidisch und würde selbst auch gern auf einem Fahrrad neben mir herfahren. War ich um die Hausecke gebogen, schwieg der Hund augenblicklich. Und begann sein Gebell und meine Verfolgung wieder, sobald ich hinter der anderen Hausecke auftauchte.

Die übrigen Strecken an den verbliebenen Hausseiten waren insgesamt eher leise. Gelegentlich schimpfte einmal eine Amsel, oder in der Tanne klagte eine Taube über das schwere Gewicht ihrer Existenz. Der feine Zweig eines blaugelben Busches streichelte beiläufig über meine rechte Wange. Mein Fahrrad war blau, und am hinteren Rad hatte man zwei Stützräder befestigt. Wenn ich damit links um das Haus herumfuhr, setzte in der Kurve mein linkes Stützrad auf und schepperte. Wenn ich rechts um das Haus fuhr, setzte das rechte Stützrad auf und schepperte. Ich mochte das Scheppern der Stützräder sehr gern leiden. Manchmal, wenn ich auf gerader Strecke den Steinplattenweg fuhr, standen beide Stützräder in der Luft, und ich glitt fast lautlos dahin. Zwischen jeweils zwei Steinplatten befand sich immer ein kleiner Spalt. Wenn ich mit dem vorderen Rad über diesen schmalen Spalt fuhr, gab meine Klingel oft einen leisen Ton von sich, der wie ein kleiner Tuschepunkt mit spitzer Feder auf das große, weiße Blatt der Stille gesetzt wurde. Ich beobachtete und genoss es, wie durch die Betätigung der Pedale die schwarzölige Kette in stetiger Geschwindigkeit über den Radkranz gedreht wurde und das Hinterrad kraftvoll zum Drehen trieb. Ganz ergriffen war ich vom Zauber der Übersetzung. So vertieft war ich einmal in die Betrachtung des flimmernden Kreisens der Speichen und der verblüffenden Auswirkung meiner Lenkbewegung im Hinblick auf die Fahrtrichtung, dass ich die Linkskurve des Plattenwegs glatt übersah und geradeaus in die grüne Wiese hineinfuhr.

Ich fuhr so lange um das Haus, bis die Mutter im ersten Stock die Fenster öffnete und nach mir rief. Sie rief laut und deutlich in jede Windrichtung zu einem Fenster hinaus, bis der Leuchtturmstrahl ihres Schreiens in meine Ohren drang und ich antwortete. Die Mutter teilte mir mit, dass das Abendessen schon auf dem Tisch stünde, und forderte meine sofortige Anwesenheit im Haus. «Ich fahr noch achtmal um das Haus herum», gab ich ihr zur Antwort. «Du fährst allerhöchstens noch dreimal um das Haus herum. Dann aber steht dein Fahrrad sofort in der Garage, und du sitzt am Tisch. Ich rufe dich kein zweites Mal», sagte die Mutter und schloss zur Unterstreichung ihrer Aussage mit Gerumpel das Fenster, gleich nach dem Punkt ihres letzten Satzes. Beim Radeln über den Steinplattenweg atmete ich noch einmal tief die Luft der freien Welt ein und blickte in den Himmel über mir. Dann stellte ich mein Fahrrad wie befohlen in die Garage, fuhr mit der Hand sanft über den Sattel und schloss dann hinter mir die große Holztür der Garage.

Manchmal, oder besser gesagt, selten, kam es vor, dass die engelsgleichen Schwestern nach dem Abendessen ein klein wenig ihrer kostbaren Zeit erübrigten, um sich mit dem kleinen, täppischen Bruder in seiner hilfsbedürftigen Wurmgestalt zu beschäftigen. Ständig wurden sie abgeholt oder eilten kurzatmig und in wehenden Mänteln aus dem Haus. Die Schwestern waren von der Angst getrieben, wesentliche Ereignisse der Weltgeschichte zu verpassen. Beide strahlten eine tiefe Unruhe aus. Wenn sie sich an einem Ort befanden, schienen sie die Richtigkeit des Aufenthalts in kürzester Zeit zu bezweifeln und Pläne zu einem baldigen

Umzug zu fassen. Dann wieder lag eine im Bett, obwohl der Himmel hell war und noch Stunden vergehen würden, bis die Straßenlaternen leuchteten. Sie aß in rauen Mengen Schokolade und befahl dem Engerling, sofort das Zimmer zu verlassen. Die andere blätterte in dicht beschriebenen Büchern, die kein einziges schönes oder lustiges Bild enthielten, und malte daraus Wörter ab auf einen karierten Block.

Aber dann geschah plötzlich das Wunder, auf das der kleine Bruder schon gar nicht mehr zu hoffen gewagt hatte. Die Schwestern widmeten mir einen Abend lang Aufmerksamkeit und Zeit. Ich dankte es ihnen mit der ganzen Freude meines überforderten Herzens. Weithin leuchteten meine roten Wangen und Ohren. Denn sie spielten mit mir das Gänsespiel. Die Schwestern und ich erhielten zu Beginn der vergnüglichen Unterhaltung eine aus Blech gestanzte und weiß lackierte Gans als Spielfigur. Für die Dauer des Spiels war ich nicht mehr klein und untersetzt, fühlte mich nicht mehr schwach in Wille und Geist und so gegensätzlich zu der blonden und schwarzen Grazie, die das Leben beherrschten wie einen gezähmten Löwen. Wir waren in Größe und Gestalt dieselben, und nur das Glück entschied über unser Schicksal. Wir würfelten abwechselnd und führten unsere wackeren Gänse gemäß der jeweiligen Augenzahl unerschrocken von einem Ereignisfeld zum nächsten. Ich formte mit meinen kleinen Händen einen geschlossenen Hohlraum, in dem ich den Würfel aufgeregt auf und ab schüttelte, um so dem Schicksal größtmöglichen Einfluss zu gewähren. Ich staunte nach jedem Wurf, wenn sich der Würfel in unendlichen Drehungen über den Tisch bewegte, am Ende an einer Stelle liegenblieb und eine Seite tatsächlich und über jeden Zweifel erhaben oben lag. Meine Fähigkeit, zu würfeln und dann selbständig die Spielfigur auf dem Feld zu bewegen, brachte den Dampfkessel meines Glücks schier zum Überlaufen. Von eins bis sechs konnte ich ohne Mühe zählen. Woran es mir zu dem Zeitpunkt mangelte, war die Fähigkeit zu lesen. Die Buchstaben waren ein Rätsel, das ich selbst mit größter Anstrengung nicht lösen konnte, und sie blieben auch nach längerer Betrachtung nichts als eine Aneinanderreihung sich wiederholender Zeichen ohne Schönheit und Sinn. Das Gänsespiel hätte aber ohne die Fähigkeit des Lesens nur ein schwaches Vergnügen gemacht. Gelangte nämlich eine der Gänse durch Würfeln auf ein neues Spielfeld, wurde aus der engbedruckten Spielanleitung das zum Feld gehörige Ereignis laut vorgelesen. Es konnte dann sein, dass die Gans drei Felder vorrücken durfte, weil sie reichhaltig gefrühstückt hatte, oder aber der Spieler musste einmal aussetzen, weil sein Vogel verschlafen hatte. Die Ereignisse waren in einer liebenswürdigen Sprache wie kurze Episoden erzählt, die über den Abend hinweg den Lebensweg einer Gans beschrieben, der sich zudem mit den Geschicken der anderen Gänse überschnitt, sodass sich insgesamt eine große Geschichte ergab.

Die Schwestern kamen der Aufgabe des Lesens sehr gerne nach und lasen abwechselnd die Erläuterungen vor. Ich konnte nicht ermessen, aber vermuten, dass sie bei den jeweiligen Begebenheiten meiner Gans im Spielverlauf die Zeit absichtlich ein wenig dehnten, wenn sie den Text vorlasen. Freilich ließ ich mir die Verzögerungen gefallen und genoss die sanften Quälereien. Die Schwestern verstellten ihre Stimmen und lasen die Kurzgeschichten in verschiedenen Rollen. Ich juchzte vor Freude und klatschte in die Hände, wenn ich nicht gerade im hellen Eifer würfelte.

Die Zeit verging wie Musik. Die Gänse bewegten sich stetig dem Ziel entgegen. Und das Glück hatte mich auserwählt: Meine Gans stand an vorderster Stelle. Wir würfelten. Meine Augenzahlen überragten deutlich. Die Schwestern lasen vom Zettel. Und auf einmal erschien es mir, dass sie beim Lesen kaum noch die Schrift betrachteten. Sie schienen den Text zu überfliegen und nur noch sinngemäß vorzutragen. Statt sich auf eine exakte Wiedergabe der Wörter zu konzentrieren, gefielen sie sich darin, ihre Stimmen maßlos zu verstellen und auch mit Körperhaltung und Mimik Kapriolen zu schlagen. Aber trotz der unübersichtlichen Stimmung konnte ich meinen Vorsprung weiter ausbauen. Ich würfelte nun sogar eine Sechs und durfte gleich noch einmal würfeln. Ich zählte jetzt gerade die Felder ab, die ich zurücklegen durfte, und war noch gar nicht am Bestimmungsort der Gans angekommen, als die Schwestern gemeinsam das vermeintliche Ereignis dazu vorlasen. Dabei blickten sie auf den Zettel wie schlechte Schauspieler, die ungeschickt so taten, als läsen sie. Sie prusteten und lachten dabei aus roten Gesichtern und sprachen abwechselnd: «Deine Gans hat Husten und muss zum Doktor. Gehe sofort auf Los zurück!» Ihre Freude kannte keine Grenze mehr.

Eine Ahnung setzte sich wie eine schwarze Nacktschnecke in mein Genick: Keines der Wörter, das die Schwestern gesprochen hatten, stand so in der Spielanleitung. Diese Hexen hatten meine Unfähigkeit zu lesen heimtückisch ausgenutzt, um mich hinters Licht zu führen und meinen verdienten Sieg zu vereiteln. Sie bemühten sich jetzt gar nicht einmal mehr, die Irreführung zu kaschieren, sondern genossen das Leid der betrogenen Kreatur. Ich schrie auf und heulte fürchterlich. Die Schwestern neckten mich weiter und sagten Dinge wie «Mit Husten ist nicht zu spaßen. Die Gans muss zum Doktor. Schnell zurück auf Los, bevor es chronisch wird». Ich brüllte immer lauter. Die Mutter erschien im Zimmer und wollte wissen, was der Grund für diesen Tumult war. Ich war nicht mehr in der Lage, auch nur ein verständliches Wort zu sprechen, und flüchtete in die Arme der Mutter. Eine der Schwestern entgegnete spitz, dass der Fratz halt noch nicht gelernt habe, ein Spiel zu verlieren. Die Mutter erteilte den Schwestern zwei knappe und kräftige Rügen und befahl den sofortigen Rückzug auf ihre Zimmer. Wortlos verschwanden die Schwestern aus dem Wohnzimmer und schlossen die Tür hinter sich. Die eingetretene Stille im Raum wurde nur von meinem retardierenden Schluchzen unterbrochen. Fest drückte ich meinen Kopf an die Mutterbrust und klammerte mich schutzsuchend an ihr fest. Sanft streichelte sie mir über die Haare und sprach leise tröstende Worte. Die Löwin hatte ihr jüngstes Kind verteidigt. Das Schluchzen wurde leiser und hörte bald ganz auf. Ich konnte hören, wie eine Fliege über mich hinwegflog.

DIE Mutter vertrat immer die Meinung, dass die äußere Hautschicht ihres Sohnes um ein Vielfaches dünner ist als die der anderen Menschen. Der Sohn war im hohen Maße verletzlich und verwundbar. Meine labile Existenz war zerbrechlich wie eine Tasse aus dünnem Glas. Die hauptsächliche Lebensaufgabe meiner Mutter bestand deshalb darin, die zufällige Zerschmetterung meiner hingehauchten Nebelexistenz mit allen Mitteln zu verhindern. Eine wichtige Maßnahme, meiner Vernichtung entgegenzuwirken, war die stetige und konsequente Überwachung meiner Mutter, dass ich nicht verkühle. Mein Kopf wurde fast ganzjährig mit diversen Wollmützen bedeckt. Lange Schals wickelte die Erzeugerin mir mit Akkuratesse um das Hälschen, um zu vereiteln, dass auch nur ein Lufthauch ein Stückchen meiner unbedeckten Haut berührte. Handschuhe trug ich bis in den Frühsommer. Die wollene Umhüllung meines Leibes wurde erst gelockert, wenn ich Anzeichen des Erstickens oder gefährlicher Überhitzung zeigte. Aber schon beim ersten trockenen Blatt, das im Spätsommer vom Baum fiel, musste ich davon ausgehen, dass meine Hände von gefütterten Fäustlingen verhüllt und eine wattierte Hose über meine Beine gezogen wurde, noch bevor das Laub den Boden erreicht hatte. Diese Maßnahmen sicherten die Grundlage meines Seins. Die Hauptaufgabe dagegen bestand darin, jegliches Krankheitssymptom frühzeitig zu erkennen und zu bekämpfen. Mir brauchte nur das Blütenblatt eines Blümeleins am Nasenflügel sanft vorbeigeflogen sein und damit ein sanftes Niesen bewirkt haben, schon konnte ich davon ausgehen, dass die Mutter alles stehen und liegen ließ und mich zum Doktor A. fuhr. Der Doktor A. untersuchte mich stumm. Er war ein Mensch, der von Natur aus mit Worten sparte. Vielleicht hätte er auch ein paar Worte gesprochen, aber im Beisein meiner Mutter kam er eh nicht dazu. Die Mutter rollte über ihn hinweg wie eine Feuerwalze. Vielleicht schwieg er, weil er wusste, dass jedes Wort von ihm den Sturm nur verlängern würde. Vielleicht war er vom Busen der Mutter verzaubert und ihr im gewissen Sinn hörig und deshalb in stummer Dienstbarkeit untertan. Die Mutter redete, diagnostizierte und diktierte auch das Rezept. Ich schluckte Tabletten und Säfte, mit Pipetten wurde mir in Ohren und Nase getropft und in den Hintern bekam ich Zäpfchen gestopft. Ich hatte Krankheiten, an denen noch kein Knabe vorher jemals erkrankt gewesen war auf diesem Planeten. Ich war die Avantgarde der Kinderkrankheiten. Meiner Mutter war in diesem Zusammenhang unter anderem aufgefallen, dass ich schon über eine längere Zeit hinweg Anzeichen eines mysteriösen Unwohlseins zeigte, was mir selbst noch gar nicht bewusst geworden war. Sie rätselte über meine Schulter, die deutlich einen Schiefstand aufwies. Die Rötung meines Zahnfleisches erschien ihr bedenkenswert und stand deshalb seit Wochen schon unter Beobachtung. Eines Tages entdeckte sie die Ursache für meine mangelhafte Gesundheit. Als sie mein Bett frisch überzog, fand sie zwischen Bettgestell und Matratze etwa auf Kopfhöhe eine grüne Papierserviette. Der Fall lag damit für sie unzweifelhaft auf der Hand: Der Sohn war an einer gefährlichen Allergie gegen grüne Papierservietten erkrankt. Alle grünen Papierservietten wurden daraufhin aus dem Haushalt verbannt. In Cafés und Wirtshäusern achtete die Mutter sorgsam darauf, dass ich nicht in Kontakt mit grünen Papierservietten kam. Wenn wir von Freunden oder Bekannten der Eltern eingeladen wurden, klärte meine Mutter im Vorfeld ab, dass keinerlei grüne Papierservietten auf den Tisch kamen. Öfter rannte meine Mutter mit mir an der Hand aus Häusern hinaus, in denen grüne Papierservietten Verwendung fanden.

Die Versuche nahestehender Personen, die Mutter in ihrem Krankheitsvermeidungseifer mich betreffend zu mäßigen, scheiterten immer und gänzlich. Ohnehin duldete sie in ihrem gesamten Schalten und Walten keinerlei Kritik oder Korrektur. Der Fortgang meiner Biographie schien deutlich vorgezeichnet: Mein Immunsystem und jegliche Selbstheilungskräfte waren seit meiner Geburt systematisch und in Gänze vernichtet worden. Die ständige Einnahme von Medikamenten und der dauerhafte Schutz vor den Einwirkungen der Umwelt hatten jede Widerstandskraft in mir ausgetrocknet. Sollte ich also einmal auch nur für einen kurzen Moment der Beobachtung meiner Mutter entzogen sein, würde mich irgendein lapidares Bakterium mit Leichtigkeit und in Schnelle vernichten.

In den übersorglichen Momenten meiner Mutter sagte der Vater oft: «Wenn der Matthias stirbt, dann machen wir halt ein neues Kind.» Ausrichten konnte er damit aber nicht viel. Die Mutter ignorierte, was der Vater sagte, und blätterte aus Gründen der Inspiration in einem Medizinbuch. Die Mutter duldete auch sonst keine Bemerkungen des Vaters. Er konnte im Haus nur wenig ausrichten. Ihm standen vier Frauen mit großer Wortgewalt und unergründlicher Raffinesse gegenüber. Ich selbst war nur ein Spielball zwischen ihnen und konnte den Vater niemals unterstützen. Der Frontverlauf und die Bündnisse zwischen den Frauen änderten sich ständig, und immerzu ereigneten sich Scharmützel und Zwischenfälle. Der Vater wurde dann oft von einer Seite aufgefordert, sich zu positionieren und Stellung zu nehmen. Aber jede seiner Bemühungen in diese Richtung wurde von der gegnerischen Seite im Bombenhagel aufbrausender Emotionen erstickt.

Gewiss nicht ohne Grund war der Vater Vertreter von Schreibwarenartikeln geworden. Er war immer ein hochsensibler Mensch gewesen, der sein leicht verletzliches Inneres unter einem langmähnigen Fell versteckte. Auf die Dauer dem Krieg der Frauen ausgesetzt, wäre er schnell umgekommen oder der Trunksucht anheimgefallen. Mein Vater fuhr mit einem großen weißen Kombi durch die Welt. Das war seine Rettung.

Das ganze Auto war von oben bis unten beladen mit Glückwunschkarten, Radiergummis, Füllfederhaltern, Bleistiften, Linealen, Klebebändern, Geschenk-, Schreib- und Zeichenpapier und noch tausend anderen Dinge. In dem heillosen Durcheinander war es fast ein Wunder, dass er selbst noch Platz hinter dem Lenkrad fand. Das ganze Jahr fuhr er von einer Stadt zur anderen, von einem Schreibwarenladen zum nächsten. Mein Vater kannte beinahe jedes Schreibwarengeschäft im ganzen Land. Regelmäßig besuchte er die Läden und zeigte den Besitzern seine Waren. Am Ende nahm er die Bestellung auf, und wenn die geschäftlichen Belange abgeschlossen waren, unterhielt sich mein Vater mit den Schreibwarenhändlern über deren Freuden, Nöte und Träume. Mein Vater kannte die Lebensgeschichte etlicher Schreibwarenhändlersfamilien über mehrere Generationen hinweg. Ihm wurde anvertraut, dass der Großvater in der Partei gewesen war oder dass sich die Frau des Juniors ausschließlich von sizilianischer Salami mit Trüffeln ernährte. Die Geschichten fanden ihr Ende, wenn mein Vater sich am Abend verabschiedete, und wurden weitererzählt, wenn er das nächste Mal in den Laden kam. Die Welt meines Vaters bestand aus Schreibwarengeschäften und ihren Geschichten. Wenn er zufällig jemand kennenlernte, der in Wassertrüdigen am Hesselberg wohnte, sagte er zu Beginn des Gesprächs etwa: «Ach, in Wassertrüdigen wohnen Sie? Dann kennen Sie bestimmt den kleinen Schreibwarenladen vor dem oberen Tor. Der gehört der Frau Schlitzbier bzw. der Tochter, die hat das Geschäft vor zwei Jahren übernommen. Aber vor kurzem hat sie geheiratet und heißt jetzt Witschel. Würden Sie ihr einen schönen Gruß von mir ausrichten?»

Unter der Woche hat mein Vater in Pensionen übernachtet. Die Wirtsleute kannten ihn schon und stellten sein Bier ohne Bestellung vor ihm auf den Tisch. Dann trank er einen Schluck und erzählte den Wirtsleuten von seinen Reisen und der Familie. Er sprach von der blonden und der schwarzen Tochter und ihrem Liebreiz, von seiner Frau, deren Leben aus Gesang und Tanz bestand, und der leuchtenden Seele der Großmutter. Die Wirtsleute erzählten ihm dafür die Geschichten, die sie rund um das Wirtshaus erlebt hatten oder die ihnen zugetragen worden waren. Spät in der Nacht sagte dann der Wirt: «Das war jetzt schön. Die vielen Geschichten waren amüsant, aber auch hilfreich. Es ist zu hoffen, dass jeder daraus gelernt hat. Aber jetzt ist Feierabend. Jetzt geht jeder in sein Bett. Denn zu diesem Zweck wurden die Bäume im Wald gefällt, anschließend ins Sägewerk gebracht, und der Schreiner hat daraus die Bretter für das Bettgestell gehobelt. Gute Nacht!» Mein Vater ist dann in den ersten Stock hinauf und hat die Tür mit der Nummer neun aufgesperrt. Im Zimmer Nummer neun hat er jedes Mal geschlafen, wenn er in der Pension übernachtet hat. Er zog die Tür hinter sich zu und schloss ab. Er öffnete das Fenster, das hinten auf den Hof ging, wo sein weißer Kombi stand. Wenn er musste, hat er im dunklen Zimmer ins Waschbecken gepinkelt. Er legte sich auf das Bett, schloss die Augen und genoss die Ruhe. Am nächsten Morgen, wenn sich mein Vater zum Frühstück setzte, duftete die Gaststube schon nach frischem Bohnenkaffee. Die Wirtin begrüßte ihn mit einem freundlichen Lachen und stellte vor ihm ein Kännchen Kaffee und eine Tasse auf den Tisch. Dann brachte sie ihm Brot und eine große Platte mit Aufschnitt aus der Küche. Die verschiedenen marmorierten rosa Wurstscheiben wurden ihm in nahezu unvorstellbarer Masse serviert.

Denn zu dem Gasthaus gehörte auch eine Metzgerei. Der Wirt war gelernter Metzger und legte Wert darauf, seine Gäste, und insbesondere die regelmäßigen, großzügig mit Wurst zu versorgen. Mein Vater sah sich außerstande, den Wurstberg ganz zu vertilgen, deshalb schmierte er sich «ein Brot für die Fahrt», wie er dem Wirt und seiner Frau erklärte. Auf eine dick mit Butter bestrichene Schwarzbrotscheibe wurden knapp vier Finger hoch Wurstscheiben gestapelt und oben mit einer ebenfalls butterbestrichenen Schwarzbrotscheibe verziert. Um diese Überzeichnung eines Wurstbrotes reisefertig zu machen, bedurfte es zahlreicher Servietten, um den Brocken in Gänze zu umhüllen. Dieses Brot eines Riesen brachte mir mein Vater oft von seinen Reisen mit, wenn er am Ende der Woche nach Hause zurückkehrte. Es dauerte seine Zeit, bis ich das Brot auch nur ausgewickelt hatte, und jedes Mal staunte ich über die unglaublichen Ausmaße. Aus welcher Welt hatte der Vater dieses Brot hergeschafft? Die Treppenstufen in den Häusern dort waren so groß, dass sich der Vater mit den Armen hochziehen musste, glaubte ich. Um sich auf einen Stuhl zu setzen, wurde dem Vater eine Leiter bereitgestellt. Wenn die Riesen mit meinem Vater auch nur ganz leise sprachen, wehten ihm vom Schallwind der Wörter die Haare, als säße er in einem Kettenkarussell. Das Bier am Abend wurde ihm in einem Fingerhut serviert, aber für den Vater war es, als tränke er aus einem Eimer. Ich träumte Geschichten vom Vater: Wie er im Durcheinander seines Autos gerade einen speziellen Radiergummi sucht, und dann entdeckte ihn eine haushohe Amsel, die ihn auch aufgepickt hätte, wäre in dem Moment nicht die Katze, groß wie ein Mittelgebirge, um die Ecke geschlichen. Die sprang auf die Amsel zu, die gerade noch davonfliegen konnte. Der Vater kramte zwischen Geodreiecken, Heftumschlägen und Büroklammern und hatte gar nicht mitbekommen, dass sich nun wiederum auch die Katze das Maul leckte und den Radiergummi sofort verputzt hätte, wäre nicht die Schreibwarenhändlerriesin dazwischengetreten, hätte das Tier am Kragen gepackt und in den Garten getragen, weit weg wie in einen anderen Landesteil. Voll Freude findet er jetzt den grünen Radiergummi, den er angepriesen hat, und hält der Hünin den winzigen Brösel vor die garagengroße Nase.

# ZWEI

AM Freitagabend schnitt die Mutter eine Zwiebel klein und schabte die Stücke mit dem Messer in einen tiefen Teller voll Quark. Darüber streute sie rotes Paprikapulver und verrührte alles miteinander. Dann stellte sie die Speise mit zwei Scheiben Schwarzbrot vor dem Vater auf den Tisch.

Der Vater sagte zu mir: «Sei so gut und hole mir im Keller eine Flasche Bier.» Ich ging hinunter. An lauen Sommerabenden holte ich lieber Bier als im Herbst oder Winter, denn im Sommer leuchtete die Sonne noch ein wenig durch die kleinen Kellerfenster. Im Winter war es da unten finster und kalt. Hohe, dunkle Stufen führten in die Tiefe. Unten in einem Regal standen alte Schuhe und rochen wie schlafende Hunde mit gelben Zähnen. In grauen Kisten hatten sich Gespenster versteckt, die schon länger darauf warteten, dass ich allein herunterkam. Die Tür eines alten Holzschrankes stand einen Spaltbreit offen. Ein Vampir hatte es sich im Inneren bequem gemacht und lauerte auf den Moment, in dem ich am Schrank vorbeilief. Ich konnte sein schweres Atmen hören und das Geräusch, wenn man die Spucke hinunterschluckt. In einer Kiste lagen Kartoffeln. Mit ihren kurzen, warzigen Ärmchen stießen und drückten sie sich gegenseitig. In den Apfelsaftflaschen schwammen giftige Molche, und bösartige Schwimmspinnen sannen darauf, mit einem Ruck den Korken herauszudrücken, mich anzuspringen und sich in meinen Waden festzubeißen. Anfangs rannte ich zum Bierkasten, der ganz hinten im Keller stand. Aber die Gefahr, dabei zu stolpern und hinzufallen, war groß. Die Kellergeister hätten das nur zu gerne ausgenützt. Schnell hätten sie mich gepackt und in einen geheimen Gang noch tiefer nach unten geschleift, nie wieder wäre ich der Dunkelheit entkommen. Also versuchte ich bald, mich leise und langsam an den Wesen vorbeizuschleichen. Später pfiff ich eine hinkende Melodie, hielt die Schultern angespannt und die Fäuste erhoben, jeden Moment bereit, dem Feind ins Gesicht zu schlagen. Ich erzählte mir selbst eine gut ausgeleuchtete Geschichte, in der ich mit lustigen Zwergen im vom Tau benetzten grünen Gras tanzte. Ein freundlicher Affe mit weißem Zylinder spielte Geige. Auf Schaukeln, die oben an weißen Wolken befestigt waren, saßen flatternde Eisvögel. Eine Herde von Zwergpferden rannte mir und den Wichteln hinterher. Da plötzlich sprang die Ölheizung an. Aus dem Feuer im Kessel brüllten tausend tiefe Stimmen. Die Eisvögel flogen davon. Die Wolken und der Himmel wurden schwarz. Die Zwergpferde wieherten erschreckt und stoben auseinander, der Affe schleuderte Zylinder und Geige von sich und ward nicht mehr gesehen. Die Zwerge hatten sich in Erdspalten verkrochen.

Ich stand allein im Keller. Der brüllende, brennende Höllenhund hatte sich aus dem Heizkessel befreit und verfolgte mich mit seiner glutroten Feuerzunge. Ich rannte zum Bierkasten, griff eine Flasche und flitzte, so schnell mich meine Beine trugen, die Treppe hinauf. Mit ganzer Kraft schlug ich die Kellertür hinter mir ins Schloss. Dann brachte ich meinem Vater die Bierflasche an den Abendessenstisch.

Mein Vater öffnete das Bier mit dem Flaschenöffner. Es schäumte aus der Flasche heraus. Der Vater sagte: «Die hast du aber gut geschüttelt. Da sprudelt ja die Hälfte heraus.» Dann goss er das Bier in ein Glas. Ein bisschen vom Bierschaum durfte ich immer ablecken. Er schmeckte leicht bitter. Aber die perlige Konsistenz war eine schöne Abwechslung zum Apfelsaft und dem Hibiskustee. Der Vater aß. «Auf den Quark freue ich mich schon die ganze Woche», sagte er. Die Mutter sprach Worte, und auch die Schwestern. Mit Messern wurde Butter auf Brotscheiben geschmiert und diese mit Käse und Wurst belegt. Nach dem Essen versprühten die Schwestern Aufregung, sie wurden von jungen Männern abgeholt. Die Mutter gab in der Küche ein kleines Konzert mit Besteck, Töpfen und Tellern.

Der Vater legte sich auf das Sofa und schnaufte die Anstrengungen der Woche aus seinen beiden Nasenlöchern hinaus. «Mich juckt's ein wenig am Rücken. Magst du mich ein bisschen kratzen? Ich erzähle dir auch eine Geschichte vom Amazonas», sagte der Vater. Ich kratzte ihm den Rücken, und mein Vater fing an zu erzählen.

«Einmal hat der Herr Antonio aus Manaquiri dreihundertfünfzig Radiergummis bei unserer Firma bestellt. Unser Fahrer konnte die Ware aber nicht ausliefern, weil er sehr schwer an einer Radiergummiallergie erkrankt war. Vielleicht hätte er zwölf oder zweiundzwanzig Radiergummis transportieren können. Aber dreihundertfünfzig Radierer waren bei seiner schlimmen Erkrankung viel zu viel. *Jetzt müsstest du ein bisschen weiter oben auf der linken Seite kratzen. Ein bisschen weiter links. Genau, genau da!* Also musste ich losfahren. Ich besorgte mir Wachspfropfen für die Ohren. Die sind wichtig am Amazonas. Denn da fliegen Singmücken herum. Sie singen nicht wirklich mit Stimmbändern oder aus dem Mund, aber wenn sie ihre schillernden Flügel schnell bewegen, dann hört es sich an, als würde ein venezianischer Kinderchor ein Konzert geben. Deswegen nennt man sie Singmücke oder auch Chorfliege. Wenn man sich die Ohren nicht verstopft, fliegen sie dir ganz tief in den Gehörgang hinein. Stechen tun sie zwar nicht. Das Problem dabei ist, dass die Gemeine Singmücke überhaupt nicht mehr aufhört, Musik zu machen, auch nicht, wenn sie im hintersten Winkel des Gehörgangs angekommen ist. Am Anfang ist das schön. Es fühlt sich an, als wäre ein ganzer Chor in deinem Kopf. Aber die Mücke hört einfach nicht mehr auf. Sie singt den ganzen Tag und die ganze Nacht. Du kannst dann nicht mehr schlafen. Irgendwann wirst du verrückt. Wenn du Glück hast, stirbst du vorher an Schlafmangel. Der Mensch braucht seinen Schlaf. Wenn du drei Tage nicht zur Ruhe kommst, weil in deinem Ohr eine Musikveranstaltung stattfindet, fällst du am dritten Tag tot um. *Kratzt du mal in der Mitte ... auf der Wirbelsäule ... weiter oben ... Da tut's gut ...* Sehr wichtig ist auch Zungensonnenmilch. Das ist eine durchsichtige Flüssigkeit, sie schaut eigentlich aus wie Wasser, riecht aber wie Benzin. Die Zungensonnenmilch muss man den ganzen Tag über die Zunge laufen lassen. Denn die Sonne am Amazonas scheint seitlich, weil der Amazonas ja fast genau in der Mitte der Weltkugel ist. Durch die Schiefstellung der Sonnenstrahlen scheint es dir da deshalb durch die Nasenlöcher auf die Zunge drauf. Wenn du keine Zungensonnenmilch trinkst, wird die Zunge braun, und wenn sie ganz braun ist, schmeckst du nichts mehr. Es ist dann kein Unterschied, ob du dann Schokopudding oder Grillhähnchen isst. Es empfiehlt sich, die bittere Zungensonnenmilch auch hinunterzuschlucken, damit vermeidest du, dass der Hals von innen braun wird. *Am Hinterkopf, genau unter der Stelle wo die Haare anfangen, da müsstest du noch einmal kratzen. Jawohl! Ja, da ist es genau richtig. Noch ein bisschen an der Stelle. Genau! Genau!*

Ich war also mit meinem Faltboot unterwegs, weil der

Antonio an einem schmalen Seitenarm des Flusses wohnt, da würdest du mit einem größeren Schiff gar nicht hinkommen. Wenn man mit dem Faltboot auf dem Amazonas unterwegs ist, ist es sehr wichtig, dass man schnell paddelt. Wenn du langsam paddelst, kann es sein, dass dir besonders holzhungrige Fische mit ein paar schnellen Bissen komplett das Paddel wegfressen. *Mir fällt jetzt der Name der Fische nicht ein. Aber könntest du mich noch mal am rechten Schulterblatt ... Jaja, das ist die Stelle.* Es war schon später Nachmittag. Ich paddelte seit dem frühen Morgen, weil ich unbedingt vor Anbruch der Nacht mein Ziel erreichen wollte. Der Fluss war hier schon sehr schmal. Rechts und links dichtester Urwald. Riesige Bäume stehen da, wenn der Wind durch die Blätter weht, hört es sich an, als ob es regnet. Überall ranken lange Lianen, winden sich zwischen Ästen und Stämmen. Es schaut aus, als hätte eine Gottheit einen großen Mantel aus Schlingpflanzen gestrickt und hier versehentlich liegenlassen. Blaue Büsche leuchten wie phantastische Edelsteine aus dem unendlichen Grün. Auf den Ästen wuchern gelbe Pilze. Auf den gelben Pilzen gedeiht prächtiges rotes Moos, und in dem Moos wachsen weiße Blumen mit hellbraunen Blütenkelchen, aus denen es intensiv nach rotem Presssack duftet. Ich paddelte und paddelte, bis mir die Arme weh taten. Und plötzlich endete der Flussarm. Aber kein Haus in Sicht. Ich hatte mich verpaddelt. Der Fluss hat ja unendliche Verzweigungen. Aber nirgendwo war auch nur das kleinste Flussschild angebracht, sodass man gewusst hätte, wo man sich gerade befand. Ratlos hielt ich mein Paddel, ohne es zu bewegen. Das war ein Fehler. Schon biss mir ein Holzmaulkarpfen ein großes Stück aus dem Ruder. Holzmaulkarpfen heißen die, jetzt ist es mir wieder eingefallen. Gerade noch rechtzeitig riss ich die angebissene Seite des Doppelruders aus dem Fluss. Hätte ich länger gewartet, wäre die ganze Flosse weggefressen worden, ich hörte noch das hektische Auf- und Zuklappen der Holzmaulkarpfenkiefer. Und es war auch noch plötzlich dunkel geworden.

Am Amazonas bricht die Nacht ungefähr so ein, wie wenn man bei uns im Kartoffelkeller am Schalter die Glühbirne abdreht. Auf einen Schlag war es stockfinster. Dafür erschienen jetzt überall kleine Lichter von Glühwürmchen, Leuchtamseln und Blinkeulen. Ich hatte mich ziemlich verfranzt, hatte keine Ahnung, wohin, und sah vor lauter Dunkelheit die Hand nicht vor Augen. Um mich herum stimmte das Nachtorchester die Instrumente, und die Sänger machten Stimmübungen. Die Vögel der Dunkelheit begannen ihre Lieder. Affen pfiffen sich Kommandos zu. Ein Gibbon an einer Liane flog über meinen Kopf und riss mir mein beiges Mützchen weg. Papageien erzählten sich, was sie am Tag erlebt hatten. Ich hörte noch weitere Geräusche aus dem ganz dichten Urwald, da wollte ich gar nicht wissen, von welchem Tier die genau stammten. Fast wäre ich verzweifelt.

Aber auf einmal war mir, als hörte ich mitten in dem Gepfeife und Gebrüll, dem Singen, Raunen und Säuseln den feinen Klang einer Violine. Ich fasste wieder Mut und paddelte, ohne etwas zu sehen, in die Richtung, aus der ich die Musik zu vernehmen glaubte. Ich hielt das Paddel einen Moment in der Luft und überlegte, ob ich mir den Klang nur eingebildet hätte. Aber da hörte ich den zarten Schmelz der Geige wieder. Meine Ohren folgten der Melodie und gaben dem Faltboot die Richtung an. Jetzt fiel mir auch ein, dass der Herr Antonio mir einmal mitgeteilt hatte, er sei zwar im Hauptberuf Schreibwarenhändler, seine

Lebensleidenschaft aber wäre das Geigenspiel. Seine Geige brauche nur den Wellen des Flusses zu lauschen, dem Gesang eines Urwaldvogels und dem Schnarchen seiner Frau, und schon wüsste sie ein Lied, das er dann ganz einfach mit dem Geigenbogen aus dem hohlen Holzbauch hervorlocke, indem er sanft über die Saiten strich. Ganz tief und nah klang jetzt das Spiel vom Herrn Antonio auf seiner Geige, weit konnte es jetzt nicht mehr sein.»

Mein Vater hatte aufgehört zu sprechen und atmete sehr tief und langsam. Ich hatte das Rückenkratzen beendet und fragte, wie denn die Geschichte weiterging. Mein Vater begann zu schnarchen. Erst leise und zart sägte er die Luft in seiner Nase. Aber dann schnarchte er immer kräftiger und tiefer. Es war wie das nächtliche Geigenspiel des Herrn Antonio mitten im Urwald des Amazonas.

Ich legte mich an den Rücken meines Vaters, schloss die Augen und erzählte mir die Geschichte von der Stelle weiter, an der mein Vater eingeschlafen war: Mein Vater paddelte in die Richtung, aus der die Geigenmusik an sein Ohr drang. Wenn die Musik einmal merklich leiser wurde, änderte er die Richtung, bis er den Klang wieder deutlicher vernehmen konnte. Das war wie an Ostern, wenn meine Mutter etwas im Garten für mich versteckt hatte und «warm, warm, warm» rief, wenn die Richtung stimmte, in der ich suchte und schaute; und «kalt, kalt, kalt, hier wird's immer kälter», wenn ich die Geschenke an einer Stelle suchte, an der überhaupt nichts versteckt war. Bei meinem Vater wurde es jedenfalls immer wärmer, und dann sah er mitten im Dunkel des Urwaldes das leuchtende Fenster von Herrn Antonios Haus. Herr Antonio wohnte direkt neben seinem Schreibwarenladen. Die Lichter des Ladens waren freilich gelöscht, weil er schon seit Stunden geschlossen hatte. Mein Vater band sein Faltboot am Steg fest, verstaute das Paddel im Schiffsbauch, nahm den Beutel mit den dreihundertfünfzig Radiergummis und lief den schmalen Pfad zum Haus hinauf. Die Violine klang jetzt fast ein wenig nach dem Schnarchen einer Frau. Und tatsächlich hörte mein Vater, als er vor der schon offenen Tür stand, wie die Frau des Herrn Antonio sagte: «Du sollst dich nicht immer über mich lustig machen. Spiel lieber das Lied vom roten Moos.»

Mein Vater klopfte und wurde gleich hereingebeten. Er und Herr Antonio begrüßten sich lange und ausführlich. Das ist am Amazonas so üblich. Der Gast schnalzt mit der Zunge, und dann schüttelt sich der Gastgeber wie ein Hund, der in den Regen gekommen ist. Dann sagt der Gast seinen Vornamen rückwärts. Dann kommt das Pfeifen, und nachdem beide eine Weile durcheinandergepfiffen haben, ist das Händeschütteln dran. Dagegen ist unser Händeschütteln das kurze Lachen einer Stubenfliege. Dort schüttelt die rechte Hand die linke. Dann schüttelt aber zum Beispiel die rechte Hand des Gastes die rechte Hand des Gastgebers. Und dann schütteln zwei Hände eine Hand. Wenn die Hände vollständig durchgeschüttelt wurden, geht es mit den Füßen weiter. Dazwischen gibt es immer wieder Drehungen des ganzen Körpers, Zungenschnalzer und gelegentliches Schnipsen am Ohrläppchen.

Isabella, die Frau des Herrn Antonio, kam mit einem dampfenden Topf aus der Küche und fragte lachend: «Habt ihr es langsam mit der Begrüßung?» Herr Antonio wischte meinem Vater mit dem Handrücken noch einmal schnell über den Hinterkopf, sodass die Haare hochstanden wie bei einem Igel, und mein Vater wischte über den Kopf des Herrn Antonio. Dann aßen die drei köstliche Rotmoossuppe mit blauen Kartoffeln. Die Herren tranken Bier mit honiggelbem Schaum. Die Frau trank ein Glas grünlich schillernden Wein. Geschichten vom Amazonas wurden erzählt und Geschichten von der Pegnitz. Bier und Wein und Geschichten sind nicht ausgegangen in dieser Nacht.

Und gerade als Herr Antonio allen eine gute Nacht gewünscht hatte und die große Kerze in der Wohnzimmerlampe ausblasen wollte, sprang ein kleiner Gibbon zur Tür herein, legte schnell ein zerknülltes beiges Ding auf den Tisch und verschwand so schnell, wie er gekommen war. Herr Antonio faltete das beige Etwas auseinander und fragte: «Was ist das?» Und mein Vater antwortete: «Das ist mein Mützchen. Der Gibbon hatte es sich für den Abend ausgeliehen.» Ich stellte mir vor, wie mein Vater anschließend im Gästezimmer im Dunkeln noch ins Waschbecken gepinkelt hat. Dann lag er auf dem Bett und hörte die Gesänge aus dem Urwald und schlief dabei ein.

GELEGENTLICH sagte meine Mutter am Wochenende beim Frühstück zu meinem Vater und mir: «Heute Nachmittag besuchen wir einmal wieder die Lendkowskis.» Möglicherweise freute sich mein Vater über diese Nachricht. Man konnte von außen nur sehr schlecht beurteilen, wie es in ihm aussah. Wäre meine Mutter eine Zahnärztin gewesen und hätte zu meinem Vater gesagt: «Das schaut ganz schlecht aus mit Ihren Backenzähnen. Die müssen einer nach dem anderen sofort gezogen werden» – er hätte keinen grundsätzlich anderen Gesichtsausdruck gehabt. Bei meinem Vater stellte es sich unter Umständen erst Jahre später heraus, wenn er sich bei dieser oder jener Gelegenheit gefreut hatte. Ich habe einmal mit meiner Mutter ein altes Fotoalbum durchgeschaut. Auf einem Bild schaute mein Vater besonders mürrisch. Ich habe meine Mutter gefragt, ob das der Urlaub gewesen wäre, in dem der Vater so arg an Verstopfung litt. Sowieso ging mein Vater grundsätzlich ungern in der Fremde aufs Klo. Seinen Beruf als Vertreter machte das nicht unbedingt leichter. Manchmal kam er von weit her angefahren, stellte den Kombi in den Hof und rannte grußlos ins Haus auf die Toilette. Er war dann mehrere hundert Kilometer in hoher Geschwindigkeit gefahren, um sich im eigenen Klo zu erleichtern. Den besagten Urlaub mussten wir frühzeitig unterbrechen, weil der Vater auf der fremden Toilette seine Notdurft nicht verrichten konnte. Ich meinte deshalb, dass der missvergnügte Blick meines Vaters auf dem Foto aus dieser Phase der Verdauungsproblematik stammte. Meine Mutter hatte sich das Bild dann genauer angesehen und meinte: «Nein, da hatte dein Vater keine Probleme mit dem Stuhlgang. Da hat sich dein Vater einmal wirklich sehr gefreut.»

Der Vater blickte also wie eine sauertöpfische Sphinx, und ich tat zum einen so, als hätte ich nicht gehört, was die Mutter gerade gesagt hatte, und zum anderen, als würden mich derartige Sachverhalte gar nichts angehen.

Die Mutter wiederholte also noch einmal ihre Durchsage: «Heute Nachmittag fahren wir zu den Lendkowskis. Herr und Frau Lendkowski und besonders die beiden Lendkowskibuben freuen sich besonders, dass du mitkommst, Matthias! Frau Lendkowski hat extra für dich den Schokoladenkuchen gebacken, der dir so gut schmeckt.»

Ich dachte mir, dass sich hier und heute ganz viele Menschen gleichzeitig irren, und sagte zu meiner Mutter: «Gerade heute Nachmittag ist es ganz ungünstig bei mir. Ich habe mit dem Reinhard schon etwas ausgemacht, und das kann ich unter keinen Umständen verschieben.»

«Der Reinhard», sagte meine Mutter, «ist heute auch mit seinen Eltern unterwegs. Die wollen am Samstag auch etwas von ihrem Jungen haben. Du kommst mit zu den Lendkowskis. Da gibt es überhaupt keine Diskussion!»

Das Problem bei den Lendkowskis bestand darin, dass es in kürzester Zeit immer sehr schnell langweilig wurde. Die Lendkowskibuben waren zwar ungefähr in meinem Alter, die grundsätzlichen Interessenlagen gingen also eigentlich nicht weit auseinander. Aber die Lendkowskibuben hatten es einfach nicht drauf. Sie spielten mit Play-Big. Ich und meine Freunde spielten mit Playmobil. Niemand, der über ein bisschen Anstand und Würde verfügte, spielte mit Play-Big. Bei den Play-Big-Figuren konnte man die Hände, Beine und Füße einzeln bewegen, wer bitte brauchte so etwas? Neidlos anerkennen muss ich, dass das Play-Big-Maschinengewehr wirklich erhaben und zeitlos schön war. In einem ultimativen Schwarz strahlte es Tod und Vernichtung aus. Oben war ein realistisches Zielfernrohr angebracht, und unten ragte das Magazin bedrohlich heraus. Bei Playmobil gab es dagegen nur braune Flinten. Wenn die Gewehre von Playmobil beim Abdrücken einen Ton von sich gegeben hätten, dann wäre es ein leises «Piff» gewesen. Wenn man dann noch einmal geschossen hätte, wäre dann ein genauso leises «Paff» erklungen. Wir benötigten ein hohes Maß an Phantasie, um uns vorzustellen, dass man mit einem Playmobilgewehr eine gegnerische Figur nicht nur erschreckte, sondern tatsächlich erschoss. Außerdem verfügte die Play-Big-Polizei über einen Wasserwerfer. Die Scheinwerfer waren sogar vergittert. Der Polizeibus sah aus wie eine Miniaturausgabe eines echten Mercedes, nicht nach einem Kinderspielauto. Die Polizisten hatten Visiere vor den Helmen, die sie herunterklappen konnten. In der einen beweglichen Hand hielten sie einen Gummiknüppel, und in der anderen einen durchsichtigen Schutzschild, um die Steinwürfe der Chaoten abzuhalten. Playmobil hatte dem nichts Vergleichbares entgegenzusetzen. Eine Ausnahme war einzig und allein der Bierkasten mit den kleinen grünen Flaschen, der beim Bauwagen dabei war. Playmobil war im Grunde nichts weiter als die harmlose Erweiterung des Puppenhauses für Buben.

Es konnte freilich auch mit den besten Freunden und den besten Spielsachen sehr langweilig werden. Wie aus dem Nichts konnte sich plötzlich in anwachsender Geschwindigkeit eine verheerende Langeweile manifestieren. Ich war zum Beispiel mit Reinhard ins Spiel vertieft. Wir bearbeiteten zusammen eine Problematik: ein schlimmes Unwetter, aus dem als Folge eine schlechte Ernte resultierte. Die Bürger hatten nur wenig zu essen und mussten hungern. Dem Bürgermeister war alles egal. Er lebte in Saus und Braus, aß den ganzen Tag Weißbrot mit Schokoladencreme und trank dazu warmen Kakao. Zweifelsohne war das eine zeitlos interessante Grundlage für eine spannende Geschichte, die sich lange ausdehnen konnte, ohne in die Gefahr zu geraten, dass sie auch nur ein bisschen langweilig wurde. Aber sogar in dem Fall konnte es passieren, dass es plötzlich fad war. Reinhard und ich erkannten diese Gefahr allerdings frühzeitig. Wir waren Profis und gut aufeinander eingespielt, wussten also in so einer Sachlage angemessen zu reagieren. Der eine Spieler sorgte als Reaktion dann etwa dafür, dass die wütenden, hungrigen Bürger Autos anzündeten und eine Bank ausraubten. Im Gegenzug ließ der Kollege die Soldaten ausrücken und einige Aufständische festnehmen. Aber es half nichts. Die Langeweile wurde durch die Drastik der Maßnahmen nicht weniger. Beide Spieler drehten deshalb die Schrauben noch weiter an. Der Palast des Bürgermeisters wurde vom Mob gestürmt. Die Soldaten schossen in die Menge. Dem Rädelsführer wurde der kurze Prozess gemacht. Der diesen darstellenden Spielfigur zündete ich mit einem Feuerzeug den Plastikarm an, der zu brennen begann und sich dabei völlig verformte. Es stank im gesamten Kinderzimmer nun sehr stark nach verbranntem Plastik. Aber auch das half nichts. Die Langeweile war ausgebrochen wie eine Krankheit. Ich langweilte mich, und Reinhard genauso. Manchmal war die Langeweile so groß, dass wir sie nicht einmal mehr gemeinsam ertragen konnten. Reinhard verabschiedete sich und ging heim.

Immer wenn wir zu den Lendkowskis fuhren, sagte ich mir im Vorfeld: «Vielleicht wird es heute einmal nicht langweilig bei den Lendkowskis. Es gibt ja kein bekanntes Naturgesetz, das besagt, dass es bei den Lendkowskis zwangsläufig langweilig sein muss. Vielleicht wird es im Gegensatz zu den anderen Malen heute bei den Lendkowskis einmal außerordentlich spannend und aufregend. Vielleicht entdecken wir im Keller eine geheime Tür, hinter der sich ein Gang verbirgt, der tief unter die Erde zu einem unterirdischen See führt. Man kann es nicht wissen. Ein Abenteuer stellt sich als solches erst in dem Moment heraus, wenn es passiert.»

Spätestens wenn wir in den Wendehammer der Reihenhaussiedlung einbogen, in der die Lendkowskis wohnten, wusste ich, dass ich mir etwas vorgemacht hatte. Es würde ohne Zweifel wieder sehr langweilig werden bei den Lendkowskis. Da half kein positives Denken und kein Schönreden. Ohne Ausweg und Hoffnung wurde ich direkt in die Langeweile hineingefahren.

Der Vorgarten der Lendkowskis changierte jahreszeitenunabhängig zwischen zwölf Grau- und Braunstufen. Niemals fielen Sonnenstrahlen auf dieses Anwesen. Über dem Haus der Lendkowskis hingen immer derartig tief dunkle Wolken, dass man meinen konnte, sie wollten im nächsten Moment das ganze Gebäude vom Dach her verschlingen. Ein trauriger Baum mit gesenkten Ästen und Zweigen stand da wie verirrt. Seine Blätter waren niemals grün, sondern immer von einem fahlen Graubraun, sie raschelten wie altes Papier, wenn der stets unangenehm kalte Wind durch die Siedlung wehte. Dunkle Flechten bedeckten den dunkelgrauen, modrigen Baumstamm wie Geschwüre. Der Gartenschlauch der Lendkowskis war grau. Die mattschwarze Schlauchtrommel, auf der der Gartenschlauch akkurat aufgerollt war, stand stets im rechten Winkel vor der hellgrauen Hausfassade. Der Rasen der Lendkowskis war dunkel, einzelne Grashalme waren dunkelschwarz lackiert. Wenn mein Vater über die Waschbetonplatten zur Haustür der Lendkowskis ging, klang es, als würde er mit jedem Schritt eine schillernde Küchenschabe zertreten. Dann stand mein Vater vor der schwarzen Metalltür. Die Haustür der Lendkowskis hatte viel Ähnlichkeit mit der Grabplatte eines kommunistischen Diktators. Der Vater blickte mit einem verzweifelten Lächeln zu meiner Mutter und mir. Dann drückte er auf die graue Klingel. Ein träges, dumpfes Glockenspiel erklang. Der Soundtrack zur Langeweile hob an. Im Haus rumpelte es gedämpft.

Herr Lendkowski persönlich öffnete den Sarkophag. Der typische Lendkowskigeruch strömte mir entgegen.

Im feuchten Keller der Lendkowskis waren auf morschen Holzregalböden unzählige verhutzelte, faltige Äpfel und Birnen gelagert, und selbst die pelzige Staubschicht auf den Früchten konnte das Ausströmen des süßlich modrigen Geruchs nicht verhindern. Die Obstausdünstungen vermischten sich mit dem aufdringlichen Fußgeruch aller Mitglieder der Familie Lendkowski. Die Lendkowskis trugen alle immer Turnschuhe, in die sie ihre mit Perlonsocken überstülpten Füße zwängten. Zwangsläufig rochen die Lendkowskis also von unten her immer sehr unangenehm. Der Gestank der Langeweile nahm mich jetzt in den Schwitzkasten.

Mein Vater schüttelte Frau Lendkowski die Hand. Herr Lendkowski schüttelte meiner Mutter die Hand. Mein Vater schüttelte Herrn Lendkowski die Hand. Meine Mutter schüttelte Frau Lendkowski die Hand. Ich schüttelte Frau Lendkowski die Hand. Ich schüttelte Herrn Lendkowski die Hand. Ich sagte hallo zu Rulf Lendkowski. Rulf Lendkowski sagte hallo zu mir. Ich sagte hallo zu Margolf Lendkowski. Margolf Lendkowski sagte hallo zu mir. Mir hätte das jetzt schon vollkommen gereicht. Ich wollte nach Hause.

Irgendwer sollte einmal grundsätzlich darüber nachdenken, wieso jemand ohne Not und äußeren Zwang seinem ältesten Sohn den Namen Rulf gab. Ich vermutete immer, dass diese Namensgebung durch eine Verkettung verschiedener Missgeschicke und einen ermatteten Charakter zustande gekommen war. Frau Lendkowski hatte ihren Sohn zur Welt gebracht. Gleich nach der Geburt wurden ihm kleine Perlonsocken über die Füßchen gestülpt und man zog ihm sein erstes Paar Turnschuhe an. Es war überhaupt nicht einfach gewesen, für so kleine Füße die passenden Schuhe zu finden. In den ganzen Bemühungen hatte sowohl Frau Lendkowski als auch Herr Lendkowski komplett vergessen, ihrem Sohn einen Namen zu geben. Dieser war inzwischen schon aus dem dritten Paar Turnschuhe herausgewachsen, und seine Mutter wollte gerade eine Bemerkung darüber machen, wie schnell doch seine Füße wachsen, sie wollte so etwas sagen wie: «Hans-Peter, deine Füße wachsen wirklich außerordentlich schnell.» Aber das konnte sie nicht, weil das Kind nicht Hans-Peter hieß. Das Kind hatte gar keinen Namen. Vielleicht war es unter der Woche am späten Vormittag, und Frau Lendkowski sagte zu Herrn Lendkowski: «Wie soll unser Sohn eigentlich heißen?»

Herr Lendkowski antwortete: «Lendkowski! So wie du und ich.»

«Das ist ein guter Vorschlag. Aber er braucht noch einen Vornamen.»

«Brot soll er heißen.»

«Brot heißt kein Kind. Ralf soll unser Sohn heißen, und du meldest das gleich an am Namensamt. Beeil dich. Nicht dass es schon zu spät ist und unser Sohn ohne Vornamen aufwachsen muss.»

Herr Lendkowski wollte eigentlich sofort mit dem Fahrrad zum Namensamt losfahren. Aber da verspürte er einen leichten Hunger. Er hatte vielleicht den ganzen Vormittag damit verbracht, die Tageszeitung hin und her zu blättern, und dabei überlegt, ob es besser sei, bei einer Zeitung hinten mit dem Lesen anzufangen statt vorne. Er war zu keinem abschließenden Ergebnis gekommen und hatte dabei vollkommen vergessen zu frühstücken. Es war aber schon spät, und er wollte am Namensamt nicht vor der verschlossenen Tür stehen. Also staubte er im Keller zwei faltige Äpfel ab und steckte sie in seine Jackentasche. So hatte er etwas gegen den Hunger dabei. Vielleicht würde auch der unangenehme Geruch im Haus dadurch ein bisschen abnehmen, dachte sich der Herr Lendkowski noch, während er zum Namensamt radelte. Kurz vor zwölf Uhr öffnete Herr Lendkowski endlich die Tür zum Namensamt. In vielen Gängen ist er hin und her gelaufen, Treppenhäuser hinauf- und Treppenhäuser hinuntergerannt. Falsche Türen hatte er geöffnet, hinter denen Beamte ihre Beamtenköpfe schüttelten und ihm immer neue, unterschiedliche Zimmernummern nannten. Als er endlich im richtigen Büro ankam, grüßte der Namensbeamte unwirsch und sagte: «Ich wollte gerade Mittag machen. Da kommen Sie hereingeschneit.»

Herr Lendkowski sagte: «Ich bitte herzlich um Verzeihung. Aber ich habe einen Sohn. Der muss doch mit einem Vornamen aufwachsen dürfen.»

Darauf der Namensbeamte: «Ich bin kein Unmensch. Ich hole die Datenblätter. Sie machen die Angaben. Aber zack, zack!» Der Namensbeamte suchte im Schrank nach den Formblättern zur amtlichen Kinderanmeldung mit Namenszuweisung. Herr Lendkowski nahm währenddessen einen Apfel aus seiner Jackentasche und biss hinein. Die Konsistenz war weich. Der Geschmack war muffig. Herr Lendkowski war zufrieden. Mit vollem Mund, kauend und Apfelstücke hinunterschluckend, beantwortete Herr Lendkowski die Fragen, die der Beamte ihm stellte. Die Antworten tippte der direkt in das Formblatt hinein. Angaben über Geschlecht, Haar- und Augenfarbe, Religion, Rechts- oder Linkshändigkeit wurden erfasst. Kurz bevor der Namensbeamte fragte, welchen Vornamen der Sohn denn trage, biss Herr Lendkowski ein großes Stück aus dem zweiten schwammigen Apfel. Herr Lendkowski wollte eigentlich «Ralf» zur Antwort geben. Aber durch den Apfelbrocken im vollen Mund kam es zu einer Vokalverschleifung oder besser gesagt Vokalersetzung, und aus dem beabsichtigten «Ralf» wurde im Ohr des Namensbeamten ein «Rulf». Dann kam der Namensbeamte zur Schlussfrage, deren Antwort er sogleich protokollierte. Dann las er noch mal alle Angaben über Geschlecht, Haar- und Augenfarbe, Religion etc. dem Herrn Lendkowski vor. Und sprach zuletzt: «Ihr Sohn soll fürderhin auf den Namen Rulf Lendkowski hören und sich angesprochen fühlen, wenn ihn jemand bei diesem Namen nennt.» Herr Lendkowski erschrak und sagte: «Aber mein Sohn soll eigentlich Ralf heißen.» Da wurde der Namensbeamte ärgerlich: «Es ist schon Viertel nach zwölf. Ihr Sohn heißt jetzt Rulf oder kriegt eine fünfstellige Zahl als Vornamen. Ich lasse mir doch von Ihnen nicht auf der Nase herumtanzen.»

Herr Lendkowski sagte: «Na gut. Dann heißt er halt Rulf.»

Der erste Akt des Trauerspiels wurde im Wohnzimmer gegeben. Herr Lendkowski, Rulf und sein Bruder Margolf saßen auf ihren Stammstühlen am Tisch. Meine Eltern hatten auf den Stühlen für die Gäste Platz genommen. Für mich blieb nur ein Hocker übrig. Eine tief hängende Lampe beschattete die Szene mehr, als dass sie Licht gespendet hätte. In der Lampe brannte Walfischtran. Die ganze Beleuchtung im Wohnzimmer der Lendkowskis wirkte neblig und grisselig. Ich fühlte mich schon aufgrund der Lichtstimmung, als säße ich plötzlich in einer englischen Vorabendserie aus den siebziger Jahren. Alle starrten auf die leere Mitte des Tisches und sprachen kein Wort. Frau Lendkowski kruschelte in der Küche. Es klang, als ob eine kleine Maus ängstlich an einem Brot knabbern würde und immer wieder erstarrte, weil sie fürchtete, entdeckt und erschlagen zu werden, und nach einem Augenblick nagte sie hektisch weiter.

Mein Vater fragte: «Was macht denn die Frau?»

Herr Lendkowski antwortete: «Meine Frau holt den Schokoladenkuchen aus der Küche, den sie speziell für Ihren Matthias gebacken hat, weil der ihm so gut schmeckt.»

Frau Lendkowski kam herein und stellte den Schokoladenkuchen mit äußerster Konzentration auf den Wohnzimmertisch. Schokoladenkuchen war eine beschönigende Bezeichnung für das tiefschwarze, längliche Brikett. Die einzelnen Stücke mussten heruntergesägt werden. Unmengen Spucke waren notwendig, um das ausgetrocknete Backwerk im Mund aufzulösen und anschließend zu schlucken, ohne dass man sich dabei im Hals verletzte. Mit einem Schluck muffigem Pfefferminztee aus der handgetöpferten, schwermütigen Tasse versuchte ich, mir den Staubgeschmack aus dem Mund zu spülen.

Der Pfefferminzstrauch, von dem die Blätter für den Aufguss stammten, wurde vom frühen Morgen bis zum Abend ununterbrochen von einem verdrossenen alten Mann mit dem schlimmsten Vokabular beschimpft und verflucht. Bevor der Schimpfer dann zu Bett ging, um die ganze Nacht schlecht zu träumen und gelegentlich laut aufzuschreien, stellte er ein Radio vor die Pflanze und drehte es lauf auf. Mit Absicht stellte er aber keinen Sender ein, sondern drehte zwischen den Frequenzen herum, bis er eine Stelle hatte, wo es ganz besonders unangenehm rauschte.

Die Tassen waren von einer lebensmüden Töpferin verfertigt. Eigentlich hätte sie sich an dem Tag in ihrer Töpferstube aufhängen wollen. Sie hasste die Wochentage und hasste das darauf folgende Wochenende. Aber noch mehr hasste sie den Umstand, dass nach dem Wochenende schon wieder die Woche anfing. Sie hasste diese immerwährende Wiederholung in der Abfolge der Tage. Alles war absehbar. Sie wollte nicht mehr, dass heute Montag war und dann der Dienstag kam. Sie wollte nicht immer und immer wieder an einem Mittwoch ins Bett gehen und dann an einem Donnerstag früh wieder aufstehen. Es gab keine Überraschung und keine Ausnahme.

Sie hatte einmal versucht, den Tagen Fischnamen zu geben. Das hatte zunächst gut geklappt. Sie hatte sich gesagt: «Heute ist Karpfen.» Und der nächste Tag ist der «Hecht» gewesen. Sie ging am «Hecht» ins Bett und wachte am «Barsch» wieder auf. Wie erlöst war sie gewesen. Neuen Mut hatte sie gefasst, und vor Freude ist sie spazieren gegangen. Sie lief lachend durch eine Ortschaft. An schönen Häusern vorbei, vor deren Fenstern blühend rote Geranien hingen. Aus der Kirche mit den bunten Fenstern sangen Männer und Frauen hoffnungsvoll und froh. Ein goldener Stern an einem Gasthaus leuchtete einladend im hellen Sonnenlicht. Sie wollte jetzt gern ein kühles Bier trinken, obwohl es noch nicht einmal Mittag war und sie noch nie zuvor am Vormittag alkoholische Getränke zu sich genommen hatte. Aber jetzt wollte sie, als Ausdruck ihrer neuen Lebensfreude, ein frisches Bier aus dem Fass trinken, ein Bier mit vollem, herrlichem Schaum obendrauf und darunter bernsteinfarbenem Sud. Gerade wollte sie schon die grobe Tür der Gaststube öffnen, als sie im Fenster das Schild sah: «Mittwoch Ruhetag». Wie ein Hund, dem man auf die Pfote stieg, heulte sie auf. Sie rannte weg von der Wirtschaft, hinaus aus der Stadt, rannte mit wehenden

Haaren durch den Wald. Sie wollte nach Hause und sich dort sofort aufhängen. Aus ihrem Schmerz war ihr die Gewissheit entwachsen, dass sie in dieser Welt niemals Ruhe und Glück finden würde. Also stieg sie auf die Leiter und befestigte ein starkes Seil an einem Haken in der Wand. Mit Knoten kannte sie sich aus. Das Seil mit der Schlinge hing sicher an der Wand, es würde nicht reißen. Sie stellte den Stuhl unter den Haken, legte sich die Schlinge um den Hals und zog sie zu. In dem Moment, als sie mit der festgezogenen Schlinge ums Genick vom Stuhl springen wollte, fiel ihr Blick auf die Bestellung über fünf handgefertigte Tassen. Sie öffnete die Schlinge wieder, stieg vom Stuhl und begann, die Tassen für die Lendkowskis zu töpfern. Aufhängen konnte sie sich ja immer noch.

Die Familienmitglieder der Lendkowskis und die Familienmitglieder der Egersdörfers hatten also mit Willensstärke und Mut eine stattliche Menge des bedenklichen Kuchens zerkaut und mit einigen Heißgetränken ins Innere des Organismus befördert. Meine Mutter hatte die Tischgesellschaft mit einem ausführlichen Bericht über den aktuellen Stand meiner Erkrankungen unterhalten und begann, einen Ausblick auf Krankheiten zu skizzieren, unter denen ich in nächster Zeit leiden würde.

Nun wurde in der Regel der zweite Akt mit den Worten von Herrn Lendkowski eingeleitet, indem er zuerst mich, dann Rulf und anschließend Margolf mit freundlicher Bestimmtheit anblickte: «Wenn die jungen Herren wollten, dürften sie die Tischgesellschaft ad subito verlassen und sich ihren eigenen Interessen im Spielbereich widmen.» Rulf und Margolf erhoben sich, schoben ihre Stühle in die Stuhlordnung und gingen aus dem Wohnzimmer.

Ich tat es ihnen gleich und lief hinter Margolf her. Über eine wackelige, in sich verdrehte, quietschende Metalltreppe gelangten wir in den Keller. Ich blickte auf die Holzregale, in denen die staubverhüllten Früchte ausdünsteten. Hinter einer rostigen, dicken Metalltür befand sich der sogenannte Spielbereich der beiden Brüder. Die Lichtsituation dort war prekär. Margolf drückte auf den Lichtschalter. Eine längere Leuchtstoffröhre begann zu flackern und hörte nicht mehr auf damit, wobei sie einen giftgrünen Teppichboden, der mit neonleuchtenden Garnen durchsetzt war, zum flirrenden Fluoreszieren brachte. Ein bunter Strudel erfasste mich, wenn ich auf diesen Boden blickte. Weiter oben war es nicht besser: Die grauen Wände schienen im Zucken des Lichts wie wild herumzuspringen. Ich schloss meine Augen. Heute wollte ich einmal blind mit Rulf und Margolf spielen.

Wir verhandelten zäh und langwierig über mehrere grundsätzliche Möglichkeiten des Zusammenspiels. Dann begannen wir mit einer Sache, kamen aber in keinen Spielfluss, weil unsere unterschiedlichen Ansichten und Absichten das Spiel unmöglich machten. Immer wieder unternahmen wir neue Anläufe. Wir scheuten uns nicht, die seltsamsten Formen von Spielen auszuprobieren, und scheiterten doch jedes Mal in verheerender Weise. Am Ende wurde eine elektrisch betriebene Autorennbahn aufgebaut. Auf der konnten aber immer nur zwei Personen ihre Miniaturrennwagen laufen lassen, beschleunigen oder verlangsamen. Wir wechselten uns fortlaufend damit ab, dass einer von uns die Fahrzeuge, welche zu schnell in die Kurve gefahren waren, wieder zurück auf die Bahn setzte. Immer wieder fuhren die Rennwagen die immer gleichen Kurven und anschließend die immer gleichen

Geraden, um dann wieder in die immer gleichen Kurven einzubiegen. Anfangs schleuderte es mein Fahrzeug noch häufiger aus den Kurven. Dann wusste ich die Beschleunigung anzupassen. Anfangs hatte ich noch technische Mühe, das aus der Bahn geschleuderte Fahrzeug wieder auf seine Schiene zu setzen. Nach einigen Malen hatte ich Übung im Einsetzen der Kontaktspange unter dem Fahrzeug auf die Spurschiene. Runde um Runde fuhren die Fahrzeuge, die wir mittels Daumen und Drückmechanismus beschleunigten und verlangsamten, auf der immer gleichen von den Fahrschienen vorgegebenen Strecke. Starr standen unsere Köpfe, in denen sich nur die Augen bewegten und die Fahrt der Miniaturrennwagen verfolgten, auf die Bahn starrend, deren Form an eine breite Acht erinnerte. Kein Wort sprachen wir miteinander. Nur das Surren der kleinen Fahrzeugmotoren und das Rollen der Rädchen auf der Fahrbahn war zu hören. Wenn einmal gleichzeitig zwei Fahrzeuge aus der Fahrbahn geschleudert wurden, konnte man das regelmäßige Klacken der Leuchtstoffröhre vernehmen. Runde um Runde nahm die Langeweile im Spielkeller der Lendkowskibuben unmerklich zu.

Das Fahren der Miniaturrennwagen auf der immer gleichen, unendlichen Bahn erschien mir wie ein elektrisch betriebenes Rühren im Topf der Langeweile. Immer wieder beschleunigte und verlangsamte ich den Miniaturrennwagen. Immer wieder stellte ich einen Miniaturrennwagen, den es aus der Bahn geschleudert hatte, zurück auf seine Fahrschiene. Beide Tätigkeiten beförderten die Ödnis zu stetigem Wachstum. Die Langeweile dehnte meinen Leib von innen auseinander. Meine Knochen weichten auf, verloren ihre ursprüngliche Form und verschwartelten zusehends. Meine Haut verlor an Festigkeit und schwabbelte in alle Richtungen. Das Fettgewebe quoll, als würde ich mit Pressluft aufgeblasen. Im Endstadium verhärtete sich mein aufgedunsener Leib. Ich sah aus wie das Surfbrett eines Mammuts. Meine Eltern mussten mich immer gemeinsam aus dem Keller der Lendkowskis hinaustragen. Oft verkeilte ich mich im Treppenhaus. Immer wenn wir zu den Lendkowskis fuhren, hatte mein Vater den Dachgepäckträger auf seinem Kombi befestigt. Ich war von Langeweile so aufgeschwollen, dass Vater und Mutter und die Lendkowskieltern mich mit vereinten Kräften oben auf den Träger wuchteten. Dort wurde ich in meiner bewegungslosen Starrheit mit Spanngurten befestigt und nach Hause transportiert.

Was war von diesen Menschen zu halten, die mich sehenden Auges in die furchtbare Ödnis hineinfuhren und anschließend, abgefüllt mit ärgster Langeweile, wieder nach Hause transportierten? Warum wurden sie aus dem Vorfall nicht klug? Warum wurde ich immer wieder zu den Lendkowskis transportiert? Meine Eltern waren erwachsene, mündige Menschen. Es ist mir bis heute ein Rätsel, warum sie freiwillig zu den Lendkowskis fuhren. Einen ganzen Nachmittag lang saßen sie auf unbequemen Stühlen vor einem Holztisch, aßen fragwürdige Backwaren, tranken bitteren Kaffee dazu und redeten pausenlos Buchstaben bis in den Abend hinein.

DOCH bei den Eltern musste ich Hilfe und Unterstützung suchen, wenn mich die Langeweile umgehauen hatte wie ein rechter Haken von Bud Spencer. Wenn der Überdruss ausgebrochen war, meine Freunde von mir flohen und ich schier ertrank im Sumpf des Missvergnügens, dann kam es vor, dass ich zur Mutter ging und sagte: «Mutter, was soll ich tun? Mir ist so furchtbar langweilig.» Meine Mutter machte dann meistens solche hervorragenden Vorschläge wie: «Dann nimm doch deine Buntstifte und mal einmal ein schönes Bild», oder: «Ja wie wäre es, wenn du dir wieder einmal deine Märchenplatten anhören würdest. Die magst du doch so gern.» Was, bitte schön, können Buntstifte und Märchenplatten gegen eine ernsthaft ausgebrochene Langeweile ausrichten? Verfügte meine Mutter nicht über das geringste Maß an Einfühlungsvermögen? Eine wirkliche Hilfe wäre es gewesen, wenn sie geantwortete hätte: «Was? Dir ist langweilig, mein Sohn? Das ist ja furchtbar. Wir rennen jetzt gemeinsam in den Keller. Im Schrank liegen noch einige Raketen, die von Silvester übrig sind. Die holen wir, und dann schießen wir sie den Nachbarn zum Wohnzimmerfenster hinein.» Oder sie hätte gesagt: «Um Gottes willen, langweilig ist dir? Da müssen wir sofort handeln. Komm, wir packen eine Axt und eine Säge und zerhacken das Buffet im Wohnzimmer. Und wenn nur noch kleine Teile übrig sind, fahren wir zur Tankstelle und kaufen einen Kanister Benzin. Den gießen wir über die Holzstücke und zünden alles an.» Das wären Hilfsvorschläge gewesen, die etwas ausrichten hätten können.

Noch schlimmer waren die Reaktionen meines Vaters. Wenn ich in größter Not zu ihm gegangen bin und sagte: «Lieber Vater, bitte helfe mir. Mir ist so langweilig.» Dann sagte der: «Dann räum halt einmal dein Zimmer auf», oder: «Langweilig? Da weiß ich etwas, das hilft. Putz dein Fahrrad!» Das waren Tätigkeiten, die schon einen Menschen in normaler Verfassung mit hoher Geschwindigkeit in den Zustand der akuten Eintönigkeit versetzen konnten.

Mir wurde klar: Von diesen Menschen, ihrer Denkweise und eingeschränkten Sicht auf die Welt war nicht mehr viel zu erwarten.

Auffallend war andererseits auch ihre vollkommene Gleichgültigkeit gegenüber wirklichen Sensationen und unfassbaren Glücksmomenten. Im Sommer konnte es zum Beispiel sein, dass vom Festplatz her der Wind die Musik eines Orchesters bei uns zum Fenster hereinwehte. Ich nahm mir einen Stuhl, um besser hinaussehn zu können, und erkannte hinter dem Nachbarsdach die rote Kuppel eines Zeltes. Völlig außer mir bin ich zu den Eltern gerannt und habe aufgeregt berichtet, dass ich wunderschöne Musik gehört hätte, die offensichtlich aus einem Zelt stamme, das mitten auf dem Festplatz steht.

Der Vater verzog keine Miene und sagte: «Da ist nur ein Zirkus auf dem Platz. Den habe ich gesehen, als ich am Freitag vorbeigefahren bin.» Sofort wollte ich wissen, was das ist, ein «Zirkus». Schon das Wort klang wie eine wunderbare Verheißung und eine neuen Welt. Die Mutter erklärte mir in aller Ruhe, was ein Zirkus sei: «Da fahren Männer, Frauen und Kinder mit Lastwägen und Traktoren durch die Welt. An den Lastwägen und Traktoren hängen Wohnwagen, in denen wohnen die Menschen, und Anhänger, darin wohnen verschiedenste Tiere, und in denen sind auch das zusammengefaltete Zelt und die Musikinstrumente. Die Zirkusleute fahren von Stadt zu Stadt. Wenn sie einen Platz finden, der groß genug ist, halten sie darauf an. Dann falten sie das Zelt auseinander und stellen darin Stühle für das Publikum auf. Bei der Vorstellung spielen die Musiker mit ihren Instrumenten, ein Clown macht Scherze. Pferde laufen im Kreis und Frauen fliegen durch die Luft.»

«Da müssen wir hin, da müssen wir sofort hin!», schrie ich. Mein Vater brachte es fertig, so etwas Furchtbares zu antworten wie: «*Müssen* muss ich gar nichts. *Müssen* muss ich bloß sterben.» Die Mutter sagte: «Das können wir uns ja für heute Abend einmal überlegen, ob wir uns das einmal ansehen.» Ich konnte diese Unbedarftheit, das eindeutig Großartige zu übersehen, in keiner Weise nachvollziehen. Mein Puls verdoppelte sich. Ich schwitzte und empfand eine Unruhe, die schier nicht auszuhalten war. Bei meinen Eltern veränderte sich gar nichts. Sie schienen im Gegenteil immer noch langsamer und bedächtiger zu werden. Dabei war es nicht so, dass jede Woche ein Zirkus auf dem Festplatz gastierte oder dauernd fremde Tiere durch den Ort liefen. Das war alles eine Ausnahme, war noch nie vorgekommen, und niemand konnte wissen, wann es wieder einmal der Fall wäre, dass ein Zirkus mit einem Orchester, wilden Tieren und Artisten in unsere Stadt käme. Warum ließen wir nicht alles stehen und liegen und rannten sofort zum Festplatz hinüber? Welche Wichtigkeit hielt uns davon ab, auf der Stelle zum Zirkus zu eilen?

Die Welt der Eltern war zersetzt und vernagelt von Hunderten von Scheinverpflichtungen. Die Eltern waren von Zwängen gefesselt, aus denen sie sich nicht mehr befreien konnten. Zuerst musste zu Ende gefrühstückt werden. Dann mussten das Geschirr abgetragen und die Lebensmittel eingepackt werden. Anschließend mussten sie neue Lebensmittel erwerben, sofern man am Sonntag nicht verhungern wollte. Und dann musste auch noch ein hölzerner Rollladen abgeschmirgelt und danach gestrichen werden. Das war alles nicht richtig. Da stimmte was vorne und hinten nicht. Wir hätten nicht zu Ende frühstücken müssen. Man hätte an diesem besonderen Tag das Frühstück auch einmal unterbrechen können. Das Brot und die Wurst hätten auch noch eine Stunde auf dem Tisch liegen können, sie wären bestimmt nicht im nächsten Moment verfault. Ob ein Teller auf dem Tisch oder im Schrank steht, macht für ihn keinen Unterschied. Wir mussten auch nicht unbedingt heute einkaufen gehen, wir gingen immer und jeden Tag einkaufen. Im akuten Notfall könnten wir uns Schokolade von der Großmutter ausleihen. Der hölzerne Rollladen war monatelang nicht abgeschmirgelt und gestrichen worden, und es gab kein Gesetz, dass einem vorschrieb, dass man im Fall, dass ein Zirkus in der Stadt gastierte, sofort und unbedingt einen Rollladen schmirgeln und streichen musste. Bei Unterlassung des Rollladen-Schmirgelns und Streichens drohte der Gesetzgeber keinesfalls mit Gefängnisstrafe. Die Eltern waren schlichtweg nicht mehr in der Lage, den wahren Sachverhalt zu begreifen. Die Eltern konnten nicht zwischen Langeweile und Abenteuer unterscheiden. Von den Eltern war von meiner Seite nicht mehr das Mindeste zu erwarten.

MEIN Alter lag immer noch im einstelligen Bereich. Die Zeit verging unmerklich, was daran lag, dass jeder Tag nach Verheißung roch wie ein frisch gebackener Kuchen. Die jüngste Vergangenheit schimmerte noch leicht nach, während die Zukunft vor mir hell im Strahlenglanz glänzte.

Von den Jahreszeiten mochte ich den Herbst besonders leiden. Endlich machte die Zwangsbekleidung mit Wollmützen und Handschuhen Sinn. Außerdem trugen in dieser Zeit auch andere Kinder Kopfbedeckungen und Schals. Ich liebte den Winter. Manchmal war es so kalt, dass ich trotz der umfassenden Schutzkleidung, in die mich meine Mutter steckte, die Kälte spürte. Mildere Temperaturen wahrzunehmen war mir nicht vergönnt, weil diese nicht durch meine diversen Schutzschichten drangen. Vom Frühjahr an schwitzte ich konstant bis in den späten Herbst hinein. Erst im kalten Winter war ich imstande, einen Temperaturunterschied zwischen Außenwelt und Innenraum am eigenen Leib zu empfinden.

Der Dezember begann und mit ihm die Vorweihnachtszeit. Zu Beginn der heißen Phase ab der Monatsmitte wurde die Wohnzimmertür für den normalen Publikumsverkehr versperrt. Das bedeutete, dass alle Familienangehörigen das Wohnzimmer weiterhin betreten durften, allein mir wurde dies nicht mehr gestattet. Beinahe ganze Tage verbrachte ich lauernd im Treppenhaus vor der Wohnzimmertür. Ich war mit den Handlungsweisen des Christkindes nicht vertraut, aber ohne Zweifel befand sich unser Wohnzimmer im Einflussbereich dieses rätselhaften Wesens. Ich errechnete mir höhere Chancen, einen näheren Einblick in die Methoden des Christkindes zu erhalten, wenn ich den künftigen Tatort schon im Vorfeld lückenlos überwachte.

Ein ums andere Mal war deswegen die Großmutter mit Mühe in den ersten Stock hinaufgestiegen, um mich von meiner Türwache abzubringen. «Den Tod wirst du dir holen hier auf dem kalten, scheußlichen Gang. Das Mindeste ist eine hochgradige Nierenbeckenentzündung, aber damit geht es erst los. Die Entzündung wird deinen Leib hinaufwandern. Dann schwillt dir der Hals zu. Du kannst nichts mehr schlucken und wirst verhungern, und obendrein erstickst du, weil du keine Luft mehr bekommst. Dann holt dich das Bestattungsunternehmen ab, und noch vor Weihnachten kommst du auf den Friedhof und wirst begraben, und Weihnachten verbringst du dann allein im Sarg unter der Erde. Und ich muss dann zu dir auf den Friedhof laufen. Wo mir das Laufen ohnehin so schwerfällt. Im Januar ist alles vereist, das kommt auch noch dazu. Dann rutsche ich aus, breche mir das Becken, bin gelähmt wegen dir und kann dann gar nicht mehr laufen. Willst du das?»

Um mir einen genaueren Einblick zu verschaffen, hatte ich des Öfteren durch das Schlüsselloch geschaut und versucht, auf der anderen Seite aufschlussreiche Einzelheiten zu erkennen. Eine der bitterbösen Schwestern hatte mich dabei ertappt und gewarnt: «Schau besser nicht durch diese Öffnung. Wenn dich das Christkind erwischt, kann das böse Konsequenzen für dich haben. Es ist ja ein übersinnliches Wesen, das merkt, wenn es beobachtet wird. Und nichts auf der Welt findet es schlimmer und widerwärtiger. Und wenn du dann wieder durchschaust, dann schleudert es einen mehrere tausend Grad heißen Blitz aus seinem kleinen Finger direkt durch dein Auge in deinen Kopf. Dann bist du für immer blind. Außerdem werden Hirnareale in deinem Schädel irreversibel zerstört. Dann kannst du dein Wasser nicht mehr halten und kriegst wieder Windeln. Außerdem kannst du nur noch das Wort ‹Aschenbecher› sagen. Aber das ist dann schon egal, dich wird eh kein Mensch mehr verstehen, egal wie oft du es sagst, weil du nur noch schrecklich undeutlich sprechen kannst.»

Die andere schlimme Schwester trieb es noch hinterfotziger. Sie sah mich traurig an und streichelte mir dabei mitleidig über den Kopf, und dann setzte sie sich neben mich auf die Treppe. Leise flüsterte sie in mein Ohr: «Ich muss dir leider mitteilen, dass es heuer nichts wird mit dem Heiligen Abend. Heute Nacht, als du geschlafen hast und die Tür zum Wohnzimmer nicht bewachen konntest, ist eine Horde übelster Luftpiraten ins Weihnachtszimmer eingedrungen. Die sind am Abend mit einem großen Zeppelin auf dem Festplatz gelandet. Es waren Hunderte schwer bewaffnete, ungläubige Teufel. In jedem Haus in der Stadt sind sie in die Weihnachtszimmer eingebrochen. Sie sind gehörlos, deswegen hörst du hier draußen nichts von ihnen. Sie unterhalten sich in der Gebärdensprache. Um ganz unmissverständlich klarzumachen, dass sie es ernst meinen, hat einer vor den Augen der Eltern eine Christbaumkugel nach der anderen aufgegessen. Ein anderer, so einer mit schwarzer Augenklappe und einem silbernen Haken am rechten Arm, hat die Christbaumkerzen verschluckt wie Spaghetti. Jetzt verlangen sie von deiner Mutter, dass sie ihnen fünfundzwanzig Schnitzel brät und drei Eimern Bratkartoffeln dazu. Und wenn sie dazu nicht gleich eine große Erdbeerbowle kriegen, wollen sie unser Haus in die Luft sprengen. Der Vater kauft jetzt verzweifelt Schnitzel und Kartoffeln ein. Aber es sieht schlecht aus, weil gerade so viele Piraten in der ganzen Stadt genau dasselbe verlangen. Und noch viel schwieriger ist das mit der Erdbeerbowle. Es ist ja Winter. Da wachsen bei uns keine Erdbeeren.»

In dieser Zeit kam es auch immer wieder vor, dass die Mutter in meinem Beisein mit den Geschwistern plötzlich Englisch sprach. Vorab beredeten die Damen noch diverse Angelegenheiten, die meine Aufmerksamkeit nicht erregten, weil ich dafür keinerlei Interesse aufbrachte. Dann formulierte eine der Schwestern gegenüber der Mutter eine Erkundigung, die für mich nun durchaus relevant war und deren Beantwortung größte Wichtigkeit besaß. Sie sprach absichtlich in meine Richtung, damit ich Anteil am neuen Themenkomplex nahm und nicht von irgendwelchen Nebensächlichkeiten abgelenkt wurde. Sie lutschte die einzelnen Silben der Frage förmlich im Mund, wie eine wohlschmeckende Praline, und genoss den süßen Geschmack der Impertinenz: «Was bekommt denn unser lieber Matthias dieses Jahr zu Weihnachten geschenkt?»

Meine Mutter lächelte, als habe ihr gerade eine Nachtigall einen goldenen Ring mit blauem Saphir in die Hand gelegt und sprach: «Little Matthew's biggest wish was to get a little railway. And this year he will get a railway. His father has bought a green cloth and nailed it on a wooden board. It looks like beautiful green grass. You can't imagine how nice it looks. On the grass there is a sweet little house. And of course there is a train which goes round, it even goes through a little tunnel.» Die Schwestern klatschten in die Hände und freuten sich über die Auskunft. Ich verstand kein Wort und bat meine Mutter, dass sie mir doch bitte das Gesagte übersetzen möchte. Sie schüttelte mit mildem Lächeln den Kopf. Ich flehte die Schwestern an, mir zumindest einen Hinweis zu geben. Die Frauen lachten mich aus.

Auf dem Marktplatz unserer Stadt stand ein künstlicher Wald aus kleinen und größeren Tannenbäumen, die man gefällt und hier dicht beieinander aufgestellt hatte. Ein Mann mit großer roter Nase und weinroten geäderten Backen stand vor den Bäumen und klatschte unablässig in seine fellgefütterten Tierhautfäustlinge, zum einen, um sich Hände und Arme warm zu halten, und zum anderen, um mögliche Kunden auf sich aufmerksam zu machen und ihnen einen Weihnachtsbaum zu verkaufen. Ich saß hinten im Auto und drückte meine Nase an die kalte Fensterscheibe. Aus dem Mund des Baummannes rauchten die einzelnen Wörter weiß heraus. Er hatte es auf einen langen, dünnen Mann im grünen Lodenmantel abgesehen. Der trug eine runde Pelzmütze auf dem Kopf, die aussah, als hätte sich da oben ein kleiner Wolf zusammengerollt, um auszuruhen. Unter dem Pelz stand eine dünne Nase hervor wie ein Ast. Einzelne kleine Wölkchen pafften zwischen längeren Pausen aus seinem Mund.

Der Baumverkäufer hatte seine linke Hand behutsam auf die grüne Schulter des Langen gelegt und drehte ihn sanft in die Richtung, in die er mit dem rechten Fäustling eifrig wedelte. Die Worte quollen aus Rotwange wie aus einem Fabrikschlot. Holznäschen wurde von den großen zu den mittleren, kleinen und dann wieder zu den großen Nadelbäumen geschoben. Ich hauchte an die Scheibe und wischte mit dem Finger ein Loch in den Dunst, durch welches ich sah, dass Holznäschen mit seinen dünnen Wurzelfingerchen Geld aus einem schwarzen Portemonnaie zog und in die tiefe Tellerhand von Rotwänglein legte, die sich schnell vom Fäustling befreit und selbigen ruckartig in den Schritt gestopft hatte. Rasch hatte er auch das Geld in der Hosentasche verräumt und den Handschuh wieder übergestülpt, um die grünlodige Schulter noch mal zu beklopfen. Dann beendete er das Schultertrommeln, packte den Baum und schob ihn durch eine silberne Röhre. Die makellose formschöne Tanne kam anmutig wie eine Madonna wieder heraus, die mit eng an den Körper gepressten Händen und spitzer Nase zum Himmel hinaufblickt, von weißem Netz umspannt. Holznase griff den Baum unten am nackten Stamm und begann, das Ding nach Hause zu schleifen, nicht ohne sich vorher noch einmal von Rotbacke die Schulter beklopfen zu lassen.

Meine Eltern kauften niemals einen Baum am Marktplatz oder anderswo. Unser Baum wurde jedes Jahr von

Fritz höchstpersönlich ausgesucht. Fritz war ein aus Findlingen zusammengesetzter Berg von einem Mann. Er redete mit dem Rauschen eines Wasserfalls. Wenn Fritz nachts aufs Klo musste und in der Dunkelheit die Tür nicht fand, brach er durch die Wand, pinkelte, mauerte das Loch wieder zu, und nachdem er beide Seite tapeziert und das Werkzeug aufgeräumt hatte, lag er auch schon wieder im Bett und schlief, bis der Tag begann. Im Wald kannte er sich aus wie ein Elektriker im Sicherungskasten. Vor dem Frühstück machte Fritz dort Wettläufe mit Wildschweinen und Hirschen, und ab Dezember beobachtete er dabei mit einem Auge die umgefallenen Bäume. Eine Woche vor Weihnachten kam er mit einer Säge in der Hand bei uns die Treppe hinaufgelaufen. Er packte meinen Vater, setzte ihn sich auf die Schulter, rannte wieder hinunter und weiter in den Wald. Dort setzte er meinen Vater kurz im Schnee ab, sägte die Spitze eines umgefallenen Baumes ab und brachte den Vater und unseren frisch gesägten Weihnachtsbaum zu uns zurück.

Unsere Weihnachtsbäume haben bürgerliche Dogmen wie Symmetrie und harmonische Farbgebung stets konsequent und radikal durchbrochen. Unser Baum zeichnete sich jedes Jahr durch eine unübersehbare Individualität aus. Kein anderer Haushalt konnte ein Gewächs vorweisen, das mit unserem auch nur annähernd vergleichbar gewesen wäre. Der oftmals in sich verdreht gewachsene Stamm ließ sich nur mühsam und unter unablässigem Fluchen des Vaters in den Christbaumhalter zwängen. Dann rannte der Vater aus dem Weihnachtszimmer und musste Schnaps holen. Ich hörte sein Schlucken hinter der Tür. Er trank, um sich zu beruhigen im Kampf mit dem widerborstigen Holz. Wenn der Baum endlich halbwegs aufrecht stand, begannen die Eltern, die Halterung im Uhrzeigersinn und dagegen zu drehen.

«Das schaut ja furchtbar aus», hörte ich hinter der Tür die Mutter sagen.

Der Vater brummte dagegen: «Dann dreh ihn halt ein wenig rechts herum.»

«Ich mache nichts anderes, als den Baum zu drehen. Aber jede neue Seite schaut noch einmal schlimmer aus.»

Hatten die Eltern nach zähem Ringen endlich eine erträgliche Ansicht gefunden, schloss sich das nicht unaufwendige Schmücken des Baumes an. Das Nervenkostüm meiner Erzeuger wurde damit noch einmal grundlegend strapaziert. Die vergoldete Baumspitze aus Glas gerade nach oben aufzusetzen war schlichtweg ein Ding der Unmöglichkeit, ihr Schiefstehen war ein Naturgesetz. Kerzenhalter so anzubringen, dass sie nicht nach dem Anzünden des Beleuchtungskörpers einen sofortigen Zimmerbrand verursachten, war bei dem eigenartigen Wuchs der Äste ein kompliziertes Unterfangen. Hinter der geschlossenen Tür kämpften die schon auf ein Minimum reduzierten ästhetischen Vorstellungen mit Maßnahmen der Katastrophenprävention auf der einen und allgemeiner Weltwurstigkeit auf der anderen Seite. Wenn in diesem Hörspiel die Mutter den Vater wegen des unmäßigen Abusus von Schnaps anbrüllte und der Vater daraufhin drohte, gleich noch mehr Schnaps zu holen und auf der Stelle auszutrinken, wusste ich auf meinem Logenplatz im Treppenhaus, dass das Warten auf das Christkind jetzt in die entscheidende Phase eintrat.

Wohlige Wärme breitete sich vom Grund meines Herzens aus und mit ihr die angenehme Gewissheit, dass die Familie in die Zielgerade zum Fest der Liebe einbog, wenn die Mutter die Arie der falschen Weihnachtsbekleidung anstimmte. Als Einleitung zum Heiligabend wurde mein Vater in jährlicher Wiederholung angesungen: «Diese Hose willst du anziehen am heiligen Weihnachtsabend? Ausgerechnet diesen zerschlissenen Fetzen, durch den man deine Unterhose durchsieht? Hast du den aus dem hintersten, dreckigen Eck hervorgezerrt, um mich persönlich zu kränken? Drei Mal habe ich die Hose schon in den Müll geworfen, immer wieder hast du sie herausgezogen. Diese Hose ist derartig ramponiert, dass man darin nicht mal in Würde hinter dem Haus einen Rollladen abschmirgeln kann. Das machst du alles nur, um mir weh zu tun und mir meine letzte Freude zu nehmen. Du willst mich heute vernichten, und zwar mit dieser schrecklichen Hose. Aber wirklich die Krönung ist das Hemd. Wie ein Hungerleider schaust du damit aus, so armselig. Dieses Hemd wollte ich dir auch schon hundert Mal wegschmeißen. Und du bringst es tatsächlich fertig, das schmuddelige Ding ausgerechnet heute hervorzuziehen. Die Ärmel sind so kurz, dass deine Unterarme zur Hälfte herausschauen. Der Kragen ist zerschlissen. Und es müffelt auch noch grauenhaft. Was habe ich mir nur zuschulden kommen lassen, dass mich Gott mit so einem fürchterlichen Mannsbild straft? Kind Gottes in der Hutschachtel! Ich werde wahnsinnig. Ich halte das nicht mehr aus. Wenn das so weitergeht, dann gehe ich ins Wasser. Dann kannst du schauen, wie du ohne mich zurechtkommst. Aber darauf hast du es ja abgesehen. Vernichten möchtest du mich. Was habe ich dir eigentlich angetan, dass du so gemein zu mir bist? Du grausamer Mensch, du gönnst mir nicht einmal im Jahr ein bisschen Freude und Erholung. Aber ich habe dich durchschaut. Du machst das alles absichtlich, um mir weh zu tun, um mir die Lust am Leben zu vergällen. Loshaben willst du mich.

Auf meine völlige Zerstörung hast du es abgesehen. Eine Junge willst du dir anlachen. Aber mit so einer Hose wirst du kein junges Ding verzaubern, das kann ich dir jetzt schon prophezeien. Jede junge Frau rennt schreiend davon, wenn du mit der Hose und diesem furchtbaren, stinkenden Hemd daherkommst. Das wird dir alles einmal leidtun, was du mir antust. Diese Gemeinheiten, die du willkürlich und grundlos gegen mich ausheckst, werden auf dich selbst zurückfallen. Das verspreche ich dir! Ich wünsche es dir nicht, dass du selbst einmal erleiden musst, was ich am heutigen Tag mit dir mitmachen muss.»

Mein Vater blieb bei alldem weitgehend stumm und ließ die Litanei über sich ergehen wie einen Regenguss, in den er versehentlich hineingeraten war. Nur ein gelegentliches Brummen konnte man aus seiner Richtung vernehmen. Er zog dann ein anderes Hemd und eine andere Hose an.

Jetzt war Weihnachten. Die Großmutter kam mit sanften Schritten vom Erdgeschoss zu uns in den ersten Stock gestiegen. Die Schwestern schwebten von ihren Zimmern unter dem Dach herab, ihre Arme ausgebreitet wie Flügel, und die Haare wogten in welliger Bewegung. Mit ihren grazilen Füßchen berührten sie die Stufen einzig aus der Lust am Geräusch, das dabei entstand. Die Mutter hatte sich eine silberne Brosche an die Feiertagsbluse geheftet, und ihre offiziellen Haare dufteten mit frischer Ernsthaftigkeit. Draußen war Nacht. Der Apfelbaum vor dem Haus war ein Scherenschnitt. Die Heizung stand auf drei. Ich saß mit den vier Damen, und im Kerzenlicht wurden warme Worte in die frisch gewaschenen Ohren gesprochen. Die Mutter verließ den Raum. Kurz darauf bimmelte ein Glöckchen.

Ich durfte vorangehen ins Weihnachtszimmer. Die Schwestern und die Großmutter folgten mir. Die Kerzen am Baum brannten. Ich schaute und staunte. Jetzt klopfte es an der Wohnzimmertür. Die Großmutter machte auf, und ein Mann, der den Bademantel meines Vaters angezogen hatte, trat ins Zimmer. Er trug eine Plastikmaske mit einem künstlichen Bart und hatte auf seine Schulter einen groben, braunen, schwer gefüllten Sack geladen. Unter dem Bademantel trug der Mann dieselbe Hose wie mein Vater und hatte auch die gleichen Schuhe an wie er. Der Weihnachtsmann sprach auch genauso wie mein Vater, wenn der seine Stimme verstellte. Der Weihnachtsmann versuchte, mir mit der tiefer verstellten Stimme meines Vaters einige Ermahnungen zu sagen, aber ich konnte inhaltlich nur schwer folgen, weil ich plötzlich sehr lachen musste über meinen Vater, der sich als Weihnachtsmann verkleidet hatte, und ich konnte mit dem Lachen gar nicht mehr aufhören. Meine Schwestern lachten, die Großmutter und meine Mutter lachten das große Weihnachtsgelächter. Ich lag am Boden und krümmte mich vor Lachen. Der Weihnachtsmann versuchte vergeblich, noch ein paar Worte an mich zu richten. Dann übergab er Geschenke aus dem Sack und verschwand aus dem Wohnzimmer. Als ich mich einigermaßen ausgelacht hatte, erschien wieder der übliche Vater im Wohnzimmer und wollte wissen, was gerade los gewesen wäre. Die Großmutter sagte, dass der Weihnachtsmann gerade Geschenke vorbeigebracht hätte. Mein Vater tat bei alledem sehr neugierig und hörte interessiert zu.

DAS neue Jahr begann damit, dass der Vater den Weihnachtsbaum aus der Umklammerung des Halters befreite und vor das Haus stellte. Die Mutter öffnete die Fenster im

Wohnzimmer, um zu lüften. Der Duft der Kerzen und Tannennadeln verflog und mit ihm der Rest des weihnachtliche Zaubers, der wie Schnee über den Feiertagen gelegen war. Die nüchterne Welt, eingeteilt in exakte Minuten, faktische Stunden und kantige Tage, kam wieder zum Vorschein. Kurz vorher, an jedem Montag nach Weihnachten, hatte der Vater sich in seinen weißen Kombi gesetzt und war zu den Schreibwarengeschäften in die große weite Welt gefahren. Die Schwestern gingen wieder mit ihren Schulbüchern und Schulheften in ihre Schulgebäude.

Die Mutter und die Großmutter hatten den Waffenstillstand beendet und begannen wieder mit den üblichen Scharmützeln. Ein öffentlicher Kriegsschauplatz war das hölzerne Postament im Erdgeschoss neben der Treppe. Hier wurden Stapel von Wechselgeld platziert, um dem Gegner wahlweise Kleinlichkeit oder Betrug zu unterstellen. Genau gesagt handelte es sich um geringe Pfennigbeträge vom sogenannten «Rausgeld», welches die Großmutter von der Mutter zurückerhielt, wenn sie sich nach Vorstreckung des angenommenen Kaufpreises von der Tochter aus der Stadt etwas hatte mitbringen lassen. Über die Höhe dieses Betrags stritten die beiden Parteien ohne Gnade. Die Auseinandersetzung wurde zusätzlich mit kleinen Zetteln geführt, auf denen Differenzbeträge aus erhaltenem Geld, Rückgeld und angeblichen, angezweifelten und eisern verteidigten Produktpreisen mit Prosazeilen der Schmähung hin und her geschoben wurden: Las die Mutter neueste Rechnungs- und Richtigstellungen der Großmutter, dann trampelte sie polternd und fluchend in den ersten Stock hinauf und ließ die Türen knallen. Wenn die Großmutter mit ihrer Brille die neuen Unverschämtheiten der Tochter entziffert hatte, zog sie sich entrüstet schnaufend zurück und schlug die Holztür mit größerem Schwung als sonst hinter sich ins Schloss.

Zeit und Schnee vergingen. Das merkte ich auch daran, dass ich sichtbar wuchs. Eines Tages konnte ich ganz unten im Badezimmerspiegel meine Augen und einen Teil der Nase erkennen. Immer noch schleifte mich die Mutter weiterhin mit, wenn sie zum Einkaufen fuhr. Nichts konnte mein deutliches Wachstum dagegen ausrichten. Die Mutter redete mir weiterhin Krankheits-Novitäten ein, gegen die sie mich mit Hilfe diverser willfähriger Ärzte behandeln ließ. Neuerdings litt ich an flachen Hüftschalen. Es war ein Wunder, dass ich mich mit meinen Beinen überhaupt noch fortbewegen konnte. Ich wurde vermessen, durchleuchtet, meine Füße wurden eingegipst, und ich lernte die wunderbare Welt der Orthopädie kennen. Mir wurden Einlagen angefertigt, die ich in den Schuhen tragen musste.

Eines Tages im Sommer schraubte mir der Vater die Stützräder vom Fahrrad ab. Ich vermisste das Rattern, wenn ich über die Steinplatten fuhr. Jetzt fuhr ich mit dem Rad des Öfteren zum Gartentor hinaus und erkundete die nähere Nachbarschaft. Wenn der Vater von seinen Reisen zurückkam, holte ich ihm wieder Bierflaschen aus dem Keller, erzählte mir dabei heitere Geschichten und versuchte mich im fröhlichen Pfeifen. Ich tappte in die Fallen, die mir die bitterbösen Schwestern stellten, und genoss die Momente, in denen es ihnen aus einer plötzlichen Laune heraus gefiel, gut zu mir zu sein und sich über mein einfältiges Glück zu amüsieren. Ich rutschte mit meinem Freund Reinhard auf dem Boden herum und schob kleine Autos an Teppichkanten entlang. Wenn es wärmer wurde, sprangen wir im Garten hinter Schmetterlingen her und fuhren auf unseren Rädchen durch die Nachbarschaft, als ritten wir stolze Rappen. Aus dem Gehsteig wurde die Prärie. Auf dem Sofa mit dem Blumenmuster saß ich neben der Großmutter und sah im Fernseher Gazellen über Büsche um ihr Leben springen, um das ein Rudel Löwen sie bringen wollte.

Dann kam der Herbst, und ich wurde eingeschult. Der Vater hatte ein feierliches Gesicht aufgesetzt und sprach ein bisschen wie der Weihnachtsmann, jetzt ohne Maske und Bademantel. Die Schwestern waren vergnügt, flüsterten sich Geheimnisse zu und lachten laut auf. Meine Großmutter stand vor ihrer Tür im Erdgeschoss, sagte mir etwas freundlich Warmes und winkte mir nach. Ich bekam eine bunte Schultüte, und die Mutter fuhr mich mit dem Auto zur Schule. Dort sollte ich zu dem Wort «Schule» noch zwei Pünktchen über das u bekommen und hintendran ein r. Von nun an war ich der Schüler.

Vor der Schule standen viele Eltern, Mädchen und Jungen, und alle warteten aufgeregt auf ihre zwei Pünktchen und auf das r oder das rin. Unter ihnen war auch der Sohn der Metzgerin. Er hatte einen dunklen Nadelstreifenanzug an und dazu Lackschuhe, in denen sich die Sonne spiegelte. Wie eine Miniaturausgabe von Frank Sinatra sah er aus. Aber er sang nicht, sondern weinte in einem fort. Er weinte vor der Schule. Er weinte, als die Mädchen und Jungen in die einzelnen Klassenzimmer verteilt wurden. Er weinte, als er auf dem Schulstuhl am Schultisch saß und sich die Klassenleiterin vor der Schultafel vorstellte. Er weinte, als die Eltern aus dem Klassenzimmer hinausgingen und uns mit der Lehrerin allein ließen. Er weinte den gesamten ersten Schultag. Ich wunderte mich darüber, weil an dem ganzen Tag ja noch gar nichts Schlimmes passierte. Erst im Nachhinein begriff ich, dass der Sohn der Metzgerin offensichtlich im Vorfeld an Insiderinformationen herangekommen sein muss. Schon am ersten Tag hatte er eine Ahnung davon, was uns in den kommenden Jahren bevorstand.

Unsere Lehrerin hatte ein ovales Gesicht, lange und weiche, braune Haare, sie sprach mit einer freundlichen Stimme. In meiner Erinnerung hatte sie immer einen braunen Hosenanzug aus feinem Cord an. Bestimmt war sie auch in andere Sachen gekleidet, aber wenn ich heute an sie denke, trägt sie immer diesen braunen Cordhosenanzug. Irgendwo in meinem Erinnerungsvermögen sitzt die Lehrerin auf einem kleinen Stuhl und liest in einem eng bedruckten Buch. Sobald sich meine Gedanken der Schule nähern, leuchtet kurz vorher in ihrer kleinen Hirnkammer eine Lampe auf. Die Lehrerin springt dann auf und überlegt, was sie anziehen soll. Sie trippelt zum Kleiderschrank, und in dem hängen nebeneinander fünfundzwanzig braune Cordhosenanzüge. Die Lehrerin sieht es und sagt sich: «Dann zieh ich halt wieder den Hosenanzug an. Etwas anderes bleibt mir gar nicht übrig. Ich kann ja nicht in Schlüpfer und BH aus der Hirnkammer hinauslaufen. Er erinnert sich ja nicht an mich in Unterwäsche.» In meiner Vorstellung konnten nur freundliche Menschen einen Hosenanzug aus braunem Cord tragen.

Wenn die Schülerinnen und Schüler laut wurden, senkte die Lehrerin ihre Stimme und setzte ein leidendes Gesicht auf. Das Gesicht sah so vollendet leidend aus wie das Antlitz der Jungfrau Maria, wenn Jesus vom Kreuz genommen worden war und sie seinen leblosen Leib in den Armen hält. Wir konnten den Anblick nicht lange ertragen und wurden immer schnell freiwillig leiser. Es war nicht ausgeschlossen, dass die Frau an den Händen und Füßen zum Bluten angefangen hätte, wenn wir nicht verstummt wären.

Einmal teilte die Lehrerin in der Klasse Papierbögen aus. Jeder sollte möglichst viele bunte Regenschirme auf das Blatt malen. Ich war verwundert. Wegen so etwas war ich extra in die Schule gekommen? Papier und Stifte waren bei mir zu Hause vorrätig. Wenn ich wollte, konnte ich malen und dabei Märchenplatten hören, so lange es mir gefiel. Und warum ausgerechnet Regenschirme? Gab es etwas Langweiligeres als Regenschirme? Nur die Regenschirme der Lendkowskis vielleicht. Ich nahm mir vor, die Aufgabe in meiner Ausführung zu modifizieren. Ich tat ihr den Gefallen, Regenschirme zu malen, beschloss aber, in diese Regenschirme hinein die Dinge zu setzen, die mich damals malerisch umtrieben. Personen mit überlangen Nasen in Seitenansicht waren zu dieser Zeit ein häufig wiederkehrendes Motiv in meinem künstlerischen Œuvre. Die Nasen waren derartig lang, dass darauf genug Platz war, um kleine Szenen stattfinden zu lassen. Häuser, Schubkarren, Sonnen und Blumen standen und wuchsen nebeneinander auf diesen Nasen. Gern malte ich auf das riesige Geruchsorgan auch Panzer, die sich gegenseitig beschossen und stellenweise lichterloh brannten. Ich trieb es mit der Nasenmalerei so weit, dass es vorkam, dass ich auf eine gemalte Nase eine zweite Person mit ebenfalls sehr langer Nase malte, auf welcher noch einmal verschiedene Bildmotive angeordnet waren. Daneben hatte ich ein ausgesprochenes Faible für üppige Frauen, die ich mit wulstigen Lippen und dicken Armen ausstaffierte, auch verfügten diese Göttinnen über kolossale Brüste und prächtig pralle Hintern. So große Hintern, dass hinter den Überfrauen Männer mit Schubkarren herfuhren, die zur Hälfte von dem Gesäß ausgefüllt waren.

Mit einigen dieser Motive schmückte ich nun die Regenschirme in der Schule und rechnete mir eine besondere Würdigung seitens der Lehrerin aus. Die Pädagogin ging durch die Reihen und betrachtete die Bilder mit den verschiedenartigen Schirmen. Mit ruhiger Stimme lobte sie diese und jene Ausführung und gab bei anderen freundliche Hinweise, wie die Schüler und Schülerinnen ihre Arbeit noch verbessern könnten. Dann trat die Frau an meinen Tisch. Das Mädchen neben mir wurde wegen ihrer akkuraten Zeichnung und der ordentlichen Farbgebung mit schönen Worten gelobt.

Nun betrachtete die Lehrerin mein Blatt. Auf meinen Regenschirmen hatte sich eine Akkumulation von langnasigen Personen, Panzern, Blumen und Göttinnen ausgebreitet. Warm sprach die Lehrerin in mein Ohr, und hätte ich nur den Klang ihrer Stimme vernommen, hätte ich es für eine Huldigung meiner Schöpfung halten müssen. Umso mehr erschrak ich regelrecht, als ich den Sinn der Worte begriff, dass nämlich meine Zeichnung ganz und gar nicht ihren Erwartungen entsprach. Sie wies mich darauf hin, dass sie weder lange Nasen noch Panzer und schon gar nicht dicke Frauen zu malen befohlen hatte. Die Aufgabe, das machte sie mir unmissverständlich klar, wäre gewesen, bunte Regenschirme darzustellen. Sie schloss ihre Worte mit der Bemerkung, dass ich künftig besser darauf achten solle, was von ihrer Seite verlangt wäre. Nach und nach begriff ich, dass ich einer fatalen Fehleinschätzung erlegen war. Hier in der Schule ging es nicht um die Förderung von individuellem Gestaltungsdrang oder Ermunterung, eine persönliche Bildsprache für sich zu entdecken. Für die Lehrerin wäre es im Gegenteil sogar eine Genugtuung gewesen, wenn die Schülerinnen und Schüler möglichst identische Regenschirme gemalt hätten. Einen regelrechten Triumph ihrer Macht hätte es dargestellt, wenn man die Blätter nur mit Mühe voneinander unterscheiden hätte können. Wie baugleiche Maschinen sollten wir auf ihren Befehl hin Malaufgaben ausführen. Abweichung oder Interpretation des Themas waren Fehler, die künftig unbedingt zu vermeiden wären.

Am Ende des Schultages läutete der Gong. Obwohl es sich bei dem Geräusch eigentlich um ein Klingeln handelte, nannte man es in der Schule Gong. Ich ging meinen Schulweg zurück nach Hause. Am Tisch im Wohnzimmer aß ich, was meine Mutter gekocht hatte. Sie wollte wissen, was in der Schule vorgefallen wäre. Ich erzählte in Fragmenten, dass ich etwas falsch verstanden und daraufhin ein falsches Bild gemalt hätte, das das Missfallen der Lehrerin erregt habe. Gleich am nächsten Tag fuhr meine Mutter mit dem grünen Auto zur Schule. Sie knöpfte sich die Lehrerin vor und gab ihr zu verstehen, dass sie in keiner Weise beurteilen könne, was der Sohn im Kunstunterricht Großes und Einzigartiges zu leisten imstande wäre. Der Stammbaum der Familie Egersdörfer zeichne sich nachweislich durch ungezählte Künstlercharaktere von großer Bedeutung aus. Als Mutter wüsste sie Bescheid über die überdurchschnittliche Begabung des eigenen Sohnes, aber offenbar verfüge die Lehrerin nicht über die Fähigkeit, derselben die notwendige Wertschätzung angedeihen zu lassen. Die Kompetenz, ein Genie zu erkennen, habe die Lehrerin in ihrer Ausbildung offenbar nicht erworben. Insofern solle sie sich derart unqualifizierte Beurteilung fürderhin gänzlich sparen, sonst habe sie mit Konsequenzen zu rechnen.

Nachdem meine Mutter der Lehrerin die Uhr gestellt hatte, durfte ich malen, was ich wollte. Nur noch kurz betrachtete die Lehrkraft meine schöpferischen Produkte, immer sagte sie «gut» und nach einer kleinen Pause «schön», um dann andere Arbeiten in Augenschein zu nehmen.

Im Vorfeld der Einschulung hatte mir meine Mutter dringlich empfohlen, dass ich mich neben ein Mädchen setzen solle. Buben würden sich stets neben Buben setzen. Ich solle dieses ungeschriebene Gesetz aber nicht befolgen und neben einem Mädchen Platz nehmen. Gleich am ersten Tag tat ich das. Das Mädchen war überrascht, hatte aber nichts dagegen einzuwenden. Ihre Stimme war ganz zart und leise. Wenn das Fenster offen stand und draußen der Wind wehte, oder wenn einer auf dem Schulhof mit einer leeren Getränkedose Fußball spielte, dann musste man sie bitten, lauter zu sprechen, weil sie sonst kaum zu verstehen war. Sonst war dieses Zusammensitzen sehr fruchtbar. Ich schrieb alles von ihr ab, was sie mit ihren kleinen Fingern in ihr Schulheft schrieb. Wenn sie einen grünen Buntstift aus ihrem Federmäppchen nahm, um einen grünen Strich zu ziehen, nahm ich mir ebenfalls einen grünen Stift und zog einen grünen Strich. Meine Vorgehensweise erzeugte Missfallen bei dem Mädchen. Des Öfteren drehte sie ihren kleinen Kopf mit den flauschigen blonden Haaren zu meiner Seite und flüsterte mir zu, dass ich nicht ohne Ausnahme einfach alles von ihr abschreiben solle, was sie in ihre Hefte eintrage. Ich bat sie daraufhin, sie solle doch ihren linken Arm nicht am linken Heftrand ablegen, sondern ihn lieber herunterhängen lassen. So könnte ich besser sehen, was sie gerade schreibe, und müsste mir nicht umständlich den Hals verrenken, um in ihr Heft zu sehen. Sie gab bald ihrer Sorge Ausdruck, dass es auf meine schulische Entwicklung schlechte Auswirkungen haben würde, wenn ich mein Verhalten nicht änderte. Außerdem könne sie nicht garantieren, dass ihre Aufzeichnungen immer den Anforderungen genügen. Zu dem Umstand, dass ich mich einer eigenen Leistung vollständig entziehe, käme noch die Problematik, dass ich fehlerhafte Einträge ohne selbständige Prüfung einfach übernehme und mir damit falsche Dinge einpräge. Ich hielt diese Einwendungen für mehr als übertrieben. Ganz im Gegenteil, ich konnte mir sehr gut vorstellen, dass ich bis zum Ende der Schullaufbahn neben ihr sitzen würde und alles, was sie zu Papier brachte, immer direkt in mein Heft übertrug. Ich übersah, dass sich aus ihren anfänglichen Sorgen im Verlauf des Schuljahrs eine immer größer werdende Verzweiflung herausgebildet hatte.

Im nächsten Jahr wollte das Mädchen nicht mehr neben mir sitzen. Unsere Tischnachbarschaft, von der ich fest ausgegangen war, wurde ihrerseits ohne ein Wort beendet. Sie wich meinem Blick aus, als kannte sie mich gar nicht mehr. Als die zweite Klasse begann, kam ein gewisser Erik neu zu uns in die Klasse. Er sprach ganz sonderbar. Wenn er ein Wort mit o sagte, hatte das bei ihm einen gemütlichen Klang, als würde er aus der Tiefe seines Bauches heraus sprechen. Seine Sprache war wohlgenährt, seine Buchstaben hatten Schnurrbärte, trugen grüne Kappen mit Gamsbärten und wanderten mit Spazierstöcken mit silbernen Abzeichen aus seinem Mund heraus. Ich beschloss, mich neben Erik zu setzen, und er hatte nichts dagegen einzuwenden. Seine Schrift war schwungvoll und eigenartig langgezogen, und die Wörter neigten sich wie die Schleifen von Schnürsenkeln sanft nach rechts, als würden sie von einem Wind zur Seite geblasen. Ich schaute nur gelegentlich zu ihm hinüber, wenn ich wirklich gar nicht mehr wusste, was ich ins Schulheft schreiben sollte. Und manchmal schaute Erik zu mir rüber. Wir hatten beide damit keinerlei Probleme.

Eines Tages verlangte die Lehrerin im braunen Cordhosenanzug, dass jeder aus der Klasse vorne neben dem Pult ein Lied vorsingen solle. Nacheinander wurden die Schülerinnen und Schüler aufgerufen, nach vorn zu treten und mit dem Liedvortrag zu beginnen. Bei mir mischte sich leichtes Unwohlsein in meine bange Freude, gleich vor der gesamten Klassengemeinschaft einen Soloauftritt auf dem graublauen Linoleumboden zu absolvieren.

Erik hielt sich wacker und sang ein hauchdünnes Liedlein vor. Seine sonst so wohlgenährten, rotbackigen Buchstaben waren schmächtig und konnten sich nur mit Mühe auf den dünnen Beinen halten. Der Sohn der Metzgerin gab eine Interpretation von «Hoch auf dem gelben Wagen» zum Besten. Er verzichtete dabei vollständig auf die Melodie und sprach den Text nahezu komplett in einem gleichförmigen Rhythmus. Eine eindrucksvolle Vorwegnahme des Sprechgesanges, und das bereits zu Beginn der siebziger Jahre. Diese bahnbrechende Leistung wurde in keiner Weise gewürdigt. Nachdem er seinen Rap beendet hatte, wurde schon der nächste Namen aufgerufen und das nächste Lied von einem eingeschüchterten Interpreten vorgetragen.

Ich überlegte die ganze Zeit fieberhaft, welche Arie ich zu diesem Anlass intonieren sollte. Das mir zur Verfügung stehende Repertoire war übersichtlich, um nicht zu sagen klein. Was die Mutter beim Kochen in der Kombüse sang, war mir nur in bruchstückhaften Textfragmenten erinnerlich, das zeitgleiche Klappern mit Töpfen und Pfannen machte es mir unmöglich, Überblick über das Libretto zu gewinnen, geschweige denn, mir eine Melodie einzuprägen, die ich ohne größere Lücken repetieren hätte können. Wenn ich mit dem Vater am Wochenende durch den Wald wanderte, wir einen kleinen Berg auf der einen Seite hinauf und auf der anderen hinunter stiegen, dann ergriff der Vater meine Hand und wir hupften gemeinsam in großen Sprüngen. Dabei sang der Vater im Takt der sich vom Boden abstoßenden Beine: «Solange der Arsch in die Hose passt, so lange wird keine Arbeit angefasst.» Die Liedaussage schien mir prägnant und stellte in ihrer Deutlichkeit ein unmissverständliches Statement dar. Aber ohne einen Hügel, den ich beim Singen und Springen als natürlichen Taktgeber hätte, schien mir das Lied nicht zu einer Aufführung geeignet. Mir war klar, dass mein Wunsch nach einer Bereitstellung eines Kieshügels im Klassenraum Kopfschütteln und Ignoranz seitens des Lehrkörpers geerntet hätte.

Die Rahmenbedingungen waren also denkbar schlecht und armselig. Keine kleine Band war engagiert, die unsere Bemühungen unterstützt hätte, nicht einmal an einen kleinen buckligen Mann an einem verschrammten Klavier war im Vorfeld gedacht worden. Außer den Blicken der Mitschüler, die erleichtert waren, weil sie die Qual schon hinter sich gebracht hatten oder in ihrer Furcht kurz verschnaufen konnten, weil sich ein anderes Kind gerade lächerlich machte, sowie der Aufmerksamkeit der Erzieherin gab es keinerlei Unterstützung. Sonntags, wenn der Vater in der Badewanne saß, sang er stets mit voller Stimme: «Wir werden weiter marschieren, bis alles in Scherben fällt. Denn heute gehört uns Deutschland, und morgen die ganze Welt.» Wenn der Vater «Welt» sang, schlug er mit flachen Händen beherzt auf die Wasseroberfläche, sodass

Wannenwasser und weißer Schaum durch das gesamte Badezimmer spritzten. Das hieß aber, dass auch dieses Lied nicht in Frage kam. Wenn ein Kiesberg den Rahmen der Möglichkeiten überstieg, war die Bereitstellung einer Badewanne genauso illusorisch. Zuletzt entschied ich mich für den Vortrag von «Schwarzbraun ist die Haselnuss». Die Resonanz hielt sich in Grenzen.

Wir lernten Buchstaben zu sprechen und zu schreiben. Jeder in der Klasse hatte einen Holzkasten, der voll war mit kleinen Holzbuchstaben. Mit schweißfeuchten Fingern montierten wir die Buchstaben zu Wörtern zusammen, die wir anschließend abmalen sollten. Mit dem r hatte ich besondere Schwierigkeiten. Es war eine ausgesprochene r-Schwäche. Ich konnte Wörter mit r zwar aussprechen, aber es gelang mir nicht, den Buchstaben auswendig hinzuschreiben. Es überstieg meine Fähigkeiten, den rechts herunterhängenden Bogen des klein geschriebenen Buchstabens richtig zu setzen. Mit Mühe konnte ich den kleinen Bogen links oben setzen. Dann fehlte mir aber die Kraft, die kalligraphische Arbeit fortzusetzen: Ging es dann hinunter und wieder hinauf wie beim n? Schloss sich dann der Kringel an, oder sollte ich eine Schlaufe ziehen wie beim l? Ich wusste es nicht.

Irgendwann verkündete die Lehrerin, sie würde in der nächsten Woche ein Diktat veranstalten. Mit hoher Wahrscheinlichkeit, das wurde mir klar, würde sie dann auch ein Wort mit r diktieren, das wir freihändig ins Schulheft zu schreiben hätten. Meine Mutter versuchte einen ganzen Nachmittag lang mit allen erdenklichen Mitteln, mir das r beizubringen. Aber es half nichts und machte alles noch schlimmer. Aus der Unfähigkeit, ein r abzubilden, wurde eine regelrechte Angst vor dem Buchstaben. Ich schlug der

Mutter vor, dass sie mir doch mehrere r vorschreiben solle. Ich würde die Buchstaben dann ausschneiden und an der richtigen Stelle in mein Schulheft zwischen die anderen Buchstaben kleben. Die Mutter schaute mich besorgt an, als hätte sie gerade eine r-Allergie bei mir entdeckt. Sie unternahm noch mehrere Versuche, meine r-Schwäche zu beseitigen, und scheiterte dabei.

Zuletzt gab sie mir den Ratschlag, ich solle es mit einem Spickzettel probieren. Auf ein kleines Papier malte ich das Wort «rot», das mir meine Mutter vorgeschrieben hatte. Diesen Zettel steckte ich hinter die Hülle meines Federmäppchens über meinen Stundenplan. Die Mutter gab an, ich solle das Federmäppchen aufgeschlagen auf den Tisch vor mir liegen lassen, dann hätte ich eine Hilfestellung, wenn im Diktat ein Wort mit r käme. Wie beiläufig solle ich auf den Zettel schauen, damit die Lehrerin den Unterschleif nicht wahrnahm. Sollte sie es jedoch entdecken, dann müsste ich argumentieren, dass ich von der Mutter beauftragt wäre, ihr rotes Tonzeichenpapier aus der Stadt zu besorgen. Des Weiteren solle ich mich nicht sorgen, weil vielleicht in dem Diktat gar kein einziges Wort mit r vorkam.

In der nächsten Woche kam die Stunde der Wahrheit. Zum Ende der ersten Schulstunde klingelte der Gong. Ich sah im Plan, dass jetzt das Fach Deutsch begann. Die Lehrerin forderte uns auf, unsere Deutschhefte aus der Büchertasche zu nehmen und den Füller bereitzuhalten. Dann begann sie zu diktieren und schritt dabei in den Gängen zwischen den Schülern herum. Am Anfang ging noch alles gut. Nach jedem Satzende sagte die Lehrerin «Punkt», und ich setzte mit der Spitze meines Füllers einen blauen Punkt auf das Papier. Dann kam ein Wort mit r. Es lautete: «aber».

Ich erschauderte. Ich versuchte, ein r zu schreiben, aber es sah aus wie eine Mischung aus x und p. Es gab keine Hoffnung. Also rückte ich mein Federmäppchen zurecht, sah angestrengt hinein und zeichnete mit starrem Blick den unheilvollen Buchstaben von meinem Zettelchen ab. Die Lehrerin erkannte ohne Mühe meinen täppischen Versuch. Sie näherte sich meinem Platz. Ich konnte das Federmäppchen gerade noch zuklappen.

Da stand die Lehrerin an meinem Tisch und klappte das Mäppchen wieder auf. Sie sah auf den ersten Blick das kleine Stück Papier, auf das ich das Wort «rot» geschrieben hatte. Sie fragte mich, was diese Aufzeichnung über meinem Stundenplan verloren habe. Ich hätte ihr gern die Geschichte mit dem Tonzeichenpapier erzählt. Aber mein Hirn war wie leer gefegt von Wörtern. Mühsam blubberte ich ein paar sinnlose Silben in die Luft. Mir fiel gleichzeitig auch ein, dass ich meiner Mutter noch niemals irgendwelche Sachen aus der Stadt hatte mitbringen sollen. Ich durfte allein noch gar nicht in die Stadt gehen. Diese plötzliche Erkenntnis verzögerte die Wortfindung noch weiter und brachte sie dann ganz zum Erliegen. Die Lehrerin sprach in die Stille und wies mich darauf hin, dass derartige Hilfsmittel bei einem Diktat nicht erlaubt wären. Alles drehte sich zu mir, und ich verstand nur sinngemäß, was sie sagte. Es fühlte sich an, als würde man im Tiefschlaf leicht geprügelt und könne keinen körperlichen Schmerz empfinden.

Ein Wochentag ähnelte dem anderen Wochentag. Montagfrüh um sieben Uhr klingelte der Wecker. Das wäre gar nicht notwendig gewesen, weil kurz darauf die Mutter ins Zimmer kam und den Rollladen hinaufzog. Das Weckerklingeln war so etwas wie die Hosenträger an einer Hose, die schon von einem Gürtel gehalten wird.

Die Mutter redete bereits, wenn sie meine Zimmertür öffnete, um zum Fenster zu schreiten. Sie redete weiter, wenn sie das Zimmer verließ. Ich hatte Mühe, mich in der Helligkeit zurechtzufinden, und machte die Augen wieder zu. Die Mutter kam erneut ins Zimmer und sprach, dass jetzt wirklich Zeit wäre aufzustehen. Beim Frühstück redete die Mutter dann weiter mit ungeheuer vielen Worten auf mich ein. Vermutlich sprach sie am Tagesanfang so viel, weil sich danach über eine längere Zeit keine Gelegenheit mehr bot. Der Vater fuhr mit seinem weißen Kombi in der Weltgeschichte herum. Die Schwestern gingen in die höheren Schulen, und mit der Großmutter konversierte die Mutter in der Hauptsache auf Zetteln. In der Nacht aber hatten sich derartig viele Worte im Kopf der Mutter gebildet, dass sie in der Frühe regelrecht aus ihr herausschwappten. Hätte meine Mutter morgens nichts gesprochen, wäre sie wohl an der Vielzahl der Wörter in ihrem Innern zerplatzt.

Danach ging ich auf dem Schulweg zur Schule. Manchmal fuhr mich die redende Mutter mit dem grünen Auto. Manchmal ergab es sich, dass mich Reinhard begleitete. Ich ging und fuhr den Schulweg so oft, dass ich manche Stellen auswendig kannte. An diesen fing ich dann mit offenen Augen zum Träumen an und überlegte mir, wie es wäre, wenn ich am Amazonas wohnen würde. Dann hätte ich wahrscheinlich einen wasserdichten Schulranzen und würde jeden Tag zur Schule schwimmen. Ab und an würde mich die Mutter mit ihrem grünen Kanu in die Schule paddeln.

Nachdem um acht Uhr der Schulgong geklingelt hatte, begrüßte uns die Lehrerin, und wir begrüßten sie. Dann las sie unsere Namen vor, und wir mussten uns melden, wenn wir aufgerufen wurden. Im Stundenplan standen die Fächer, die aufeinanderfolgten. Im Stundenplan stand der Ablauf des Tages und der Woche. Im Stundenplan standen die unendlichen Jahre, die jetzt kommen würden. Nur wenn ich krank oder tot wäre, würde die Allmacht des Stundenplans aussetzen.

In all den Fächern redete die Lehrerin im braunen Cordhosenanzug auf uns ein. Vermutlich litt sie auch an der Buchstabenkrankheit. Ihr Arzt hatte ihr empfohlen, Lehrerin zu werden, weil sie da tagtäglich viele Wörter sprechen und damit auch noch ihr Geld verdienen konnte. Nach der letzten Stunde klingelte der Schulgong noch einmal, und die Schule war aus.

Am Mittag hatte die Mutter gekocht und sprach neue Wörter. Ich aß das Mittagessen und hörte die Wörter. Am Nachmittag waren wir gezwungen, uns die Wörter der Lehrerin einzuprägen. Zu diesem Zweck hatten wir den Holzkasten mit den Buchstaben, bekamen Bücher und kopierte Zettel. Ziel war es, dass wir genau die gleichen Worte wie die Lehrerin sagen konnten, ohne dabei lange überlegen zu müssen. Welche Wörter ich mir einprägen musste, stand in meinem Hausaufgabenheft.

Hatte ich mir genügend Lehrerinnenworte und Zahlen eingeprägt, durfte ich bis zum Abendessen spielen. Die meiste Zeit verbrachte ich mit Reinhard und Erik. In der Schulzeit rutschten wir nach dem Mittagessen und den Hausaufgaben am Boden herum. Am Wochenende und in den Ferien rutschten wir bereits nach dem Frühstück. In der Hauptsache spielten wir mit Playmobilfiguren, die auf Motorrädern durch eine von uns selbst ausgedachte Welt fuhren oder mit Segelschiffen die Weltmeere erkundeten. Wir flogen mit Helikoptern durch die Wolken und ritten auf Pferden durch die Prärie. Jeder von uns hatte eine spezielle Figur, die sein verkleinertes und erträumtes Ich darstellte. Diese Männer waren nicht an einen Stundenplan gefesselt und mussten nicht die Wörter von anderen nachsprechen.

Eriks Held trug den Namen Michael Menschless. Menschless war Großunternehmer und leitete einen weltumspannenden Konzern. Das Logo seiner Firma waren zwei sich überlagernde M. Meine Figur hörte auf den Namen John Johnson und trug einen braunen Cowboyhut. Es handelte sich um eine Art Wildhüter, der gelegentlich gefährliche Bären einfing und Pferde zuritt. Reinhard hatte seinen Handlungsträger Harald Rührmeier genannt. Der Rührmeier war Dienststellenleiter einer kleineren Polizeiinspektion. Die meiste Zeit verbrachten seine untergebenen Polizeifiguren damit, die Dienstfahrzeuge von innen und außen zu reinigen. Gelegentlich kam es vor, dass auf dem Polizeihof rangiert wurde und sich die Parksituation änderte. Rührmeier hatte kein größeres Interesse daran, seine Einsatzgruppe offensiv und in Verstärkung auftreten zu lassen. Er selbst war den Großteil seiner Dienstzeit im Büro mit der Durchsicht von Akten beschäftigt.

Menschless und Johnson hingegen versuchten mit allen Mitteln der Drastik, die Verhältnisse der erdachten Welt zum Erbeben zu bringen, sodass Rührmeier gezwungen war, seine Mannschaft zu einem Einsatz zu kommandieren. Erik hatte Schaschlikspieße aus Holz besorgt. Wenn man sie unten mit Klebeband umrollte, konnten die Figuren sie in ihren Händen halten. Die Spieße wurden gedrittelt, und an den oberen Teil wurden Spruchschilder aus Pappe mit Wünschen nach Gerechtigkeit, Freiheit und gegen die Obrigkeit geklebt.

Bald demonstrierten über zwanzig Figuren für den Wandel der Verhältnisse. Rührmeier hielt sich im Hintergrund. Reinhard, der sich mühelos von seiner Figur trennen konnte, spielte selbst am Aufstand mit. Erik und ich drängten auf ein Eingreifen der Polizei. Reinhard argumentierte, dass Rührmeier im Augenblick zu sehr mit strukturellen Problemen beschäftigt sei und deshalb von übereilten Aktionen Abstand nehme. Erik und ich trieben die Eskalation voran. Die Demonstranten schmissen Scheiben ein und zündeten Häuser an. Menschless lieferte Waffen. Johnson brachte einen tollwütigen Löwen ins Spiel. Schon wurden Steine und Brandsätze auf die Polizeiinspektion geworfen. Ein Polizist wurde auf seinem Einsatzfahrzeug erschossen. Reinhard zweifelte den Tod seines Mitarbeiters an, weil dieser durch einen vor sich gehaltenen Schild geschützt gewesen wäre. Erik argumentierte, dass es sich bei der Patrone um ein mit Titan ummanteltes Spezialprojektil gehandelt habe, das mühelos alle Schutzschilde der Welt durchbrechen konnte. Die Patrone habe die Wandung durchbohrt wie ein glühendes Messer ein Stück Butter und sei dann links durch die Polizeijacke in die Brust und die rechte Herzkammer geschossen, am Rücken wieder ausgetreten und habe dann noch einem anderen Beamten einen Streifschuss am Oberarm verpasst. Gegen die Spezialpatrone konnte Reinhard nichts einwenden.

Zunächst aber musste der Kollege mit dem Streifschuss ärztlich versorgt werden, obendrein versuchte man, seine Familie über den Unfall zu unterrichten. Seine Frau war zu der Zeit nicht telefonisch erreichbar, weil sie in mehreren Lebensmittelgeschäften vergeblich nach Brunnenkresse fragte, da sie ihrem Mann zum Abendessen ein geeistes Gurkensüppchen zubereiten wollte. Kresse war ein wesentlicher Bestandteil. Der Polizist war nämlich ein regelrechter Kresse- und besonders ein Gurken-mit-Kresse-Fanatiker. Seine Frau hatte sich schon in drei Geschäften erkundigt, dort hatte man ihr zwar einfache Kresse angeboten, den Wunsch nach der großblättrigen Brunnenkresse aber abgeschlagen. Gerade wollte sie in den nächsten Laden, der bekannt war für sein reichhaltiges Angebot an Kresse. Doch das Betreten war nicht möglich. Aufgebrachte Demonstranten hatten nämlich das Schaufenster eingeschlagen und den gesamten Kressevorrat mit Vorsatz zerstampft. Es war wirklich unfassbar: In der Welt tobte die Weltrevolution, und Reinhard hielt sich mit Brunnenkresse auf. Nun waren härtere Mittel nötig. Ich ließ den tollwütigen Löwen direkt in das Büro von Rührmeier hineinrennen. Eine Wurstsemmel mit mehreren Bierschinkenscheiben habe das Tier angelockt. Der Löwe wollte Rührmeier gerade in den Hintern beißen, Rührmeier aber griff zur Dienstpistole und setzte mit einem gezielten Schuss zwischen die Augen dem Leben des irrsinnigen Raubtieres ein sofortiges Ende. Anschließend erklangen Sirenen. Mit unbarmherziger Amtsgewalt wurden die Aufständischen an weiterem staatsgefährdenden Treiben gehindert und ins Gefängnis, eine größere Holzkiste, deren Deckel mit einem satten Knall schloss, gesteckt.

Die Lehrerin hatte uns die Zahlen beigebracht. Bis in die Unendlichkeit hätte ich mir eine immer noch größer werdende Zahl ausdenken können, wenn ich gewollt hätte. Ich konnte verschiedene Zahlen zusammenzählen oder voneinander abziehen. An einem Tag gab die Lehrerin jeder Schülerin und jedem Schüler ein Blatt, auf dem eine bereits ausgerechnete Rechnung stand. Die Lehrerin schmunzelte, wie sie noch nie vorher geschmunzelt hatte, und sagte mit schmunzelnder Stimme, dass sie sich bei manchen Rechnungen versehentlich verrechnet habe. Unsere Aufgabe bestünde jetzt darin, die Rechnungen zu korrigieren. Ich war sehr verwundert über die Frau, die uns unterrichteten wollte und offenbar selbst gar nicht rechnen konnte.

Dann schepperte es in meinem Schädel. Die Münze fiel in den Münzschacht, und ich konnte die Erkenntnis ziehen, dass die Frau nur so tat, als hätte sie falsch gerechnet. Sie spielte uns Theater vor. Diese Lehrerin trat in einer Rolle auf, die mit ihrer Person gar nichts zu tun hatte. Das war genauso, wie wenn John Johnson wilde Panther fing, obwohl Matthias sogar Angst vor dem harmlosen Nachbarshund hatte.

Ich begriff die Geschichte mit den falschen Rechnungen als Aufforderung, die Sache ebenfalls weiter auszumalen und zu übersteigern und fing an, auf die anderen einzureden, erst auf Erik und bald auf die halbe Klasse: «Die Lehrerin hat gestern Abend wieder stark getrunken. Zwei volle Fässer Wein hat sie ausgetrunken und ein drittes Fass schon angebrochen. Dann fing sie mit dem Rechnen an, obwohl sie schon mehr als besoffen gewesen ist, und hat sich natürlich komplett verrechnet. Ist ja auch kein Wunder, wenn man alle Zahlen doppelt sieht und sich alles dreht und verschwimmt. Die Mutter der Lehrerin hat schon zum Frühstück zwei Kübel Wein getrunken. Und als die Lehrerin noch klein gewesen ist und am Busen der Mutter gesaugt hat, kam keine Milch, sondern Wein heraus. Die Lehrerin ist abhängig vom Wein. Wenn man ihr näher kommt, kann man es merken: Sie riecht immer sehr stark nach Rotwein aus dem Mund. Sie hat auch immer kleine

Rotweinspritzer auf ihrem Cordhosenanzug, weil sie beim Trinken zittert und die Hälfte vertropft, deshalb trägt sie auch braunen Cord, da sieht man es nicht so. In der Schulpause verschwindet die Lehrerin immer, weil sie in einem Geheimgang unter der Turnhalle heimlich mehrere Liter Wein aus einem Geheimfass trinkt. Der Vater der Lehrerin ist noch schlimmer. Der trinkt den ganzen Tag Zwetschgenschnaps, und statt zu sprechen rülpst er nur noch. Aber der Vater weiß ein Geheimnis vom Bundeskanzler. Nämlich weiß er, dass der Bundeskanzler sich jeden Tag zwölf Zitronenbonbons in die Unterhose steckt. Ohne die kann er es gar nicht aushalten. Aber das darf niemals herauskommen, sonst muss er in eine Nervenheilanstalt, und dann ist das Land ohne Kanzler. Dann kommen die Russen und bombardieren uns, aber bei uns gibt es keinen mehr, der den Soldaten Befehle geben kann. Die wissen dann gar nicht, was sie machen müssen, und können nicht zurückschießen. Das wäre eine schreckliche Katastrophe. Deswegen kriegt der Vater der Lehrerin immer viel Wein, Zwetschgenschnaps und Geld geliefert und darf alles tun, was er möchte. Und deswegen hat seine Tochter auch Lehrerin werden dürfen, obwohl sie gar nicht richtig rechnen kann und säuft wie ein Loch.»

Ich hatte mich richtig ins Erzählen hineingesteigert und wollte gerade vom Bruder der Lehrerin weitererzählen, der den ganzen Tag Eierlikör trinkt und hauptberuflich die Staus auf den Autobahnen herstellt, als die Erzieherin plötzlich neben mir stand und mich jäh unterbrach. Ihr Schmunzeln hatte einem ernsten Gesicht und einem strengen Ton Platz gemacht. Sie forderte mich auf, die Rechnungen auf dem Blatt zu korrigieren. Das wäre meine Aufgabe und nichts anderes. Ich fiel mehrere Hochhauslängen aus dem Himmel herunter und knallte auf den Schulstuhl am Schultisch. Vor mir lag ein Zettel mit verkehrten Rechnungen.

HINTER dem Platz, auf dem einmal der Zirkus sein Zelt aufgebaut hatte, begann ein Feldweg, der weiter in die Felder und Wiesen führte. Manchmal waren da Schafe und knabberten das Gras ab, auf dem sie herumstanden. Im Herbst ließen wir dort Drachen steigen. Der Vater hielt den Drachen, der eigentlich wie ein Falke aussah, der auf durchsichtiges Plastik gedruckt war. Zwischen seinen Flügeln war eine Schnur befestigt, die sehr lang und auf eine Rolle aufgespult war. Der Vater empfahl mir, ein Stück zu gehen und die Schnur dabei abzurollen. Er blieb mit dem Falkendrachen in den Händen stehen und rief plötzlich, dass ich jetzt schnell losrennen sollte. Ich lief. Die Schnur spannte sich. Aber es war zu schnell und zu heftig. Der Vater ließ den Drachen zu spät los, und die Schnur wäre fast gerissen. Wir versuchten es noch einmal. Ich rannte wieder. Der Vater ließ den Drachen jetzt früher los. Aber dann stand mir ein Maulwurfshügel im Weg, ich wurde langsamer, und die Schnur, die den Drachen in die Luft hinaufziehen sollte, hatte keinen Zug mehr. Der Drachen fiel aus ein paar Metern Höhe wieder auf die Wiese hinab. Dann sollte ich den Drachen halten, und jetzt rannte der Vater mit der Spule und rief laut, dass ich loslassen sollte. Er rannte und sprang über die Maulwurfshügel, als ob er das jeden Tag machen würde. Der Falke flog über unseren Köpfen. Ich lief zum Vater. Er gab mir die Spule und sagte mir, dass ich die Schnur jetzt vorsichtig abrollen sollte. Immer höher segelte der Drachen in der Luft.

Wenn man den Feldweg kerzengerade weiterging, gelangte man auf einen kleinen Hügel hinauf. Oben standen hohe Bäume. Im Sommer erzählte der Wind Geschichten, wenn er durch die Blätter blies, die nur die Bäume verstanden. Unter den Bäumen standen zwei Holzbänke. Da saßen oft junge Paare und küssten sich die Ohrläppchen und flüsterten sich gegenseitig Geschichten in ihre Ohrmuscheln, die nur diese beiden Menschen verstehen konnten. Manchmal wusste ich nicht, wohin ich schauen sollte, wenn sich dort auf den Bänken zwei Leiber verknotet hatten. Ich blickte stattdessen auf meine Schuhspitzen oder drehte mich um und schaute vom Hügel auf die Stadt hinunter. Weit hinter den Hausdächern konnte man den Kirchturm und den Schlot der Fabrik sehen.

Wenn die Sonne unterging und die Nacht auf der Wiese und der Stadt lag, konnte man vom Hügel aus in den schwarzen Himmel hinaufsehen. Man erblickte, je länger man schaute, immer mehr kleine Sterne. Einmal war ich in der Dunkelheit mit dem Vater auf der Bank gesessen und hatte ihn nach langem In-den-Himmel-Gucken gefragt, ob vielleicht da oben auf so einem leuchtenden Ding auch gerade ein Vater mit seinem Sohn saß und zu uns herunterblickte und die beiden überlegten, was wir wohl gerade dachten. Der Vater schaute ein bisschen angestrengt in den unendlichen Himmel und sagte dann: «Wenn die uns von ihrem Hügel aus sehen können, haben die sehr gute Augen. Wir gehen jetzt nach Hause. Mir wird schon ganz schwindelig.» Wir standen auf und gingen den Feldweg den Hügel hinunter, über die große Wiese, in die Straße mit dem Blumennamen, wo unser Haus stand.

Im Sommer wurde auf dem Platz vor der großen Wiese ein Bierzelt aufgestellt, darum herum drehten sich Karussells, und es roch nach gebrannten Mandeln und Fischbrötchen. An einem Wochenende mussten sich die kleineren Schulkinder braune Strumpfhosen und kratzige gelbe Rollkragenpullover anziehen, über denen trugen sie grüne Filzwestchen, und auf den Kopf wurde ihnen ein rotes, spitz zulaufendes Mützchen gestülpt. In der Nähe der Fabrik, auf der anderen Seite des Flusses, traf ich mich mit den anderen verkleideten Zwergen. Wir warteten eine Weile mitten auf der Straße. Hinter uns stand ein Wagen, vor den zwei dicke Pferde gespannt waren. Vor uns spielte sich eine Kapelle ein. Die Musikanten hatten auch Strumpfhosen an. An ihrer Spitze stand ein Mann mit einem glänzenden Schellenbaum, hinter ihm die Trommler in einer Reihe, ihnen schlossen sich die Fanfaren an.

Plötzlich ging es los. Der erste Mann wuchtete den Schellenbaum klingend in die Luft und schritt voran. Die Trommler trommelten ihm hinterher. Die Fanfarenbläser bliesen in ihre Fanfaren und marschierten im Gleichschritt. Die Zwerge folgten dem Spielmannszug, und die Pferde zogen den Wagen durch die ganze Stadt, über den Fluss und bis hinauf zum Hügel. Am Straßenrand standen Männer und Frauen, die als Kinder selbst einmal in Strumpfhosen durch die ganze Stadt gelaufen waren, und klatschten und lachten jetzt über die Buben und Mädchen, die an ihnen vorüberzogen. Zwischen ihnen waren die ganz kleinen Kinder, die noch gar nicht begriffen, dass sie auch irgendwann in Strumpfhosen durch die Stadt den Hügel hinauflaufen mussten.

Im Winter, wenn es lange kalt gewesen und Schnee gefallen war, ging ich mit meinen Eltern auf dem Feldweg den Hügel hinauf. Alles war weiß, und man musste zweimal hinschauen, bis man den Weg fand. Ich zog unseren

Schlitten hinter mir her. Wenn es den Hügel steil hochging, wurde der Schlitten schwer. Mein Atem war weiß, und ich atmete stark vor lauter Anstrengung. Auf der hinteren Seite des Hügels konnte man mit dem Schlitten hinunterfahren. Auch andere Eltern hatten schon ihre Kinder und Schlitten den Berg hinaufgezogen und sahen von oben zu, wie die Kinder den Berg hinabfuhren, unten ankamen und dann den Schlitten wieder nach oben zogen.

Ich fuhr hinab, meine Nase war rot und Schneeflocken flogen mir in die Augen, die ich immer wieder zukniff. Die Fahrt ging auch über einen kleinen Hubbel, und dabei flog ich jedes Mal für einen kurzen Moment durch die Luft. Wenn der Schlitten dann wieder auf dem Boden aufsetzte, versetzte er mir einen leichten Schlag auf das Hinterteil. Dreimal fuhr ich den Hügel hinunter, und dreimal haute mich der Schlitten auf den Hintern. Danach schmerzte es mich im Steiß, und ich mochte nicht noch einmal hinunterrodeln.

Auch eine kleine, gewundene Straße führte über den Hügel. Weiter unten standen links von ihr mehrere Hochhäuser, rechts der Straße waren erst noch Wiesen und Äcker, danach führte sie direkt in die Siedlung hinein. In der Siedlung waren keine Hochhäuser, dort standen unterschiedliche, kleine Häuser nebeneinander, die aber alle neuer waren als die Häuser in der Stadt. Die Mädchen aus gutem Elternhaus kamen nur einmal in ihrem Leben in die Siedlung, und zwar wenn sie mit ihrem Fahrlehrer das Anfahren am Berg üben mussten. Dann saßen sie mit rotem Kopf im Auto, zogen aufgeregt an der Handbremse und schauten mit roten Backen in den Rückspiegel, weil der Fahrlehrer das von ihnen verlangte.

Gleich hinter der Siedlung begann der Wald. Dort floss

in einer Schlucht der Bittere Bach. Einmal war ein Baum hineingefallen und staute das träge Bächlein. Ich hatte das gesehen, als ich mit meinem Vater vorbeigewandert war. Im Sandweg neben dem Wasserlauf waren Spuren von Motorradreifen. Neben einem Baumstumpf lagen drei leere Bierdosen und zweiundzwanzig Zigarettenstummel.

Die Siedler in der Siedlung hatten ihre Häuser selbst gebaut. Wenn der Siedler der Siedlerin ein neues Kind gemacht hatte, wurde an das kleine Haus ein neues Zimmer drangebaut. Dabei half der Nachbar. In weißen Unterhemden standen die Siedler am Wochenende um ihre Häuser und sahen rauchend dabei zu, wie der Mörtel sich in der Mischmaschine drehte. Dabei tranken sie Bier aus braunen Flaschen. Die kleinen Grundstücke, auf denen die Siedlerhäuser standen, waren mit leuchtend bunt lackierten Jäger- oder vielfarbigen Metallgitterzäunen umrandet. In den Vorgärten, neben kleinen Kiesweglein, die viel zu schmal waren, um darauf zu laufen, standen Gartenzwerge, die regelmäßig feucht abgewischt wurden. In einem Garten thronte auf einem kleinen Findling die Miniaturausgabe eines Schlosses. Obwohl die Rasenflächen vor den Häusern nicht besonders groß waren, besaß jeder Siedler einen motorgetriebenen Rasenmäher. Wenn man am Wochenende durch die Siedlung wanderte, wurde überall mit lautem Knattern der Rasen gemäht, und immer rannte ein kleiner Spitz hinter dem Zaun laut bellend auf und ab, wenn man vorbeiging. Am Vormittag kochte die Siedlerin in ihrer Küche Krautwickel, das konnte man durchs offene Fenster riechen. Der Siedler saß währenddessen auf der Veranda, zog genüsslich an seinem Zigarettchen und hörte Schlagermusik aus einem Kofferradio, das auf dem Gartentisch stand. Im Winter kochte die Siedlerin serbischen

Bohneneintopf. Ihr Mann saß währenddessen in seinem gestreiften Bademantel vor dem Fernseher, schaute den «Internationalen Frühschoppen» und wartete darauf, dass das Essen fertig war.

Einmal habe ich Markus aus der Siedlung zu meinem Geburtstag eingeladen. Er muss den weiten Weg über den Hügel, links an der großen Wiese vorbei und dann rechts zu uns gelaufen sein. Seine Ohren waren ganz rot, als er an unserer Haustür klingelte, der Geburtstag war ja im Winter. Markus hatte eine große Tüte dabei, in der alle Geschenke gestapelt waren, die er mir schenkte. Ich brauchte lange, bis ich die ganzen Sachen aus dem Papier gewickelt hatte. Er hatte mir ein Federmäppchen mit Spitzer, Buntstiften und Filzschreibern in zwölf verschiedenen Farben, zwei Wollsocken, eine rote Schirmmütze, eine Flasche gelbe Limonade und drei Tafeln Vollmilchschokolade geschenkt. Ich war überfordert von den vielen Gaben und fühlte mich wie eine Gottheit, für die Markus fast sein ganzes Hab und Gut geopfert hatte, als wolle er damit mein launenhaftes Gemüt besänftigen und Gewitter und Krankheit abwenden. Meine Ohren waren auch ganz rot und ich sagte acht Mal hintereinander «vielen Dank».

Am Montag in der ersten Pause scharten sich immer mehrere Jungen um Roland, der auch hinter dem Hügel wohnte. Roland hatte gute Kontakte zum Kino. Am Wochenende konnte er sich manchmal sogar mehrere Filme hintereinander dort ansehen, die zum Teil für unsere Altersstufe noch gar nicht zugelassen waren. Am Anfang der Woche erzählte er uns dann, was er gesehen hatte. Einmal berichtete er von einem Söldnerfilm. Die Soldaten kämpften im Dschungel gegeneinander. Sie schlichen zwischen Schlingpflanzen und haushohen Bäumen herum, wischten sich große, haarige Spinnen von den Schultern und schossen ohne Unterlass auf die Feinde, die ebenfalls kein Erbarmen kannten. Durch eine Unachtsamkeit wurde einem der Kämpfer in den Bauch geschossen. Roland schrie, als wäre er gerade selbst hier auf dem Schulhof stark verletzt worden. Wir konnten uns das Gemetzel im Urwald sehr gut vorstellen. Der Angeschossene, berichtete Roland, hätte nichts als ein großes Loch an der Stelle gehabt, wo vorher sein Bauch gewesen war. Die Gedärme hingen heraus, und das Blut spritzte derartig, dass einige Tropfen sogar auf die Linse der Filmkamera geflogen seien.

Rolands Hauptinteresse galt aber Kung-Fu- und Karatefilmen. Er schilderte äußerst ausdrucksvoll die Kombinationen von Tritten und Schlägen, die der gut trainierte Held seinen Feinden verabreichte. Besondere Höhepunkte wurden auf dem Schulhof nachgestellt. Die Zuhörer agierten unter Rolands Anleitung als Statisten, er selbst veranschaulichte die Pracht und Schönheit der asiatischen Kampfkunst. In Zeitlupe führte er Handkantenschläge und Hebelgriffe aus und erzeugte mit dem Mund krachende Geräusche dazu, die uns das Knirschen von ausgekugelten Gelenken und kräftigen Hieben verdeutlichten, die auf Brustkörbe und Hälse prasselten.

Manchmal fasste Roland auch grob den Handlungsstrang eines sogenannten Nonnenfilms für uns zusammen. Die Nonnen, die er auf der Leinwand gesehen hatte, wohnten zusammen in einem Kloster. Tagsüber beteten sie und harkten Erde im Gemüsegarten. Davon schienen sie aber nicht ausgelastet zu sein. In der Nacht zogen sie sich nämlich ganz eilig ihre langen Gewänder über den Kopf. Darunter waren die Nonnen, wie sich durch Rolands Ausführungen herausstellte, alle splitternackt. In den schmalen Kammern mit den hohen Wänden begannen sie dann, sich selbst und auch gegenseitig mit Lederriemen auf den Rücken zu schlagen und genossen die Schmerzen. Im weiteren Verlauf des Filmes tauchten dann noch woandersher Mönche auf. Auch diese waren unter ihren Kutten splitternackt. Die nackten Mönche schleckten an den nackten Nonnen herum und rieben sich an ihnen mit Herzenslust. Ich wollte von Roland eine Auskunft haben, warum die Nonnen und die Mönche derartige Handlungen vollführten. Roland war aber derartig in die Schilderung der Handlung vertieft, dass er nicht mehr dazu kam, die Motivation der Charaktere näher zu erläutern. Der Schulgong beendete die Pause, und wir eilten zurück ins Klassenzimmer. Das Treiben der Nonnen und Mönche sollte für mich ein Geheimnis bleiben.

Auch Alexanders Eltern waren Siedler. Bei Alexander waren die Höhe und die Breite seines kräftigen Oberkörpers nahezu identisch. Mit seinen roten Haaren sah er aus wie ein Wikinger, nur dass er, anstatt mit einem Holzschiff mit Drachenkopf am Bug über die Meere zu fahren, in die Volksschule ging. Irgendwann fing dieser Alexander an, mich regelmäßig zu verprügeln. Es war für mich nicht ganz schlüssig, warum er das tat. Ich kann mich nicht erinnern, dass wir irgendwann ein Gespräch geführt hätten, das ihn nun dazu veranlassen hätte können.

Mit der Zeit missfielen mir die ständigen Schläge und Tritte, die er mir verabreichte. Ich erzählte meiner Mutter davon. Die Mutter hörte sich diese Geschichte an und nickte am Ende meiner Schilderung aufmerksam. Ein paar Tage später, als der Unterricht zu Ende war, stand sie mit dem grünen Auto vor dem Schulgebäude. Als ich hinten eingestiegen war, fragte mich meine Mutter ganz ruhig, wer denn der Junge sei, der mich regelmäßig verwachteln würde. Ich schaute über den Vorplatz der Schule und deutete auf Alexander, der sich dort mit zwei anderen Jungen unterhielt. Meine Mutter stieg aus und schloss die Autotür hinter sich. Gemessenen Schrittes ging sie direkt auf den rothaarigen Jungen zu. Durch die Fahrzeugfenster sah ich, dass sie mit Alexander sprach. Die Entfernung war so groß, dass ich freilich kein Wort verstand. Am Ende der Unterhaltung holte die Mutter aus und schlug Alexander auf seine linke Backe. Dann drehte sie sich um, ging zurück, und wir fuhren nach Hause. Alexander hörte danach auf, mich zu prügeln.

AM Samstag durfte ich schlafen, so lange ich wollte. Der Vater brummte zwar, der Sohn solle endlich aufstehen, er verschlafe sonst noch den ganzen Tag. Die Mutter aber verbat dem Vater sein Brummen und flüsterte, dass der Sohn heute einmal ausschlafen dürfe. Die ganze Woche mühte er sich, in der Früh aus dem Bett zu kommen. Heute durfte er mal ausschlafen. Der Vater brummte zur Mutter, dass sie den Sohn verweichlichen würde. Die Mutter flüsterte zurück, dass ihn seine Mutter auch verweichlicht habe, geschadet habe es ihm aber nicht. Der Krieg habe die Verweichlichung seitens seiner Mutter beendet, brummte darauf der Vater. Die Mutter flüsterte, jetzt sei kein Krieg und der Vater solle nicht so laut brummen, damit der Sohn noch ein bisschen schlafen könne.

Ich öffnete meine Augen und sah in den Samstag hinein und hörte hinter der Tür das Brummen des Vaters und das Flüstern der Mutter. Heute würde kein einziges Mal der Schulgong erklingen. Ich versuchte, gleich noch mal einzuschlafen, um noch einmal die Freude zu genießen, in den Samstag zu schauen und dabei bemerken zu können, dass heute kein Gong ertönen würde und keine Schule war.

Der Samstag war ein Tag wie dunkler Samt, wie blaues Wasser unter einem sonnigen Himmel. Ich schwamm herum im Samstag wie in einem Meer, das nach Zitronenlimonade schmeckte.

In den Sonntag stank schon der unschöne Geruch vom Montag herein. Es war, als ob meine Mutter in der Küche etwas anbrennen hatte lassen. Ich konnte den Gestank vom nächsten Tag schon ahnen, hatte den schlechten Geschmack des Montags schon in der Nase und im Mund. Am Sonntag taten alle immer so, als ob es ein freier, schöner Tag wäre. Tatsächlich standen wir am Sonntag schon mit einem Bein und daran einem Schuh mit Loch in der Sohle in der Pfütze des Montags. Wenn ich am Sonntag ins Bett ging, hoffte ich, dass ein Zauber geschah und dass ich und alle anderen hundert Jahre lang schlafen würden; und ein Rosenbusch würde über und in unser Haus wachsen und alles verstecken. Am Sonntag bohrte ich mich tief in die Matratze hinein, als wäre darunter irgendwo ein Stollen, der aus der Zeit hinausführt.

Der Montag war scharfkantig und glänzte metallisch. Der Montag war ein böser Friseur, der mich grob auf den Frisierstuhl drückte, mir ein großes, schwarzes Tuch um den Hals band, aus dem nur mein Kopf noch herausschaute. Dann drückte er mir den Schädel grob zur Seite, schnitt meine Gedanken kurz und sprühte mir Haarwasser auf die Kopfhaut, dass es brannte.

Wenn man in den Dienstag gelangte, war man vom Montag kahl geschoren und durchgeschüttelt und hatte einen abgelaufenen Reisepass dabei, sodass man fürchtete, wieder in den vorherigen Tag zurückgeschickt zu werden. Der Dienstag war ein launischer Dackel. Manchmal durfte ich sein rotbraunes Fell streicheln. Ein anderes Mal biss er mich, wenn ich ihm zu nahe kam. Mit einer unleserlichen Wanderkarte gelangte ich auf den Mittwochsberg. Nebelschwaden machten es unmöglich zu sehen, wie es weiterging. Die Kompassnadel drehte sich wie eine verrückt gewordene Fliege. Es ist mir immer ein Rätsel geblieben, wie man aus dem Mittwoch herauskam. Der Mittwoch ist eine Sackgasse und ein Holzweg gewesen; im Mittwoch steckte ich immer schon fest und kam nicht mehr weiter. Der Donnerstag war ein Vortrag in einer unangenehmen Sprache. Schon im Schlaf wurde in mein Ohr geflüstert, und mir träumte von Schrauben, die in Spinnennetzen hingen und mit Zähnen aus Knetgummi knirschten. Ich wurde die Stimme nicht los. Sie drängte sich über meine Gedanken. Ein aufdringlicher Tag mit Gehampel und Gehupf für nichts und wieder nichts. Schon den Morgen des Freitags konnte ich nie wirklich ernst nehmen. Beim Vorspiel zum Freitag fehlten immer die Instrumente, welche die Melodie spielen sollten. Die Violinistin war schon im Wochenende, und vom Cello fehlte jede Spur. Ein Mann mit grauem Schnauzbart und Lederkappe auf dem fast kahlen Kopf zupfte ein wenig auf dem Kontrabass herum. Eine Wildente patschte dazu nicht ganz im Takt auf einer kleinen Trommel. Am Freitag sagten die Menschen immer Sachen, die sie gar nicht so meinten, und waren in Gedanken nicht bei der Sache.

Wenn am Freitag nach der letzten Stunde der Schulgong klingelte, dachte ich immer: Jetzt zerreißt mich das Glück.

Ich schleuderte die Schultasche auf den Mond. Dann sprang ich hoch in die Luft über das Schuldach und durch die Wolken an der Sonne vorbei. Am Freitag war mehr Luft in der Luft, und das Licht streichelte die Welt und gab ihr schöne Farben. Am Freitagabend schoss ein Mann mit Hut und ohne Zähne im Mund mit einer Steinschleuder auf ein Haus, das daraufhin komplett einstürzte.

AN einem Dienstag teilte die Frau Lehrerin zu Beginn der Stunde weiße DIN-A4-Blätter aus. Als alle ein Blatt vor sich liegen hatten, schritt die Klassenleiterin nach vorne und sprach in feierlichem Tonfall: «Heute falten wir!» Dann nahm sie ihr Musterexemplar eines reinen Blattes Papier und faltete selbiges in der Mitte zusammen. Uns forderte sie auf, es ihr gleichzutun.

Was soll ich sagen? Ich war mehr als begeistert. Das war also die wunderbare Tätigkeit, die man mit dem schönen Wort «falten» bezeichnete? Wenn es nach mir gegangen wäre, hätte man auch «falschönten» oder «fawunderbarlen» dazu sagen können. Es war eine Herrlichkeit, die unteren Ecken des Blattes genau auf die oberen zu legen. Mir schienen Papierecken einzig zu dem Zweck erschaffen, um deckungsgleich und formschön übereinandergelegt zu werden. Wie zwei spitznasige Schneeköniginnen, die sich jeweils die spitze Seite einer schneeweißen Bettdecke über den rechtwinkligen Nasenerker gezogen hatten, lagen die Ecken des veredelten Blattes vor mir. Die Mitte des Bogens pluderte sich noch wie ein weißer Rock, in den der freche Wind hineinblies. Schon aber drückten meine Finger ganz sachte das aufgebauschte Papier glatt. Schnell überprüfte ich noch, ob denn die königlichen Nasen oben noch korrekt bedeckt wären, und strich mit dem Zeigefingernagel das Bettzeug an ihren Füßchen gerade.

Ich schwelgte in Wonne, als sich herausstellte, dass es mit dem Falten noch weiterging. Das einfache Übereinanderschlagen des Blattes war nur der Anfang gewesen. Faltschritt folgte nun auf Faltschritt. Aber mir kam es vor, dass die Zeit zum Nachfalten von Mal zu Mal kürzer wurde, immer wenn die Lehrerin wieder etwas vorgefaltet hatte. Zugleich wurde aber das Nachvollziehen, welche Stelle die Lehrerin gerade gefaltet hatte und wie ich dies wiederum direkt auf mein persönliches Faltwerk anwenden sollte, immer komplizierter. Das Papierstück der Lehrerin hatte jetzt ein Oben und Unten, ein Rechts und Links und Vorne und Hinten. Mir fiel es immer schwerer, in dem schneller werdenden Falten die Gewissheit zu finden, ob das Oben der Lehrerin auch mein Oben sei. Zweifel befielen mich, dass ich in den Anweisungen schon den Überblick über die verschiedenen Papierseiten verloren hatte. Längst konnte ich nicht mehr mit Gewissheit davon ausgehen, dass meine Seiten die richtigen Seiten an der vorgegebenen, ordnungsgemäßen Stelle darstellten. Vielleicht hatte ich mich in einen unfassbaren Irrtum hineingefaltet.

In meiner Notlage kam mir plötzlich die Problematik der Telefonnummern in den Sinn. Es genügte schon, dass man nur eine Nummer falsch wählte, damit sich am anderen Ende jemand ganz anderes meldete, den man in den meisten Fällen gar nicht kannte und bei dem man auch nicht wusste, was man mit ihm reden hätte sollen. Es bedurfte dabei gar keiner massiven Zahlenabweichung, es genügte, dass man statt einer Zwei eine Drei wählte. Schon meldete sich statt der Person, die man eigentlich sprechen wollte, jemand völlig Fremdes. Man hätte auch statt der Zwei eine Neun wählen können, das Ergebnis wäre gleichermaßen irrig. Ich fragte mich, was mich gerade jetzt auf die unerbittliche Wahrheit der Nummern beim Telefonieren gebracht hatte, als mir vollends klar wurde, dass ich den nächsten Faltschritt nicht mitbekommen hatte. Meine eigenen Gedanken zur falschen Zeit hatten mich vom Wesentlichen abgelenkt und ins Abseits geführt.

Also wollte ich Informationen bei meinem Banknachbarn und Freund Erik einholen. Ich drehte mich zur Seite und sah, dass seine Ohren rot glühten. Hätte ich es nicht besser gewusst, hätte ich annehmen können, dass Erik im Zustand der vollständigen Besessenheit auf das Stück Papier in seinen Händen starrte, das er mit manischem Blick an verschiedensten Stellen hin und her knickte.

Ich sagte: «Entschuldigung, Erik, kannst du mir bitte schnell einmal sagen, was wir gerade falten sollten. Ich habe es nämlich aus Versehen nicht mitbekommen.»

Erik blickte wie gebannt weiter auf das von ihm zu faltende Papier. Es war, als hielte er sich eine giftige Schlange vom Hals. Keine Sekunde durfte er das gefährliche Reptil aus den Augen lassen, weil es diese Unachtsamkeit sonst sofort ausnützen würde, ihm in schneller Bewegung einen Biss verpasste und furchtbares Gift in die Adern sprühen würde. Erik sprach gehetzt aus trockenem Mund: «Ich kann dir jetzt nicht sagen, was wir gerade gefaltet haben. Wenn ich dir sage, was wir zuletzt falteten, kriege ich nicht mit, was wir als Nächstes falten. Darum sagt die Lehrerin ja, was sie faltet, bevor sie es dann vorfaltet. Auf sie musst du aufpassen. Jetzt muss ich aber sofort weiterfalten. Sonst bin ich noch am Falten, wenn die Lehrerin schon wieder sagt, was man weiterfalten soll.»

Ich entschloss mich, einen alternativen Faltschritt zu wagen. Mein Bauchgefühl sagte mir, dass sich damit die Aussichten auf einen Erfolg eher verringerten. Wir falteten noch ein bisschen weiter. Dann sprach die Lehrerin: «Nun haben wir zu Ende gefaltet. Und jetzt nehmt bitte einmal die beiden äußeren Enden von eurem Papier und zieht es ganz vorsichtig zu beiden Seiten auseinander.»

Die Schülerinnen und Schüler befolgten die Worte der Lehrerin. Sie zogen das gefaltete Papier auseinander und hatten plötzlich ein kleines weißes Papierschiff vor sich auf der Schulbank liegen. Ich konnte ziehen, wo ich wollte, konnte sogar grob zerren, aber bei mir entfaltete sich auch mit größter Mühe kein Schiffchen. Mein Faltpapier war vielleicht irgendwann einmal ein richtiges Schiff gewesen. Dann aber ist etwas Schweres aus dem Himmel daraufgefallen, und als Schiff war es nicht mehr erkennbar.

Es half alles nichts. Man konnte an den Tatsachen nichts herumdeuten und nichts schön reden. Falten war nicht meine Welt. Wenn die anderen gerne falten, sollten sie ruhig damit weitermachen. Bestimmt konnte man noch ganz andere Dinge aus einem Stück Papier herausfalten. Womöglich gab es sogar Literatur über diese Kunstform, vielleicht auch Faltkurse, die man belegen konnte. Denkbar war, dass Falten auch als Studienfach angeboten wurde. Aber ich hatte mein Interesse am Falten komplett verloren und vermutete meine Fähigkeiten nun eher in anderen Bereichen. Große Pappkartons zusammenstampfen etwa konnte ich mir als Feld der eigenen Profession gut denken. Ich versuchte, mir selbst Hoffnungen zu machen. Vielleicht war ich vom Typ her auch mehr einer, der gern klebte. Vielleicht war Kleber der Stoff und das Werkzeug zu Erfolg und Würde.

An einem Donnerstag in den Wochen vor Weihnachten verteilte die Lehrerin schwarzes Tonzeichenpapier. Dazu bekamen wir weiße Wolle und eine Tube Klebstoff ausgehändigt. Die Aufgabenstellung sah vor, dass wir die weiße Wolle zu drei übereinander angeordneten, sich berührenden weißen Kreisen kleben sollten. In dem größten, unteren Kreis befanden sich der dicke Hintern und die übergroßen Geschlechtsteile des Schneemannes. Darüber folgte eine kleinere Kugel mit dem Ingreisch, also Herz, Lunge und Kreislaufsystem. Obenauf sollte sich der Kopf der Figur befinden. Zur Gestaltung der Karottennase räumte uns die Lehrerin großzügig einen Freiraum ein, in dem wir uns nach Herzenslust austoben durften.

Mit einem weißen Stift malten wir zunächst die äußeren Begrenzungslinien der drei Wollkreise auf das Papier. Die folgende Vorgehensweise war mir vom Prinzip her plausibel und nachvollziehbar. In die Mitte des ersten Kreises sollte und wollte ich das Ende des Wollfadens kleben, um diesen Ursprung dann mit immer größer werdenden Wollkreisen zu umrunden, bis ich den weißen Kreisstrich außen mit weißer Wolle überklebt und somit das erste Etappenziel erreicht hätte.

Vielleicht lag die Ursache für das folgende Fiasko in den fehlerhaften bereitgestellten Materialien begründet. Womöglich saugte die extrem trockene Wolle den Klebstoff, der sich durch höhere Flüssigkeit und Fließstärke auszeichnete, überdurchschnittlich stark aus der Tube und gab dann, nach vollständiger Sättigung des weißen Fadens, die Kleberschmiere ungebremst auf andere Bereiche des Tonzeichenpapieres ab. Noch schlimmer war, dass der Wollfaden mit aller Gewalt verweigerte, sich in Kreisform zu ringeln. Immer mehr Klebstoff schüttete ich auf das widerspenstige Ding, um dessen Eigensinn ein für alle Mal zu ertränken.

In kürzester Zeit befand sich das Verhältnis Kleber zu Wollfaden in einer drastischen Unausgewogenheit. Überallhin hatte sich der Kleber vergossen. Das gesamte Tonzeichenpapier war getränkt von Klebschleim, auch an Stellen, die gar nicht für Kleister vorgesehen waren. Eigentlich sollte der Wollkreisschneemann allein in der Dunkelheit des schwarzen Papiers stehen. Jetzt war er auf allen Seiten von wabernden Kleberschwaden umgeben. Auch meine Finger pappten schon zusammen. Den verklebten Ärmel musste ich vom versudelten Schultisch reißen. Meine Hände waren einbalsamiert mit Leim. Die Tube blieb mir am Handrücken haften. Ich tauchte den weißen Faden in das Klebermeer und wollte eine Drehung erzwingen, stattdessen fixierte ich meine schmierigen Gliedmaßen und mich selbst in dem völlig durchweichten Chaos.

Irgendwann vernahm ich die Worte der Lehrerin. Es war mir, als erblickte ich das Kreisen eines Leuchtturmlichtes nach Stunden der Irrfahrt in einem brausenden Meer. Sie sagte: «Kommt jetzt bitte zum Schluss und packt eure Sachen zusammen. Die Stunde ist gleich zu Ende.» Ich spürte Erlösung, Befreiung und Liebe. Doch meine Erleichterung war mehr als vorschnell gewesen. Dessen wurde ich mir mit stechendem Schmerz bewusst, als ich die Lehrerin sagen hörte: «Wer heute nicht fertig geworden ist, klebt dann bitte morgen weiter.»

Was in aller Welt sollte morgen weitergehen? Eine Katastrophe hatte heute begonnen, ohne dass auch nur der Ansatz einer bedingt sinnvollen Gestaltung gefunden worden war. Über und über war mein Oberkörper mit Leimschmiere versaut. Freilich, ich könnte mir morgen dann auch noch Klebstoff auf Schuhe und Hose schütten und mittels Wolle und Kleister meine Haare ondulieren, um den bereits heute erzielten Unmut der Erzeugerin über die verschmierten Kleidungsstücke am morgigen Tag zu brennendem Zorn zu steigern. Mit schnellen Schritten verließ ich den Flachbau der Grundschule. Stumm aß ich das Abendessen und verweigerte jede Aussage. Ich zog meinen Schlafanzug an und stürzte mich in den Schlaf.

SCHWARZE, tonzeichenpapierdunkle Finsternis träumte ich im stummen Traum jener Nacht. Ich schwebte blind und nackt durch die Dunkelheit, als ein klebriger weißer Wollfaden heranflog, sich mir auf die Nase setzte und nach und nach meinen ganzen Leib einsponn. Am Schluss war ich eine Wollfadenmumie und verschwand in der Unendlichkeit des Tonzeichenpapiers und war getilgt aus dem eigenen Traum.

Lang träumte ich nur unbewegtes Dunkel und hatte mich dabei selbst vergessen. Dann erschien fern in der Lichtlosigkeit ein leicht zitternder, gelber Punkt, oder vielleicht stand er auch ganz still stand und flackerte dabei. Dieses Satzzeichen aus einer wortlosen Rede gewann schnell an Leuchtkraft und kreisrunder Gestalt. Das Kugelzeichen begann, in sich selbst zu rotieren, und changierte zwischen Gelb und Orange. Immer näher kam die Scheibe, und mein betrachtendes Ich wurde immer dichter in die bewegte Geometrie gesaugt. Leuchtendes Gelb wechselte mit orangen Blitzen. Der Traumraum blähte sich in grellem Gelb, das in schwindelerregender Frequenz mit leuchtend orangem Licht wechselte. Auf einmal stand alles still in strahlendem Gelb. Ich war gefangen in umfassender Farbigkeit. Es mochte die weite, gelbe Unendlichkeit sein, in der ich körperlos schwebte, oder auch ein ganz enger, gelber Kerker, dessen Mauern ich nicht wahrnahm. Dann zogen sich zwei endlose orange Leisten quer durch die gelbe Optik. In diesen Leisten krochen weiße Zeichen mit einem metallischen Sirren hintereinander her. Wie Ameisen, die aus Punkten und Strichen bestanden, wanderten die Lichtsymbole vorüber und kehrten wieder in ständiger Wiederholung. Mir war, als sollte ich aus den Leuchtzeichen eine Botschaft entziffern. Aber ich war dazu nicht imstande. Da verschwanden die unendlichen Symbolträger wieder. Nur das stumme Gelb blieb, und ich in ihm. Wieder schwoll der unangenehm summende Ton an, und mit ihm regenerierten sich die bewegten Zeicheninsekten. Unsagbar unangenehm waren diese Farben und Zeichen und ihre Wiederholung. Ich glaubte, ich könne mich aus der geometrischen Marter befreien, indem ich die Rätsel lösen würde. Aber die Frage war unverständlich, und die Antwort blieb unsagbar. Der Klang, gefolgt von den Zeichen auf Bahnen, wechselte sich immer und immer wieder mit dem grellen Leuchten ab.

«Du hast hohes Fieber», hörte ich die Mutter in der Ferne sprechen. Dann ein Plätschern, und ein feuchter Umschlag wurde mir über die Stirn gelegt.

«Ich habe gespürt, dass du krank bist. Da bin ich gleich zu deinem Bett und habe gesehen, wie schnell du atmest und wie schwer es dir fällt. Du brauchst Ruhe», sagte die Mutter und zog mir die Bettdecke über die Brust. Wenn ich krank war, sprach die Mutter langsamer und leiser. Wenn ich etwas sagte, ließ sie mich aussprechen, bevor sie antwortete. Im gesunden Zustand kam es mir vor, als höre die Mutter bei meinen Worten gar nicht hin, weil sie schon vorher wusste, was ich sagen würde. Langsam bewegte sich die Mutter in dem Zimmer, in dem ich in meiner ganzen Krankheit lag. Man konnte meinen, sie überlege vor jeder Bewegung. Im Zustand der Krankheit durfte ich mir Mahlzeiten wünschen, die meine Mutter mit Mühe und Liebe zubereitete. Es war ganz wundervoll, krank zu sein. Ich wurde von der Mutter so aufopfernd behandelt, dass ich mit angenehmem Schauder fürchtete, wohl nie wieder gesund zu werden, und dass es nicht mehr lange dauern würde, bis ich zum letzten Mal Luft aus meiner Nase geatmet hätte. Ganz still und tot läge ich in meinem Bettchen, und alle säßen stumm und auf eine schöne Art traurig um mich herum.

Wie durch ein Wunder überlebte ich meine Krankheit. Die Stimme der Mutter wurde wieder lauter. Die Anzahl der Wörter, die sie in einer gewissen Zeit sprach, erhöhte sich, die Zubereitung der Mahlzeiten verkürzte sich.

SCHNEE war auf die Welt gefallen. Die Tage begannen mit dem Schaben und Kratzen der Schneeschaufeln auf den Gehsteigen unserer Straße. Auf den Ästen und Zweigen des Apfelbaumes im Vorgarten ruhten die weißen Deckchen, die der Winter aus Flocken gehäkelt hatte. Die Schritte auf dem Schulweg erzeugten einen rhythmischen Klang, und manchmal blieb ich stehen, um mich an der stillen Pause in dieser schlichten Melodie zu erfreuen. Am Schulvormittag wurden mir wieder Worte und Zahlen gesagt. Am Nachmittag zu Hause versuchte ich, mir die Worte und Zahlen einzuprägen. Zwischen dem Vormittag und dem Nachmittag lag das Mittagessen. Nachdem ich mir genug Wörter und Zahlen eingeprägt hatte, saß ich wieder auf dem Gang vor der mir verschlossenen Tür des Weihnachtszimmers.

Die Großmutter ermahnte mich wieder wegen meines ungesunden Im-Gang-Sitzens. Insbesondere meine gerade erst kurierte Krankheit steigerte die Dringlichkeit ihrer an mich gerichteten Worte. Meine Schwestern neckten mich abermals mit einer Vielzahl von Gründen, aus denen eine restlose Streichung des Festes der Liebe in diesem Jahr resultieren würde. Der alljährliche Streit zwischen der Mutter und dem Vater über dessen Bekleidung zum hohen Anlass kündigte die Feierlichkeit an wie ein klingender Schellenbaum den Festzug. Als es so weit war, kam die Großmutter wieder, Stufe für Stufe die Treppe steigend, in den ersten Stock. Wieder saß die versammelte Familie im Zimmer, welches nur das spärliche Licht einer Kerze beleuchtete in einer Stimmung der ernsthaften Heiterkeit. Ich wartete schon geraume Zeit darauf, dass der Vater das Zimmer verlassen würde, um sich seinen Bademantel überzuziehen und den künstlichen Bart umzuhängen. Zweimal hatte ich schon gedacht, dass er mit seiner nächsten Bewegung aufstehen und verschwinden würde. Der Vater stand aber nicht auf und verließ das Zimmer auch nicht. Er saß weiter da. Es kam mir vor, als hätte er seine Aufgabe in diesem Jahr vollständig vergessen.

Ich überlegte gerade, mit welchen Worten man diesen Umstand ins allgemeine Bewusstsein rücken konnte, als es plötzlich an der Haustür klingelte. Schnell breitete sich Überraschung im matt beleuchteten Raum aus. Rasche Blicke wurden getauscht, ich schaute auf die Schwestern, die die Großmutter ansahen. Ich sah Mutter dem Vater in die Augen blicken. Jetzt stand der Vater auf und schritt die Treppe ins Erdgeschoss hinunter. Ganz still blieb es im Zimmer. Wir hörten die Schritte des Vaters auf den Stufen, dann das Knirschen der beiden Schwingtüren zum Windfang und schließlich, wie der Vater die Klinke der Haustür herunterdrückte und öffnete. Dann vernahm ich seine Stimme und dazu eine andere, tiefe Männerstimme. Nun schloss sich die Tür wieder. Stimme und Schritte des Vaters stiegen das Treppenhaus herauf, fremde Stimmen und fremde Schritten folgten ihm. Wer klingelte am Heiligen Abend an der Haustür? Wer stieg mit dem Vater herauf und ging nun gleich in das Weihnachtszimmer hinein? Die Mutter und die Schwestern erhoben sich und gingen hinüber, ich folgte ihnen. Die Großmutter betrat als Letzte den Raum und schloss hinter sich die Wohnzimmertür, um die kalte Luft vom Gang nicht hereinzulassen.

Vor mir stand ein hoher, großer Bischof mit einem spitz zulaufenden, rotgoldenen Hut. Sein ernster Blick wurde umrahmt von strengen Augenbrauen und einem drohenden, langen weißen Bart. Die mächtigen Schultern waren in einen nachtschwarzen Umhang gehüllt. Lange, hagere Finger umgriffen unerbittlich ein dickes, golden eingebundenes Buch. Neben der unheilvollen Richterfigur polterte ein struppig behaarter Grobling mit Buckel und findlingsgroßen Stiefeln. Er fluchte fauchend, zog Unmengen von Rotz die Nase hoch und schien verstrickt in einen Kampf mit einem großen, schweren Sack, den er sich über die Schulter schwang, zurechtruckelte, dann wieder abnahm und im Zorn schüttelte.

Der fremde hohe Mann öffnete das glänzende Buch und blätterte zwischen den Seiten. Dann hatte er die richtige Stelle gefunden und begann, seine Worte an mich zu richten. Es folgte eine Auflistung sämtlicher Schandtaten, deren ich mich im vergangenen Jahr schuldig gemacht hatte. Unerbittlich waren alle Vergehen nacheinander in das Buch eingetragen. Selbst der kleinste Streich war aufgezeichnet und wurde jetzt an das Licht gebracht. Während dieses Vortrags meiner Sündhaftigkeiten befand sich der düstere Stumpfling in ständiger Auseinandersetzung mit dem großen Sack. Er stauchte den Beutel harsch auf den Boden, schlug auf ihn ein und brabbelte dabei in unverständlicher Sprache. Offensichtlich befand sich darin etwas, was der Kerl zur Ruhe zwingen wollte. Ich sah einen wackelnden Haarschopf aus der oberen Öffnung herausblitzen. Offenbar steckte ein Kind in dem leinenen Gefängnis, das zur Zucht geschüttelt wurde. Langsam begriff ich, was hier vor sich ging, und mit dieser Einsicht wuchs mein Schrecken. Der erhabene Mann mit der Goldhaube lief heute zu den Häusern, in denen böse Kinder wohnen, trug deren Verbrechen vor, und am Ende wurde der Schuldige in den Sack gesteckt und davongetragen.

Die Auflistung hatte ein Ende gefunden. Der allwissende Richter sprach sein Urteil. Der Helfer schnaufte eine Menge Rotz die Nase hinauf und tat einen scheppernden Schritt in meine Richtung. Mit seiner klobigen Hand griff er nach mir und wollte mich packen. Im letzten Moment sprang ich zur Seite und rannte davon. Er brabbelte zornig und polterte mir mit ausgestreckter Hand hinterdrein, mich zu greifen und fortzuschleifen. Ich rannte um den starren Kappenmann herum, verfolgt vom immer wütender werdenden Adjutanten. Der Leuchter an der Wohnzimmerdecke drehte sich über mir. In meiner Flucht begann der leuchtende Christbaum zu rotieren. Wohnzimmerschrank, alles andere Mobiliar und die Stühle wirbelten umeinander. Das Muster des Teppichs schien unter meinen hastigen Schritten zu strudeln und in der Jagd in sämtliche Richtungen zu zerstieben. Die Schwestern lachten in meine Hast hinein. Mutter und Großmutter belächelten von oben meine Not. Immer und immer wieder kreiselte ich um den strengen, goldgekrönten Monolithen. Hinter mir stampfte das Verderben, wie irrsinnig danach trachtend, mir die Freiheit zu nehmen. Von außen streifte Gelächter um den Mittelpunkt meiner starren Angst.

Ein Wort des Vaters unterbrach die Jagd. Zwar zeichnete ein Lächeln sein Gesicht, aber darunter konnte ich das Mitgefühl erkennen, das er für meine Not empfand. Ich umklammerte seinen Oberschenkel und schmiegte mich an sein Bein. Der böse Knecht hatte innegehalten. Mein Vater bedauerte vor dem hohen Herrn alle meine Frechheiten. Er wollte davon nichts anzweifeln oder in Abrede zu stellen, trotzdem mochte er nicht zulassen, dass ich heute in den Sack gesteckt und zur Strafe weggetragen würde; er wollte nicht darauf verzichten, weiterhin mit mir unter seinem Dach zusammenzuleben. Der Goldhaubenmann schloss das Sündenbuch. Strengen Blickes fügte er sich dem Beschluss und gab seinem unwirschen Helfer Befehl, das Haschen nach dem Kind zu beenden. Zusammen verließen sie das Wohnzimmer und verschwanden in die Weihnachtsnacht. Der Schrecken, den die zwei fremden Männer ins Haus gebracht hatten, überstrahlt meine Erinnerung an den weiteren Abend vollkommen bis zum heutigen Tag. Bestimmt hab ich noch geschnauft und gelegentlich geschluckt. Aber auch das bleibt nur eine Vermutung.

Die Heizkörper gluckerten leise und gemächlich. Ganz sacht wurde ich davon geweckt. Wie ein kleines Tier in seiner Höhle lag ich unter der warmen Bettdecke. Zuerst streckte ich meine nackten Zehen in die frische Luft des neuen Tages. Ich spitzte die Nase aus dem Kissenversteck und schnupperte den Feiertag. Vorsichtig öffnete ich ein Auge halb und bemerkte nun das Klopfen meines Herzens und das Rauschen des Bluts. Dann blinzelte ich mit beiden Augen zur Sonne hinter dem Fenster, die den Schnee rot erleuchtete.

Schnell schlug ich das Federbett zur Seite und sprang aus dem Bett. Mit nackten Füßen und im Schlafanzug eilte ich über den Dielenboden in das Weihnachtszimmer. Der eigenwillige Nadelbaum begrüßte mich stumm mit seinem Duft nach Nadeln, Harz und Holz. Mein Blick schaukelte über die Äste, streifte Strohsterne und die verloschenen roten Kerzen. In den bauchigen Christbaumkugeln hatte sich das Sonnenlicht gefangen. Gleich neben dem Ständer, der den Stamm umfasste, stand am Boden die mit grünem Stoff überzogene Holzplatte mit der Eisenbahn.

Ich setzte mich und ließ die kleine Lokomotive mit den drei Wägen durch das Tunnel fahren. Über die grüne Wiese fuhr der Zug im Kreis an einem Haus vorbei. Der mechanische Klang zog um eine leere Bierflasche, die der Vater im Trubel der Heiligen Nacht in die Landschaft eingefügt hatte, verleiserte sich für den Moment der Tunneldurchfahrt und kaum sogleich lauter wieder hervor. Die Bahn ließ die Miniatur des Bauernhofes rechts liegen, und ihr Bild glitt entlang am matten Flaschenglas. Ich ließ die Bahn rückwärtsfahren. Jetzt fuhr sie erst durch den Tunnel, dann an Flasche und Haus vorbei. Auch das Geräusch der Mechanik schien mit der Fahrtrichtung verändert, als wäre aus der ansteigenden eine absteigende Tonfolge geworden.

Mein Vater war ins Zimmer gekommen und saß jetzt im

gestreiften Pyjama stumm neben mir vor der kreisenden Eisenbahn. Er brummte zur Begrüßung. Ich ließ die Bahn etwas langsamer fahren und sah seine nackten Zehen, auf denen Haare wuchsen. Unsere Blicke verfolgten die kreisende Lokomotive. Der Vater hatte die Tageszeitung in der Hand. Nun rollte er sie mit beiden Händen zusammen und klopfte plötzlich mit dem Zeitungsrohr kurz auf den fahrenden Zug, verfehlte aber den letzten Waggon und traf nur die Gleise. Ich erschreckte, weil ich meinte, der Vater hätte den Zug aus der Bahn schlagen wollen. Ich erhöhte die Geschwindigkeit. Der Vater schlug wieder nach dem letzten Waggon auf die Gleise. Er grollte jetzt lustig verdrießlich, als hätte er sein Ziel, nämlich die Bahn zu zerschmettern, verfehlt. Ich sah in sein wildes Gesicht und wusste nicht, wie ernst es ihm war. Ich ließ die Bahn in die andere Richtung fahren und jauchzte, als der Vater jetzt schon brüllend wieder hinter der Lokomotive die grüne Platte klopfte. Mit seinem immer lauter werdenden Geschrei untermalte der Vater seine leichten und gezielten Schläge mit der Zeitung und steigerte zugleich meine Freude an dem ganzen Eisenbahntheater. Auch ich plärrte jetzt aus voller Lebenslust, dazwischen ratterte der Zug wie im Rausch vor und zurück. Vom Lärm geweckt, stand auf einmal die Mutter im Morgenmantel da und mahnte uns, sofort mit dem Unsinn aufzuhören. Mit nackten Füßen und im Schlafzeug würden wir uns auf dem kalten Boden den Tod oder zumindest eine schwere Erkältung holen. Sie dürfte uns dann pflegen, wenn wir krank im Bett lägen. Ich sprang zur Mutter und beschwerte mich überschwänglich, dass der eigene Vater mein Weihnachtsglück mit Absicht zerhauen wollte. Sie streichelte mir beschwichtigend über den Kopf und meinte, von ihr aus dürfte ich mit dem Vater erst die Bahn zerstören und anschließend auch den Christbaum zerfetzen. Zuerst solle ich mir aber Strümpfe und Hose anziehen. Ich schimpfte zum Vater. Der brummte zur Antwort. Dann wurden wir friedlich und zogen uns an.

Am Nachmittag liefen wir mit im Schnee knarzenden Schritten auf der weißen Tischdecke, die über Wege und Felder gelegt worden war, einen Hügel hoch und sahen auf die kleine Stadt hinunter. Weiß rauchte es aus den Schornsteinen der fernen Häuser, weiß paffte es hinten aus den Autos heraus. Die Worte, die wir uns sagten, waren in weißen Dunst gewickelt. Daheim dampfte das Essen aus dem Topf am Tisch. Nachts im Bett schloss ich die Augen und malte mir aus, wie ich den weißen Hügel hinaufging und meine Hand in der Hand des Vaters lag und der Mond unseren Weg beleuchtete. Dabei schlief ich ein.

An einem Sonntagabend sagte der Vater, dass morgen wieder der Ernst des Lebens beginne. Er sagte es mit Hohn und gespielter Nachdrücklichkeit, als wäre er in die Rolle eines strengen Mannes geschlüpft, der zur Ordnung mahnt. Am frühen Montagmorgen wachte ich vor der Zeit auf. Die Sonne schlief noch hinter der Stadt. Gleich würde die Mutter ins Zimmer kommen, mit vielen Worten den Rollladen hochziehen und mich zum Aufstehen drängen. Die Mutter würde in die stumme Stube hineinsprechen, wo der Vater stumm vor dem Teller saß. Die Schwestern würden Weiteres dazu sprechen. Dann würde ich in die Schule laufen, und dort würde der Unterricht beginnen. Ich blickte auf den Stundenplan an der Wand des dunklen Zimmers.

Ich konnte die Schulfächer in ihren Kästchen nicht erkennen. Ich wusste aber, dass dort in der Spalte gleich unter dem Wort Montag in einem Kästchen das Fach stand, mit dem der Montag begann. Im nächsten Kästchen stand das nächste Schulfach. Auf dem Stundenplan stand der gesamte Montag, die gesamte Woche, dort stand mein ganzes Leben. Ich schloss die Augen und wollte gern noch einmal einschlafen. Jetzt kam die Mutter ins Zimmer, schaltete das Licht an, ging zum Fenster, zog den Rollladen hinauf und redete wie ein Wasserfall. Der Tag begann, wie ich es vorausgesehen hatte.

WENN im Herbst die Tage kürzer wurden, hieß mich die Mutter gelegentlich, eine Strumpfhose anzuziehen. Im Winter dann trug ich unter der Hose immer Strumpfhosen in ausschließlich brauner oder grüner Farbe, damit ich mich nicht verkühlte. Fast bis auf Höhe des Nabels zog mir die Mutter das wollene Beinkleid hinauf. In den meisten Schulfächern hatte ich nichts gegen die Wollstrumpfhosen einzuwenden. In Heimat- und Sachkunde oder im Rechnen bereitete mir meine Strumpfhose keinerlei Probleme. Abgesehen von einem gelegentlichen Zwicken und Kratzen zwischen den Schenkeln war mir meine Unterbekleidung gleichgültig. Wenn ich auf meinem Schulstuhl saß, wusste niemand außer mir, dass meine Beine unter der Hose von Wollstoff überzogen waren. Eher heikel wurde das Tragen der Wollhose, wenn dies beim Schulsport für alle Welt offensichtlich wurde. Meine Mitschüler trugen im Winter ausschließlich weiße oder graue lange Unterhosen. Mir als Einzigem war die Unterbeinbekleidung aus farbiger Wolle gewebt. Oftmals versuchte ich der Mutter zu erklären, dass ich mit meinen Strumpfhosen eine unvorteilhafte Sonderstellung im Klassenverbund einnahm. Ich wies sie nachdrücklich darauf hin, dass mit Abfälligkeiten seitens der Klassenkameraden zu rechnen war, wenn ich in Strumpfhosen erblickt wurde.

Die Mutter antwortete mir, dass es ein Privileg sei, Strumpfhosen zu tragen. Das Wort «Privileg» verstand ich nicht. Sie erklärte, dass meine Mitschüler zum Tragen von Unterhosen gezwungen wären, weil deren Eltern die Investition einer Strumpfhose scheuten oder schlichtweg zu leisten nicht imstande wären. Ein jeder meiner Klassenkameraden wäre froh und glücklich, statt einer läppischen, altväterlichen langen Unterhose die Vorteile der Wollstrumpfhose zu genießen. Die dauerhaft wärmende Wirkung eines Kleidungsstücks, das Beine und Füße komplett und formschön umschmiegt, stünde im krassen Gegensatz zur Unterhose, die mit jedem Waschgang an Form verliere und kulturell längst überholt sei. Es hätte Epochen in der Geschichte gegeben, in denen Edelleute in Strumpfhosen neue Kontinente entdeckt und Schriften verfasst hätten, die man heute an Universitäten erforschte wegen ihres sprachlichen Reichtums und ihrer kühnen Gedankenführung. Weiße Unterhosen dagegen trügen Männer, deren Hauptbeschäftigung es war, Kühe von einer Weide zur anderen zu treiben. In ihrer Freizeit tranken solche Unterhosenträger Schnaps in Lokalen, in denen man an verstimmten Klavieren Liedchen klimperte, denen es an Takt und Melodieführung vollkommen mangele.

Alle weiteren Versuche meinerseits, der Mutter zu verdeutlichen, dass die mannigfaltigen Vorteile einer Strumpfhose in der Umgebung von ausschließlich Langunterhosenträgern allesamt durch den Spott aufgehoben würden, scheiterten. Ich konnte sie kaum zur Hälfte vorbringen, bis mich die Mutter mit weiteren Huldigungen der Wollstrumpfhose verstummen ließ.

Am Mittwoch standen im Stundenplan zwei Stunden Sport hintereinander. Nach der Pause fanden sich meine Mitschüler und ich im Umkleideraum ein, um uns umzuziehen. Ich unternahm einige Male den Versuch, die Wollstrumpfhose zusammen mit der äußeren Hose in einem auszuziehen. Sämtliche Versuche scheiterten kläglich. Die Wollstrumpfhose verknotete und zerfaltete sich zwischen Hose und Schenkeln so sehr, dass ich wie an beiden Beinen gefesselt dastand. In dieser Verstrickung konnte ich mich weder der Hose noch der Strumpfhose entledigen. Im zappelnden Entkleidungsversuch wäre ich fast gestürzt und hätte mir gewiss im freien Fall die Stirn angeschlagen, da meine Hände im verzweifelten Zerren, um die Verknotung zu lösen, nicht in der Lage waren, mein Umfallen aufzuhalten.

Es half alles nichts. Wollte ich das Zerschlagen meiner Stirn auf dem Boden oder der hölzernen Sitzbank vermeiden, musste ich zuerst die Hose ausziehen und dann anschließend die Strumpfhose. So streifte ich meine Hose ab wie einer, der mit offenen Augen in sein Verderben hineinrennt. In meiner grünen oder braunen Wollstrumpfhose stand ich im Umkleideraum und hoffte, dass die Mitschüler das nicht wahrnehmen würden.

Aber ich hoffte immer das Unmögliche. Irgendein Mitschüler sah sofort mein wollenes Beinkleid und wies die anderen umgehend darauf hin. Hätte der seine Beobachtung für sich behalten, wäre der Fall erledigt gewesen, schnell hätte ich meine Strumpfhose aus- und die Turnhose angezogen. Aber derjenige, der mich als Erster in der Strumpfhose erblickte, teilte sofort allen anderen mit, was für eine unmögliche Strumpfhose ich da anhätte. Er deutete mit dem Finger auf mich und fand immer neue, hämische Worte für die Scheußlichkeit, die ich da trüge und die jetzt zum Vorschein gekommen wäre.

Die anderen Schüler, die eben noch beschäftigt waren, ihre Pullover, Hemden und Hosen aus- und ihre Turnsachen anzuziehen, unterbrachen dies und kamen näher, um sich selbst einen Blick auf mich und meine Strumpfhose zu verschaffen. Sie ließen es keineswegs dabei bewenden, sich kurz meiner Wollstrumpfhose zu vergewissern, sondern zeigten mit ausgestreckten Fingern auf mich und wiederholten im Chor, was der erste Schüler zu rufen begonnen hatte. Dazwischen lachten und schrien sie durcheinander und verhöhnten mich, weil ich eine Strumpfhose wie die Mädchen anhätte. Wie berauscht waren sie in ihrer Einigkeit, und ihre Aufregung endete erst, wenn der Sportlehrer hereintrat und Ruhe und Eile befahl, da er gleich mit dem Sportunterricht beginnen wolle. Ich begriff, dass sich diese Szene immer neu wiederholen würde, sobald ich in der Umkleide in meiner Strumpfhose dastand. Kein Mitschüler würde es für sich behalten, wenn er mich darin sah. Alle würden mich immer wieder ausbrüllen, sobald sie meine Unzulänglichkeit erkannt hätten. Meiner Mutter konnte ich den Nachteil der Strumpfhose nie verdeutlichen.

ALS die blonde Schwester auszog, hängte sie Bilder von der Wand ab und stellte sie in Pappkartons, die sie dann mit allen möglichen Sachen vollbeladen aus dem Haus trug und in den Kofferraum eines Autos lud. An Stellen, wo ein Bild gehangen hatte, blieb eine viereckige Aufhellung in der Tapete zurück sowie ein Nagel, den der Vater gleich darauf mit der Zange aus der Wand zog. Bett und Schrank wurden zerlegt und in Einzelteilen aus dem Dachzimmer getragen. Alle ihre Dinge waren in das Auto geschafft worden, das auf dem Gehsteig vor dem Haus stand. Auch die Schwester stieg jetzt ein und fuhr davon.

Ich trat in ihr ehemaliges Zimmer unter dem Dach und konnte fast nicht begreifen, dass sie auch ihr Lachen, Sprechen und ihren Schlaf hinausgeräumt, in das Auto getragen hatte und gerade damit fortgefahren war. Ich sah mir die Spuren an, die sie hinterlassen hatte. In der Wand, vor der das Bett gestanden war, befand sich eine Tür, die mit der gleichen Tapete wie die Wand tapeziert war. Oft hatte ich die Schwester gefragt, was hinter der Tür sei. Sie hatte immer geantwortet, dass sich dort nichts befinden würde. Ich hatte mir das Nichts nie vorstellen können, und ich mochte nicht glauben, dass das Nichts hinter einer kleinen Tür weggeschlossen war. Ich hatte die Schwester oft gebeten, die Tür zu öffnen und mir das Nichts zu zeigen. Aber sie hatte immer gesagt, dass sie das nicht könne, weil ja das Bett davorstehe, und dass es sich nicht lohne, weil sich nichts dahinter verbarg.

Mir war das immer wie eine Ausrede vorgekommen. Jetzt öffnete ich zum ersten Mal die tapezierte Tür und sah vorsichtig in einen kleinen, vollkommen dunklen Raum. Nicht einmal ich konnte aufrecht stehen darin. Die Zeit, die nicht verging, hatte sich in dem Räumchen gestaut und allmählich in grauen Staub verwandelt. Ich hustete in die Dunkelheit und verwirbelte die Ablagerungen des Nichts. Schemenhaft erkannte ich in der vergessenen Düsternis ein grobes Regal, auf dem eine völlig verrußte Zeitung lag. Schwarzes Puder verschmierte meine Finger. Ich blätterte durch entfallene Seiten in der Abstellkammer der Zeit.

Das unbenutzte Kämmerchen kehrte in meinen nächtlichen Träumen wieder. In diesen Träumen fand ich in den Wänden zufällig noch weitere Türen, die ich immer übersehen hatte und die mir nun plötzlich ihr Geheimnis offenbarten. Ich ging durch sie hindurch in unbekannte Räume des Hauses, die mir verschwiegen worden waren. Am Ende von Gängen und engen Wendeltreppen entdeckte ich eine zweite Welt.

Menschen und sprechende Tiere wohnten dort, und alles schien so plausibel und fühlte sich so greifbar an, dass ich nach dem Aufwachen durch das ganze Haus lief und nach der verborgenen Tür in der Wand suchte. Einmal hatte ich sogar geträumt, wie ich hinter der Wand meinen Geburtstag feiern würde. Alles war echt und wirklich gewesen. Ich hatte Kakao gerochen und schmeckte beim Schlucken Schokolade in meinem Mund. Traumgestalten hatten mir buntschillernd verpackte Geschenke überreicht. Es hatte geknistert, als ich das Papier berührte und zwischen meinen Fingern spürte.

Nach meinem Erwachen wollte ich zu den Geschenken und auspacken, was ich berührt und gesehen hatte. Ich glaubte fest, dass mein Geburtstag wäre. Ich fragte sogar die Mutter, wo sich meine Gaben befänden. Die Mutter wusste nicht, wovon ich sprach, sie lachte und wies mich darauf hin, dass mein Geburtstag in diesem Jahr schon gewesen sei. Ich lief im Haus hinauf und hinunter und schaute hinter Schränke und wollte auch welche verschieben, weil ich dahinter den geheimen Zugang vermutete. Das scheiterte meistens an meiner Kraft, und wenn ich doch einmal ein Möbel leicht verrückt hatte, befand sich dahinter keine geheime Tür.

Die Klassenleiterin mit dem braunen Cordhosenanzug war irgendwann von einem Klassenleiter, der Hemden trug, ersetzt worden. Statt der ruhigen Stimme hatte der neue Lehrer eine Brille mit wuchtigem Gestell. Durch die Brillengläser konnte er bei Bedarf streng hindurchsehen, und wenn das nichts half, erhöhte er die Lautstärke seiner Stimme und die Scharfkantigkeit seiner Silben.

Im Wechsel der Klassenleiterhemden vergingen die Schuljahre, und plötzlich war die Grundschulzeit an ihrem letzten Tag angekommen. Die Stimmung in der Klasse war aufgekratzt und unruhig. Nach den Ferien würde keiner von uns hierher zurückkehren. Etwas Neues würde anfangen, woanders. Hier kannten wir alles. Über das Andere wussten wir nichts. Wir beherrschten den Weg von zu Hause zur Schule. Wir meisterten den Weg von der Schule nach Hause. Wir wussten, wo sich auf der Strecke der Kaugummiautomat befand. Wir hatten verinnerlicht, wie schnell man laufen musste, um vor dem Gong im Klassenzimmer anzukommen. Ich kannte meinen Platz im Pausenhof, und derjenige, der neben mir saß, war mein Freund. Über die neue Schule, an die ich nun kommen würde, wusste ich nichts.

Die Laune des Klassenleiters am letzten Tag war ein Rätsel. Er freute sich vermutlich über den bedeutenden Tag und bestimmt auch darüber, dass er die Schülerinnen und Schüler mit seinen Worten und Blicken bis hierher geleitet hatte. Aber was gab ihm die Gewissheit, dass wir in den langen Ferien nicht alles vergessen würden, was er uns jahrelang erzählt und gezeigt hatte? Und wenn wir nach den Ferien nicht zurückkämen, würde das ja heißen, dass andere Kinder kämen. Wenn er dann einem von diesen erfolgreich beigebracht hätte, den Buchstaben r zu schreiben, käme vielleicht im nächsten Schuljahr einer, der mit dem Buchstaben r nicht die geringsten Probleme hätte, dafür aber akut unter einer j-Schwäche litt.

Im Durcheinander aus unausgesprochenen Hoffnungen und widersprüchlichen Gefühlen des Abschieds von einer gewohnten Ordnung überwog eine leicht übersteigerte Fröhlichkeit, die auch bestimmt daraus resultierte, dass es am letzten Tag der vierten Klasse keinen Unterricht mehr gab. Der Mann mit der groben Brille wusste, dass er uns an diesem Tag nichts mehr beibringen konnte. Der Zauber des Sommers hatte schon eingesetzt, lenkte unsere Blicke ab und machte uns taub für Wörter und Zahlen. Und selbst wenn der Lehrer es mit seiner ganzen pädagogischen Macht vermocht hätte, in den letzten Stunde der vierten Klasse unsere Konzentration auf einen mathematischen oder geschichtlichen Sachverhalt zu lenken, es wäre ihm niemals mehr möglich gewesen, das Lernziel bei auch nur einem Schüler oder einer Schülerin zu kontrollieren.

Deswegen veranstaltete der Lehrer ein Silbenspiel. Mit der Kreide schrieb er Silben an die Tafel. Melden durften sich Schüler, wenn sie ein Wort wussten, das mit einer der Silben begann. Hatte der Lehrer den Schüler aufgerufen und dieser ein sinnvolles Wort gesagt, durfte der Schüler nach vorn treten und selbst mit Kreide den Rest des Wortes ergänzen. Der Lehrer schrieb die Silbe «Ba» an die Tafel. Eine Schülerin meldete sich, wurde aufgerufen und sagte «Baum». Der Lehrer schaute hinter seiner Brille erfreut und bat die Schülerin, das Wort hinzuschreiben. Die Schülerin schrieb «Baum» an die Tafel. Dann wischte der Lehrer das Wort mit dem Schwamm weg und schrieb eine neue Silbe auf die feuchte Tafel. Immer neue Silben und Wörter wurden auf die Tafel geschrieben. Mit jeder Silbe und mit jedem neuen Wort wurde die vierte Klasse unmerklich immer weniger. Über manche der hingeschriebenen Wörter wurde kurz gelacht, weil sie ungewöhnlich erschienen und nur aus Verlegenheit gerufen worden waren, weil man kein anderes Wort wusste.

Mit einem Wort unter all den Worten war es jedoch etwas anderes. Der Lehrer schrieb die Silbe «fi» an die Tafel. Verschiedene Schüler reckten die Hand hoch.

Der Klassenleiter rief Julia auf, die weit hinten im Klassenraum saß. Julia sagte: «ficken». Kurz danach begann sich eine unglaubliche Wirkung dieses Wortes im ganzen Zimmer auszubreiten. Auch die Schülerinnen und Schüler, die bislang die Silben und ihre Ergänzung zu Wörtern nahezu stumm mitverfolgt hatten, begannen plötzlich zu raunen und besprachen sich mit dem Banknachbarn. Man fragte sich flüsternd, ob man dieses Wort wirklich gehört habe. Die einen meinten, dass Julia es keinesfalls gesagt haben könne. Andere waren felsenfest davon überzeugt, das Wort gehört zu haben. Hitzige Diskussionen entstanden. Allmählich löste sich die Sitzordnung auf. Manch ein Schüler konnte nicht länger auf seinem Stuhl sitzen bleiben, sprang auf und lief im Raum herum, um bei anderen direkt nachzufragen, ob sie das Wort von Julia auch vernommen hätten. Andere wiederholten das Wort «ficken» erst einmal, dann noch mal und immer wieder. Erst leise wurde das Verbum nachgesprochen, dann wurde «ficken» gerufen, und schließlich sang ein Chor die unglaubliche Wortfindung von Julia. Manche Jungen und Mädchen bekamen rote Gesichter, als litten sie an einem plötzlich einsetzenden Fieber. Manche bedeckten sich mit beiden Händen ihr Gesicht. Der Lehrer selbst war damit beschäftigt, seiner Haltung einen Rest Gefasstheit zu verleihen, und scheiterte dabei vollständig. Die gesamte Klasse war zu einem Sturm geworden, der sich mit keinem Mittel mehr besänftigen ließ.

In dem ganzen Tohuwabohu drehte sich Erik zu mir und wollte wissen, ob ich denn eine Ahnung hätte, was es mit dem Wort «ficken» für eine Bewandtnis habe. Ich schaute Erik für einen Moment an, dann begann ich, wie verrückt mit den Armen in der Luft zu rudern. Dabei rief ich lauthals mehrere Male hintereinander das Wort und gab Erik die Antwort, dass ich freilich wüsste, worum es beim Ficken ginge, und dass die Nennung allerhand sei und mehr als der Wahnsinn. Tatsächlich wusste ich nicht im entferntesten, was mit dem rätselhaften «ficken» gemeint sein könnte.

Das Wort «ficken» wurde am letzten Tag der vierten Klasse nicht an die Tafel geschrieben. Mit dem Wort «ficken», das Julia gesagt hatte, war die vierte Klasse ein für alle Mal beendet. Alle Schüler und Schülerinnen sind in heller Aufregung aus dem Klassenzimmer gerannt. Der Klassenleiter kam nicht einmal mehr dazu, sich von uns zu verabschieden.

Auf dem Nachhauseweg sagte ich das Wort «ficken» mehrere Male vor mich hin. Ich dachte mir das Wort auch immer wieder, weil ich es unter keinen Umständen vergessen wollte. Ich hatte vor, das Wort daheim beim Mittagessen auf seine Wirkung hin zu überprüfen. Vielleicht würde auch die Mutter aufspringen und müsste wie unter Zwang immer wieder «ficken, ficken, ficken» sagen. Und wer wusste, wie der Vater reagieren würde. Vielleicht stieß er den Schrank mit dem guten Geschirr um und sprang zwischen den Scherben am Boden herum. Daheim klingelte ich an der Haustür, und meine Großmutter öffnete mir. Sie begrüßte mich herzlich, und um ein Haar hätte ich «ficken» zu ihr gesagt. Aber ich begrüßte sie auch erst einmal. Ich wollte ihr das Wort erst sagen, nachdem es seine ganze Wirkmacht bei den Eltern unter Beweis gestellt hatte.

Schnell ging ich über die Treppe in den ersten Stock, schleuderte die Schultasche ins Eck und begrüßte die Mutter. Ich half ihr, Geschirr und Besteck ins Esszimmer zu tragen. Die Mutter war überrascht über meinen Fleiß. Als ich schon an meinem Platz am Tisch saß, hörte ich die schweren Schritte des Vaters, der die Treppen heraufkam. Er begrüßte die Mutter und mich und setzte sich. Die Mutter schöpfte von dem Essen aus dem Topf eine Portion auf meinen Teller. Der Vater nahm sich aus dem Topf. Die Mutter nahm sich aus dem Topf. Wir fingen zu essen an. Ich überlegte, welcher Moment geeignet wäre, das Wort auszusprechen. Schon wollte ich es sagen, hielt mich dann aber doch zurück, weil der Vater von seiner Reise erzählte. Die Mutter antwortete ihm. Jetzt war es ungünstig, entschied ich. Die Mutter schnitt ein Stück Fleisch ab. Der Vater spießte die Gabel in eine kleine Kartoffel und fuhr damit in der braunen Sauce herum. Jetzt schien mir der Augenblick gekommen, das Wort zu sagen.

Ich legte mein Besteck am Tellerrand ab und sagte in die Richtung, wo der Topf auf dem Tisch stand: «ficken». Der Vater sprang nicht auf und riss auch keine Möbel um. Er nickte kurz mit dem Kopf, unterbrach sein Kauen, fuhr sich mit der Serviette über die Lippen und grinste dabei ein wenig. Die Mutter stutzte und sah mich einen Augenblick lang an, als hätte sie einen grünen Fleck auf meiner Stirn entdeckt. Die Wirkung des Wortes blieb weit hinter meinen Erwartungen zurück. Deshalb wiederholte ich das Wort drei Mal hintereinander. Eine Wirkung erzielte ich damit nicht.

Meine Mutter sah mich nun an und fragte mich, ob ich

überhaupt wüsste, was ich da sagen würde. Ich begann, mit den Armen zu rudern, verdrehte die Augen und gab unartikulierte Laute von mir.

Nach dem Essen erklärte mir die Mutter, dass es sich bei diesem Ausdruck um eine unschöne Bezeichnung für eine Tätigkeit handeln würde, die eigentlich sehr schön sei. Wenn zwei Menschen sich sehr lieb hätten und sich gar nicht mehr vorstellen konnten, ohneeinander zu sein, dann würden sie irgendwann beginnen, sich sanft zu berühren und zu küssen. Nun würde ihnen unabhängig von der Zimmertemperatur immer wärmer werden, und sie würden sich umschlingen. Etc. Sie erklärte mir die ganze Bedeutung des Wortes. So genau wollte ich es damals eigentlich gar nicht wissen. Bei mir überwog die Enttäuschung, dass ich mit dem Wort keinen Sturm entfesseln konnte. Meiner Großmutter habe ich das Wort dann erst gar nicht gesagt.

JETZT sollte ich auf das Gymnasium gehen. Erik würde auch aufs Gymnasium gehen. Reinhard ging nicht auf das Gymnasium. Ich verstand das nicht. Ich hatte Reinhard gefragt, warum er nicht mit uns in dieses Gymnasium käme. Er hatte mir geantwortet, was sein Vater zu diesem Thema gesagt hatte. Das verstand ich ebenfalls nicht. Es ist schwierig, Aussagen wiederzugeben, die man selber nicht begriffen hat. Dennoch versuchte ich, die einzelnen Scherben des Rätselhaften aufzubewahren und meiner Mutter vorzulegen mit der Bitte, sie möge mir daraus eine Erklärung lesen. Aber auch aus der Antwort der Mutter wurde ich nicht schlau.

Als das Gymnasium angefangen hatte, rutschte ich weiterhin mit den Freunden zusammen über den Boden, und wir lenkten Herrn Rührmeier und Herrn Johnson. Aber mit der Zeit wurde das Zusammenkommen schwieriger. Unterschiedliche Stundenpläne zwangen unsere Leben in verschiedene Richtungen. Fast war es, als lernten wir auf den verschiedenen Schulen nun verschiedene Wörter und ganz unterschiedliche Zahlen. Irgendetwas Unsichtbares zog uns auseinander. Rührmeier gab nur noch selten Befehle, und irgendwann verschwand die gesamte Polizei mit ihren Dienstwagen aus meinem Zimmer.

Der Schulweg hatte sich geändert. Vier Jahre lang war ich aus dem Haus gegangen und dann rechts, noch einmal rechts und dann links. Jetzt ging ich auch erst rechts. Aber dann gleich links, dann rechts, links, rechts und dann wieder links. Die Volksschule war flach und lang gewesen. Das Gymnasium bestand aus hohen, grauen Klötzen. Treppen führten hinauf und hinunter und in andere Richtungen. Vor den Klassenzimmern waren Schränke mit Holztüren, in die man seine Jacke hängte. In der Volksschule hatte es nur lange Leisten mit Haken gegeben. Wenn man in das Gymnasium hineinging, befand sich gleich links ein großes Glasaquarium, in dem der graue Hausmeisterfisch herumschwamm.

Es gab mehrere Pausenhöfe. Direkt vor der Schule standen ältere Schüler und rauchten erst einmal, bevor sie einen Schritt in die Schule taten. Geschwind ging ich an ihnen vorbei und schaute schnell woandershin, wenn ich bemerkte, dass ein Blick der großen Menschen sich mit meinem Blick kreuzte. Beeindruckende Frisuren hatten diese Personen, und sie bewegten ihre Arme richtig und bedeutungsvoll. Die Worte, die sie sprachen, schillerten.

Im Vorbeigehen schnaufte ich den Rauch ein und dazu Fragmente von fernen Belangen. Wie ein Statist lief ich durch das Bild der großen Leute. Die Volksschule hatte nach Pfannkuchensuppe geschmeckt und gerochen. Der Geruch des Gymnasiums war höher und kantiger, und man roch ihn bis tief in den Hinterkopf hinein. Hier hallten die Schritte auf den Gängen, und die Lehrer schwebten von einer Verpflichtung zur nächsten und höheren Aufgabe.

In der Halle strömten die Neuankömmlinge zusammen wie kleine Heringe. Zettel mit Namen strudelten herum, auf die flüchtige Blicke geworfen wurden. Fragen wurden nur halb ausgesprochen und mit unverständlichen Ahnungen beantwortet. Ein Mann sagte etwas Gelbliches in ein Mikrophon. Ich schlingerte hin und her, von unterschiedlichen Strömungen getrieben und wieder zurückgespült. Dann geriet ich ohne mein Zutun in ein Netz und wurde über Gänge und Treppen hinunter in einen Klassenraum gezogen. Es gelang mir, in der Strömung meinen Freund Erik zu erblicken, und mit zwei Flossenschlägen saß ich neben ihm vor dem Gymnasiumstisch auf dem Gymnasiumsstuhl. Der Gymnasiallehrer las Namen vor, und es begann, warm und hell zu leuchten wie eine Sonne, als er erst meinen Namen und dann den Namen vom Erik vorlas. Ich konnte mir nicht erklären, wie ich hierher gefunden hatte. Gespült hatte es mich, wie eine Nabelfluse im Badewasser durch den Ausfluss fließt, wenn man den Stöpsel gezogen hat. In der Freude über die Nennung des eigenen Namens übersah ich den lauwarmen Blick des Gymnasiallehrers und die Kanten der Wörter, die er sprach.

In unsere Klasse war auch Philipp geschwappt worden. Gezwirbelte blonde Locken hatte er auf dem Kopf, und seine

Worte klangen schön und andersartig zugleich. Wir schnüffelten aneinander. Ich mochte seine Fremdheit und wollte seine Herkunft erkunden. Aus dieser Neugierde wurde eine Freundschaft. Als ich am ersten Tag im Gymnasium nach Hause kam, war ich wie überschüttet von Glück und sagte der Mutter, dass ich einen neuen Freund hatte und dass sein Name Philipp wäre. Sie wollte den Nachnamen wissen, und ich sagte ihn ihr. Ob der «links» wohne, fragte sie wie beiläufig, während sie mit irgendeiner Erledigung beschäftigt war. Ich sagte, dass Philipp freilich «links» wohne, und sprach es mit einer Wonne. Die Mutter atmete ein bisschen aus und schaute mich ein klein wenig an und ließ mich wissen, dass das kein guter Umgang für mich wäre. Sie fügte hinzu, dass das Schuljahr ja noch gar nicht richtig angefangen habe und bestimmt noch genügend Gelegenheiten kommen würden, einen richtigen Freund zu finden. Sie redete weitere Wörter. Ich hatte aber schon aufgehört, darauf zu achten, und ließ ihr Gerede an mir vorbeifahren wie einen Lastwagen, der Holzdübel geladen hat.

Bei Philipp muss es ähnlich gewesen sein, erzählte er mir einmal, als unsere Freundschaft schon ein Baum gewesen ist, in dessen Äste man Lampions hängen konnte. Auch er hatte seiner Mutter von dem neuen Freund erzählt, den er im Gymnasium kennengelernt habe und der Matthias heiße. Auch seine Mutter wollte den Nachnamen wissen und ahnte nach der Nennung auch gleich, dass ich mit meiner Familie «rechts» wohne, fragte aber nach, um sicherzugehen. Beglückt war auch sie nicht, dass der Sohn sich so einen als Freund ausgesucht hatte. Sie rümpfte die Nase und äußerte ebenfalls die Hoffnung, dass es bei einer flüchtigen Bekanntschaft bleiben und unsere Wege in verschiedene Richtungen verlaufen mögen.

Philipp wohnte links über den Fluss. Im linken Stadtteil befanden sich Kläranlage, Sonderschule und Wirtshäuser, in denen gelegentlich Gebisse in halbvollen Weizenbiergläsern versanken vor Menschen, die plötzlich zu trinken vergaßen und am Wirtshaustisch einschliefen.

Ich wohnte rechts über den Fluss. Auf meiner Seite befanden sich Tennisplatz, Freibad und das Rathaus. Mein Großvater war im Dritten Reich zweiter Bürgermeister der Stadt gewesen. Philipps Großvater war Metzger und Sozialist gewesen, hatte seine Zwangsarbeiter, wenn welche zu ihm in die Metzgerei befohlen worden waren, mit Wurst gefüttert und ausruhen lassen. Mein Großvater hatte der Mutter von Philipp nachgestellt, als diese ein junges Mädchen war. Sie konnte sich seiner Avancen erfolgreich erwehren.

Die Mutter von Philipp hatte einen gepflegten Dialekt. Sie rauchte dünne, braune Zigaretten. Sie blies ein bisschen Rauch aus dem Mund, und dann sprach sie Wortpralinen aus dunkler Schokolade, die mit herber Süßigkeit gefüllt waren. Tief unten aus dem Bauch kam ihr Lachen, und ihre Augen funkelten. Meine Mutter glaubte immer, sie spräche ein geradezu perfektes Hochdeutsch. Die Wahrheit war, dass ihr die Worte wie kaltblütige Kutschenpferde aus dem Mund heraustrabten und nur an ein paar Stellen leicht betont wurden, etwa so wie Blumenschmuck um den Pferdehals. Und zwar dann, wenn sie mit einem Doktor sprach oder sonst jemandem, der studiert hatte.

Philipp war wie ich das jüngste Kind und hatte drei Schwestern. Unsere Mütter hatten uns mit Liebe und Ängstlichkeit aufgepumpt wie zwei wertvolle Schlauchboote. Jetzt trieben wir gemeinsam auf diesem nebligen Fluss, der an manchen Stellen seltsam roch, und leuchteten uns gegenseitig in der Dunkelheit. Die Mütter konnten dagegen nichts ausrichten und bemühten sich auch nicht weiter darum. Vielleicht war das ein Wunder. Aber wunderliche Vorkommnisse kamen in der Zeit des Öfteren vor.

Um Philipp zu besuchen, musste ich die Straße mit dem Blumennamen hinabgehen, dann aber nicht links zur Unterführung mit dem unbarmherzigen Hall, sondern rechts über die Brücke, unter der die Bahn fuhr. Da ging es steil den Berg hinunter, dass man gut hüpfen und dabei singen hätte können: Solange der Arsch in die Hose passt, so lange wird keine Arbeit angefasst. Aber das Lied sang ich nur im Beisein des Vaters und im Wald den Berg hinunter. Zu Philipp ging ich immer allein und sang nicht dabei. Hatte ich die Brücke hinter mir gelassen, musste ich weiter unten die zweispurige Straße überqueren. Von allen Seiten sausten die Autos, und obendrein wollten sie noch die Brücke hinauf- und hinunterfahren. Mit dem Schauen nach links und rechts war es da nicht getan. In alle Richtungen drehte ich meinen Kopf, bis sich eine Gelegenheit ergab, die mir günstig erschien, die Straße unbeschadet zu überqueren.

Unterhalb der Straße stand ein Wirtshaus mit einem hohen Dach, das aus groben Steinen gebaut war. Gegen den Lärm der Straße plärrte Rockmusik an, und die Gäste brüllten dazu im Takt oder auch daneben her. Die Tür stand immer offen, und es roch nach Zigaretten, Bier und Rülpsern, die sowohl nach Zigaretten als auch nach Bier rochen. Mit ängstlicher Freude habe ich die Ausdünstung im geschwinden Vorbeigehen eingeatmet.

Einmal stand ein langmähniger Raubauz vor der Tür, leicht nach hinten gelehnt, umweht vom Klang verzerrter Gitarren, Menschengebrüll und Bierglasklirren. In der einen Hand hielt er ganz sanft eine Zigarette. Als er mich sah, beugte er sich mit dem Oberkörper noch ein weiteres Stück nach hinten, deutete dann mit dem Glimmstängel in meine Richtung und befahl mir, zu ihm zu kommen.

«Wo gehst du hin, so eilig?», fragte er mich.

«Zu meinem Freund Philipp», gab ich ihm zur Antwort.

«Das ist gut und richtig. Aber vorher kommst du noch zu uns herein, und dann trinken wir und rauchen ein paar Zigaretten. Anschließend kannst du immer noch zu deinem Freund gehen.»

Ich sagte schnell, dass es mit mir und den Zigaretten keinen Sinn mache. Ich könne nicht rauchen. Im Übrigen sei ich mit Philipp um drei Uhr verabredet und wolle mich nicht verspäten. Dann lief ich schnell in die Richtung, aus der ich gekommen war. Der Mann vor dem Wirtshaus rief mir noch hinterher, und zwischen den Wörtern hustete und lachte er abwechselnd. Ich war erleichtert, dass ich mich relativ geschickt seiner Einladung entwunden hatte, und lief mit klopfendem Herzen in die Unterstadt.

Jenseits der Straße standen die Häuser eng beieinander, als würden sie flüsternd über ein Geheimnis sprechen, das niemanden etwas angeht. Die Fenster schauten übernächtigt und finster. Unrasierte, faltige Fassaden verstellten den Blick auf den Himmel. Durch die engen, immer feuchten Gassen schnaufte der Wind mit verstopfter Nase. Ein schmaler Steg führte über den Fluss. Graubraun und ohne Eile floss das Wasser zur großen Stadt. Für jede Wellenbildung war das Gewässer zu müde und gelangweilt. Oberhalb des Wehrs schäumte die Brühe weiß und rauschte unablässig. Das musste genügen.

An der anderen Flussseite stand trotzig ein langes Haus quer. Es schien mir so schmal zu sein, dass man darin wahrscheinlich kaum die Arme ausstrecken konnte. Die

Menschen, vermutete ich, saßen beim Essen hintereinander und drehten sich um die eigene Achse wie die Figuren auf einer Spieluhr, wenn sie sich beim Unterhalten ansehen wollten. Das mit Kopfstein gepflasterte Sträßchen ging ich hinauf, vorbei an dem schmallippigen Gebäude, und ich wäre gern eines seiner Bewohner ansichtig geworden. Dünne, langarmige Menschen mit langen, schmalen Fingern stellte ich mir vor. Nach jeweils drei Schritten kreisten sie einmal um sich selbst und pfiffen kurz aus der Nase. Aber niemanden konnte ich vor dem Haus sehen. Hinter den schmalen Fenstern und den dünnen Vorhängen dachte ich mir ein Antlitz mit Streichholznase und Augen so klein wie Stecknadeln in einem Gesicht, das viel länger als breit war. Aber ich sah es nie.

Weiter oben war ein Platz, den kleine, feiste Häuschen umstanden. Wenn jemand groß war, musste er den Kopf einziehen, wollte er durch die Tür ins Haus gelangen. Die Dächer waren aufgesetzt wie rote Kappen auf den pausbäckigen und vorwitzigen Gesichtern. Auf der anderen Seite des Platzes hatte man aus einer Gewitterwolke eine dicke, schielende Kröte hinabgeworfen, die aus wulstigen Augen blickte. Das war das Altersheim. Der Klotz litt an Übergewicht, und daraus resultierte eine latente Boshaftigkeit und ständige Übellaunigkeit. Wie Speichel tropften die Menschen aus dem lethargischen Maul und wurden bald wieder zurückgeschlürft im Takt der sich selbst öffnenden und schließenden Tür.

Neben diesem Steinungetüm stand das Häuschen, in dem Philipp mit seinen Eltern wohnte. Eigentlich waren es zwei Häuser, die oben zur Straße hin freundliche Gesichter zeigten, sich aber mit dem Rest ihres Leibes tief ins Hanggrundstück vergraben hatten, wo unterhalb der trübsinnige Fluss leise lallend vorüberfloss. Weil es zwei Häuser waren, gab es auch zwei Haustüren. Es brauchte lange, bis ich diesen Umstand einigermaßen begriffen hatte. Klingelte man an der einen Tür, öffnete sich unmerklich die andere, und mindestens ein Familienmitglied erfreute sich an dem Schauspiel, wie man vor der Türe stand, mehrmalig klingelte und immer dringlicher hoffte, die Pforte würde sich öffnen, und wie man langsam verzagte, weil sie es nicht tat. Im Moment, in dem ich annahm, dass niemand zu Hause sei und also auch keiner öffnen würde, erschallte Hohngelächter von einem der Trolle, der die Stufen der veränderten Physiognomie und des Trübsinns vor der verschlossenen Türe gerade eingehend erforscht hatte und der die Ergebnisse seiner Studie alsbald in übertriebener Art und Weise öffentlich zu präsentieren gedachte, mit der Absicht, Gelächter zu erzeugen.

Zu der einen Haustür führten drei steinerne Treppen. Die andere Tür war von einem lieblichen Gartenzaun umgeben. Schlank und schön rankten die Zaunlatten, jede ganz eigen, und ließen zwischen sich schöne Lücken wie wohlklingende Pausen in einer mit dem Herzen komponierten Partitur. Ein Zwetschgenbaum wuchs gleich dahinter, und ich glaubte, Philipp hatte ihn gemalt, und danach ist er vom Aquarellpapier vor das Haus gewandert, und die gemalte Vorstellung streckte die Wurzeln in die Erde, und aus den Farben wuchs ein Baum, der vor dem Philipp'schen Haus stehen wollte, um dort die Äste zum Himmel zu recken und aus Dankbarkeit über sein Dasein seinem malenden Vater jedes Jahr die süßesten Zwetschgen wachsen zu lassen.

Der Vater von meinem Freund hatte schon immer Bäume gemalt, Teiche, Blumen und Gras. Der Garten hinter dem Haus war ein Bild von ihm, das lebendig geworden war. Auf mehreren Terrassen wuchsen Blumen, die ich noch nie gesehen hatte. Büsche verstellten einem den Weg und scheuchten fahle Gedanken aus dem Kopf. Dicke Beeren wuchsen einem in Hände und Mund. Die Vögel sangen Lieder von dieser prallen Pracht. Eidechsen, mit denen der Mann mit dem geflochtenen Zopf am Hinterkopf nach dem Frühstück und an lauen Abenden flüsternd philosophierte, zischelten zwischen vermoosten Steinen. In diesem Zaubergarten quakten ganzjährig Frösche, weil ihr Teich mit warmem Wasser aus der Heizung versorgt wurde. Der Froschmann liebte die Froschfrau ohne Unterlass. Der Salamander wanderte durch die Welt dieses fein gezeichneten Bildes. Am unteren Ende des Paradiesgartens stand der Schupfen des eigenwilligen Familienvaters. Dort zog sich der größere Wortanhäufungen meidende Mann zurück, wenn im Haus die Silbenzahl und die damit einhergehenden Einmischungen in seinen verschlungenen Lebensweg überhandnahmen. In der schattigen Stille wurden Dinge bewahrt, die aus der Welt gefallen waren. Philipps Vater ließ sich von zerbrochenen Tassen, von Gießkannen mit Loch im Bauch und von aus dem Himmel heruntergefallenen Sternen Geschichten erzählen. Die Sachen flüsterten ihm Farben zu, mit denen er Ranken und Blüten auf das Papier malte, die in einem Moment seiner Unachtsamkeit im Garten Wurzeln schlugen und sich alsbald blühend zur Sonne streckten.

Im Inneren war die Behausung ein Labyrinth. Durch Gänge und Türen in vielerlei Formaten waren die beiden Häuser miteinander verbunden. Man gelangte in die Wohnung wie in einen großen Gedanken und schweifte ab in Nebeneinsichten und Auslassungen. Über eine kleine, sich drehende Treppe gelangte man in ein unterirdisches

Gewölbe aus groben Sandsteinquadern. Direkt darüber befand sich das Refugium für eine Prinzessin mit zarten Blümchen auf einer hellblauen Tapete. Oder war das nur eine Einbildung? Schon hatte man sich verloren und wusste nicht mehr, wo oben und unten war. Überrascht sah man den Fluss vor einem Fenster, durch das man gerade noch erwartet hatte auf den Platz auf der anderen Seite zu blicken.

Das Wohnzimmer und die Küche waren das Reich der Mutter. Ich sah sie oft auf dem Sofa sitzen, und sie blickte mich freundlich über den oberen Rand ihrer Brille an. In hohen Türmen wurden Korrespondenz, Rechnungen, Geschichtsschreibung und Malerei gestapelt. Diese Monolithen umstanden die Herrscherin in einer nur ihr ergründbaren Ordnung. Tief und warm waren die Worte, die Philipps Mutter sprach. Zwischen den Wörtern saugte sie an langen Zigarillos, blies dann Rauch zwischen einem Gedankenende und einem Gedankenanfang oder genoss beim genießerischen Inhalieren des Tabaks den Nachgeschmack eines Scherzes.

Philipp wohnte unter dem Dach, und eine Holztreppe führte in elegantem Schwung zu seinen Zimmern. Durch dreieckige Fensterchen blickte man über den Fluss. Mein Freund wohnte mit einem Vogel zusammen. Der trug ein grau-weißes Gefieder und eine orange Irokesenfigur, er bewegte sich, indem er sich mit seinem Schnabel in den Gitterstäben festbiss und anschließend mit den Fußkrallen am Käfiggitter herumkletternd Halt suchte. Hatte sein Geläuf einen festen Stand gefunden, öffnete das Tier für einen Moment seinen Schnabel, flatterte dabei aufgeregt gegen die Schwerkraft und hakte sich geschwind an einer neuen Stelle ins Gitter.

UNTER der Dachschräge saßen wir oft, und ich atmete gern diese Luft, die so anders roch als die Luft auf der elterlichen Seite des Flusses, wo ich herkam. Es war eine andere Welt, zu der mir der Freund den Eintritt gewährte. Er trug oft einen blauen Wollpullover, auf dem weiße Wolken schwebten. Das Kleidungsstück war einmal versehentlich zu heiß gewaschen worden, die Wolken hatten sich als unbeabsichtigte Folge ergeben. Philipp beherrschte die Kunst, diesen Fehlgriff in eine schöne Rätselhaftigkeit zu verwandeln. Er trug das zu heiß gewaschene Oberteil wie die Rüstung eines Sternenkriegers aus einer fremden Galaxis.

Ich hörte so gern die Worte, die er sprach, folgte ihnen und sprach dazu manches, das mich selbst überraschte. Der uns umgebende Raum dehnte sich nach allen Seiten, und wir redeten uns weit in den neuen, rosigen Himmel hinauf und verloren wohltuend Ende und Anfang unseres Gesprächs und vergaßen die tatsächliche Enge des Städtchens. Dort unter dem Dach auf einem bunt gewebten Teppich sitzend, schnitt mein Freund mit einem höllisch scharfen Messer geräucherte Würste von seiner Verwandtschaft vom Land. Das waren Würste, deren Existenz ich mir in meinem bisherigen Leben nicht einmal getraut hatte zu ahnen. Dazu reichte er mir Scheiben von einem knorzigen Brot, und kein Wort vermochte auszudrücken, welchen unglaublichen Genuss der Freund mir mit Freude und offenem Herzen schenkte. Wir kauten langsam, um das Wohlgefühl in die Länge zu ziehen, schlossen die Augen, öffneten sie, blickten uns an im stummen Einverständnis der Glückseligkeit. Dann stand er auf, blätterte herum in einer umfangreichen Schallplattensammlung, die sich in einer altväterlichen Reisekiste befand, um die passende Musik für die huldvolle Stimmung zu finden. Zum Gaumenglück glühten schon bald meine Ohren im niemals zuvor erlauschten schönen Klang.

Wenn Philipp und ich Musik hörten und eine höhere Lautstärke für unerlässlich hielten, teilte der Vogel wahrscheinlich nur im geringen Maße unser Vergnügen. Er krächzte oft und so viel lauter als die Musik von der Schallplatte, dass es mich sehr überraschte, wie eine derartig kleine Brust so einen kräftigen Ton erzeugen konnte, der mir ins Trommelfell zwickte. In Raserei biss er am Käfig herum, kletterte und flatterte in heller Aufregung. In seiner Hektik verlor er den Halt, ruderte mit den Flügeln in der Luft und schrie empört gegen die misslichen Umstände an. Aber vielleicht genoss er auch einfach Modulation und Rhythmus der Musik, und dies war seine Art, der Freude Ausdruck zu verleihen.

Fremdartige musikalische Delikatessen spielte mir Philipp vor. Stumm lauschte ich in dem kleinen Tempel der Genüsse mir vollkommen neuer, wunderbarer Musik. Manchmal war das Gehörte ein Rätsel, und der Freund vertrieb den Nebel aus meinem Ohr mit ein paar Worten, die nur ich und er verstanden. Unsere Mutmaßungen, Fragen, die Wünsche und unsere Worte begannen dort unter dem Dach miteinander zu tanzen. Aus unseren Mündern rochen wir dabei stark nach Knoblauchwurst. Wir schwiegen und schmeckten den Sinnenfreuden nach in Mund, Ohr und den Herzkranzgefäßen. Gelegentlich trafen sich unsere Blicke, und wir lächelten uns an.

Ein Teil dieser musikalischen Schätze stammte bei Philipp aus der schwesterlichen Plattensammlung. Es hatte auch bei mir so angefangen, nach der Zeit der Märchenplatten, dass ich mir die eine oder andere Schallplatte der älteren Schwester entlieh, um zu erkunden, welche Geheimnisse die schwarzen Rillen bargen. Beim Hören der Musik betrachtete ich eingehend die Plattenhülle und versuchte, durch die äußerliche Gestaltung Rückschlüsse auf die Komposition zu ziehen. Immer wieder hörte ich dieselbe Platte vom Anfang bis zum Schluss. Undurchschaubar und schwer verdaulich, überforderte die Musik mich erst. Mit mehrmaligem Hören dann schien es mir, als könnte ich langsam Klang, Takt und Rhythmus entschlüsseln und die Komposition begreifen und genießen.

Jetzt konnte ich mit meinem Freund zusammen die Forschung nach den unerhörten Klängen fortsetzen. Die Welt war gewachsen. Wir besprachen, was wir vorher nur allein vage erwogen hatten. Plötzlich, weil sich ein Gegenüber mit zwei Ohren gefunden hatte, waren da auch Worte für das Unsagbare. Aus den grauen Quadern der Schule kehrten wir stets mit einem unstillbaren Hunger und Durst auf ein anderes Leben zurück. Im Dachzimmer auf der linken Seite tranken meine Ohren wie ein ausgetrocknetes Vergissmeinnichtpflänzchen aus der erfrischenden Quelle der Musik. Mein Mund hörte in größter Überraschung das Halleluja von Wurst und Brot, das ich mit Vergnügen hinunterschluckte und das sodann in meinem Bauch in Schönheit weitersang.

Auch ein Klavier hatte er bei sich in der Mansarde stehen. Ich bat Philipp, mir etwas vorzuspielen. Er brümmelte ein wenig und schüttelte den blonden Lockenkopf, als würde er unfreiwillig gewaschen. Aber dann setzte er sich auf den Klavierhocker, öffnete sichtlich gelangweilt und mit gespielter Müdigkeit den Deckel und begann mit den Fingern der einen Hand Tasten zu drücken, als suche er einen speziellen Ton. Schon diese Folge einzelner Noten strahlte aufreizend dunkelblau. Dann begann die Hand zu laufen und sprang von der Mittellage in die höchsten Höhen. Die linke Hand kam dazu und stützte das Gebäude in den tiefen Lagen. Wohltemperiert hatte er begonnen. Jetzt atmete er tief ein und blies Klangwolken in die Luft. Dann pumpte der Bass, blähte sich und rumpelte wie eine übergeschnappte Lokomotive. Die linke Hand malte glitzernde Kapriolen in den dampfenden Rhythmus. Ganz sachte wippte Philipps Körper zu dem wundervollen Irrsinn, den seine Hände da fabrizierten. Ab und zu tippte sein Fuß auf das Pedal, als wollte er das Instrument mit Luft versorgen, damit es in der haltlosen Raserei nicht erstickte. Mit dem anderen Huf klopfte er lässig und besonnen den Takt. Während des wilden, ausufernden Boogie-Woogie schaute der Teufel mich immer wieder kurz mit nur halb geöffneten Augen an, als würde er gleich einschlafen.

In unserem Haus stand ebenfalls ein Klavier unter dem Dach. Es war sehr schwarz, und golden glänzte der ehrwürdige Namen der Firma, die das Meisterwerk verfertigt hatte. Ich höre noch die Großmutter achtungsgebietend raunen, das Piano verfüge über Orgelklang. Ihre weißen Augenbrauen erhoben sich bei dem Wort wie zwei römische Siegestore, und an ihrem Blick schimmerte eine noble Heiligkeit. Die Schwester mit den schwarzen Haaren hatte sich mit Händen und Füßen gegen eine Unterrichtung an dem Instrument gewehrt. Musik erschien ihr generell viel zu flüchtig, um sich damit näher zu beschäftigen. Wenn ihr danach war, schaltete sie für einen Moment das Radio ein, lauschte ein paar Takte und machte es dann wieder aus, so wie man den Blick abwendet von jemand, der sich schnäuzt und anschließend das Ergebnis im Taschentuch betrachtet. Der blonden Schwester gelang es nicht, sich der musikalischen Erziehung zu erwehren. Sie drückte eine Zeitlang die Tasten mit derselben Leidenschaft, mit der man einen stinkenden Hund streichelt. Übrig gebliebben in der Reihe der Sprösslinge war allein ich, der den sonoren Orgelton zum Klingen und die Seelen im Haus in stolzer Freude hell erleuchten hätte können. Die Großmutter und die Frau Mama hatten mich in stillschweigender Übereinkunft zum Klavierspiel bewogen. Und obwohl die zwei Frauen in ihrem Zusammenspiel klangen wie zwei verstimmte Geigen, entsprach ich ihrem gemeinsamen Wunsch. Ich willigte ein, die Unterschiede und die sachgemäße Betätigung der schwarzen und weißen Tasten erlernen zu wollen.

Daraufhin genoss ich einmal in der Woche den Klavierunterricht bei Frau Schiffer. Frau Schiffer war eine barocke Stadtkirche. Grau wogende Haare trug sie auf dem Kopf, über einer gemütlich gerundeten Nase leuchteten immer ausgeschlafene Augen, die mich wachbimmelten wie zwei mächtige Glocken. In der wärmeren Jahreszeit trug sie Blusen mit Blumenmotiven und roch auch nach Blumen, die man in einen Schrank gelegt hatte. Im Herbst und Winter steckte sie in einem grauen, dicken Mantel aus demselben Stoff, mit dem man die Rakete ummantelt hatte, die die Amerikaner zum Mond geflogen hat.

Sie kam immer am Dienstag um fünfzehn Uhr zu uns. Auf die Minute genau klingelte sie an der Haustür, man hätte die Uhr danach stellen können. Mir blieb es immer ein Rätsel, wie jemand so pünktlich sein konnte. Vielleicht stand sie sehr zeitig an einer bestimmten Stelle in der Nähe, von wo sie erfahrungsgemäß exakt noch zweieinhalb Minuten brauchte, bis sie vor der Haustüre stand und den Klingelknopf drücken konnte. An jener Stelle wartete sie ein Weilchen, betrachtete ihre silberne Armbanduhr und begann den Endspurt zu unserem Haus im goldrichtigen Moment.

Frau Schiffer lehrte mich nicht allein das Klavierspiel. Von Frau Schiffer lernte ich darüber hinaus geradezu vorbildhafte Aufmerksamkeit und kultiviertes Benehmen. Würde ich später einmal jemanden in Erstaunen versetzen, weil ich mich artig wie ein englischer Gentleman benahm, resultiert das aus der Unterrichtung in den guten Sitten, die mir hauptsächlich meine Klavierlehrerin angedeihen ließ. Sie brachte mir zum Beispiel bei, wie man einer Dame die Tür öffnet. Einer Dame öffnete man nicht die Tür, wie man sie zum Beispiel seinem Freund Erik öffnete, indem man die Klinke runterdrückte, den Freund kurz angrunzte und alles Weitere geschehen ließ, wie Schneeflocken vom Himmel fallen. Bei einer Dame war es anders. Hatte man ihr Klingeln vernommen, ging man gemessenen Schrittes durch den Flur. Durch das Fenster der Haustür vergewisserte man sich, dass eben die erwartete Dame geläutet hatte. Dann nickte ich ihr durchs Fenster zu, senkte dabei Kopf und Augenlider und öffnete die Pforte. Nun grüßte ich die Dame mit ihrem deutlich ausgesprochenen Nachnamen, vor den ich eine adäquate Grußformel setzte, sprach beides mit freundlicher Miene und offenem Blick in das eingetroffene Gesicht hinein. Alsdann schüttelte ich ihr nicht zu fest und nicht zu schwach die Hand, nicht ohne freilich schon im Vorfeld den besagten Körperteil mit Seife und Wasser gereinigt und mit einem sauberen Handtuch gut abgetrocknet zu haben. Nach der Schüttelei drehte ich mich um meine eigene Achse wie in einem Tanz aus der Zeit, als die Toiletten noch nicht erfunden waren und die Menschen sich puderten, statt sich mit Feuchtigkeit sauber zu machen, und ließ die Dame eintreten, während ich an der Tür stehen blieb. Hernach schloss ich diese hinter ihr mit dosiertem Schwung und mäßiger Lautstärke, bevor ich der Angekommenen leicht seitlich von hinten die Schwingtüre aufdrückte. Vor der Garderobe half ich Frau Schiffer aus dem Mantel, wohlgemerkt ohne zu zerren oder gar ihre Schulter und Armgelenke zu strapazieren. Dann hängte ich die Raketenhülle über einen Kleiderbügel und diesen an einen Haken. Das ganze Procedere hatte Frau Schiffer mir nach und nach beigebracht. Die unzähligen Einzelschritte wurden immer wieder von ihr korrigiert und nachgebessert. Irgendwann konnte ich Frau Schiffer nahezu auswendig und flüssig ins Hausinnere geleiten.

Während sie wartete, dass ich ihren Mantel ordnungsgemäß aufbewahrte, konnte es geschehen, dass meine Großmutter aus ihrem Wohnzimmer trat, um Frau Schiffer zu begrüßen und ein paar Worte zu wechseln, die süß dufteten, mir aber stets mit ein paar Stacheln verziert schienen. Die Großmutter sprach dabei betont in meine Richtung, um mich in Kenntnis zu setzen über die ruhmreiche Vergangenheit der Frau Schiffer als große Konzertpianistin. Ich sah dann die blutjunge, nach Veilchen duftende Klaviervirtuosin in vollbesetzten Sälen sitzen und mit wieselflinken schlanken Fingern auf einem glänzenden Flügel Chopin die Tasten hinauf- und hinuntertanzen, sodass der Busen im perlenbesetzten Dekolleté bebte und die Weltflusen im Scheinwerferlicht wie ein wildes Feuerwerk durch die Luft wirbelten. Gebannt hielt das Auditorium den Atem an. Frauen fächelten sich Luft zu gegen die aufsteigende Ohnmacht. Männer schluckten trocken hintereinander, öffneten und schlossen die Augen mit wachsender Erregung, weil sie es nicht fassen konnten, was ihre

Ohren da vernahmen und ihre Augen an graziler Schönheit bestaunten. Schließlich tosender, unendlicher Applaus von Tausenden von Händen, die wie mit heißem Wasser überbrüht immer röter und röter wurden. Anschließend wurden üppige Blumensträuße und Champagnerflaschen von aufgeregten Boten in die Garderobe der Künstlerin gebracht, an den Präsenten steckten in heftigem Herzsausen geschriebene Briefe, die innig baten, mit dem Engel nur einmal ein Tässlein Tee trinken zu dürfen; nicht ohne den Hinweis, dass der Verfasser der Zeilen sich von einer hohen Höhe hinunterstürzen müsse, bliebe ihm dieser innigste Herzenswunsch verwehrt.

Ich meine in den Worten meiner Großmutter einen leicht säuerlichen Unterton vernommen zu haben, der unter Umständen daraus resultierte, dass die Konzertpianistin mit ihren wohltemperierten Klavierfingern und flinken Triolen ihrerzeit den Männern reihenweise die jungen Köpfe verdreht hatte und es auch nicht immer dabei belassen hatte. Wohl antwortete Frau Schiffer meiner Großmutter ein kurzes, genießerisches Lächeln, das ihr bedeuten sollte, es könne nicht falsch sein, die Süße der Liebe auszukosten, wenn man gleichzeitig bereit sei, ihre Bitternis zu erdulden. Die Großmutter lächelte zurück und wollte freilich nicht richten über eine Dame, die mit ihrer Kunst und Schönheit Herzen berührt hatte zu einer Zeit, die lange schon vergangen war. Heute und jetzt ging es ja letztlich nur darum, in dem im Aufbau befindlichen Charakter des Enkels auch ein solides musikalisches Fundament zu legen, das zum einen erdverwachsenen Halt an Bildung und Urteilskraft bot als auch die Liebe zum schönen Ton erweckte. Die Damen verabschiedeten sich achtsam.

Ich winkelte meinen linken Arm, in den sich Frau Schiffer einhakte, und führte die Dame langsam die Stufen zum ersten Stock hinauf. Wir schritten durch den Gang, dann bot ich dieselbe Hilfe beim Erklimmen der Treppe zum Klavierzimmer im zweiten Stock. Frau Schiffer setzte sich auf den beigestellten Stuhl und blätterte in meinem linierten Heftchen, in dem ich die zu übenden Stücke der vorangegangenen Woche verzeichnet hatte. Sie las die erste Komposition vor, die ich vorspielen sollte. Bevor ich meine Finger auf die Tasten setzte, erfolgte eine Feinjustierung meiner Sitzhaltung auf dem Klavierhocker. Aufrecht und im richtigen Abstand zur Tastatur sollte ich sitzen, dabei meine Wirbelsäule strecken und nicht etwa einen Buckel krümmen, als wollte ich gleich ins Schwimmbecken hechten. Die Hände sollten über den Tasten schweben, damit die Finger von oben die Töne anschlugen, keinesfalls durften die Handwurzelknochen unterhalb der Tasten hängen und die Fingerkuppen nur den äußersten Tastenrand herabquetschen, als wär ich ein Zwerg, der von unten hilflos aufs Klavier grapscht.

Waren meine sämtlichen Gliedmaßen in eine vernünftige Stellung gebracht, forderte Frau Schiffer mich auf, mit dem Vorspiel zu beginnen. Sie korrigierte Noten, Läufe und gab Vortragsanweisungen. Dann wechselten wir die Sitzgelegenheiten, und sie spielte mir eine Passage vor, damit ich begriff und verinnerlichte, was sie mir gerade zu erklären versucht hatte. Ich sah auf die rundlich gekrümmten Finger der Klavierlehrerin, die saftig und sicher in das Instrument griffen und die Saiten mit Schmackes und Takt singen ließen. Zwei kleine goldene Ringlein waren ganz tief und fest in den wolkigen Fingergliedern versunken. Gelegentlich klackte eines ganz kurz und leise, wenn es auf eine weiße Taste stieß. Oft habe ich sinniert, ob Frau Schiffer diese verwachsenen Schmuckstücke jemals wieder von ihren Fingern abstreifen würde können.

Für Weihnachten wurde auf Frau Schiffers dringliches Geheiß und in intensiver Zusammenarbeit ein Konzertprogramm erstellt. Ich sollte bei der ambitionierten Leistungsschau als Superstar brillieren und die Ohren der Familie zum Klingen bringen. Mehrere Stücke wurden ausgewählt und in eine dramaturgisch ausgeklügelte Reihenfolge gesetzt. Zeitig wurden sie eingeübt. Schon das Programmblatt selbst sollte zum Genuss für die Augen werden. Die mit ruhiger Atmung und in feinster Schönschrift verfasste Titelfolge des feierlichen Arrangements wurde auch am Rand in herzlichster Lieblichkeit mit anlassgerechten weihnachtlichen Motiven verziert. Meine Musiklehrerin, die ungekrönte Herzogin in puncto glanzvoller Gestaltung familiärer Großereignisse, an die man sich noch über die Jahrtausendwende hinweg mit feuchten Augen erinnern würde, brachte mir zu diesem Behufe bei, wie man mit wenigen Strichen recht eindrucksvolle Tannenzweiglein hinschraffierte und wie sich mit harmonisch verteilten Christbaumkugeln und roten Kerzlein samt goldenem Schimmer über dem angedeuteten Docht eine bestechende Bildwirkung erzielen ließ.

Am Heiligen Abend erklomm dann der ganze Familienverband das Klavierzimmer, und ich überreichte mit Stolz im Herzen unter meinem schwarzen Rollkragenpullover und dem Blazer aus dunklem Samt meiner Mutter das in Inbrunst gestaltete Programmblatt. Sie las mit festlichem Tremolo in der Stimme vor: «Weihnachtsprogramm». Dann nannte sie das erste Stück, das ich nach einer kurzen

Atempause, in der ich mich sammelte, vorspielte. In der kleinen Pause vor dem zweiten Stück bemerkte ich, dass sich mein Vater und meine Mutter ein wenig über dieses Konzert amüsierten, etwa wie man kurz schmunzelt über eine Witzzeichnung in der Zeitung, die nur halb lustig ist. Mich freute es auch ein bisschen, dass mein Vortrag durch die kleine Prise Heiterkeit von der reinen Ernsthaftigkeit befreit war. Am Schluss applaudierten alle ausgelassen, und mein Vater pfiff auf den Fingern, als ob ich mit einer elektrischen Gitarre geblitzt und gedonnert hätte. Meine Oma streichelte mir sanft über das Haar und flüsterte mir ins Ohr: «Ich habe gar nicht gewusst, wie wunderbar du Klavier spielen kannst. Damit hast du deiner Großmutter eine schöne Freude gemacht. Das vergesse ich dir nie.»

Wenn Frau Schiffer nach den Weihnachtstagen wieder zur ersten Unterrichtsstunde kam, lobte meine Erziehungsberechtigte stets das wundervolle Weihnachtskonzert, das sie mit mir einstudiert hatte und das die ganze Familie in ungetrübte Begeisterung und maßloses Staunen versetzt hätte. Meine Mutter lobte in Überschwang und mit einem brachialen, ungebremsten Hang zum Superlativ. Sie lobhudelte mit buntesten Ausschmückungen, lautstark und ausführlich, und ich meinte für Sekunden in ihren Augenrändern ein klein wenig Heiterkeit zu entdecken, die freilich ihren Worten und dem Tonfall gänzlich fehlte. Ich hatte schon längere Zeit interessiert beobachtet, wie sich die Stimmmodulation der Mutter grundsätzlich änderte, wenn sie mit der Klavierpädagogin Konversation übte. Ein ähnliches Verhalten war mir bei Gelegenheiten aufgefallen, in denen die Mutter über den Zaun hinweg mit dem Bernhardinerhund der Nachbarn sprach oder mit kleinen Kindern, die von oben herab mit ihren Worten beregnet wurden. Die Stimme klang in diesen Fällen so, als ob die Mutter das Gegenüber nicht ganz für voll nehme oder für ein wenig schlicht möbliert im Oberstübchen. Was das innige Lob des Weihnachtsprogrammes anbelangte, fragte ich mich, ob die zügellose Übertreibung streng genommen nicht als eine glatte Lüge zu bezeichnen war. Wie dem auch sei, ich lernte bei Frau Schiffer neben manierlichem Auftreten und Klavierspiel ganz ohne ihr Zutun auch den unschönen Geruch der Heuchelei kennen und die Vorsicht bei übertrieben süßlichem Tonfall. Frau Schiffer indes genoss das Lob meiner Mutter aufrichtig erfreut wie ein Stück Käsekuchen mit Sahne.

Meine Klavierlehrerin hatte ein Faible für die klassischen Komponisten, die mit dem Buchstaben B anfingen. Beethoven, Brahms, Bartók waren ihre Leibspeise, und folglich spielte ich recht häufig die Stücke dieser Herren. Ich hatte nichts dagegen einzuwenden. Wenn meine Finger die Noten verstanden hatten und ohne Rucken und unabsichtliche Pausen die Melodie aus dem Klavier herausdrückten, konnte ich manchmal ein Vöglein mit leuchtend blauem Gefieder auf einem Ast sitzen sehen, das artig seine Melodie sang. An anderen Stellen malten die Noten mir ein Bächlein, das durch eine Blumenwiese floss und auf sachten Wellen ein fehlerfrei gefaltetes Schifflein forttrug mit einem Zwerg darin, der lieblich eine goldene Flöte blies. Das war freilich schön und von sanfter Anmut. Aber es war nicht im mindesten vergleichbar mit dem, was passierte, wenn mein Freund Philipp Boogie-Woogie spielte. Das feurige Gerumpel schüttelte mich von innen heraus. Die einzelnen Noten standen nicht wie weiße Kerzen oder knicksten wie kleine Mädchen in alten Schwarzweißfilmen. Diese Noten hatten zerzauste Haare und sprangen auf den Tisch des Bewusstseins, sangen laut, dass Spucke aus ihren aufgerissenen Mündern flog. Solche Noten hüpften mit einem Satz in die Luft, hielten sich am Kronleuchter fest und schaukelten wild herum. Mit der Musik von den B-Leuten konnte man das nicht vergleichen.

Ich überlegte lange, ob und wie ich Frau Schiffer auf den Boogie-Woogie hinweisen könnte. Oft wollte ich es beinahe schon ansprechen, unterließ es dann aber doch. Schließlich schien eine günstige Gelegenheit gekommen, und ich offenbarte meiner Lehrerin den Wunsch, auch einmal einen Boogie-Woogie zu spielen. Frau Schiffers Begeisterung hielt sich in überschaubaren Grenzen. Sie hatte von solcher Musik gehört. Wenn es mein Wunsch wäre, würde sie sich nach entsprechenden Noten umsehen. Ein paar Wochen später zog Frau Schiffer ein nagelneues Buch aus ihrer dunklen Stofftasche. Sie klappte den hölzernen Notenhalter auf, stellte den Band hin und schlug die erste Seite auf. Kurz atmete die sechsundachtzigjährige Konzertpianistin ein, dann spielten ihre Finger die gedruckten Noten des Boogie-Woogie. Bestimmt, dachte ich, waren niemals zuvor solche Läufe auf dem honorigen Instrument gespielt worden. Ich hob meinen Blick von den emsig wogenden Fingern zum Gesicht der Pianistin, um herauszufinden, inwieweit ihr die neuartigen Klänge mundeten. Hätte man dem Bernhardiner der Nachbarn vier speziell für ihn angefertigte Hundestiefel übergezogen und ihn dann gezwungen, auf vier kleinen Skiern einen verschneiten Hügel hinabzuwedeln, hätte sich sein Glück bestimmt ähnlich verdünnt in seiner Physiognomie abgezeichnet wie jetzt bei Frau Schiffer. Frau Schiffer mochte lieber die pausbackigen Zwerglein im sonnenbeschienenen Wiesengrund, die mit ordentlichen Frisuren auf den Goldflöten den Gesang der Vögel imitierten. Es behagte ihr weniger, wenn zerzauste Affen von schwankenden Kronleuchtern herunterhingen und im Vorbeiflug dem Vater das Toupet vom Kopf rissen, um damit kreischend auf den Schrank hinaufzuspringen. Frau Schiffer spielte einzig und allein Boogie-Woogie, weil es mein Wunsch gewesen war. Ich begriff in dem Moment, in dem sie dabei war, die Boogienoten in das alte Klavier zu kneten, dass mich die alte Dame sehr innig mochte. Aber obwohl Boogie-Woogie mit B begann, spielte sie ohne Behagen und nur mir zuliebe. Am Ende der Stunde wurde ein Stück aus dem Buch in mein Aufgabenheft eingetragen.

Frau Schiffer nahm ihre Habseligkeiten in ihrer dunklen Stofftasche, und ich reichte ihr meinen angewinkelten Arm. Dann gingen wir beide über die Treppe vom zweiten Stock in den ersten Stock, den Gang entlang und dann die zweite Treppe hinab ins Erdgeschoss. Ich nahm ihren Mantel vom Kleiderbügel in der Garderobe ab und half ihr, wie ich es gelernt hatte, in das Kleidungsstück. Ein kleiner grünhaariger Teufel auf meiner Schulter befahl mir fast jedes Mal, den Mantel ein Stückchen zu hoch zu halten. Frau Schiffer korrigierte mich dann stets mit einem amüsierten Jammerton in der Stimme. Daraufhin korrigierte ich die Haltung des Gewandes hinter ihrem Rücken absichtlich ein kleines Stück zu niedrig. Wieder maßregelte sie mich. Nach unserem Manteltänzchen verabschiedete sich die alte Dame mit freundlichem Lächeln und Kopfschütteln. Ich öffnete ihr erst die Schwing-, dann die Haustüre. Dann verließ sie über die Treppen des Vorgartens unser Haus.

IM Gymnasium verging fast keine Woche, in der einer der Studienräte uns nicht darauf hinwies, dass wir, die dieses ehrwürdige Haus besuchten, zu der Elite des Landes zählten. Zwischen den Litaneien über unser Auserwähltsein schimmerte hindurch, dass es nach unserer fundierten Ausbildung an diesem hohen Ort nichts anderes als unsere Entscheidungen wären, die später maßgeblich den Weltenlauf bestimmen würden.

Ich sah es deutlich vor mir: Beim eiligen Frühstück diktiere ich einer emsig stenographierenden Sekretärin den Marschbefehl des Tages. Meine prächtig frisierte Frau entfernt mir mit einer Seidenserviette einen kleinen Joghurtfleck vom unteren Lippenrand und küsst mich, während ich mein maßgeschneidertes, nachtblaues Jackett überziehe. Der Chauffeur hält mir die massive Haustür auf, durch die ich eile, während meine Frau mit dem Butler und den beiden Hausdamen mir zum Abschied hinterherwinken. Über weiße Marmortreppen fliege ich zur Limousine. Der Motor brummt sonor. Wie durch ein Wunder befindet sich der Chauffeur schon hinter dem Lenkrad. In dem Augenblick, in dem ich mich hinten im Wagen niederlasse und die Sekretärin die Tür schließt, setzt sich das Fahrzeug in Bewegung. Während der Fahrt diktiere ich freilich weiter. Die Sekretärin reicht mir Schriftstücke, die ich nach kurzer und genauer Durchsicht unterzeichne. Dann hält das Auto vor einem hohen Gebäude. Ich steige aus, gehe zielbewusst mit flatternden Rockschößen. Mit dem Aufzug fahre ich ins oberste Stockwerk, steige eine Treppe aufs Dach und setze mich in einen Helikopter, der mich direkt zum Präsidenten fliegt. Seit Stunden versuchen er und die wichtigsten Politiker, den Weltfrieden zu retten. Ich betrete den stickigen Sitzungsraum und spreche: «Herr Präsident, ich bin über die missliche Situation im Bilde. Meiner Meinung kann da nur eine großzügige Lieferung von Gelbwurst an den Aggressor helfen. Meine Sekretärin wird Ihnen Auskunft über eine adäquate Metzgerei geben.» Ich höre noch, wie der Präsident sagt: «Gelbwurst. Genial. Die Gelbwurst sichert langfristig den Frieden.»

Dann eile ich zu einem Schnellboot, das mich zum zoologischen Garten bringt. Ein Elefant ist sehr krank. Verschiedene Ärzte habe schon alles versucht. Der Zoodirektor ist verzweifelt. Ich flüstere dem Elefanten ins Ohr. Er trompetet sehr leise als Antwort. Ich flüstere ihm wieder zu. Dann hebt er sein Bein, und ich ziehe einen Spreißel aus seinem Fuß. Nach drei Tagen ist der Elefant wieder wohlauf, trompetet glücklich und erfreut sich wieder eines guten Appetits. Ich lese davon in der internationalen Presse, während ich in meinem Zeppelin zu einer Konzerthalle fliege, die ich einweihen soll. Die Sekretärin reinigt auf dem Weg mein nachtblaues Sakko mit einer Fusselbürste. Im Konzertsaal spiele ich ein Stück von Beethoven, danach Brahms, und ausklingen lasse ich das Konzert mit Boogie-Woogie. Das Publikum klatscht in Begeisterung stundenlang. Einige junge Frauen können mit dem Klatschen nicht mehr aufhören. Die Situation wird bedrohlich, weil die Haut in ihren Handinnenflächen immer dünner zu werden beginnt. Sie bekommen Tropfen verabreicht und schlafen sogleich glücklich ein.

Die Aussichten schienen verlockend. Der einzige Haken an der Sache war, dass wir ständig gezwungen wurden, unsere Einmaligkeit unter Beweis zu stellen. Ein gedrungener Mathelehrer, dem der Bluthochdruck und oftmals am Tag die überkochende Wut zusetzte, zweifelte grundsätzlich die Qualifikation einer Anzahl von Schülern an, die er regelmäßig über seine tief empfundene Missbilligung in Kenntnis setzte. Auch ich gehörte zu denjenigen, deren Anwesenheit in der gymnasialen Walhalla nach Ansicht des Oberstudienrates einem grundsätzlichen Irrtum geschuldet war. Seine abschätzige Meinung über uns trug der Mann ohne jede subtile Andeutung vor. Einen fehlerhaften Rechenweg benutzte er wie ein Trampolin, auf dem seine wilden Anschuldigungen gegen einen Schüler wie tollwütig herumsprangen und sich in wiederholenden Saltos überschlugen. Als Ergebnis seiner Schimpftiraden kam jedes Mal heraus, dass unsere Dummheit unfassbar sei und sich in einer fatalen, untrennbaren Liaison mit der hanebüchenen Faulheit befinde, aus der heraus einzig und allein ein Scheitern mit Pauken und Trompeten resultieren könne. Er korrigierte unsere Schulaufgaben stets mit einem leuchtend signalroten Faserschreiber. Rechenfehler unterstrich er mit einer Vielzahl blutiger Striche. Seine überbordenden Korrekturen schienen in heftigster Rage aus dem Papierbogen zu brüllen. Am Rand des Blattes stand bei mir oft das offensichtlich in höchster Wut hingeschriebene Wort «bodenlos» mit einigen Ausrufezeichen dahinter. Das rote «bodenlos» bellte er uns auch oft mit feuchter Aussprache in die verdutzten Gesichter und fügte einiges hinzu. Wenn wir weiter diesen Weg des Nichtbegreifens, der Ignoranz und der gülleanhängergroßen Blödheit gehen würden, sei unser Lebensweg bereits jetzt unkorrigierbar festgeschrieben. Wir würden als Bauhilfsarbeiter enden, offenbarte uns der Mann mit feuerrotem Gesicht, und unsere Beschränktheit würde es nicht einmal erlauben, dass wir als vollwertige Bauarbeiter dienten. Als kriechende Hilfsarbeiter würden wir auf Befehl hin niederste Handdienste verrichten, als da wären Zementsäcke tragen, Werkzeuge und Bier holen. Und selbst mit diesen einfachsten Handlungen würden einige von uns schnell an den Rand der Überforderung kommen.

Offenbar, so lernte ich, konnte man sich als Mitglied dieser erlauchten Schulgemeinschaft nicht auf den Lorbeeren ausruhen, sondern musste ständig beweisen, dass man mit dauerndem Fleiß und Bemühen dazugehörte. Und es bestand nicht einmal Aussicht auf ganz kleine Lorbeeren. Das Ausruhen war eine Illusion. In den Augen des Mathelehrers war ich eine Bergziege, die sich im Stabhochsprung versuchte. Er gab sich keine Mühe, seine Ablehnung gegenüber mir und den anderen Paarhufern zu verbergen. Viele der anderen Lehrer verbargen ihre schlechte Meinung über uns mit mehr Raffinesse.

Ich war also ein Mitglied auf dem schmalen, hohen Berg der besseren Gesellschaft. Auf einem dünnen Bein stand ich da oben, und es wehte sehr stark aus unterschiedlichen Richtungen. Jetzt schwante mir auch, warum Reinhard nicht mit uns auf das ehrwürdige Gymnasium gekommen war. Er war nicht dümmer als wir. Aber seine Eltern wussten, dass neben den goldrandigen Porzellantellern der höheren Bildung rechts und links in mehreren Reihen verschiedenste Gabeln, Messer und Löffel lagen, mit denen die einzelnen Gänge der Weisheit nach strengen Regeln entweder gelöffelt oder zerteilt wurden, woraufhin die mundgerechten Stücke mit Verstand zu kauen und abschließend zu schlucken waren. Reinhards Vater mochte die Vorstellung der diversen komplizierten Löffel und Gabeln nervös gemacht haben. Er kannte solches Betragen aus Filmen, die in längst vergangenen Jahrhunderten spielten. Die Speisen wurden von Dienstpersonal an den Tisch getragen, und die Bedienten hatten Perücken auf dem Kopf. Ich vermute, Reinhards Vater wollte es seinem Sohn ersparen, eine Perücke aufsetzen zu müssen.

SO vergingen die Schuljahre im Hineintreten in die graue Klotzanstalt, im dann stundenweisen Sitzen unter Simulation der berechtigten Zugehörigkeit zu den durch göttliche Huld Auserwählten und im nachmittäglichen Heimschleppen der eigenen Restexistenz. Das Metronom, das unseren Takt bestimmte, pendelte in unseren beladenen Hirnen zwischen zwei Aussichten – die auf den weithin leuchtenden goldenen Ruhm als künftige Karyatide der Weltgeschichte oder die auf das Schaufeln von Sand in das sich ewig drehende schwarze Loch einer Zementmaschine auf der verregneten Baustelle am Stadtrand.

Neben dem undeutlich verklüfteten Bild unserer Zukunft ragte in der gymnasialen Welt die über alles erhabene Existenz des Hausmeisters heraus wie ein schwarzer Monolith. Der Mann im grauen Kittel würde noch durch Schulhausgänge schlurfen, wenn wir selbst aus diesem Olymp gestürzt waren und mithalfen, Behausungen oder Straßen zu bauen. Der Mann im grauen Kittel würde in der Pause aus seinem Glasaquarium heraus Brezen verkaufen, wenn uns schicksalsbegünstigt der Kopfumfang für den Ehrendoktorhut gemessen wurde. Die Arroganz, mit der sich die selbst gefallenden Gymnasiasten parfümierten, prallte an dem Mann ab, ohne eine Spur zu hinterlassen. Er sprach eine eigene Sprache, die nur wenig mit der der Gymnasiasten zu tun hatte: Es war ein nur in Bruchstücken verständliches Bellgrunzen. Vielleicht war es auch eine einzige Aneinanderreihung von düsteren Flüchen und Verwünschungen, vorgebracht aus Trotz und immerwährend schlechter Laune. Der dunkel behaarte Mann hatte Launen, aus denen ich nicht schlau wurde. Wenn mich auf den Gängen der Blick des borstigen Kittelträgers traf, senkte sich automatisch mein Kopf, und meine Wirbelsäule spannte und richtete sich auf.

Einmal passierte es in einer Biologiestunde, dass die Lehrerin bei der Veranschaulichung des Tanzes der Bienen das letzte Stück Kreide aufgebraucht hatte. Die Stunde und das Bienengehopse waren indes beide noch nicht zu einem sinnvollen Ende geführt. Die Lehrerin beauftragte mich deshalb, beim Hausmeister frische Kreiden zu holen. Wohl war mir nicht, als ich durch die stummen Flure der Schule zum Hausmeisterkabuff schritt. Auf dem Weg formulierte ich den Satz, den ich ihm sagen wollte, ohne seinen Argwohn und Zorn zu erwecken. Freundlich wollte ich es formulieren und doch die Notwendigkeit deutlich machen, aus der heraus ich seine Zeit und Aufmerksamkeit beanspruchte. Meine Handflächen wurden stetig wärmer und feuchter. Meine Schritte waren zu unsicheren Tapsern geworden. Ich klopfte an der Tür der Kemenate des Hausmeisters. Nichts rührte sich. Fragen schwirrten mir im Kopf. Befand er sich im Raum? Hatte er mein Klopfen vernommen? War es zu leise gewesen? Sollte ich nochmals und lauter klopfen, auf die Gefahr hin, dass es des Hausmeisters Ingrimm mir gegenüber erweckte? Ich begann schon, hinter den Ohren zu schwitzen, als sich die Tür mit einem Ruck auftat. Vor mir stand der Schuldiener und sah von oben herab auf den Störenfried, der wagte, an die Pforte seines Reichs zu pochen. Ein Ton entwich seinem Mund, unter einem gleichzeitigen Räuspern und Hochziehen von Nasenschleim. Ich musste und wollte nicht nachfragen, was genau der Hausmeister mit diesem Klangkonvolut auszudrücken gedachte.

Ein Satz stolperte mit steifen Knien aus meinem Mund: «Bitte entschuldigen Sie, dass ich Sie störe. Aber uns ist gerade die letzte Kreide ausgegangen, und die Frau Lehrerin hat mich geschickt, dass ich Sie bitten soll, mir bitte neue Kreiden auszuhändigen, damit sie den Unterricht fortsetzen kann.» Der Hausmeister hatte meiner Ausführung ungerührt beigewohnt. Hätte ich vor ihm im Bienenkostüm herumgetanzt, wäre er wohl genauso dagestanden. Es ergab sich eine Pause, in der ich blinzelte und es nachholte, Luft einzuatmen, was ich beim Sprechen vergessen hatte. Dann sagte der Hausmeister, und ich verstand es klar und deutlich: «Dann schreibt halt nicht so viel.» Nach diesen Worten drehte er sich um, nahm aus einem Schrank einen kleinen Karton mit Kreiden und übergab ihn mir. Erleichtert kehrte ich damit in die Klasse zurück, nicht ohne mich freilich bei dem Mann in Grau bedankt zu haben. Als ich mich einmal Jahre später daran erinnerte, kam es mir plötzlich in den Sinn, dass es durchaus möglich gewesen war, dass sich der Hausmeister mit seiner Entgegnung mir gegenüber einen Spaß erlaubt hatte. Vielleicht hatte ich in diesem seltenen Moment den eigenartigen Humor des Hausmeisters exklusiv erleben dürfen.

Die Lehrer in der Bildungsanstalt waren verdrossene Köche, die Sorge trugen, dass die Hitze des Ofens nicht schwand. Teilnahmslos sahen sie zu, wie die Klöße in der undurchsichtigen Brühe zerfielen oder plötzlich vom Grund wieder auftauchten. Sie lasen die Rezepte für die Bildungsspeisen meistens von vergilbten Zetteln ab und ignorierten die Mühen und Not ihrer Gäste am Tisch, denen das Zerkleinern und Kauen und am meisten das Schlucken und Verdauen der Bildung schwerfiel. Am Anfang waren die Portionen noch klein und die Gerüche unbekannt, und die Köche hofften ein wenig, dass die neuen Esser mit Freude zulangen würden. Aber die Portionen wurden mit der Zeit größer und übergroß. Das Fleisch schmeckte tranig. Die Sauce schillerte grünlich um graue Kartoffeln. Den Salat pflegte man in Essig zu ertränken. Uns schmeckte das Essen nicht. Die Köche waren gekränkt und zwangen uns zu schlucken. Die Köche drohten, uns zu Klößen zu verarbeiten.

In dem Gewürge, das uns die Lehranstalt aufzwang, flüchtete ich mich mit meinem Freund Philipp des Öfteren auf kleine, mit schönsten Stauden der Freiheit bewachsene musikalische Inseln. Entweder besuchte mich der Freund in der Straße mit dem Blumennamen und wir nutzten den Orgelklang des schwarz lackierten Tastenboots, um in einer im Augenblick geborenen Melodienfolge zu glücklichen Gestaden zu gleiten, oder ich überquerte das dröge Stadtgewässer, um im vierhändigen Zusammenspiel das Hausdach sacht zu heben und dann zum klingenden Eiland im Himmelsmeer zu enteilen. Philipp hatte sich schon lange von den Verkehrsschildern und Richtungsangaben der Notenschreibung, von Taktangaben und allgemeinen Vorschriften zur Spielweise befreit. Er konnte Noten lesen. Aber er nutzte sie, wenn überhaupt, nur als Sprungbrett, um hoch in die Luft zu springen, im freien Klang Kapriolen zu schlagen und einzig seiner Laune und dem Herzen verpflichtet zu spielen, erst pfeilschnell wie eine Forelle einem Lichtblitz nachzujagen und im nächsten Moment das Gähnen eines alten Hundes zu imitieren.

Der Witz und die Kühnheit seines Spiels imponierten

mir. Philipp lud mich ein, ihn zu begleiten, er brauchte dazu nur ein Lächeln, und schon schob ich einen zweiten Stuhl neben seinen Hocker. Anfangs ließ ich kleine, kurze Noten wie Tropfen in die Geschichte fallen, die Philipp gerade ausmalte. Mit der Zeit verlor ich die Zurückhaltung und erwiderte die Läufe des Freundes, antwortete auf seine Fragen, sprang mit Anlauf in eine Pfütze und versteckte mich anschließend klein wie ein Käfer hinter einem Blatt. In den schönsten Momenten hörten wir mehr dem anderen zu und erzeugten selbst nur noch Töne in unaufgeregter Beiläufigkeit. Wir unterhielten uns mit einem Piano, schepperten gemeinsam los wie eine Lokomotive, schwiegen, lachten und brüllten, ohne auch nur ein Wort zu sprechen. Es gab keinen Blattrand mit Korrekturen, und Fehler wurden nicht mit rotem Strich vermerkt. Wir spielten in Dachzimmern Klavier mit Fingern, Fäusten und Armen und unterhielten uns prächtig. Die Stunden verflogen.

In einer Pause hörten wir plötzlich die Kirchenglocken läuten. Es klang wie ein Witz. Wir lachten und konnten nicht fassen, dass wir uns noch immer am selben Fleck befanden. Die Vorstadt war von der Nacht überfallen worden, und wir hatten es nicht mitbekommen. Wir schnäuzten uns gegenseitig einen Abschiedsraunzer ins Gesicht, und dann ging entweder Philipp aus unserem Haus oder ich querte den Fluss über den schmalen Steg und lief den Berg hinauf, wo ich wohnte.

# DREI

DIE Häuser in den Straßen mit den Blumennamen ließen die Wolken über sich hinwegziehen. An den Zweigen der alten Bäume hingen Äpfel, spielten mit ihrer Farbe und wurden immer größer. Eine Taube, die auf einen Ast der Tanne flog, schaute auf den Gartenschlauch, der als roter Schwung im grünen Rasen lag. Oft war sie schon zu dem Ast geflogen. Sie landete dort mehrmals am Tag und lief darauf kurz vor und zurück, um den idealen Ort zu finden. Dann gurrte sie. Vielleicht gurrte sie, weil sie sich jetzt, wo sie die richtige Stelle gefunden hatte, sehr wohl fühlte. Vielleicht gurrte sie aber auch aus Langeweile und Verdruss.

Die Großmutter, die auf dem Sofa saß, schloss kurz die Augen, als sie das Gurren vernommen hatte. Dann beugte sie sich vor und schaute einmal wieder nach, was sich alles in der Keramikschale auf dem Tisch befand. Ihre Finger durchstöberten die verschiedenen Dinge und griffen einen Plastikstopfen, der mittels einer Schnappkonstruktion geöffnete Flaschenhälse verschließen konnte, um die Kohlensäure nicht aus der Flasche entweichen zu lassen.

Bei den Nachbarn lag der Hund im Schatten des Pflaumenbaumes. Er überlegte kurz, ob er etwas gehört hätte, dass ihm Anlass gab zu vermuten, dass jemand am Gartenzaun vorbeilief. Wäre dem so, hätte das für ihn bedeutet, seinen Platz zu verlassen, den Vorbeiläufer hinter dem Zaun zu begleiten und unter Umständen dabei zu bellen. Er kam zu dem Schluss, dass das, was er gehört hatte, weit entfernt war vom Gartenzaun und seinem Wirkungsbereich. Der

Hund gähnte, streckte sich und änderte die Position, in der er auf dem Boden lag.

Vor dem Grundstück, in dem der Hund im Schatten lag, ruhte die Straße wie ein langes Lineal. Hier war der Vater rechts eingebogen, als er rückwärts auf dem Fahrrad fuhr. Auf der anderen Seite der Straße war früher eine große Wiese gewesen. Meine Großmutter hatte mich einmal bei der Hand genommen und war mit mir aus dem Haus gegangen. Wir sind die Straße mit dem Blumennamen hinaufgelaufen und überschritten die Querstraße. Auf der Wiese war eine Schafherde, etwas abseits stand der Schäfer. Sein Hund lief in aller Ruhe um die Schafe herum. Meine Großmutter und ich standen am Rand der Wiese und betrachteten die Schafe, den Schäfer und den Hund.

Die Schafe aßen Gras, ab und zu unterbrachen sie das Grasessen und mähten. Wenn die Schafe gemäht hatten, fraßen sie weiter. Das immer gleich klingende «mäh» der Schafe konnte alles bedeuten. Wenn ein wollbehaartes Tier «mäh» sagte, konnte es damit meinen: «Die Welt ist schön. Ich bin glücklich.» Ein Lamm neben dem glücklichen Artgenossen mochte mit einem nahezu gleichklingenden «mäh» vielleicht zum Ausdruck bringen: «Das ganze Leben ist eine Zumutung. Ich fresse hier Gras aus einem Gefühl der Frustration.» Ein anderes Tier wiederum mähte etwas ganz anderes, ohne groß Notiz zu nehmen, was die Vorredner soeben formuliert hatten. Der Schäfer betrachtete meine Großmutter und mich aus dem Augenwinkel wie zwei verschieden große Findlinge, dann pfiff er. Auf den Pfiff hin änderte der Hund die Richtung, in der er um die Schafe herumlief.

Plötzlich bemerkte ich, dass meine Großmutter ihren Blick nicht mehr über Herde, Hund und den Schäfer mit dem breitkrempigen Hut schweifen ließ, sondern einen Punkt fixierte. Ihre ganze Aufmerksamkeit war nun auf ein besonders dickes Schaf gerichtet. Es lief herum, als hätte es zu viel getrunken und würde in der Wiese seinen Autoschlüssel suchen. Die Großmutter beobachtete das dicke Schaf. Ich beobachtete die Großmutter. Die Großmutter schaute auf nichts anderes mehr. Ich schaute auch auf das dicke Schaf. Es schien, als wollte das Schaf mit den vorderen Beinen niederknien. Dann öffnete sich auf der Rückseite des Schafes eine runde Mündung. Das Schaf mühte sich, etwas aus dem Loch herauszudrücken. Ich sah, dass in der Öffnung etwas steckte, und begriff, dass es sich um ein kleines Schaf handelte. Die Großmutter und ich wohnten einer Geburt bei. Das große Schaf mähte und drückte und wollte das kleine Schaf aus sich herausbekommen, es lief einen Schritt nach links und einen Schritt nach rechts und kniete wieder.

Meine Oma wurde allmählich unruhig und sah jetzt immer wieder zum Schäfer hin. Dieser schien die Blicke der Großmutter absichtlich zu ignorieren. Der Blick des Schäfers folgte dem Hund, der um die Schafherde herum lief, dann fixierte er seelenruhig seine Schuhspitzen. Die Großmutter schaute wieder zu dem Schaf, welches das kleine Schaf aus sich herausbekommen wollte, und dann schnaubte sie so heftig, dass man es über die gesamte Wiese hörte. Der Hund des Schäfers blieb stehen und schaute, wer da gerade so intensiv ausgeschnaubt hatte. Mir kam es vor, als ob der Schäfer nur so tat, als hätte er von dem Schnauben nichts mitbekommen. Aber das konnte ja nicht wahr sein. Einige Schafe hatten sogar ihr Mähen unterbrochen, weil das Schnauben der Großmutter so heftig und laut gewesen war. Die alte Dame schaute noch einmal zum

Schäfer. Wenn es jemals ein Mensch fertiggebracht hatte, mit mehreren Ausrufezeichen hintereinander und viermal rot unterstrichen zu schauen, dann war es meine Großmutter an dem Tag, als das kleine Schaf geboren wurde. Sie sah noch einmal zum Mutterschaf in seiner ganzen Not, dann reichte es der Großmutter. Stumme Blicke und lautstarkes Ausatmen führten hier nicht weiter. Sie ging in resoluten Schritten direkt auf den Mann mit dem langen Stock, auf dem er lehnte, zu. Als die Großmutter ihn erreichte, wechselte er im letzten Moment seine Haltung und stemmte seinen langen Stecken schutzsuchend vor sich in den Boden.

Meine Großmutter sagte deutlich und laut: «Es liegt mir fern, mich in Angelegenheiten zu mischen, die mich nichts angehen. Aber eines Ihrer Schafe ist gerade dabei zu gebären. Es hat Mühe damit. Das sehe sogar ich, die ich mich nur in sehr geringem Maße mit der Zucht und Haltung von Schafen auskenne. Diesen Sachverhalt können Sie nicht länger ignorieren.» Dann befahl sie dem verdutzten Mann im strengen Ton, seinem Schaf auf der Stelle zu helfen. Wenn die Großmutter den Schäfer nicht auf die schwierige Geburt des Schafes hingewiesen hätte, wäre ihm das vielleicht gar nicht aufgefallen. Aber vielleicht wusste er doch von der bevorstehenden Geburt und schaute absichtlich in eine andere Richtung. Vielleicht ignorierte er die Mühen des Schafes beim Gebären, weil er fand, dass das die Angelegenheiten des Schafes allein waren.

Der Schäfer konnte sich aber nicht des Befehlstons meiner Großmutter erwehren, dachte ich mir, lange nachdem wir schon wieder zurück in der Straße mit dem Blumennamen waren. Auf die bestimmte Aufforderung der Großmutter ging der Schäfer, ohne auch nur ein Wort zu erwidern, hinüber und half, das kleine Schaf aus der Öffnung des großen Schafes herauszuziehen. Wir warteten nicht, bis der Schäfer das kleine Schaf ganz und gar herausgezogen hatte, und machten uns auf nach Hause. Die Großmutter war auf dem Weg immer noch empört über das Verhalten des Schäfers, ich konnte es an ihrem Schnauben hören.

Wie lange mochte diese Geschichte her sein? War das ein Traum gewesen? An der Stelle, wo das kleine Schaf geboren worden war, war jetzt keine Wiese mehr, auf der Schafe Gras fraßen und mähten. Dort stand jetzt das Schachtelhaus des stummen Zahnarztes. Er grüßte nie zurück, wenn man ihn auf der Straße traf, sondern nickte nur kurz wie eine Kinderschaukel. Der Zahnarzt war immer von einer leichten Traurigkeit umhüllt. Vielleicht hatte sein Tag ganz fabelhaft begonnen. Die Frau des Zahnarztes hatte ihrem Mann sein grünes Lieblingshemd aufs Bett gelegt, und der Zahnarzt hatte es voll Freude angezogen. Beim Frühstück hatte er dann ein Ei gegessen. Wachsweich war es gewesen, genau wie es der Zahnarzt mochte. Seine Frau kochte nur ab und zu Eier zum Frühstück, und noch seltener gelang ihr so ein wachsweiches Ei. Der Zahnarzt freute sich darüber in seinem grünen Lieblingshemd, es versprach ein wunderbarer Tag zu werden. Aber dann tropften zwei Eigelbtropfen auf das Hemd. Die Zahnarztfrau hat den Kopf geschüttelt und ihrem Mann gesagt, so könne er aber nicht aus dem Haus gehen, mit dem vertropften Hemd. Der Zahnarzt hat dann ein anderes Hemd angezogen. Aber mit der guten Laune war es vorbei gewesen.

AUF der ehemaligen Wiese rechts neben dem Zahnarzthaus wurde ein gerade neu geschaffenes Grundstück von waagrechten schwarzen Brettern umzäunt. Ein kleiner Hügel war mitten in der grünen Wiese aufgeschüttet worden, auf dem eine glattgehobelte Villa, wie ein Schloss mit einem halbem Turm, gestellt worden war. Die Schlossbewohner hatten das ganze Jahr gebräunte Gesichter. Weiß strahlten die großen Zähne aus den ständig lachenden Mündern, wenn die Familienmitglieder vor dem Haus aus ihren Sportwägen aus- oder einstiegen. Immer wehte den glücklichen Menschen ein leichter Wind durch ihre optimalen Frisuren. Sie waren auch sonst todschick und sahen aus, als ob sie gerade aus einer Boutique kamen, wo sie sich frisch eingekleidet hatten.

Wenn man die Straße, in die der Vater rückwärts auf dem Fahrrad rechts eingebogen war, links weiterging, gelangte man zu einer Kreuzung. Auf der anderen Seite der Kreuzung waren die Straßen nach Bäumen benannt. Zwischen den neu gebauten Häusern, die dort standen, befand sich ein Stück unbebautes Land. Die Menschen aus den Neubauten hatten zuerst Löcher in die Erde gegraben, in die sie dann ihre Häuser hineingestellt hatten. Die Erde aus den Löchern hatten sie auf dem Brachland zu kleinen Hügeln geschüttet. Um die Grundstücke mit den neuen Häusern hatten sie Zäune und Mauern aufgestellt. Dahinter hatten die Leute Blumen und Bäume gepflanzt und Rasen gesät. Auf der Wiese ohne Zaun hatte Wind und Zufall die Erde zwischen den kleinen Bergen begrünt.

Einmal hatten Erik, Reinhard und ich dort ein Feuer gemacht. Ich wusste, wie man das anstellte. In unserem Badezimmer gab es einen kleinen Ofen. Er wurde mit Holz befeuert und erhitzte das Wasser, das sich über dem Feuer in einem hohen weißen Kessel befand. Wenn es gut und lang brannte, floss das heiß dampfende Wasser aus dem Hahn in die Badewanne. Der Vater hatte mir beigebracht, wie man erst kleine Zweige übereinanderschichtete und dann das Konstrukt entzündete. Indem man vorsichtig in das Feuer blies, konnte man die kleinen Flammen wachsen lassen. Wenn das kleine Holz vom Feuer umtanzt wurde, vergrößerte man nach und nach die Holzscheite, die man nachlegte. Zum Schluss schob ich größere Scheite in die Ofentür und sah hypnotisiert zu, wie die Flammenzungen gierig an der Rinde leckten und das Leuchten im dunklen Heizkessel immer größer und heller wurde. Wie gebannt sah ich in den Feuertanz. Orange und rot glühte das Holz. Orange und rot erstrahlte mein Gesicht vor dem Ofenloch, und ich lauschte beseelt dem fröhlichen Knistern und Knacken.

Mit Streichhölzern und ernsten Absichten waren wir zur Wiese gegangen. Dort sammelten wir kleine Holzstücke, und ich begann, das Feuer zu entzünden. Wie im Rausch rannten wir herum, um immer größere Äste zu finden und den Flammen zu opfern. Es prasselte, und die Funken flogen viel höher als im kleinen Ofen im Badezimmer. Wenn es nach uns gegangen wäre, hätten wir auch den großen Baum auf der wilden Wiese umgeschubst und sogleich verschürt.

Ich hatte einen wilden Feuertraum, in dem wir die Zäune, die um die Gärten standen, aus ihrer Verankerung rissen und damit den Brand nährten. Die Wiese wurde zu einem Meer aus glühenden Zungen und lodernden Armen, die alles um sich verschlangen. Jetzt brannten schon Autos. Benzintanks explodierten, und die Fahrzeugscheiben zerbarsten. In den Vorgärten wogten leuchtende Wellen, die vor nichts Halt machten, alles vertilgten und schon auf die Häuser übergingen. Die ganze Straße brannte. Die Schule brannte. Die Stadt verbrannte. Die engstirnige Kleinstadtwelt verglühte, und nichts blieb übrig. Von der Sprache und den Zahlen und den Wochentagen blieben nur Asche und Glutreste. Die Zeit und die langweilige Vernunft hatten ein ungeheuerliches Ende gefunden. Die Menschen grunzten sich gegenseitig an und wohnten in den Höhlen der schwarz verrußten Ruinen. Sie mauerten mit Lehm und Dreck die Haustüren zu und schlugen mit Steinen Löcher in die Zimmerwand, durch die sie nun krochen. Der Vater ging mit seinem Sohn auf die Jagd, nur mit Pfeil und Bogen oder einem schweren Knüppel. Der Herd wurde durch eine Feuerstelle ersetzt, man grillte nur noch. Es gab keine Hausaufgaben mehr und keinen Friseur.

Wir hätten immer weiter geschürt, wenn nicht ein erschreckter Anwohner erschienen wäre, den unsere Tollwut und mehr noch die hohen Flammen sehr ängstigten. Ob es unsere Absicht sei, hier alles niederzubrennen, wollte er wissen. Unsere Antwort wartete er nicht ab, sondern löschte die Brunst mit einem Eimer Wasser.

Auf der wilden Wiese war das passiert, gleich neben dem großen, einzelnen Baum bei den Erdhügeln. Wenn die Anwohner in den neuen Häusern ihren Rasen gemäht hatten, schütteten sie dort im Schutz der Dunkelheit die abgetrennten Halme auf, genau wie die vor der Zeit braun gewordenen Äpfel und wurmigen Pflaumen, die in ihren gepflegten Gärten von den ordentlich geschnittenen Bäumen fielen. Überall lagen die geheimen Haufen und dünsteten den süßlichen Duft ihrer Überflüssigkeit aus. In Mulden sammelte sich Regenwasser, in dem sich die Mücken paarten. Sie flogen einem ins Gesicht, wenn man in ihre Nähe kam. Stachelige Disteln wuchsen auf den Hügeln und griffen nach meinen Hosen, wenn ich dort herumschlich.

Zwischen einem niedrigen Wald aus grünen Halmen führten mich schmale Schleichpfade immer tiefer in das Herz des Urwalds hinein. Geduckt schlich ich die verschlungenen Wege und freute mich mit einer leichten Bangigkeit in der Brust, weil ich nicht mehr wusste, wo ich mich befand. Ich beabsichtigte, einen Erdhaufen zu erklimmen, um mir von dort einen Überblick zu verschaffen. Die Erde klebte in immer dickeren Wülsten an meinen Schuhen, und ich gewann nur sehr langsam an Höhe. Nach jedem Schritt hinauf rutschte ich wieder ein kleines Stück den Hang hinab. Mein Herz schlug wegen der Beschwerlichkeit schneller, und ich hörte mein angestrengtes Atmen laut in meinen Ohren. Fast hatte ich den Gipfel erklommen, als plötzlich ein brauner Batzen direkt an meinem Gesicht vorbeiflog, unmittelbar danach traf mich eine Lehmkugel an der Hand. Ich wurde angegriffen und ging sofort in Deckung. Da bewarf mich jemand mit Dreck. Saß er vor mir im Gebüsch? War er hinter mir im Dickicht versteckt? Schnell rutschte ich den Berg hinunter. Jetzt hagelte es Geschosse von mehreren Seiten. Ich verbarg mich zwischen den grünen Halmen und grub mir Munition aus dem Boden. Dahinten wackelten Zweige. Ich schmiss meinen Klumpen in die Richtung. Rannte da nicht ein Junge davon? Es waren mehrere, sie kämpften gegen mich und gegeneinander.

Abwechselnd gingen sie oder ich in Deckung, schlichen und schmissen in alle Richtungen. Manchmal schrie ich aus Wut und Begeisterung. Mein Blut rauschte in meinen Ohren. Wir waren keine Schulkinder mehr, die wie Ochsen im Stall auf Schulstühlen saßen und geschmacklose

Wörter und fade Zahlen wiederkäuten. Kämpfer wurden wir, mit Muskeln und Schweiß. Zwei Stunden lang brüllte ich immer wieder wie ein wild gewordener Löwe. Auch die anderen schrien, wenn sie von einem Batzen getroffen waren oder wenn mein Schuss einen knapp verfehlt hatte. Ich schwitzte. Mein Hemdchen klebte an der Haut vor lauter wunderbarer Aufregung und dem Geschmeiß, dem Gerenne und dem Verstecken. Gierig atmete ich die Luft. Leise schlich ich von einem Schlupfloch zum nächsten, hastete weiter. Ich stöhnte, warf Lehm und verbarg mich an einer neuen Stelle, um nicht von der fremden Macht entdeckt zu werden.

Ich habe nie herausbekommen, welche Kinder an dem Nachmittag wie aus dem Nichts heraus gegeneinander kämpften. Als ich nach Hause kam, war unter meinen Fingernägeln schwarze Erde, und die Hose hatte ein Loch am Knie. Meine Mutter schüttelte verständnislos den Kopf, als der furchtlose Krieger vor ihr stand.

«Keine zwei Stunden kann man dich allein lassen», sagte sie. «Die Hose muss ich nähen. Als ob ich nicht schon genug zu tun hätte. Ob ich den Dreck jemals wieder herausgewaschen bekomme, steht in den Sternen. Und du badest dich auf der Stelle, du stinkst wie ein Iltis. So verschwitzt und verdreckt sitzt keiner bei uns am Tisch.»

IMMER wieder erschien meiner Mutter in ihren Träumen der Bundeskanzler Helmut Schmidt. Die hanseatische Arroganz des Sozialdemokraten hatte es ihr angetan. Das prägnante Gesicht und seine selbstbewusste Männlichkeit hatten die Frau fest ergriffen und ließen sie nicht mehr los.

Wenn der Mann auf dem Bildschirm zu sehen war, heulte die Mutter auf, als wolle sie sich aus einer heftigen Umklammerung eines Wüstlings befreien. «Ich kann nicht hinsehen, ich kann nicht hinsehen. Wenn ich hinschau, träum ich wieder die ganze Nacht von dem Schmidt», sagte sie und drehte sich vom Fernseher weg. Einen Moment später freilich betrachtete sie das Bild des Politikers und lauschte genüsslich seiner markanten Aussprache. Als ich die Mutter in dem Bann, den der Bundeskanzler auf sie ausübte, beobachtete, schien es mir, dass sie den kantigen Kanzler über alle Maßen lieb gewonnen hatte. Die Mutter kämpfte vielleicht sogar an gegen eine Vorstellung, dass sie ohne Herrn Schmidt gar nicht mehr sein könne. Gern hätte sie ihn berührt und geküsst. Unabhängig von der Zimmertemperatur wurde der Mutter immer wärmer. Wie ein Alb setzte sich auf den Bauch der Mutter der Wunsch, dass sie von den festen, behaarten Armen des Regierungschefs umschlungen wurde etc.

Ein anderes männliches Idol, wenn auch vielleicht auf einer höheren, geistigeren Ebene, war der Pfarrer. In ihrem Hang zum Theologen war die Mutter nicht allein in der Familie. Mutter wie Großmutter, so grundverschieden wie Sonne und Mond, waren sich einig in ihrer bedingungslosen Bewunderung, ja fast Vergöttlichung des evangelischen Priesters der Vorstadt. Die Großmutter scheute den Weg am Sonntag in die Kirche nicht und klagte kein Mal über die Anstrengung des Fußmarsches. Die Hüfte, die ihr sonst beim Laufen stets Sorgen und Schmerzen bereitete, schien wie ausgewechselt, wenn auf der Kanzel der Mann das Wort Gottes verkündete, mit wogenden, schwarzen Haaren, darin einzelne weiße Strähnen wie krönende Gischt auf Meereswellen. Mutter und Tochter genossen die

Kraft und das Temperament, mit welcher der Mann Gottes vor dem Altar zur Gemeinde sang, und antworteten im Wechselgesang mit Inbrunst und Hingabe. Wie unüberschaubar lange hatte man zuvor das rachitische Gewimmer blutleerer Pfaffen ertragen müssen, war bei der Predigten matt und müde geworden, in Gedanken abgeschweift und schließlich gar nicht mehr in der Kirche erschienen. Bei dem jetzigen Pfarrer spürte man die göttliche Liebe und höllische Verdammnis bis ins hinterste Herzenskämmerlein hinein – und er brauchte dazu die Worte nur auszusprechen mit seiner tiefen Stimme. Wenn er einen unter den buschigen Augenbrauen mit seinen dunklen Augen ansah – das betonten die Frauen, ohne müde zu werden –, dann blickte diese Geistlichkeit ins tiefste Innerste, dass einem dabei ganz anders wurde. Nichts wünschten sich Großmutter und Mutter mehr, als dass ich von ihrem geistlichen Herzenshelden konfirmiert würde. Dieser Wunsch der beiden Damen erfüllte sich.

Einmal in der Woche ging ich jetzt zum Konfirmationsunterricht ins Pfarrhaus, das neben der Kirche stand, in der ich getauft worden war. Ganz anders zwar als bei Mutter und Großmutter entzündete der dunkelhaarige Pfarrer mit seinen warmen Worten doch auch bei mir das Feuer der religiösen Begeisterung. Er erzählte den Jungen und Mädchen zum Beispiel, wie er höchstpersönlich den Menschenfressern im Urwald das Wunder der Vergebung verkündet hätte. Anschaulich schilderte er, wie ein Mädchen, das von Dämonen und quälendem Aberglauben besessen gewesen war, von diesen abgelassen hätte und gleich darauf mit der Zeit sichtbar immer hübscher geworden wäre. So schaffte er es, dass ich ganz begeistert wurde von Gott, dem Geist, von Jesus, Licht und Hoffnung.

Es ging so weit, dass ich sogar vor den Mahlzeiten im Elternhaus ein Tischgebet einführen wollte. Das Essen stand schon auf dem Tisch vor mir, meinem Vater und der Mutter. Und man hatte mich ja das Beten gelehrt, da wir jetzt regelmäßig im Pfarrhaus das Gebet sprachen. Nach einer kurzen Ankündigung meines Begehrs hatte ich vor, die Mahlzeit sogleich mit einem Lobpreis aufzuwerten. Der Vater hörte sich mein Vorhaben nicht einmal zu Ende an und unterbrach mich mit den Worten: «Die Woche über bin ich viel unterwegs. Da kannst du freilich mit deiner Mutter vor dem Essen gerne so viel beten, wie du möchtest, wenn es deiner Mutter gefällt. Aber wenn ich am Freitagmittag heimkomme, möchte ich bitte an diesem Tisch nicht beten. Nicht vor dem Essen und auch nicht danach. Am Samstag möchte ich nicht beten und auch nicht am Sonntag. Am Montag fahr ich wieder weg. Wenn ich nicht daheim bin, könnt ihr meinetwegen tun und beten, wie ihr möchtet.» Die Absage meines Vaters verkleinerte mein Glaubensfeuer keineswegs. Heimlich bedauerte ich den Vater, weil er so wenig wusste von der Liebe, die der Herrgott den Menschen gegenüber empfand. Wir vermochten so mannigfaltig von dieser Liebe zu profitieren, wenn wir unsererseits nur bereit waren, uns gelegentlich für die immense Zuneigung und unendliche Aufopferung zu bedanken. Zugenagelt und verstockt war der Vater. Von solcher Blindheit der Ungläubigen wusste der Pfarrer des Öfteren zu berichten. Mein Vater war offensichtlich einer von denen, die glaubten, der feine Herr Jesus habe sich aus einer Launenhaftigkeit heraus kreuzigen lassen. Der Vater tat mir leid. Für mich war er einer, der Kohlrabi und lauwarme Kartoffeln aß, wo er doch Spaghetti bolognese hätte haben können.

Zu der Zeit las ich «Das Schloss» von Franz Kafka. Das war für mich der Blick in eine Welt, in der es keinen Gott gab. Die Geschichte wäre für den Landvermesser ganz anders verlaufen, wenn er sein Leben lang Hand in Hand mit Gott gegangen wäre. Es brauchte dazu keine Entbehrung und keinen aufwendigen Spuk. Meiner Ansicht nach lag der Schlüssel zum Schloss schlicht darin, dass der Herr K. ab und zu die Bibel gelesen und vor seinen Mahlzeiten ein schlichtes Gebet gesprochen hätte. Das ganze Undurchschaubare und Neblige könnte fortgeblasen werden, wenn man das Fenster aufmachte und Gottes Geist hereinblasen ließe. Gott war ein Raumspray, das nach Meeresbrise roch, ein Spülmittel, mit dem sich steinhart getrocknete Bratenränder in der verkrusteten Reine rückstandsfrei lösen ließen. Und die Benutzung war im Prinzip kinderleicht und preisgünstig. K. hätte alles ohne Probleme ausgemessen, wäre mit der einen Frau zusammengezogen und hätte sie geheiratet, statt mit ihr im Unglück am grauen Boden herumzurollen. Alles machte plötzlich Sinn, und wo der Sinn ein Loch hatte, konnte man es mit dem Herrgott gut reparieren. Mein Vater war für mich auch so eine Art Landvermesser. Ich betete für ihn. Mehr konnte ich nicht tun.

Wir Konfirmanden fuhren mit dem Pfarrer über ein Wochenende in ein Schullandheim. Das erste Abendmahl wurde vorbereitet, und noch fester griff ich nach der warmen Hand mit dem Loch in der Mitte, die Gottes Sohn mir ausstreckte. In einer Nacht, das Abendgebet war gesprochen und wir lagen schon in unseren Schlafanzügen in den Stockbetten, packte uns plötzlich die Ungeduld, und wir sprangen noch einmal auf. Leise gingen wir auf den Flur und schlichen zu dem Zimmer, in dem die Mädchen lagen. Ganz vorsichtig öffneten wir die Tür und standen im Raum mit den fremden Geschöpfen. Die Mädchen lachten und schauten uns an. Wir lachten und schauten die Mädchen an. Mir wehte es Worte aus dem Mund, so sanft, wie der Wind feinen Sand über die Straße weht. Ich hatte plötzlich ein Gefühl, dass ich hier ganz nah an etwas unfassbar Wunderbarem dran war. Gottes Gnade und die Hoffnung auf die Erlösung vom irdischen Jammertal waren freilich einwandfrei und auch sehr beglückend. Aber wie die Mädchen schauten, der ganze seltsame Magnetismus, der von diesen Blicken ausging, das war intensiv wie Strom. Ich war ein Fön. Die Mädchen hatten mich eingeschaltet. In meinem Inneren glühten plötzlich Drähte in hellem Rot. So musste das mit dem Apfel im Paradies gewesen sein. Warme Luft war dem Adam aus der Nase geströmt, als er vor der saftigen Frucht am Ast neben Eva stand. Warme Luft wehte mir aus Mund und Nase. Es war absolut nachvollziehbar, dass Adam da hineinbiss. Er musste das tun, und es war in diesem Augenblick im Schlafanzug mit nackten Füßen auf dem Steinboden vor den Betten mit den Mädchen darin vollkommen verständlich. Dann habe ich plötzlich kalte Füße bekommen und bin zusammen mit den anderen Jungen ein bisschen aufgeregt und ein bisschen ratlos wieder zurück in unser Zimmer gegangen.

IM Frühling des Jahres 1984 sollte ich konfirmiert werden. Dann würde ich endlich ein vollwertiges Mitglied im Verein Gottes sein. Meine Eltern waren zu der Zeit überdies Mitglieder in einem Buchclub. In regelmäßigen Abständen wurde uns ein Heft mit den Neuerscheinungen zugeschickt. Daraus mussten wir ein Buch aussuchen und bestellen. Ich entdeckte den Roman «1984» von George Orwell, und die Mutter hat ihn auf meinen Wunsch hin bezogen. Die dunklen Farben, in denen diese Geschichte gemalt war, gefielen mir sehr. Im Gegensatz aber zu den Filmen im Fernsehen beispielsweise ging diese Erzählung nicht gut aus. Die Filmhelden waren zwar auch in Probleme verstrickt, meistens aber war am Ende doch alles gut, am Schluss gab es einen Kuss im Sonnenuntergang, dann kam der Abspann. Orwell verzichtete mit Absicht auf so ein Happy End. Sein Held wurde zerschmettert. So etwas kam selten vor und schien mir auf seine drastische Art zumindest beachtlich. Höchst begeistert habe ich diese düstere Zukunftsvision vorgeschlagen, als es darum ging, ein Thema für den Abschlussgottesdienst zu finden. Titel und Jahreszahl passten perfekt, und mein Vorschlag wurde von dem Pfarrer mit den klavierlackschwarzen Haaren gerne angenommen. Ich fühlte mich verstanden und auch ein wenig stolz, als ich mit meiner weißen Kerze im feinen Anzug mit den anderen Konfirmanden in die Kirche schritt. Der Mann Gottes ließ die ganze Düsternis in kräftigen Worten durch das Kirchenschiff donnern, im gleißend hellen Licht erschien dann der Erlöser, und mir war, als hätte ich persönlich der Lichtgestalt einen leuchtenden Lorbeerkranz um das Erlöserhaupt gemalt.

Derartig beflügelt von der Theologie und im Vollbesitz der kirchenrechtlichen Weihen, wollte ich fröhlich weiterbauen auf meinem Fundament des Glaubens. Philipp war schon lange Mitglied in einer christlichen Jugendgruppe und schlug mir vor, dass ich doch auch einmal mitkommen sollte. Am Mittwoch trafen sich etwa ein Dutzend Jungs mit zwei Gruppenleitern im Keller des

Jugendheims. Gymnasiasten kamen hier mit Jünglingen zusammen, die gerade eine Ausbildung machten. Zu Beginn des Treffens rauften wir mit Hingabe und Achtung. Dann saßen wir dampfend und friedlich nebeneinander, lasen gemeinsam die Bibel und versuchten, uns gegenseitig die Worte zu erklären. Wir philosophierten über die Verse und unsere Existenz. Philipp war ein Meister darin, noch die kniffligsten und rätselhaftesten Gleichnisse auf unsere konkrete Lebenssituation hin aufzuschlüsseln. So wie er mich ganz selbstverständlich in das warme Meer des Klavierspielens ohne Noten geschubst hatte und ich stets mit Freude in den Wogen der improvisierten Noten schwamm, entzündete er jetzt bei mir den Drang, den Gedankendrachen an der langen Schnur der Bibelworte weit in den Himmel hinaufsteigen zu lassen, und mit gleicher Wonne betrachteten wir auch, wie diese Denkkonstrukte wieder herunterstürzten. Vergnügt bauten wir hohe Erfindungstürme und unterhielten uns nicht weniger prächtig, wenn einer von den Freunden unsere Höhenflüge mit dem stöhnenden Einwurf unterbrach, dass wir uns ja wieder einmal alles genauso auslegen würden, wie wir es gerade brauchten.

Unser heiliger Eifer drang aus dem Kellerzimmer in die oberen Stockwerke. Eines Tages wurden wir von der Heeresleitung des Herrn beauftragt, einen Gottesdienst mitzugestalten. Es ging um die Geschichte vom heiligen Samariter, der sich selbstlos aufopferte, und wir sollten mit unseren Worten den Bezug zur Jetztzeit beitragen. Ich war ganz aus dem Häuschen. Es war dann mein hervorragender Gedanke gewesen, in diesem Zusammenhang einen Punker auftreten zu lassen – als einen, der sich am Rand der Gesellschaft befindet, aber deswegen ja kein schlechter

Mensch sein muss. Die Worte, die ich dem Außenseiter in den Mund zu legen plante, waren so drastisch, wie sich das zu der Zeit ein Schnösel aus der Straße mit dem Blumennamen eben vorstellen konnte. Ich bildete mir ein, dass ich damit die Geschichte in einer ebenso kräftigen wie originellen Art und Weise auf den Punkt gebracht hätte.

Wir schritten nach oben und trugen den Entwurf vor. Das übergeordnete Gremium würdigte meine Bemühungen, setzte mich aber auch darüber in Kenntnis, dass meine Ausführungen den Rahmen einer Predigt massiv überstrapazierten, und lehnte den Text als nicht geeignet ab. Mit wehendem Haar war ich in das offene Messer des Kleingeistes gerannt. Wie die engen Gassen unter dem Marktplatz war die bürgerliche Welt dieser ängstlichen Spießbürger gebaut. Ein kühner Gedanke wurde von den Glaubensbeamten erstickt, bevor er sich ausbreiten konnte. Die Mittelmäßigkeit und der alles beherrschende Geist des ängstlichen Duckmäusertums zeigte sich mir nun ohne Maske. Die Enttäuschung war groß. Die Vorstadt war plötzlich auf eine kaum zu ertragende Enge zusammengeschrumpelt. Unsere Freiheit hatte nur Platz in zwei Dachzimmern und im Keller. An die frische Luft zu treten, erlaubte man uns nicht.

Wie geprügelte Hunde kehrten wir in das Zimmer unter dem Erdgeschoss zurück. Die Lehrlinge unter uns erzählten, wie sie in feuchten Gängen Leitungen verlegen mussten und wie übel ihnen der Meister und die Gesellen mitspielten. Ich beneidete sie ein wenig um ihre fassbare Welt. Wir erzählten ihnen, wie wir in überheizten Räumen auf unbequemen Stühlen ausharren, in einem See aus nicht enden wollender Langeweile treiben mussten, die nur unterbrochen wurde vom gelegentlichen Schnappen und Knurren eines Oberstudienrats, der bezweifelte, dass man das Zeug dazu habe, Mitglied im auserwählten Kreis der Abiturabsolventen zu sein. Da beneideten die Lehrlinge uns ein wenig, und wenn es auch nur um die Temperatur im Klassenzimmer ging. Der Neid war nicht wesentlich. Wir waren Freunde.

Irgendwann kamen dann Neuzugänge zu unserer Gruppe. Sie gingen aufs Gymnasium und schluckten mit Behagen das Gift, das man ihnen verabreichte. Sie glaubten tatsächlich, dass sie etwas Besseres wären, und sahen auf die Lehrlinge herab. Philipp hatte den Braten als Erster gerochen. Er erschien nun nur noch gelegentlich bei den Zusammenkünften. Dann kam er gar nicht mehr. Ich versuchte, den Neulingen zu erklären, was sie nicht begriffen. Die Bemühungen blieben vergeblich. Sie verstanden nichts. Die Welt wurde stückweise zugenagelt von kleinherzigen Ameisen. Mit der Zeit überkam mich immer stärker die Gewissheit, dass dem Landvermesser K. auch der Glaube an Gott nicht geholfen hätte.

ES war warm, und es war Sonntag. Die Familie hatte zu Mittag gegessen. Der Vater hatte mehrere Male beim Essen gesagt: «Es ist furchtbar heiß. Ich mache jetzt das Fenster auf, bevor wir alle ersticken.» Dann war er aufgestanden und hatte das Fenster geöffnet. Die Mutter hatte gesagt: «So lässt du die warme Luft herein. Dann wird es noch wärmer.» Sie stand vom Tisch auf und schloss das Fenster. Der Vater wiederholte seinen Satz über die unerträgliche Hitze, stand auf und öffnete das Fenster erneut. Die Mutter schloss das Fenster wieder. So ging es ein paar Mal hin und her. Nach dem Mittagessen wurden die hölzernen Rollläden heruntergelassen. Jetzt sollte ein Mittagsschlaf abgehalten werden. Ich hatte die Möglichkeiten, mich ebenfalls hinzulegen oder mich still zu beschäftigen, um die Ruhe der Eltern nicht zu stören.

Ich war nicht müde und mochte keinen Mittagsschlaf halten. Still stieg ich die Treppen in den zweiten Stock hinauf in mein Zimmer, das früher das meiner schwarzhaarigen Schwester gewesen war. Zwar wusste ich, dass ich keinen Mittagsschlaf wollte, aber mir war unklar, was ich stattdessen unternehmen könnte. Die Zeit am Sonntag nach dem Mittagessen war gefährlich. Meine Freunde waren nicht erreichbar. Den Sonntagnachmittag verbrachten sie mit ihren Eltern. Meine Freunde wären vielleicht auch am Sonntagnachmittag lieber mit mir zusammen gewesen. Aber wegen der Hitze wurden sie jetzt womöglich ebenfalls zum Mittagsschlaf gezwungen oder sollten sich still beschäftigen. Während ich die Treppen hinaufstieg, überlegte ich, was ich machen konnte. Es war wichtig, dass es mir Freude machte und mich über einen längeren Zeitraum beanspruchen würde. Fände ich nichts, bräche die Langeweile aus. Langeweile am Sonntagnachmittag war wie ein Faustschlag von Bud Spencer direkt auf die Nase. Davon erholte man sich bis zum Abend nicht mehr und langweilte sich dann ohne Unterbrechung bis in den Montag hinein. Ich kannte die Gefahr und wusste, dass ich dagegen etwas unternehmen musste.

Ich öffnete die Tür zum Zimmer und sah mich nach etwas um, was schnell und gut helfen würde, keinesfalls Langeweile aufkommen zu lassen. Mein Blick fiel auf die Hupe im Regal. Diese Hupe hatte mir die schwarzhaarige Schwester einmal zum Geburtstag geschenkt. Vorne befand sich ein goldener Trichter. Er verjüngte sich nach hinten und verdrehte sich zu einem Knoten. Am Ende war ein Handdrückblaseball aus schwarzem Gummi. Wenn man ihn drückte, wurde die Luft im Ball in das goldene Rohr gestoßen, drehte sich einmal im Knoten und kam vorne als Hupton verwandelt heraus.

Jedes einzelne Hupen für sich war ein kleines Wunder. Meine Schwester wusste damals sehr genau, wie sie mir eine Freude bereiten konnte. Zu einem anderen Anlass hatte sie mir einmal fünf kleine Nüsse geschenkt. Wenn man diese Nüsse eine Zeitlang warm anhauchte, dauerte es nicht lange, und die braunen Wunderkugeln begannen aus eigener Kraft ein bisschen hin und her zu hüpfen. Irgendwann waren es nur noch vier Nüsse gewesen, weil eine Nuss plötzlich verschwunden war. Vielleicht hat die Mutter sie versehentlich aufgesaugt. Es könnte auch sein, dass die auf den Boden gefallen ist, dann hat sie jemand mit der Schuhspitze unwissentlich angestupst, und sie ist unter die Türschwelle gerollt.

Manches Mal hatte ich mich auf den Fußboden gelegt und in den schmalen Spalt unter der Schwelle geblickt. Dort im Staub sammelten sich Dinge, die sich unserer Aufmerksamkeit entzogen hatten und scheinbar spurlos verschwunden waren. Hemdknöpfe dösten im grauen Bett. Eine Nähnadel war hier gelandet, an die sich niemand mehr erinnern mochte. Eine Kinokarte zu einem längst vergessenen Film, der an einem unbestimmten Tag von irgendjemand angeschaut worden war. Eine Büroklammer döste im Bodensatz der vergessenen Zeit. Unter Umständen lag da die eine Nuss, ohne zu wackeln. Auch möglich, dass die Mutter versehentlich einmal zwei Nüsse zertreten hat. Irgendwann waren die Nüsse alle verschwunden gewesen. Es blieb mir nur das Bild von den Nüssen und ihrem sachten Wackeln im Gedächtnis.

Ich erinnerte mich an den Geburtstag, an dem ich die Hupe geschenkt bekommen hatte. Sie war in buntes Geschenkpapier eingewickelt. Erst befühlte ich das Geschenk und wusste gar nicht, was es sein könnte. Als ich sie ausgepackt hatte, hupte ich zum ersten Mal in meinem Leben. Ich brauchte keine Gebrauchsanweisung dazu. Ich hupte einfach drauflos und freute mich über den tiefen, kräftigen Hupton. Ich habe an diesem Geburtstag sehr oft gehupt. Als am Nachmittag meine Freunde kamen, um mir zu gratulieren, öffnete ich die Tür, und statt einer Begrüßung mit Worten hupte ich in ihre Gesichter hinein. Ich hupte dann während der Spiele, die wir spielten, und als wir zusammen Kuchen aßen und Tee tranken, hupte ich auch dazu. Ich hupte, als sich meine Freunde am Abend wieder verabschiedeten. Ich hupte an diesem Geburtstag so oft, bis mein Vater sagte: «Jetzt reicht es aber mit der Huperei.» Meine Mutter streichelte mir über den Kopf und sagte: «Du kannst morgen wieder hupen.»

Schon beim allerersten Hupen hatte ich begriffen, dass das Hupen eine optimale Beschäftigung war. Ich benötigte keine Vorlaufzeit, um diese Tätigkeit für mich zu entdecken. Ihre laut durchschlagende Wirkungskraft hatte mich unmittelbar gepackt. Beim Einschlafen nach der Geburtstagsfeier dachte ich an mein bisheriges Leben zurück und konnte mir gar nicht mehr vorstellen, dass ich es so lange ohne Hupen ausgehalten hatte. Die Hupe legte ich auf meinen Nachttisch neben dem Bett. So hatte ich sie sofort griffbereit und konnte am nächsten Tag, wenn ich aufwachte, im Bett als Erstes loshupen. In der anfänglichen

Hupeuphorie der Zeit nach meinem Geburtstag hupte ich täglich bestimmt mindestens siebzig Mal. Dann nahm der Drang zu hupen langsam ab. Die Anzahl des Hupens in der Woche pendelte sich erst auf zwölf bis vierzehn Mal ein, dann wurde es noch weniger. Zu der Zeit jenes Sonntags, an dem meine Eltern nach dem Mittagessen ruhen wollten und ich mich selbst leise beschäftigen sollte, fand das Hupen nur noch gelegentlich statt, jenseits einer messbaren Regelmäßigkeit. Um genau zu sein, hatte ich schon sehr lange nicht mehr gehupt.

Als ich an diesem Sonntagnachmittag die goldene Hupe im Regal liegen sah, kam mir das Hupen wieder in den Sinn. Sofort stand meine Absicht fest. Ich würde jetzt erst einmal hupen. Hupen war eine wunderbare Sache, ging es mir durch den Kopf, ich würde hupen und wäre damit der Problematik der drohenden Langeweile fürs Erste zielsicher und effizient ausgewichen. Um die Eltern nicht zu stören, fasste ich den Plan, aus dem Fenster hinaus zu hupen. Das Hupen an diesem Sonntag war von meiner Seite weder als Provokation noch als Kritik an den bestehenden Verhältnissen gedacht. Weder wollte ich jemanden damit erschrecken noch in der Mittagsruhe aufwecken. Es sollte ein Hupen sein, das aus dem Geist des Hupens an sich erfolgte. Ich wollte schlicht die Luft im schwarzen Lufthandball durch den goldenen Knoten drücken und das Mirakel erleben, wie der Hupton zum Trichter hinausschallte. Es sollte kein mehrmaliges oder anschwellendes Hupen werden. Die Lautstärke war unwesentlich. Es sollte ein reines, absichtsloses, geradezu naives Hupen sein. Ich öffnete das Fenster, stützte mich auf das sonnenwarme Fensterbrett und hupte einmal kurz und beherzt in den Sonntagnachmittag hinein.

Das Hupen flog kraftvoll und schön über die roten

Dachziegel in die Welt hinaus, und ich sah ihm mit Freude hinterher. Der goldene Klang verfing sich in den Ästen des Apfelbaums und schimmerte auf den grünen Blättern. Der Nachklang meines Hupens vermischte sich mit dem Wind, der das Laub sacht rascheln ließ. Wie zarte, goldene Klangbläschen schwamm das Tuten in der Luft, mit dem Sirren der Mücken, den Liedern der Vögel, der fernen Musik aus einem Radio und dem monotonen Pfeifen einer Rasensprenganlage. Schön hatte sich das wunderbare Geräusch über die Wege und Pflanzen im Vorgarten verteilt. Es glänzte ganz sanft auf den geparkten Autos in der Straße mit dem Blumennamen. Wie eine Welle aus Klang war es über den Gartenzaun des Nachbarn geschwappt, und der Ton aus meiner Hupe hatte den Rosen leuchtende Glanzpunkte auf die rot blühende Pracht aufgesetzt. Es war, als hätte ich in das Bild des Sonntagnachmittags ein kleines Hupgeräusch hineingemalt. Wohlwollend betrachtete ich das Ergebnis vom Fensterbrett meines Zimmers aus und kam zu dem Ergebnis, dass durch diese Intervention meinerseits das Antlitz und der Charakter von Zeit und Raum vortrefflich zur Geltung gebracht wurden.

Zufrieden sah ich die Straße hinauf und hinunter und überprüfte die Wirkung in der Umgebung. Die Fassade des Hauses gegenüber schien mir nach der Hupmusik fast ein bisschen zu leuchten. In der Freude eines Komponisten, der nach der Uraufführung eines Meisterwerks der Wirkung nachspürt, wanderte mein Blick über das Nachbarhaus. Ich guckte auf Treppen, Haustür und Fenster, schließlich auf die Balustrade des Balkons. Dort stand, offenbar vom Hupton gelockt, die Nachbarstochter. Die Nachbarn hatten zwei Töchter, und eine Tochter stand jetzt in jenem Erker, den ich betrachtete, mit entblößtem Oberkörper.

Der Anblick ließ mir den Atem stillstehen. Rot verfärbte sich der Himmel, der eben noch blau gewesen war. Silberne Wolken rasten am Firmament in einem vollkommen lautlosen Sturm. Die Vögel schlossen augenblicklich ihre Schnäbel und verbargen sie unter den Flügeln. Die Rasensprenger hielten an. Die Wassertropfen, die sich über den Grasflächen verteilen sollten, standen still in der Luft. Die Räder der parkenden Autos verwandelten sich in Elefantenbeine, ihre Dächer wölbten sich grau und leicht behaart zum Rücken, und aus den Lenkrädern wuchsen Elefantenköpfe mit großen, wackelnden Ohren, mächtigen Rüsseln und gewaltigen Stoßzähnen. Sie beendeten die Stille mit lautem Trompeten und stampften die Straße hinauf. Unter dem Asphalt fing es zu brodeln an. Die Fahrbahn tat sich in breiten Rissen auf, und unzählige Salamander ergossen sich aus den dampfenden Spalten. Chinesische Engel mit goldenen Gesichtern bliesen in lange Posaunen vom Himmel hinunter. Die Sonne war ein grünes Ei. Der hellblaue Mond war aufgegangen, und vor ihm schwebte ein riesiges Schwein, das lateinisch sang.

Dort drüben am Balkon der Nachbarn stand die Tochter mit ihrem blanken Busen. Alles drehte und verwirbelte sich wie in einem Strudel um die wohlgeformten Brüste herum. Der Anblick erhöhte meinen Augeninnendruck. Die Fläche meiner Fußsohlen schien plötzlich viel zu winzig, um dem umfangreichen Oberkörper Halt zu sein. Meine Hände wurden heiß, mein Hals schwoll an. Die Nachbarstochter verschwand zusammen mit ihrem Busen vom Balkon.

Die Farben der Welt, die gestrahlt und leuchtend pulsiert hatten, änderten sich langsam wieder in ihren Normalzustand. Ein Vogel pfiff im Ast des Birnbaums, und der

Rasensprenger verteilte die Tropfen wieder in monotoner Wiederholung. Ein kurzes inneres Schütteln durchfuhr mich, und ich versuchte, die Ereignisse zu rekonstruieren. Welche Macht hatte hier gewirkt? Waren das herkömmliche, übliche Brüste, die meine Sinne verzaubert hatten? Frauenbrüste waren mir durchaus nicht fremd. Mutter, Schwestern und Großmutter waren damit ausgestattet. Diese sensationelle Wirkung war allerdings vollkommen neu und überraschend. Man konnte es nichts anders nennen, aber ich hatte einen regelrechten Busenrausch. Ich blickte auf meine goldene Hupe. Vielleicht handelte es sich hier tatsächlich um ein Spezialwerkzeug, das unter den richtigen Umständen blanke Brüste herbeihupen konnte. Ich atmete tief ein, richtete den Huptrichter in die Richtung des gegenüberliegenden Balkons und hupte noch einmal. Allein die Nachbarstochter erschien nicht mehr. Vielleicht, dachte ich mir abschließend, war es eine magische Hupe, die aber nur ein einziges Mal funktionierte.

IM Gymnasium nahm das Geraune und Besingen der Studienräte unserer von Gottes Gnaden golden erleuchteten Schülerexistenzen mit der Zeit nicht ab, sondern schwoll vielstimmig an. Die stumme, leicht nach Jauche müffelnde Drohung hing dabei in der Luft, dass es sich beim einen oder anderen wohl um ein Versehen handelte, dass da eine krumm gewachsene Rübe fälschlich zwischen die edlen Rosen geraten war. Wie ein Schlafmittel wirkten diese immer gleichen Litaneien. Ich bekam leichtes Sodbrennen von der eingeschlürften Aussicht, einmal privilegiert zu sein und es besser zu haben. Aber ausgespuckt habe ich die verkochte, fade Brühe auch nicht. Ließ mich weiter düngen und fand keine Kraft, mich samt meinen Wurzeln aus der Erde zu reißen. Mein Rübenkopf wog schwer in endlosen Stunden, in denen Wörter und Zahlen auf uns herabplumpsten.

Ich nutzte die Stunden des Zusammenseins mit meinem Freund Philipp, in denen wir uns zusammen aus der unangenehmen Umklammerung und Bevormundung befreiten. Wir besprachen Skizzen unserer Gedanken und Vermutungen, entwickelten Bilder und Musik daraus. Wir verdrehten im freudigen Trotz die Sprache und kehrten deren Aussage ins Gegenteil. Im übertragenen Sinn sprach Philipp Sätze zu Ende, die ich angefangen hatte, und umgekehrt. Tatsächlich kam es vor, dass wir des Öfteren und ohne Absicht wie aus einer Kehle dasselbe sagten. Zum vierbeinigen Wesen schienen wir in unserem Denken und Formulieren zusammengewachsen zu sein. Philipp war mein Bruder in der Gegenwelt. Er öffnete die Tür aus dem Käfig der Schule, in dem wir dressiert wurden. Wenn am nächsten Tag der Schulgong klingelte, saßen wir jedoch wieder am Platz und ließen uns vom Dompteur Kunststückchen beibringen.

Die Schule war ein Zirkus ohne Vorstellung und Publikum. Man trainierte uns in Fertigkeiten, deren Zweck uns verborgen blieb. Wir erlebten am eigenen Leib, wie unendlich die Zeit sich dehnen ließ. Ich fühlte mich wie eine Fliege, die in ein großes Becken mit Honig gefallen war und im Versuch, sich aus ihrem klebrigen Schicksal zu befreien, immer tiefer in die Schmiere geriet. Ich wunderte mich, wie es dem Schulmeister gelang, dass er nicht selbst beim Absondern seiner grauen Vorträge, die so abwechslungsreich waren wie eine Raufasertapete, einfach mitten im Satz einschlief. Die vergilbten Manuskripte, von denen die Lehrer ablasen, deuteten darauf hin, dass mit diesem zähfließenden Gedankenkleister schon Dutzende Male unzählige Ohren vergipst und das Bewusstsein zahlloser Gymnasiasten verödet worden waren. Manche Lehrer waren wie Köche, die in ihrer Routine vollkommen vergessen hatten, dass Essen auch etwas mit Geschmack zu tun hatte. Ihre Worte hatten mit nichts etwas zu tun. Nichts würden sie verändern. Statt diese Worte zu sprechen, hätte der Lehrer seinen Vortrag auch dreißig Goldfischen in kleinen Aquarien vorbellen können.

Der großgewachsene Erik hatte Mühe, sich in der Endlosigkeit der Wortduschen aufrecht auf dem Stuhl zu halten. Die Ödnis der immer gleichen Stunden drückte auf seine gesamte Muskulatur. Ihm schmerzten bald die Arme, dann der Rücken und die Beine. Er beugte sich mit dem Hals nach hinten über die Stuhllehne. Er griff mit den Händen an die Schuhspitze, dann verschränkte er die Arme, dann bettete er die Ellbogen parallel nebeneinander auf den Schultisch. Weit nach vorne schob er seine Beine, bis unter den Stuhl seines Vordermannes. Einen Moment später zog er die Schienbeine in vorgebeugter Haltung unter die eigene Sitzgelegenheit. Mit der Schraubzwinge der Eintönigkeit wurden unsere leeren Köpfe immer fester zusammengestaucht. Schon rechneten wir gar nicht mehr damit, dass wir jemals aus dieser Wüste hinaus und zurück in das Leben gelangen würden. Manchmal erklang ein Gong so überraschend wie die Erscheinung des Erzengels Gabriel.

Unter diesen widrigen Umständen, die uns auf die Wirklichkeit und das Erwachsensein vorbereiten sollten, schwor ich mir mit Philipp einen Eid, dass wir zu dieser

Welt niemals etwas Vernünftiges beitragen wollten. Wenn wir schon wie Fliegen auf dem Leimpapier des Gymnasiums klebten, wollten wir doch an dem Tag, an dem wir aus der Drangsal der grauen Klötze wieder ausgespien sein würden, unser Leben dem Blödsinn widmen. Wir brauchten dazu kein Blut und kein Siegelwachs und keine schriftliche Vereinbarung auf Pergament. Wenn wir etwas zur Welt beitragen würden, sollte es im weitesten Sinne Unsinniges sein.

Eine Ausnahme im grauen Schulalltag war der Kunstunterricht. Eine junge Frau unterrichtete uns mit ganz anderen Mitteln und Absichten als ihre Kollegen. Allein ihre Ausdrucksweise überraschte uns. Sie bellte nicht, sondern sang. Leise waren die Töne, die sie von sich gab, aber lieblich und ungewohnt angenehm. Es kam einem Wunder gleich, dass so ein zierlich und feinfühlig anmutender Mensch plötzlich hier im grauen Kasten vor uns stand. Die fetten grauen Katzen schielten wahrscheinlich schon auf den Ast, auf dem die Kunstlehrerin saß und lieblich zwitscherte, und hätten sie gerne aufgefressen. Von Philipp war die junge Frau ganz angetan. Mit allem, was er sagte, zündete er eine Kerze am Fenster an, die ihr Licht weit in die Welt aussandte. Menschen, die in der Kälte eines Schneesturms vom Weg abgekommen sind, sahen plötzlich den goldenen Schein und hatten wieder Ziel und Richtung. Die Kerze war die Kunstlehrerin selbst. Wenn sie die Bilder ansah, die Philipp gemalt hatte, schien es, als liefe das heiße Wachs über den Rand ihrer Seele. Erik dagegen war in der Welt der feinfühligen Pädagogin der Antipode zum lockigen Feuerzeug. Wenn Erik etwas zu den Kunststunden beitrug, war es meist zu laut für die sensiblen Ohren der zarten

Frau. Stets zog sich ihr Blick zusammen, wie wenn man mit Kreide quietschend an die Tafel schreibt. Ihr Blick verweilte auf Eriks Bildern vermutlich so lange wie der von Frau Schiffer auf entblößten Frauen auf Titelseiten von Männermagazinen, wenn sie in den Regalen des Kiosks nach ihrer Fernsehzeitung suchte.

Wir wurden indessen von der Erzieherin ermutigt, uns ein Thema frei auszuwählen und die Gestaltung selbständig zu bestimmen. Philipp malte sich in bunten und kühnen Schwüngen mit Aquarellfarben auf eigenwillige Weise einen Weg durch eine phantastische Landschaft. Ich meine mich zu erinnern, dass er auch noch etwas Lyrisches dazu schrieb. Erwartungsgemäß war die Lehrerin höchst angetan, und es kam einem schier so vor, als könnte man ihr Herz freudig unter ihrer Bluse klopfen sehen, als sie mit wohlwollendem Blick Philipps Kunstwerk betrachtete.

Erik hatte sich bei der Aufgabenstellung ebenfalls mächtig ins Zeug gelegt. Ein Zeichenblatt hatte ihm nicht ausgereicht für sein umfassendes Werk. Gleich drei Bögen hatte er nebeneinandergeklebt, und seiner Umsetzung war eine gründliche Analyse der Person der Kunstlehrerin vorausgegangen. Eriks Absicht war es gewesen, genauestens ihre Vorlieben zu erkennen und Form und Inhalt seines Schaffens darauf abzustimmen. Er erreichte sein Ziel in vollem Umfang. Als die Kunstlehrerin Eriks großformatiges Werk betrachtete, konnte sie längere Zeit den Blick nicht abwenden. Sie schien zugleich überwältigt, erstarrt und schwer schockiert zu sein. Erik hatte mit Lineal und Zirkel eine sehr detaillierte Seitenansicht eines riesigen Kriegsschiffes gezeichnet. Überall ragten schwere, schwenkbare Kanonenrohre und alles andere an denkbaren Waffengattungen heraus. Die Lehrerin musste nach Luft schnappen.

Sie suchte nach Worten und konnte keinen Ausdruck finden für das Entsetzen. Ihr Mund blieb stumm und offen stehen. Dann beendete der Gong Eriks kurzen Triumph.

MEINE Großmutter verließ immer seltener ihr Zimmer und ihr Sofa. Ihr Appetit ließ nach. Wir sahen nur noch gelegentlich gemeinsam in den Fernseher. Ich musste es mir jetzt vornehmen, die Großmutter im Erdgeschoss zu besuchen, so wie ich beschloss, die ausgeliehenen Bücher in der Stadtbücherei abzugeben, um keine Versäumnisgebühr zahlen zu müssen. Beim Zubettgehen fiel mir oft ein, dass ich heute wieder vergessen hatte, meine Oma zu besuchen. Mit Selbstvorwürfen schlief ich ein.

Es ging ihr immer schlechter, und eines Tages wurde sie ins Krankenhaus gefahren. Ich besuchte sie in ihrem Krankenzimmer und stand vor dem Bett, in dem sie lag. Über ihrem Kopf war eine Stange angebracht, von der ein dreieckiger Haltegriff herunterhing, an dem man sich mit der Hand im Bett hochziehen und aufrichten konnte. Bei den ersten Besuchen benutzte die Großmutter die Vorrichtung noch, um eine aufrechte Position einzunehmen. Schon bald hing aber die Vorrichtung nutzlos über der schwächlichen alten Frau. Die Großmutter wurde immer weniger und schien langsam zu verschwinden. Sie sprach nur noch sehr leise. Ich stand vor dem Krankenhausbett, in dem sie lag, und wusste nicht, was ich sagen sollte. Dann ging ich zum Fenster und sah hinaus. In der Ferne war eine große Wiese, dort graste eine Schafherde, und ein Schäfer mit einem großen, grünen Hut stand daneben. Ich setzte mich zu der Großmutter ans Bett, hielt ihre lauwarme Hand und schlug ihr vor, dass wir, wenn es ihr besser ginge und sie aus dem Krankenhaus entlassen wäre, wieder zu den Schafen gehen würden, wie wir es so oft gemacht hatten. Die Großmutter stimmte mir mit matter Stimme zu.

Meine Großmutter starb aber im Krankenhaus. Im Gang im ersten Stock unseres Hauses sagte mir meine Mutter, dass die Großmutter gestorben wäre. Die Zimmerwände waren plötzlich gelblich. Die Stimme, mit der die Mutter sagte, dass Großmutter gestorben wäre, klang, als würde sie von einer Schallpatte abgespielt.

Mit einer Schwester ging ich aus dem Haus. Ich spürte meine Schritte nicht. Wir fuhren zu dritt in einem Auto ins Krankenhaus. Im Krankenhaus wurde geflüstert. Das Licht war blau. Die Großmutter lag mit geschlossenen Augen in dem Krankenhausbett. Um Kopf und Kinn war ein Band gebunden, damit der Mund geschlossen blieb. Ich begriff nicht, dass ich mit meiner Großmutter nie wieder zu den Schafen gehen würde. Stattdessen stand ich da, als wäre ich als eine von mehreren Unbekannten in eine große mathematische Gleichung hineingeraten.

Die Großmutter wurde verbrannt, wie sie es sich gewünscht hatte. Die Vorstellung, von Würmern im feuchten Grab zernagt zu werden, behagte meiner Großmutter gar nicht. Oft und gerne sprach sie davon, dass sie einmal viel lieber verbrannt werden würde. Sie sprach vom Verbranntwerden wie von einem intensiven Vergnügen. Die dünne Frau litt am Ende ihres Lebens oft unter der Kälte. Ihre anerzogene Sparsamkeit erlaubte ihr selbst dann nicht, die Heizung weiter aufzudrehen, wenn sie schon am ganzen Leib durchgefroren war. Immer wenn die Großmutter auf ihre Einäscherung zu sprechen kam, vermittelte sie eine wohlige Behaglichkeit. Vielleicht resultierte diese positive Konnotation des eigentlich Schrecklichen mit der Vorstellung der großen, finalen Wärme.

In der Kirche sprach ein Pfarrer. Hände wurden geschüttelt und dabei Worte gesagt. Danach gingen wir essen. Ich schrieb meiner Großmutter noch drei Briefe. Ich erzählte von gemeinsamen Erlebnissen und stellte ihr Fragen. Die Briefe brachte ich ihr nicht in ihr Zimmer. Ich frankierte sie auch nicht und warf sie nicht in den Briefkasten. Ich wusste nicht, welche Adresse ich hätte draufschreiben sollen. Ich war vollkommen ratlos und legte die Briefe unter ein Buch in mein Nachtkästchen.

Dann wurde das Zimmer der Großmutter geleert. Der Schrank mit dem guten Geschirr und den Schokoladentafeln war komplett ausgeräumt und abtransportiert worden. Man zog den Stecker des Fernsehers aus der Steckdose und stellte den Apparat zur Seite. Der Schrank mit den Löwenfüßen stand an einer anderen Stelle. Das Sofa mit dem Blumenmusterstoff, auf dem ich so oft neben der Großmutter gesessen und an ihrer linken Hand gezupft hatte, war verschwunden. Die Glasvitrinen mit den vielen Dingen aus den verschiedensten Zeiten und Erdteilen mit ihren unzähligen Geschichten wurden leer geräumt. Als ich von der Schule heimkam, stand die Tür zum Zimmer der Großmutter sperrangelweit offen. Diese Tür war immer nur geöffnet worden, um kurz darauf sofort wieder geschlossen zu werden, damit im Winter die Wärme nicht in den Flur hinausging und im Sommer kein Zug entstand. Ich sah durch die geöffnete Tür in das Zimmer der Großmutter. Über dem Schreibtisch und den letzten verbliebenen Möbeln lag durchsichtige Folie. Auf einer Leiter stand ein Mann, der mit einer Spachtel die Tapete abkratzte. Ich grüßte den Mann. Er grüßte zurück. Jetzt begriff ich erst, dass die Großmutter gestorben war.

MEIN Vater legte gelegentlich eine Seite aus der Zeitung vor mich auf den Tisch. Er klopfte mit der Spitze seines Zeigefingers auf das Papier und sagte in aller Ruhe: «Lies einmal diesen Bericht. Bilde dir deine eigene Meinung. Anschließend möchte ich mich mit dir darüber unterhalten.» Ich las, wie es der Vater befohlen hatte, zum Beispiel eine Reportage über die Atomkraft oder das Wettrüsten zwischen Ost und West. Ich bildete mir aufgrund des Gelesenen eine Meinung über die Atomkraft oder das Wettrüsten und ging damit wieder zum Vater. Der Vater, von meinem Engagement erfreut, bat mich in wohlwollender Stimmung, ihm meine Meinung darzulegen. Zur Atomkraft schilderte ich ihm meine Besorgnis über die Konsequenzen, die aus Fehlern in der Betriebsführung resultieren könnten. Während meiner Auslegung schien der Vater sich nach und zu verwandeln. Seine Mundhaltung begann, sich zu transformieren. Nicht der Vater blickte mich an, sondern eine andere, mir fremde Person. Die Ohren spitzten sich nach oben, und die Ohrläppchen wurden länger. Die Backen waren wie eingefallen. Der Mund mit den äußerst spitzen Eckzähnen öffnete sich und sprach, und ich glaubte, ein Ingenieur atomarer Kraftanlagen blies mir den Marsch, weil ich gewagt hatte, sein Lebenswerk zu kritisieren. Er ereiferte sich maßlos und geiferte im Zorn. Der Vater hatte sich vor meinen Augen vollständig in einen Kraftwerksbetreiber verwandelt.

Kurz darauf bat er mich demütigst um Verzeihung und flüsterte mannigfache Entschuldigungen. Sein Temperament sei mit ihm durchgegangen, sagte der Vater, der gar nicht mehr der Vater selbst gewesen war. Je nachdem welches Thema es zu besprechen galt, spielte er plötzlich einen cholerischen Unternehmer, einen korrupten Politiker oder rührseligen Pfarrer. Freilich beließ er es nicht bei der Rolle des Advocatus Diaboli. Er genoss es sichtlich, in den Diskussionen mit mir zum Schluss hin ungehemmt Nonsens zu predigen und ein großes gedankliches Tohuwabohu heraufzubeschwören. Die wesentliche Intention meines Vaters bestand darin, sich selbst mit frei gewählten Worten und nicht eindeutig erkennbarem Theaterspiel als Respektsperson zu diskreditieren. Mit dieser Absicht begegnete er auch meinen Freunden und genoss es, von ihnen nicht ernst genommen zu werden. Zwar mochte er nicht von ihnen geduzt werden, schätzte es jedoch sehr, wenn nach der Begrüßung beide Seiten anfingen, sich nach allen Regeln der Kunst gegenseitig zu veräppeln und im Brustton der Überzeugung hinters Licht zu führen. Die Bühne meines Vaters war die Welt. Seine Texte dachte er sich selbständig bei den spontanen Auftritten aus.

Manchmal saßen der Vater und ich vor dem Fernseher und schauten gemeinsam die Nachrichten. Der Vater schimpfte zuweilen, und ich fragte ihn, warum er das tat. Er antwortete mir auf Italienisch. Ich verstand kein Italienisch, wusste aber, dass auch der Vater nicht wirklich Italienisch sprach. Es war ein phantastisches Kauderwelsch, das er sich ausdachte und das keiner außer ihm verstand. Im Fernsehen sprach ein dicker, großer Mann, sprach langsam und bedächtig. Der große Dicke war der Bundeskanzler. Sein kartoffelartiger Körper war so riesig, dass ihn die

Fernsehkamera nur aus weiter Entfernung vollständig zeigen konnte. Der Kanzler sprach wie jemand, der gerade viel und gut gegessen hatte, und vermittelte den Menschen mit seiner kartoffelhaften Persönlichkeit das Gefühl, dass immer genug Essen im Kühlschrank wäre, solange er Staatsoberhaupt bliebe. Jeder Mensch freut sich, wenn der Kühlschrank voll ist und er keine Sorge haben muss, dass sich das einmal ändern könnte. Wegen der Sattheit, die der dicke Mann immer ausstrahlte, glaubten die Menschen auch, dass er sich bestimmt nicht selbst bereichern wollte, weil er ja schon alles besitzt, um glücklich zu sein. Aus diesem Grund wurde der große, dicke Mann immer und immer wieder gewählt. Der Mann war schon so lange Regierungschef, dass ich glaubte, es würde ihn nur als ausgedachte Figur im Fernsehen geben. Der Mann verwendete keine komplizierten Wörter, und seine Sätze waren übersichtlich und schlicht wie Topflappen. Meine Aufmerksamkeit war nicht geeignet, die Sätze des dicken Mannes bis zum Schluss anzuhören. Ich wurde schnell von einer Müdigkeit ergriffen, wenn ich den Bundeskanzler sprechen hörte, und bekam gar nicht mit, was er überhaupt sagen wollte.

MIR lag sehr viel an der Natur. Mit der Beobachtung der Stubenfliegen hatte ich mich schon intensiv beschäftigt, als ich selber noch nicht einmal laufen und sprechen konnte. Das Gurren der Tauben und der Gesang der Vögel hatten den Wechsel der Jahreszeiten und mein Heranwachsen in der Straße mit dem Blumennamen stetig begleitet. Die Ameisen waren auf unermüdlichen Reisen durch meine kleine Gartenwelt gewandert, sofern ich ihnen nicht ein anderes Schicksal aufzwang. Die Vögel verdienten kein Geld, aber sie sangen. Der Mensch profitierte nicht finanziell am Gesang des Vogels. Fliege, Vogel, Ameise, Luft, Wasser und der Boden hingen auf sehr komplizierte Weise zusammen und bildeten meiner Ansicht nach die Grundlage für unser Leben als Mensch. Wenn wir nicht achtgaben und im Streben nach Gewinn unsere Welt zuteerten und den Rest vergifteten, ergäbe das ein schwer zu lösendes Problem. Ich wollte nicht irgendwann in einer öden Mondlandschaft leben wie in den Science-Fiction-Filmen aus dem Fernsehen.

Deshalb wurde ich Naturschützer. Schon lange hatte ich aufgehört, Ameisen mit Klebstoff zu übergießen und anzuzünden. Stattdessen traf ich mich jetzt mit anderen Naturschützern regelmäßig in einem kleinen Raum in der Stadt, wo wir überlegten, was zu tun sei. Ich begann damit, Leserbriefe zu schreiben, und stellte in der Tageszeitung der Vorstadt unter anderem die Frage, ob es vielleicht einen Zusammenhang gebe, dass ein Stadtrat dafür sorge, dass Bäume in der Stadt gefällt wurden, woraufhin kurze Zeit später der Bruder dieses Stadtrates, der eine Baufirma hatte, an derselben Stelle ein Haus baute. Ich schrieb in der Angelegenheit so viele Leserbriefe, bis der Stadtrat selbst einen Leserbrief schrieb, in dem er mir empfahl, erst einmal einen Schulabschluss zu machen, bevor ich mich in Dinge einmischte, von denen ich gar keine Ahnung hätte. Sehr stolz war ich über die Antwort des Stadtrats. Ich konnte ihn mir genau vorstellen, wie er in höchster Wut und Wucht in seine Schreibmaschine gehackt hatte, sodass die Buchstaben förmlich in das Papier hineingestanzt worden waren. Sein Kopf musste feuerrot gewesen sein, und er hatte wahrscheinlich immer wieder laut hintereinander «bodenlos» gebrüllt, und kleine Spucketropfen sind über die Schreibmaschine und die eingespannte, durchlöcherte Seite geflogen. Vielleicht hatte er zuerst geschrieben, dass ich achtgeben müsse, nicht später als Bauhilfsarbeiter meinen Lebensunterhalt zu bestreiten, weil man, wohlgemerkt, Frechheit und Ignoranz nicht als Leistungskurse am Gymnasium in diesem unseren Lande belegen könne. Dann hatte er, weiterhin unablässig «bodenlos, bodenlos» schimpfend, das Schriftstück seiner Frau zum Korrekturlesen gegeben. Sie hatte Verständnis, dass sich ihr Mann über diesen Grünschnabel so aufregt, hatte ihm dann aber empfohlen, er solle besser schreiben, dass der aufgestellte Mäusedreck erst einmal die Schule beenden solle, bevor er ehrenwerte Geschäftsmänner unziemlich besudle, und dass es nicht ratsam wäre, in diesem speziellen Zusammenhang Bauhilfsarbeiter ins Spiel zu bringen. Der Stadtrat hatte den Leserbrief daraufhin in hundert kleine Fitzelchen zerrissen und anschließend das geschrieben, was in der Zeitung veröffentlicht wurde. Die Bezeichnung «Mäusedreck» für den Schmierfinken hatte ihm zwar bestens gefallen, er hat ihn dann aber trotzdem nicht verwendet. Trotzdem war der Zorn hinter seinen Sätzen immer noch beträchtlich.

Die Naturschutzgruppe legte sich wegen der Bäume mächtig ins Zeug. Auf dem Stumpf eines frisch gefällten Baumes errichteten wir ein hohes Gebilde aus Obstkisten, an dem oben vier schmale Brettchen als Äste angebracht waren. Diese Installation war ein Geschenk an die Stadt, und wir boten auch an, diese laubfreien Ersatzbaumstatuen überall dort aufzustellen, wo einmal ein Baum gestanden hätte. Dieser theoretische Überbau zu unserer Holzskulptur kam freilich im Rahmen eines Leserbriefs an die Öffentlichkeit. Ein Mitarbeiter der Zeitung hatte den «Baum» sogar fotografiert und sogleich veröffentlicht. Unser medialer Erfolg war nicht zu bestreiten. Die Stadt kam aber nie auf unser Angebot zu sprechen.

Daneben agierten wir auch im Stillen und ohne Absicht, ein großes Echo zu erzielen. Die Gruppenmitglieder besorgten im Herbst unbehandelte Holzbretter und sägten nach genauer Anleitung die Bauteile zurecht, aus denen wir dann verschiedene Vogelkästen fertigten. Die neuen Brutstätten wurden im Frühjahr unter Anleitung des Revierförsters an geeigneten Bäumen im Wald aufgehängt. In dieser Zeit des Jahres setzten auch unsere Bemühungen ein, Frösche und Kröten davor zu schützen, ihre Existenz im unbeaufsichtigten Überschreiten von Fahrbahnen aufs Spiel zu setzen. Manchmal saßen wir aber auch zusammen und hatten weder Lust, Holz zu sägen, noch in Eimern Amphibien herumzuschleppen. Wir saßen einfach nur in dem kleinen Räumchen in der Scheune, unterhielten uns und genossen den Zustand, nicht aktiv sein zu müssen.

In regelmäßig einberufenen Versammlungen besuchte uns der Bezirksnaturschützer. Er hatte einen Untergebenen sowie mehrere Ordner dabei. In einem davon befanden sich Leserbriefe und Berichte über unsere Aktionen, die aus der Zeitung ausgeschnitten und mit Datum auf weiße Papierseiten geklebt worden waren. Die zwei Herren zeigten uns immer wieder dicke Ordner von anderen Gruppen, in denen viel mehr weiße Seiten abgeheftet waren. Der Bezirksnaturschützer wollte bei jedem Treffen von uns erfahren, was wir als Nächstes vorhätten. Manchmal wussten wir darauf keine Antwort. Der Bezirksnaturschützer und sein Knecht Ruprecht holten ihre Kalender hervor und blätterten vor unseren Augen darin herum, um den nächsten Besuchstermin zu finden. Man konnte sehen, dass ihre Wochentage im Halbstundentakt minutiös vorausgeplant waren. Wir begriffen, dass die Zeit des Bezirksnaturschützers und seines Untergebenen knapp und wertvoll war.

Als der Bezirksnaturschützer das nächste Mal kam und wir immer noch nicht wussten, wie wir die Natur schützen könnten, machte er uns den Vorschlag, dass wir in der ganzen Stadt Gartenteiche graben sollten. Im Prinzip sei das sehr einfach: Man gräbt ein Loch in den Boden. Dahinein wird eine Teichfolie gelegt, anschließend lässt man Wasser einlaufen. Im Handumdrehen wachsen darin dann seltene Wasserpflanzen. Kröten und Frösche freuen sich über ein neues Zuhause, und die Vögel können dort Pause machen und einen Schluck trinken, wenn sie Durst haben. Wir waren begeistert und setzten einen Artikel für die Zeitung auf, dass wir bei Bedarf Gartenteiche graben wollten.

Etliche Leute meldeten sich nach Erscheinen bei uns. An einem Samstagvormittag ging es los. Ich war für meine Verhältnisse sehr früh in unseren Keller gegangen und hatte eine Schaufel geholt, mit der ich beabsichtigte, das Loch für den ersten Teich auszuheben. Gerade wollte ich aus dem Haus gehen und die Tür hinter mir zuschlagen, als mir mein Vater begegnete. Er wollte wissen, was ich in aller Herrgottsfrüh mit der Schaufel vorhätte. Ich erklärte ihm, dass ich zusammen mit meinen Freunden in einem Garten in der Nachbarschaft Erde für einen Teich aushebe. Mein Vater sah mich mit einem Blick an, als habe er plötzlich einig hundert Fragen an mich. Er fragte aber nur: «Wie viel zahlen die dir in der Stunde, wenn du bei denen im Garten herumgräbst?»

Ich antwortete ihm: «Die zahlen nichts. Wir schaffen ein Biotop, einen Laichplatz für Amphibien, einen Ort, an dem Wasserrosen und Teichlilien blühen werden. Die Ringelnatter nimmt ein Bad, Frösche singen in dem neu geschaffenen Refugium, und das Rotkehlchen kann sich bei Hitze im Schilf die Federn benetzen. Wir verschönern die Welt. Unser Engagement ist ehrenamtlich. Wenn die Nachbarn möchten, dürfen sie uns eine Spende zukommen lassen.»

Der Vater entgegnete nichts auf meine Worte. Ich konnte jedoch ungefähr erahnen, was in ihm vorging. Vielleicht bereute er, was an jenem verschneiten, nebelgrauen Vormittag vor über fünfzehn Jahren in der kleinen Pension in den Bergen zwischen meiner Mutter und ihm vorgefallen war. Vielleicht wäre es vernünftiger gewesen, ging ihm durch den Kopf, die Zeit damals damit verbracht zu haben, dass man ein wenig durch den Ort spazierte, anschließend traurige Gedichte las und dabei schwer ausgeatmet hätte. Ich ignorierte das, was der Vater nicht sagte, und ging auf direktem Weg mit meiner Schaufel zu den Nachbarn.

Wir gruben einen Gartenteich nach dem anderen. Sogar ein Redakteur der Zeitung kam vorbei und fotografierte uns bei der Aktion. Als er das Foto gemacht hatte, stellte er noch ein paar Fragen. Er sprach mit uns, als ob sich hinter unseren Ohren kleine Öffnungen befänden, in welche nach den Mahlzeiten ein paar Tropfen Spezialöl gefüllt werden mussten, weil wir ohne die Substanz am ganzen Leib zu zittern und unsere Pupillen sich wie Windräder beim Sturm zu drehen anfangen würden. Letztendlich überwog bei ihm aber die Freude über unsere Bemühung.

Mit dem Artikel und dem Foto, auf dem um ein Loch im Boden Mädchen und Jungen mit Schaufeln neben zwei frischgebackenen Teichbesitzern standen, die froh wie im

Halbsuff grinsten, war die Zeitungsseite endlich voll. Jetzt konnte der Mann Feierabend machen, ein Bier öffnen und bei Betrachtung der Schaumbildung darüber rätseln, ob die Jugend tatsächlich immer blöder wurde oder ob das nur der älteren Generation so erscheine, seit sich die Erde dreht.

Der Artikel stand am Montag in der Zeitung. Der Bezirksnaturschützer schnitt ihn aus und klebte ihn mit dem Datum auf ein weißes Stück Papier, lochte den Zettel und heftete ihn in seinem Ordner ab.

Wir gruben so viele Teiche, dass sich die übergeordnete Person veranlasst sah, unsere Bemühungen zu belohnen. Er ließ sich wirklich nicht lumpen und veranlasste eine Feier. Ein Grill wurde aufgebaut, Würstchen wurden gegrillt. Dazu gab es Kartoffelsalat und verschiedene Getränke. Unter den verschiedenen Getränken befanden sich auch mehrere Kästen Bier.

Bei der Feier aus Anlass der Grabung von Teichen in diversen Gärten der Vorstadt trank ich mein erstes vollständiges Bier. Ich trank im frohen Gefühl, dass ich mir den Genuss des kühlen Gerstensaftes mit eigener Hände Arbeit redlich verdient hatte, und mit dem Stolz in der Brust, die Welt ein klein wenig verbessert zu haben. Der Geschmack des Bieres war ungewohnt intensiv. Es war mir, als bekäme ich als Zeichen der Belohnung die Hände von jemandem geschüttelt, der sehr fest zudrückte. In der Zeit vor meinem ersten Bier hatte ich als höchstes der Gefühle gelegentlich ein bisschen Bierschaum vom Glasrand des Vaters abschlürfen dürfen. Gelegentlich ermunterte er mich auch, einen Schluck von der braunen Flüssigkeit zu trinken. Das aber wusste meine Mutter zu unterbinden mit dem Hinweis, dass Bier mich dumm machen würde. Der Vater entgegnete zwar immer, dass es dann ja nichts ausmachen würde, weil ich ja schon dumm wäre. Ich durfte trotzdem nicht weitertrinken. Die Mutter hatte das letzte Wort.

Abgesehen von ein paar wenigen, kleinen Schlucken hatte ich keine Ahnung vom Geschmack und der Wirkung des Bieres. Jetzt schlürfte ich den gesamten Schaum und die ganze Flüssigkeit aus der Flasche. Es schmeckte ein wenig bitter, als würde der ältere, stämmige Bruder einem kräftig auf die Schulter hauen und dazu lachen. Dennoch wollte ich an diesem Punkt meine Erforschung des Getränks noch nicht beenden. Ich öffnete die nächste Flasche und trank mit höchstem Interesse, als ströme Musik aus dem Flaschenhals, die ich mit allen Sinnen ganz und gar in mich aufnehmen wollte. Dieses Bier machte ein Fenster in meinem Hinterkopf auf, und frische Luft wehte herein. Die Gedanken wurden leicht und purzelten wie fröhliche, bunte Bälle in mir herum und aus mir hinaus.

Ich trank so lange an diesem Abend, bis mir das Bier plötzlich schmeckte. Die Auswirkungen auf meinen Organismus und mein Gemüt waren beachtlich und einzigartig. Meine Beine bewegten sich leicht und in einem vorher nie dagewesenen Schwung. Aus der reinen Fortbewegung war ein Tanz geworden. Zwar übersah ich in diesem Zustand manche Kanten von Stühlen und Tischen, aber das unfreiwillige Anstoßen vollzog sich ohne Schmerz. Die Füße und Schenkel schienen über einen eigenen Willen zu verfügen, und plötzlich stand ich ohne Absicht an anderen Stellen im Raum, ganz überrascht, wie ich dort hingekommen war. Die Schärfe von Dingen und Menschen ließ sich nur erkennen, wenn ich sehr nah an sie herantrat. Das Bild meiner Welt wölbte sich, und Konturen verschwammen zu einer Einheit aus verschiedenen Farben. Ich hörte mir selbst beim Sprechen zu und rätselte mit Freude, wie leicht die Wörter aus meinem Mund strömten. Mein Hirn schien gar keine Vorleistung für ihre Formulierung erbringen zu müssen. Dann wiederum saß ich plötzlich wie eine kleine Maus vor einer hohen Mauer von einem Wort, das ich sagen wollte, das auszusprechen mir aber nicht möglich war, weil meine Zunge sich dazu nicht mehr lenken ließ.

In einem wunderbaren Ballett taumelte ich von der Feier mit den Naturschützern durch die weich wogende Stadt in die Straße mit dem Blumennamen. Im Wohnzimmer der Eltern brannte sogar noch Licht, als ich in schwankender Glückseligkeit die pulsierenden Treppen zur Haustür erklomm. Wie durch ein Zauberkunststück, das ich mir erst selbst beibringen musste, steckte ich den Hausschlüssel ins Schloss und öffnete die Tür. Ich flog mehr als ich ging über die Treppen in den ersten Stock und öffnete die Tür zum Wohnzimmer.

Meine Eltern saßen auf dem Sofa und sahen in den Fernseher. Ich stellte mich in die Mitte des Raumes und hielt eine flammende Rede. Mit Stolz und Freude berichtete ich darüber, wie viele Flaschen Bier ich in dieser ereignisreichen Nacht geleert hätte. Schon nach kürzester Zeit hätte das Trinken in keinerlei Zusammenhang mehr mit einem Durstgefühl gestanden. Mein mutiges und unnachgiebiges Trinken hätte dann schnell zu einem kolossalen Erfolg geführt. Seit dieser Stunde erst könnte ich ermessen, wie hoch die Kunst des Bierbrauens zu schätzen wäre. Das Gebäude einer Brauerei sei eine Kathedrale, in der Substanzen hergestellt würden, die der Menschheit zum Glück und der Erkenntnis gereicheten. Allein meine Rede, die ich hier halten würde, sei der Beweis, wie sinnvoll und schön der Genuss des huldvollen Gerstensaftes wäre. Ich bat meine Eltern, mich an meinen Erkenntnisgewinn unbedingt zu erinnern, sollte ich meine heutige Erleuchtung in den Wirren des Alltags vergessen. Dann tanzte ich auf dem Teppich vor ihnen, und die eingewobenen Ornamente schienen dabei lebendig.

Mein Vater lächelte mich milde an und empfahl mir, mich schnell ins Bett zu legen. Morgen früh würde es mir besser gehen. Die Mutter schlug ihre Hände über dem Kopf zusammen und bedauerte die Schande, dass ich so früh in meinem Leben mit dem Saufen begönne. Sie führte mich dann noch die Treppe zu meinem Zimmer hinauf, weil sie einen Sturz fürchtete, und stellte mir einen kleinen Plastikeimer vor das Bett. Mit einem tief in mir wärmenden Glück lag ich auf der Matratze, sah hoch in die gebogene Zimmerdecke und atmete die süße Nachtluft. Ich versuchte noch, ein paar komplizierte Wörter leise vor mich hin zu sprechen, freute mich über das Misslingen des Versuchs und schlief bald darauf von mir selbst entzückt ein.

Ein paar Stunden hatte ich wohl geschlafen, als ich aufwachte und sich plötzlich das ganze Haus, mein Bett und der Magen in verschiedene Richtungen zu drehen begannen. Gerade noch rechtzeitig gelang es mir, aus dem rotierenden Bett hinauszuspringen. Ich war froh, dass meine Mutter den Eimer hingestellt hatte. Durch das irrsinnige Drehen hatte mein Bauchinhalt keinen Halt mehr in mir. Ich kotzte die Bratwürstchen, den Kartoffelsalat und das viele Bier, das ich getrunken hatte, im hohen Bogen in das Behältnis.

Es war einige Zeit ins Land gegangen, seit die Naturschützer ihr Engagement und sich selbst gefeiert hatten. Wir hatten uns zwar weiterhin getroffen und Überlegungen angestellt, welches Projekt für uns als Nächstes in Frage käme, waren dabei aber zu keinem greifbaren Ergebnis gekommen. Dem Bezirksnaturschützer schien es nicht zu schmecken, dass wir uns mit den gruppeninternen Prozessen so viel Zeit ließen. Vor unseren Augen kaute er auf seiner Unterlippe herum und blätterte im Ordner einer anderen Jugendgruppe, in dem weitaus mehr Zeitungsartikel als zu unseren Aktivitäten abgeheftet waren. Dazu erzeugte sein Untergebener Wind mit den Seiten aus dem vollgeschriebenen Kalender und machte dazu ein Gesicht, als wäre er gleich gezwungen, den Herrn Jesus höchstpersönlich noch einmal ans Kreuz zu nageln. Nach und nach gelangte ich zu der Überzeugung, dass für den Bezirksnaturschützer ausschließlich die Dicke seiner Ordner von Bedeutung war. Sein Streben bestand darin, dass seine Ordner dicker als die Ordner anderer Personen aus anderen Bezirken waren. Er wollte an der Spitze dieser Personen stehen und diesen sagen dürfen, dass sie sich gefälligst anstrengen sollten, damit genug Zettel mit ausgeschnittenen Zeitungsartikeln in Ordner geheftet würden. Er wollte die Worte diktieren, mit denen die Kalender der zukünftigen Untergebenen vollgeschrieben wurden.

Auf einem wilden Ross aus ineinander verschränkten, prall gefüllten Ordnern preschte er durch die Welt, die zur Gänze aus Ordnermenschen, Ordnerstraßen und Ordnerhäusern bestand. Am Morgen schien ein gelber Ordner vom Himmel, und wenn der am Abend untergegangen war, stand ein weißer Ordner am Himmelszelt. Kühn ritt er los und stieß seine Lanze in die Mappe seines Gegners, schleuderte ihn aus dem Sattel, um am Boden sogleich den Kampf mit dem Schwert fortzusetzen. Unendliche Schnipsel und Fetzen aus weißen Papierseiten mit aufgeklebten Zeitungsartikeln lagen schon hoch wie Schnee auf dem Kampfplatz der zwei Ritter. Dann holte der Bezirksnaturschützer weit aus und trennte den Kopf des Gegners mit einem Hieb von der Schulter. Dieser Kopf war nichts anderes als ein Ordner, und die abgehefteten Blätter flüsterten, als sie im weiten Bogen durch die Luft flogen. Unser strahlender Held rannte der Mappe nach, fing sie und öffnete kühn den Deckel, löste den Klemmbügel, um dann die Blätter aus der Abheftung zu lösen, sogleich im eigenen Ordner einzuheften und abschließend den leeren Beuteordner hinter seine Schulter zu schleudern.

Auf ein höheres Amt, Würde und Macht hatte er es abgesehen. Mit uns übte er nur und spielte Politik. Immer öfter kam ich mir vor wie eine Gans, die auf dem Spielfeld herumgeschoben wird. Die übergeordneten Personen machten die Regeln, welche die Richtung bestimmten. Immer öfter blieb ich den Zusammenkünften der Naturschützer fern.

REINHARD war mir begegnet. Kurz waren wir auf der Straße zwischen unseren Elternhäusern stehen geblieben wie Planeten, die auf ihren eigenen Bahnen kreisten und nur selten Gelegenheit fanden, sich näher zu kommen. Wie zwei verschiedene Steine aus einer mineralogischen Sammlung schauten wir uns an. Wir wussten beide nichts zu sagen, und ich sprach physikalische Formeln zur Berechnung der Geschwindigkeit eines Körpers, der aus einer Höhe von zwölf Metern irgendwo herunterfällt. Während ich so redete, begannen sich meine Arme unaufhörlich zu drehen. Meine beiden Zeigefinger streckten sich leicht nach vorne und deuteten in der Nichtigkeit meines hilflosen Geplappers. Ich beobachtete das Gehampel mit Erstaunen. Reinhard erzählte mir etwas von zwei parallelen Geraden, die sich in der Unendlichkeit kreuzen würden. Offenbar klebte etwas an seiner vorderen Schuhsohle, was er während unserer Unterhaltung abzustreifen versuchte. Obendrein quälte ihn am Ellenbogen ein Juckreiz. Er konnte nicht aufhören, sich zu kratzen. Ich sagte plötzlich zu Reinhard, ich müsste noch zwanzig Kilo Schnee schmelzen. Vielleicht behauptete ich auch, dass mir gerade eingefallen war, dass ich auf der Stelle die Anzahl der Knochen der Sauropodomorpha, einer der beiden Hauptgruppen der Echsenbeckendinosaurier, zählen müsse. Dann lief ich davon, weil mir nichts mehr in den Sinn kam, was ich noch sagen hätte können, und weil das beginnende Schweigen herumlag wie ein toter Vogel, der gegen das Fenster geflogen war.

Man konnte es von außen vielleicht als Zufall bezeichnen, dass ich im Gymnasium noch nicht gezwungen gewesen war, mindestens einmal eine Schulklasse zu wiederholen. Mir selbst kam es eher wie ein Wunder vor, dass man mir aus Gründen einer umfassenden Blödheit und Trägheit im Denken nicht schon längst den Zutritt zu der höheren Lehranstalt verweigert hatte. Dieses Wunder hatte aber ursächlich mit meiner Mutter zu tun. Ab der siebten Klasse stand ich ein paar Wochen vor dem Ende jedes Schuljahres in mehr als drei Fächern auf 4,7 oder schlimmer. Es wäre ein Leichtes gewesen, mich mit einem sanften Tritt vom gymnasialen Thron zu stoßen. Aber ab dieser Jahrgangsstufe fuhr meine Mutter regelmäßig kurz vor Vergabe der Zeugnisse mit ihrem grünen Auto zum Gymnasium, um in intensive Verhandlungen mit den Lehrkörpern zu treten. Zwei Fünfer hätten genügt, und ich hätte das ganze Schuljahr noch einmal von Anfang an repetieren dürfen. Der Mutter gelang es immer, dieses Schicksal von mir abzuwenden. Wie ein schwerbewaffnetes Geschwader fiel sie dröhnend über die Oberstudienräte her und bombardierte so lange und erbittert jedwede Notengebung und Beweisführung meiner schwachen Geistigkeit, bis nur noch stumm rauchende Ruinen übrig waren. Ihre Macht war groß, und sie gebrauchte diese Macht unverhältnismäßig und rigoros. Die Mutter sprengte einfach den Staudamm der Vernunft, und alle Argumente und Fakten, die gegen mein Erreichen des Klassenziels sprachen, gingen unter in der Trümmerlandschaft. Das Mundwerk dieser Frau war ein unfassbares Geschütz, das mühelos weitreichende Verheerung anrichten konnte. Als Munition verwendete sie schlichtweg alles, was ihr in den Sinn kam. Mein umfangreiches Repertoire an Krankheiten wurde vor dem Studienrat zu einem hohen Gebirge aufgetürmt, das sie auf ihn herunterstürzen lassen würde, sollte er mir nicht mit Mitleid in der Notengebung begegnen. Aber auch das Bild meines dünnen, löchrigen Seelengewandes malte die Mutter in den schaurigsten Farben zu jenen dissonanten Klängen, in denen sie mein unendliches Leid über den Tod der geliebten Großmutter im Großformat heraufbeschwor. Den eigenen Mann beschuldigte sie der dauernden Abwesenheit und einer solchen Grobheit, die sie selbst in Auferbietung ihrer ganzen Kraft vom Sohne abzuhalten gezwungen war, weil diese Rauheit es mit Leichtigkeit vermocht hätte, das ohnehin schwache Lebensflämmchen des hochsensiblen und überaus verletzlichen Schwarmgeists auszulöschen. Wer weiß, was meine Mutter noch ins Feld führte. Sie berichtete von den Kampfhandlungen nur in Fragmenten. Ich vermute, die Lehrer hatten nicht zuletzt deshalb ein Einsehen, weil meine Wiederholung einer Klasse für sie auch bedeutet hätte, dass meine Mutter dann vielleicht noch öfter bei ihnen aufgetaucht wäre. Ich musste niemals ein einziges Schuljahr wiederholen.

Jürgen trug zu einer schwarzen Motorradlederjacke stets ein verschmitztes Grinsen. Seine Anwesenheit garantierte immer eine grundsätzliche Fröhlichkeit, die gewürzt war mit strikter Ablehnung der Humorlosigkeit in all ihren Formen. Des Öfteren pinkelte er selbstlos unsere Kerzen der holden Kunst aus, wenn wir gar zu verklärt auf das Flackern der Flamme starrten. In der Neunten war er zu uns in die Klasse gekommen, weil er das Schuljahr wiederholen musste. Seine Mutter war nicht in die Schlacht gegen die Studienräte gezogen. Sein Vater zweifelte die Entscheidung der Lehrerschaft nicht an und zeigte keinerlei Verhandlungsinteresse. Jürgen sah sich selbst auch nicht als Bestandteil einer hochwohlgeborenen Elite. Den Lehrern hätte es bestimmt gefallen, wenn der das Schuljahr wiederholende Schüler sich, wenn schon nicht Dankbarkeit über die Chance, sich ein zweites Mal beweisen zu dürfen, so doch eine gewisse moderate Unterwürfigkeit hätte angedeihen lassen. Jürgens Demut vor den unterrichtenden Machthabern hielt sich in Grenzen.

Er war nicht in der Lage, auf eine Aussage des Lehrers hin drei Herzschläge zu warten, sich dann zu melden und nach dem Aufgerufenwerden den soeben vernommenen Aussagesatz als modifizierten Fragesatz zu formulieren. Der Lehrer sagte zum Beispiel: «Zu den kennzeichnenden Merkmalen der Säugetiere gehört das Säugen des Nachwuchses mit Milch, die in den Milchdrüsen der Weibchen produziert wird.» Kurz darauf meldete sich ein Schüler und fragte mit geheucheltem Interesse: «Könnte man sagen, dass die Säugetiere als solche bezeichnet werden, weil das Muttertier sein Kind mit Milch ernährt, die in seiner Brust hergestellt wird?» Die ordentlich gekämmten Mädchen in den zugeknöpften Blusen und den langen, karierten Röcken taten dies mit unschuldigen, sanft lächelnden Engelsgesichtern. Unter den Schultischen ballten wir in solchen Momenten die Fäuste und klopften mit Knien wütend von unten an das Möbel. Oft diskutierten wir heftig und kontrovers, ob es sich hier um die schamlose Dreistigkeit von durchtriebenen Erzteufelinnen oder nur um die Schleimabsonderungen von rückgratlosen Nacktschnecken handelte. Das Schlimmste bei der Betrachtung der widerwärtigen Komödie war aber die Reaktion des Schulmeisters auf die charakterlose Anbiederung. Er schwelgte offenbar in einem Hochgefühl, die braven Geschöpfe etwas gelehrt zu haben, als hätte man ihm einen Löffel warmen Honig auf die Zunge getropft. Wir fragten uns oft, ob dieser Mensch wohl im Grunde nicht schlauer als ein Kleiderbügel sein konnte, dass er mit den dümmsten Tricks so einfach hinters Licht zu führen war. Die hummelblöden Schmeicheleien wurden gesetzmäßig und großzügig belohnt. Die Schüler, die sich nicht scheuten, dem Oberstudienrat schwanzwedelnd und mit emsigen Zünglein die Finger zu lecken, hatten stets die besten Mitarbeitsnoten und standen am Schuljahresende in keinem einzigen Fach auf 4,7. Wir durchschauten den Trick. Es kam uns allerdings nie in den Sinn, ihn selbst anzuwenden.

Jürgens Interesse, sich im Unterricht zu profilieren, zielte in eine andere Richtung. Wenn sich ein Witz aus seiner Sicht anbot, erzählt zu werden, dann erzählte er ihn bedingungslos, schon allein aus dem Grund, die verstockte Grundstimmung im stickigen Klassenzimmer aufzubessern. Abfragen vor der Tafel nutzte er regelmäßig als Auftrittsgelegenheiten, um dem Publikum Kurzweil zu bescheren, und fühlte sich reich entlohnt, wenn er die Mitschüler zum lauten Lachen zwang. Mit plötzlichen Assoziationen und Geistesblitzen scherzhafter Natur pflegte er die in grauer Ernsthaftigkeit vorgetragenen Salbadereien des Lehrkörpers oft und gern zu würzen. Meine Freunde und ich liebten seine Späße. Teile der Lehrerschaft verfügten über keinerlei Verständnis, was Humor als bereichernde Kunstgattung anbelangt.

Am Ende des Schuljahres stand Jürgen in zwei Fächern auf wackeligen Vierern. Der Klassenleiter hatte die Macht, über das Schicksal unseres Freundes zu bestimmen. Dieser Lehrer ließ gern sein dunkles Brusthaar oben aus seinem Hemd spitzen. Er labte sich genüsslich an den Blicken der jungen Mädchen, die mit traumumflorten Blicken die dunklen Haare betrachteten, die ihm dicht bis unter den Hals wuchsen. Bevor er am Morgen in die Schule kam, stand er lange in seinem Badezimmer vor dem Spiegel, kämmte mit Lust seinen ebenfalls dichten Bart und öffnete dabei in verschiedensten Posen seinen Lehrermund. Während er die interessantesten Mundstellungen einstudierte, stellte er sich die Schulmädchen vor, denen die Sehnsucht und die Bewunderung seiner männlichen Reize das Herz wie mit Stacheldraht zuschnürte.

Dem Klassenleiter missfielen die Scherze, die Jürgen machte. Das Lachen, das er seinen Mitschülern aufzwang, hielt die Mädchen davon ab, den Hunger seiner Eitelkeit zu stillen. Und manches Mal wurde der Klassenleiter selbst zum Gegenstand der von Jürgen ausgelösten Heiterkeit.

Daran konnte er überhaupt nichts Amüsierendes finden und fühlte sich gekränkt. Der Klassenleiter ließ Jürgen ein zweites Mal durchfallen. Jürgen durfte nicht mehr mitspielen.

Die Entscheidung, meinen Freund durchfallen zu lassen, brachte das schon lange vor sich hin müffelnde Fass meines Missmuts vollends zum Überlaufen. Meine Mutter hätte den Klassenleiter in die Wand gerammt und das Schulgebäude zerstampft, bis nur noch Schutt und Asche übrig geblieben wären. Jürgen war keineswegs unbegabter als ich oder unsere Freunde. Sie schmissen Jürgen aus Willkür von der Schule. Er passte nicht in ihr Bild der auserwählten Jüngerschar, die willfährig die Ehre genossen, sich im erlauchten Kreis beweisen zu dürfen. Ich wollte mir von den scheinheiligen und von Selbstgefälligkeit eingeseiften Vorstadtkrähen weder die Augen aushacken lassen noch mit einem Lorbeerkranz ausgezeichnet werden.

In meiner Familie gab es die Tradition, das Gymnasium auf der rechten Seite des Flusses noch vor dem Erhalt des Abiturzeugnisses zu verlassen. Bei der blonden Schwester hatte sich die Empfindung, nach Beginn eines jeden neuen Schuljahres nur noch mit Mühe Luft zu bekommen, jeden Herbst gesteigert. Weil auf ihre Brust zwei schwere Steinplatten gelegt worden waren, ohne dass die zwei Steinplatten vom Vorjahr entfernt worden wären, entschied sie deshalb, sich im laufenden Betrieb von der Anstalt abzumelden. Bei der schwarzen Schwester war dereinst ein Mitschüler ums Leben gekommen. Im Rahmen der Trauerfeierlichkeit hatte der Lateinlehrer unmissverständlich zum Ausdruck gebracht, dass der Verlust dieses Menschen die Messbarkeit bei weitem nicht überschreiten würde, wenn man allein nur einmal seine eher mäßigen Leistungen in der Sprache der Römer und europäischen Gelehrten in Betracht zöge. Die Schwester hatte nach dieser Aussage die Schule gewechselt.

Ich wollte nicht mehr in den grauen Kasten gehen müssen. Der unbegründete Dünkel des Lehreradels und dessen willkürliche Entscheidungen widerten mich an. Und die Stadt wurde zunehmend kleiner und enger. Die Ausflüchte zu Gott oder in den Aktivismus hatten sich als Sackgassen herausgestellt. Kleingeistige Duckmäuser beschnitten die Bewegungs- und Gedankenfreiheit. Einmal im Jahr, bevor der Festzug durch die Stadt zog, musste die Hecke um unser Haus geschnitten werden, damit die Nachbarn nichts zu reden hätten, damit die Stadtverwaltung keine Verwarnung schreiben würde, damit einfach alles ordentlich aussah, wenn die Menschen an der Hecke vorübergingen, um den Festzug zu betrachten.

Der Vater stand auf der Leiter und schnitt mit der Heckenschere die langen Zweige ab, die herausragten. Meine Mutter und ich hielten wechselweise die Leiter und klaubten die abgeschnittenen Zweige von der Straße auf, um sie in große Säcke zu stopfen. Kein Ast durfte zu weit aus dem Grundstück ragen. Der Vater schnitt die abstehenden Zweige ab. Der Vater schnitt der Mutter die abstehenden Gedanken ab. Die Mutter schnitt dem Vater die Gedanken ab, die zu weit aus seinem Kopf herausragten. Vater und Mutter schnitten dem Sohn die wuchernden Gedanken ab. Wenn die Mutter zu laut brüllte, während ihr die Gedanken vom Kopf geschnitten wurden, schloss der Vater die Fenster und forderte die Mutter auf, ein bisschen leiser zu schreien, damit es die Nachbarn nicht mitbekämen. Die Tauben gurrten in der Tanne. Die Großmutter lag am Friedhof. Der Nachbar zersägte Holz mit der Kreissäge. Ich meldete mich vom Gymnasium der Vorstadt ab. Ich wollte das Gymnasium in der Großstadt besuchen. Die Eltern nahmen meine Entscheidung hin mit der gleichen Begeisterung, wie wenn mir ein sechster Finger an der rechten Hand gewachsen wäre.

ICH schritt jetzt nicht mehr morgens um zwanzig vor acht die Straße mit dem Blumennamen hinauf, über die Kreuzung, durch zwei Straßen mit Baumnamen und nach einer Rechts-links-Kombination auf die große Straße, die zum Gymnasium führte. Sondern ich ging eine Viertelstunde vor sieben aus dem Haus, lief dann die Straße mit dem Blumennamen hinunter zur Unterführung, wo die Großmutter den Bums gelassen hatte, und stieg am Bahnhof in die Bahn, die mich in die Stadt fuhr. Im Gegensatz zu der Vorstadt, die genau genommen eine Kleinstadt war, konnte man die Stadt, in der ich jetzt das Gymnasium besuchte, als Großstadt bezeichnen. Verglich man hingegen diese Großstadt mit einer großen Großstadt, war der Unterschied zur Kleinstadt zwar noch erkennbar, aber auch nicht überdeutlich. Am Bahnhof der Großstadt kam ich an. Die Vorstadt hatte nur zwei Bahnsteige. In der Großstadt gab es so viele Bahnsteige, dass man sich konzentrieren musste, um zum richtigen Gleis zu gelangen. Durch die Großstadt führte mich der neue Schulweg an Restaurants, Geschäften und einer Eisdiele vorbei. In der Kleinstadt war ich ausschließlich zwischen Wohnhäusern zur Schule gegangen. Die einzige Ausnahme hatten die wilde Wiese und der Teich direkt vor dem grauen Kasten gebildet.

Jetzt ging ich am Burggraben vorbei zu einem großen

Schulgebäude aus Sandstein. Das neue Gymnasium sah aus, als würde um Mitternacht ein Gespenst mit Betttuch und klirrender Kette über die Gänge laufen und dabei heulen und mit den Zähnen klappern. Hätte der Hausmeister einen Buckel gehabt, von dem herab eine schwarze Katze mit abstehenden Haaren die Schüler anfaucht, wäre ich nicht verwundert gewesen. Der Hausmeister in der neuen Schule hatte einen dunklen Hund, der ihn oft begleitete. Mit dem hauste er in einem kleinen Raum unter den Treppen, über die es in den ersten Stock des Schulhauses ging. Die jüngeren Schüler der Schule konnten sich bestimmt auch etwas Schöneres vorstellen, als beim Hausmeister Kreide holen zu müssen. Auf dem Gehsteig vor dem Gymnasium standen zwei große Bäume und vor dem Unterricht die älteren Schüler, von denen einige rauchten. Ich stellte mich dazu.

In der neuen Schule verkehrten Schüler, wie es sie bei uns in der Vorstadt nicht gab. Ich lernte dort ein Mädchen kennen, die stahl wie ein Rabe alle Dinge, die nicht niet- und nagelfest waren. Sie trug hohe Bäume mit einem freundlichen Lächeln aus Gärtnereien hinaus, ohne einen Pfennig zu zahlen. Auch die Größe von Möbelstücken hinderte sie nicht, sich kostenfrei zu bedienen. Sie klaute in den Musikgeschäften den kompletten Stapel an Schallplatten eines Interpreten, der ihr gefiel, die vorrätig waren. Mit allergrößter Verständlichkeit stahl sie Dinge für den täglichen Bedarf.

Was den Ladendiebstahl anbelangte, waren meine Kennnisse bescheiden. In der Zeit, in der ich angefangen hatte, mich für Musik zu interessieren, war neben der Plattensammlung der Schwester auch das Radioprogramm eine Quelle, um mit der zeitgenössischen Musikentwicklung Schritt zu halten. Besonders herausragende Kompositionen wurden zu weiteren Forschungszwecken oder wegen großer Beliebtheit auf Kassetten aufgenommen. Dieses Medium diente auch dazu, ganze Schallplattenaufnahmen zu kopieren und mit den Freunden zu tauschen. Insofern war es regelmäßig notwendig, neue Kassetten heranzuschaffen. Drei Sorten von Kassetten waren auf dem Markt. Die unterste Stufe war die Normalkassette. Die Aufnahmen darauf klangen lausig, man benutzte sie lediglich, wenn man noch nicht sicher war, ob die Mühe sich überhaupt lohnte, weil die Tauglichkeit der Musik längst nicht erwiesen war. Gängiges Medium war dagegen die Chromdioxid-Kassette. Deren Aufnahmen erfüllten unsere Bedürfnisse und erlaubten musikalischen Genuss auf relativ hohem Niveau. Oberklasse waren die Metal-Kassetten. Der Klang war brillant und übertraf alles. Auch vom Preis her waren die Dinger an der Spitze und kosteten fast dreimal so viel wie die Chromdioxid-Kassetten.

Erik besaß ein paar dieser exklusiven Tonträger. Es ließ sich schwer für mich nachvollziehen, ob er die Dinger ebenfalls klaute. Irgendeiner von uns hatte jedenfalls damit angefangen, im Laden Kassetten einzustecken, ohne dafür zu bezahlen, und hatte den anderen davon berichtet. Bei meinem stetigen Verbrauch schien es mir plausibel, es dem Freund nachzumachen.

Der Tatort war die Heka am Marktplatz. In einem Regal im Souterrain lagen aufgereiht die verschiedenen Kassetten. Wenn ich zu Hause losging, wusste ich nach dem Schließen der Haustür hinter mir und im Hinuntersteigen zum Vorgarten schon, dass ich gleich einen Diebstahl begehen wollte. Aber ich verdrängte den Gedanken auf dem Weg in die Stadt, weil es mich zu sehr aufgeregt hätte, die ganze Zeit an mein kriminelles Vorhaben zu denken.

Ich fürchtete einen Herzstillstand und betrachtete stattdessen interessiert die Vegetation in den Nachbargärten. Ganz beseitigen ließ sich die böse Absicht aber nicht aus dem Bewusstsein, und so zeigten sich beim Betreten der Heka bereits deutliche psychosomatische Auswirkungen: Meine Backen und Ohren färbten sich fühlbar rot. Die Handschweißbildung stieg rapide an, und ständig musste ich Unmengen von Spucke im Mund hinunterschlucken. Leicht taumelnd wankte ich die Treppen zum Kassettenregal hinab. Bevor ich zugriff, schaute ich aufgeregt nach allen Seiten. Dann steckte ich zwei oder drei Chromdioxid-Kassetten ein. Ich hatte nicht den Schneid, auch nur eine einzige Metal-Kassette mitzunehmen. Das wäre für mich gewesen, als hätte ich die Nofretete aus dem Museum geraubt. Ich wollte es beim Ladendiebstahl belassen. Ich stopfte das Diebesgut umständlich unter meinen Pullover und hastete mit übersteigertem Herzrasen davon.

Für die Angestellten der Heka hätte es eigentlich ein Leichtes sein müssen zu erkennen, was ich im Schilde führte. Ein sehr geringes Maß an Menschenkenntnis und Aufmerksamkeit hätten genügt, mich zur Strecke zu bringen. Unter Umständen scheuten sie meine Überführung, weil sie fürchteten, ich könnte aufgrund meiner hohen Aufgeregtheit einfach tot umfallen, wenn ich gefasst würde. Sogleich würden dann der Notarzt und die Kriminalpolizei erscheinen, das Ladengeschäft müsste notgedrungen für längere Zeit schließen, und jeder Hamster konnte sich ausmalen, dass die dadurch entstehenden finanziellen Einbußen bei weitem den Gegenwert von zwei Chromdioxid-Kassetten überstiegen. Vielleicht sahen sie meinem Tun gelassen zu und entschieden, den entstandenen Verlust einfach auf die Rechnung meiner Mutter aufzuschlagen, wenn sie das nächste Mal bei ihnen einkaufte, weil die das in ihrem grundsätzlichen Wahnsinn ohnehin nicht mitbekommen würde.

Die Kunst, oder besser gesagt die Philosophie des selbstbewussten Stehlens, wurde mir im Rauchereck vor dem Gymnasium der Großstadt von der Meisterdiebin persönlich beigebracht. Sie veranstaltete in den Schulpausen eine Art Workshop, in dem sie vor einer kleinen Gruppe Interessierter regelmäßig nachvollziehbare Anweisungen aus ihrem umfangreichen Erfahrungsschatz preisgab.

Der Kern ihrer Ratschläge bestand darin, dass man hoch erhobenen Hauptes in einen Laden hineinschreiten und sich dort holen solle, was man brauchte.

«Du gehst zum Regal und schaust, was dir dort richtig gefällt, und wenn dir was richtig gefällt, dann nimmst du es dir. Das Teil, für das du dich entscheidest, ist schon deines, bevor du überhaupt in den Laden hineingehst. Es gehört dir schon, bevor du von ihm weißt. Es liegt nur da, um von dir geholt zu werden. Mit der gleichen Selbstverständlichkeit, wie ich zu Hause eine Tasse aus dem Schrank nehme, greife ich im Laden ins Regal. Und ich schaue eben gerade nicht, ob mich jemand dabei beobachtet. Daheim achte ich ja auch nicht darauf, ob der Nachbar gerade durchs Fenster bei mir hereinsieht, wenn ich mir eine Tasse nehme. Ich greife meine Tasse, ohne zu überlegen, weil es schlicht und einfach meine Tasse ist. Im Laden verfahre ich auf die gleiche Weise. Ich bin ganz normal aufmerksam. Ich starre nicht aus schlechtem Gewissen auf den Boden. Ich habe ja kein schlechtes Gewissen. Ich schaue den Menschen ins Gesicht und ich grüße die Frau hinter der Kasse, wenn sich unsere Blicke treffen. Sie hat noch viele anstrengende Stunden vor sich. Ihr Gehalt ist nicht besonders hoch. Sie muss dafür hart arbeiten. Ich schenke der Angestellten ein Lächeln und trage mein Ding aus dem Geschäft. Ich hole mir ganz einfach meine Sachen aus dem Regal, verhalte mich freundlich und gehe meinen Weg. Ganz wichtig dabei ist, die Dinge, die man mitnimmt, nicht in die Jacke oder unter das Hemd zu stopfen. Oder stopfst du dir daheim die Kaffeetasse immer erst in die Hose, bevor du daraus trinkst?», fragte sie mich mit einem entwaffnenden Lächeln.

In zahlreichen Pausen und auch nach der Schule breitete sie ihre Lehren vor uns aus, leidenschaftlich und mit viel Liebe für Details. Manche bezweifelten den Wahrheitsgehalt oder argwöhnten, dass sie vielleicht doch ein paar notwendige Details einfach weglassen würde. Ich hörte mir alles oft und gründlich an und machte mir meine Gedanken. Einmal fragte ich sie ganz direkt, ob man wirklich so handeln konnte, wie sie empfahl, ohne sich einem erhöhten Risiko auszusetzen, erwischt zu werden. «Genau das Gegenteil ist der Fall. Wenn du so verfährst, wie ich es dir sage, minimierst du die Wahrscheinlichkeit, beim Diebstahl entdeckt zu werden. Ich erzähle dir keinen Scheiß. Was ich dir sage, ist nichts weniger als die Erkenntnis aus jahrelangen persönlichen Erfahrungen. Der Erfolg gibt mir recht. Ich bin noch nie erwischt worden.» Das Mädchen war hochgradig kriminell, aber auch aufrichtig und ehrlich.

Ich probierte ihre Methode eines Tages im Buchkaufhaus Hugendubel in der Großstadt aus. Aus innerer Neugierde wollte ich mein neu erworbenes Wissen in der Praxis anwenden. Ich ging in den Laden hinein zu dem Regal mit den Romanen und suchte nach dem Buch, das sich bereits in meinem Besitz befand. Unter dem Buchstaben B sah ich den Roman «Das Kalkwerk» von Thomas Bernhard.

Bernhard war bei uns damals sehr angesagt. Das heißt, eigentlich las nur der Mitschüler Joachim recht leidenschaftlich ein Buch von Bernhard nach dem anderen, er las sie auch mehrmalig hintereinander. Außerdem betonte er gern, dass er jeden Roman des österreichischen Schriftstellers ohne größere Unterbrechungen in einem Zug las. Wenn es sein musste, las er die ganze Nacht lang, bis es draußen hell wurde und die Vögel zu pfeifen begannen. Thomas Bernhard müsse man vom Anfang bis zum Schluss durchlesen, pflegte uns Joachim immer wieder anzuweisen. Einen Bernhard'schen Roman nicht rasch und konsequent von der ersten bis zur letzten Seite zu lesen sei ein fataler Fehler. Nur ein Ignorant lese Bernhard in mehreren Schritten, predigte Joachim immer wieder. Joachim sprach sogar schon so, wie Thomas Bernhard schrieb. Manches Mal zitierte er vollständige Absätze aus einer Erzählung von Thomas Bernhard. Dann wieder sprach er in einer Weise, dass wir glaubten, er zitiere, aber er tat es gar nicht. Er hatte sich die Sprache von Bernhard tief verinnerlicht, und sie hatte sich in ihm bereits vollkommen verselbständigt. Joachim hat uns damals mit seiner Bernhardbegeisterung entweder angesteckt oder stark abgeschreckt. Ich zumindest habe angefangen, mich für die Werke von Bernhard zu interessieren. Der Roman «Das Kalkwerk», den ich damals aus dem Hugendubel mitnahm, war das erste Buch, das ich von Thomas Bernhard gelesen habe.

Vor dem Einschlafen Bernhard zu lesen hatte für mich Konsequenzen, die ich niemals geahnt hätte. Die Musik der Sätze verselbständigte sich in meinem Kopf, und ihr Rhythmus und Takt spielten weiter. Die Sätze von Bernhard begannen, sich in meinem Kopf zu wiederholen, und ich konnte das andauernde Echo der Bernhardwörter in mir gar nicht mehr unterbrechen. Im Hugendubel griff ich nach dem «Kalkwerk», ohne zu ahnen, dass die gedruckten Wörter in mir laut nachschallen würden, wenn ich meine Augen schon geschlossen hätte und das Buch zugeklappt am Nachttisch lag.

Ich zog den Roman von Thomas Bernhard aus dem Regal und lief mit ihm in der Hand aus dem Laden. Die Frau hinter der Kasse blickte mich an, und ich grüßte sie freundlich, weil ich eine gute Erziehung genossen habe. Sie grüßte mich zurück. Alle Bücher von Thomas Bernhard, die sich in meinem Besitz befinden, stammen aus dem Buchkaufhaus Hugendubel. Für kein einziges Buch habe ich etwas bezahlt. Alle Bücher von Thomas Bernhard aus dem Hugendubel befanden sich bereits in meinem Besitz, bevor ich sie dort aus dem Regal herausgenommen habe.

IN dem neuen Gymnasium in der Großstadt wurde darauf verzichtet, den Schülern tagtäglich zu orakeln, dass sie für höhere Aufgaben in der Menschheitsgeschichte auserkoren wären und dass sie sich mühen mussten, diesem Anspruch gerecht zu werden. Die Lehrer dort sahen sich selbst nicht als noble Dompteure von edlen Hengsten und Stuten. Die Verhältnisse waren andere. So konnte es gut geschehen, dass ein Mitschüler an einem Schulvormittag davon berichtete, dass er beim Besuch einer Discothek in der vergangenen Nacht auch die Englischlehrerin dort erblickt hatte, die sich mit Behagen zur Musik bewegt und sich auch den Freuden des Alkohols nicht ferngehalten habe.

Diese Beobachtung, schloss der Mitschüler, berechtigte zu der sicheren Annahme, dass am heutigen Tag der Englischunterricht wegen Krankheit ausfalle würde und wir in den Genuss einer Freistunde kämen. Es geschah genauso, und ich staunte nicht schlecht. Derselbe Mitschüler, der die Prophezeiung ausgesprochen hatte, flüsterte kurz vor der nächsten Englischstunde, welche die trink- und tanzfreudige Lehrerin bei uns abhielt, dass ich unbedingt auf ihre Haare achten müsse, wenn sie heute den Klassenraum betrat. Kurz nach dem Schulgong, der auch in der Stadt eine scheppernde Klingel war, schritt die Frau in den Raum, als wäre nichts weiter gewesen. Ich betrachtete ihre Haare. Die Frisur schien mir verwandelt, mit mehr Schwung und wellenhaft in der Bewegung.

«Was ist bloß mit ihren Haaren passiert?», fragte ich leise den Kollegen, der sich offensichtlich tief in die Geheimnis der Pädagogin eingearbeitet hatte. Er grinste mich an und sagte: «Sie war beim Friseur und hat sich die Haare machen lassen. Immer wenn sie die Nacht durchtanzt, geht sie am nächsten Tag zum Haareschneiden und kommt dann wie verwandelt zurück in die Schule.»

«Sie schaut super aus», musste ich zugeben.

«Du müsstest erst einmal sehen, wie sie tanzt», meinte mein Klassenkamerad. In der Vorstadt war es vollkommen ausgeschlossen gewesen, einen Lehrer außerhalb der grauen Klötze auch nur existieren zu sehen. Die Lehrer im Vorstadtgymnasium tanzten niemals und tranken keinen Alkohol. Wenn einer von ihnen Lust zu tanzen verspürt hätte, wäre er mit einem Raumschiff auf einen fernen Planeten geflogen, hätte dort in einem Bunker auf der der Erde abgewandten Seite ein Platte aufgelegt, und dann hätte er ein wenig vor den Boxen herumgezappelt, nicht ohne sich vorher zu vergewissern, dass die Tür abgeschlossen und das Schlüsselloch mit einem Kaugummipapierchen verstopft war, damit nicht jemand hindurchsehen konnte. Die Studienräte auf dem Land ließen wahrscheinlich die Rollläden herunter und legten den Telefonhörer neben den Apparat, wenn sie einmal ein Bier aus der Flasche tranken. Und das Etikett musste dabei von einer braunen Tüte verdeckt sein. Ungefähr so häufig, wie man eine totale Sonnenfinsternis erlebt, ist es vorgekommen, dass ich in der Vorstadt einen Oberstudienrat im Supermarkt begegnet bin. Es war ein Freitagnachmittag, der Mann stand vor einem Regal, und ich konnte mir in keiner Weise vorstellen, wie er dorthin gelangt war. Ich grüßte den Lehrer verwundert. Der Lehrer antwortete mit einer seltsamen, mir unbekannten Stimme und machte dabei ein unbeholfenes Gesicht. Es kam mir vor, als würde ich Jesus Christus sehen, der sein Fahrrad schiebt, weil der hintere Reifen platt ist. Der Lehrer mühte sich, etwas zu sagen, das freundlich und auf eine unverbindliche Art privat klingen sollte. Mir war diese Situation sehr unangenehm gewesen. Ich verabschiedete mich eilig.

In der Vorstadt wäre ein Gymnasiallehrer eher zu einem Häufchen Staub zerfallen, als eine Disco überhaupt nur zu betreten. Ein engagierter Englischlehrer auf dem Land leitete die Theatergruppe, und sein ganzes Herzblut floss in die Inszenierungen, mit denen er sich von Jahr zu Jahr immer wieder selbst übertraf und deren Aufführungen über Dekaden hinweg Gegenstand der Gespräche im Lehrerkollegium und in der Schülerschaft waren. Die Schauspieler und Schauspielerinnen, die zur Schultheatergruppe zählten, durften sich einer Hochachtung gewiss sein, die sie leuchtend umhüllte. Ein größerer Raum im Keller der

Schule war eigens zum Theater umgestaltet worden. Der Kunstlehrer gestaltete mit einem erwählten Kreis hochgradiger Talente die Bühnenbilder nach den Maßgaben des Regisseurs, der sich nur mit den besten Resultaten zufriedengab. Eine Gruppe von mehreren Schülern bemühte sich im Schweiße ihres Angesichts und mit schwindelerregender Präzision, die Wirkung von Licht- und Toneffekten in immer neue Höhen fortzuentwickeln.

In der Stadt führte ein Deutschlehrer die Regie in der Theater-AG. Geprobt wurde in einem Klassenzimmer, in dem man nachmittags die Schultische zur Seite und nach der Probe zurück an ihren Platz rückte. Das Ensemble bestand aus Jungen und Mädchen, die es alle insgeheim bereuten, nicht vor der Verteilung der Rollen den Kurs verlassen zu haben. Der Eifer des Regisseurs wäre von seiner künstlerischen Dringlichkeit her auch sehr geeignet gewesen, um, statt den «Sommernachtstraum» von Shakespeare zu proben, mit den Schülern Pflaumen zu Marmelade einzukochen. Die Premiere fand stets in der Aula statt, und als Bühnenbild hatte man etwas entworfen, das sich ohne Nägel oder Schrauben befestigen und problemlos in einem Karton transportieren ließ. Die Lichtregie sah das Einschalten von zwei Scheinwerfern zu Beginn der Vorführung und ihr Abschalten nach dem Schlussapplaus vor. Fünf Wochen vor der Premiere verschwand der Deutschlehrer in jedem Jahr spurlos von der Bildfläche und tauchte bei keiner einzigen Probe jemals wieder auf. Eine Schülerin übernahm seine Aufgaben und sorgte dafür, dass die Veranstaltung doch noch stattfinden konnte. Hätte der stumme Hund des Hausmeisters Junge bekommen, hätte dieses Ereignis die Premiere der Theatergruppe des städtischen Gymnasiums bei weitem in den Schatten gestellt.

Im Vorstadtgymnasium waren die Gruppen, denen man sich zuordnen konnte, übersichtlich. Es gab die Normalos, die sich keine Auffälligkeiten zuschulden kommen ließen und ihre Interessen und Meinungen weitgehend für sich behielten. Die Ökos zeichneten sich durch fußfreundliches Schuhwerk und zum Teil selbsterzeugte Kleidung sowie Anstecker aus, die etwa ihrer politischen Hoffnung für Frieden oder ihrer Gegnerschaft zum Atomstrom Ausdruck verliehen. Der Gegenentwurf zu dieser Gruppierung waren die Popper. Sie betrachteten das Engagement für übergeordnete Ziele des Zusammenlebens als fragwürdig und widmeten sich lieber der Pflege asynchroner Frisuren und modischem Chic, dazu genossen sie alkoholische Mixgetränke, die dem Zeitgeist entsprachen. Rocker und sonstige Freunde aller möglichen Spielarten von zeitgenössischer Rock-'n'-Roll-Musik wiederum ordneten gemixte Drinks in leuchtstarken Farben in die Kategorie der schweren Geschmacksverirrung ein und tranken stattdessen Bier und Schnaps. Wenn ihnen einmal der Sinn auf Abwechslung in ihren Trinkgewohnheiten stand, bohrten sie mit einem Schlüssel ein Loch in den unteren Teil einer Bierdose, selbige neugeschaffene Trinköffnung führten sie dann an den Mund, öffneten sodann die Lasche auf der Dose, worauf der Gerstensaft mit einer erheblichen Geschwindigkeit in den Hals spritzte, sofern man das Behältnis vor der Prozedur noch sachgerecht geschüttelt hatte.

Im Gymnasium in der Stadt gab es indessen noch weitaus mehr jugendliche Gruppierungen, die sich in Kleidung, musikalischem Interesse und Weltanschauung stark voneinander unterschieden. Mädchen und Jungen, welche einzig und allein die Farbe Schwarz für jeden Stoff am eigenen Leib zuließen, tauchten bei Veranstaltungen in langen Reihen auf der Tanzfläche der Discotheken auf, um bei düsterer Musik leicht gebückt wenige Schritte vor und anschließend dieselben Schritte zurück zu schreiten. Es gab Jungs, die kämmsprühten sich eine Tolle, die weit über die Stirn ragte, und es gab welche, die trugen die Haare verschiedenartig gefärbt und häufig geschopft, wobei die Schöpfe mittels Imprägnierung mit Bier streng nach oben standen. Es war auch möglich, seine Meinung zur Welt kundzutun, indem man eine grünliche oder beige Kutte über seinen sonstigen Kleidungsstücken trug und sich mittels motorisierten Rollers durch die Stadt bewegte. Zu Fahrzeug und Überjacke konzentrierte man sich musikalisch auf das Schaffen einer Rockformation aus England, die sich schon ein paar Jahre vorher aufgelöst hatte. Jede Farbe eines Kleidungsstücks konnte tiefere Bedeutung haben. Eine spezielle Frisur oder ein Anstecker mochten Ausdruck einer Hinwendung zu einem speziellen kulturellen Phänomen und der gleichzeitigen leidenschaftlichen Ablehnung einer anders orientierten Gruppierung sein. Staunend studierte ich die vielfältigen Symbole und ihre weitreichenden Bedeutungen im Leben des Menschen, der sich über diese Zeichen einer speziellen Ansicht über die Welt zugehörig fühlte.

In der Vorstadt war einmal ein Einziger – offenbar unkundig der dortigen Gepflogenheiten und ungeschriebenen Gesetze – mit erhobenem Haupt, das ein Irokesenschnitt zierte, in das hoch ehrwürdige Schulhaus getreten. Er war während der Sommerferien aus einer Großstadt im Nordwesten des Landes in die Vorstadt gezogen. Die hiesige Armut und Eintönigkeit an Ausdrucksformen des Lebensstils bei den Mitgliedern seiner Altersgruppe muss ihm zweifellos aufgefallen sein. Er hatte dies aber nicht zur Veranlassung genommen, seine Haartracht zu ändern.

Schließlich hatten sich seine Sicht auf die Welt und seine Favorisierung typischer Musiksparten mit dem Umzug in die Kleinstadt auch nicht geändert. Keine zwei Tage dauerte es nach Beginn des Schuljahres, und der Mann mit dem hohen, bunten Schopf wurde zum Direktor zitiert, um mitgeteilt zu bekommen, dass eine derartige Frisurenmode und die damit verbundenen Ansichten im Gymnasium auf der rechten Seite des Flusses weder üblich noch gestattet seien.

EIN Mädchen in der Stadt trug gelegentlich Cowboystiefel. Damit hatte es aber keine weitere Bewandtnis, ich konnte jedenfalls keine tiefere Bedeutungsebene erkennen. Soweit ich durch Nachfragen herausbekommen hatte, ritt sie nicht auf Pferden, hörte nicht ausschließlich Country- und Westernmusik und liebäugelte auch nicht mit der Rinderzucht auf großflächigem Weideland. Ihre Cowboyschuhe waren nicht Ausdruck eines wie auch immer gearteten orthodoxen Lebensstils, eher das Gegenteil. In einer Mischung aus Überraschung und Amüsement betrachtete ich die besonderen Schuhe, die das Mädchen trug. In den Schaft waren zwei rote Lederherzen eingearbeitet. Manchmal trug sie auch ganz und gar unauffällige Schuhe, so unauffällig, dass ich, wenn ich am nächsten Tag danach gefragt worden wäre, auch nach intensivem Nachdenken keine Antwort gewusst hätte, welche Schuhe sie denn angehabt hatte.

Ungewöhnlich ist es gewesen, dass dieses Mädchen auch in den gewöhnlichsten Schuhen in mir jedes Mal ein wohliges Erstaunen und dazu den Eindruck auslöste, ich könne plötzlich besser hören und sehen. Sie hieß Katharina. Ihr

Lachen war wie gelbe Limonade. Ihre Fingerkuppen und Fingernägel waren auffallend rund, und sie schaute mit ihren lustigen Augen stets sehr wach in die Welt. Auch mit dieser Wachheit hatte es etwas Besonderes auf sich. Es war keine Wachheit, die daraus resultierte, dass man gut und lange geschlafen hatte. Wahrscheinlicher war es, dass ihr Vater in einem Gewächshaus im hinteren Teil des Gartens, zu dem man nur über einen von Lianen und dichten Büschen umrankten Pfad gelangte, kleine, hellblaue Gurken züchtete. Eine der Früchte erntete der Vater jeden Morgen und legte sie Katharina auf den Frühstücksteller. Ganz vorsichtig nahm die Tochter die hellblaue Gurke und biss hinein. Und dann krachte es wie ein Feuerwerk hinter ihren Zähnen und auf der Zunge, und für den Rest des Tages war Katharina auf diese besondere Weise wach. Gelegentlich schien der Frau ein Stromschlag durch den Körper zu fahren, und sie sprang mit angewinkelten Armen und gespreizten Fingern ein Stück zur Seite und stieß dabei einen kleinen Schrei aus, um kurz darauf in lautes, lang andauerndes Lachen zu verfallen. Ich schrie zu der Zeit auch gern oder erhob die Stimme, nur um irgendeine Unwichtigkeit zu betonen.

Es war ein großes Vergnügen, sich mit Katharina zu unterhalten. Die Worte sprangen uns wie glückliche Kängurus aus dem Mund. Wir nahmen uns auf eine wohltuende Weise ernst, ohne dabei den Spaß zu verlieren. Unsere Gespräche führten uns in ein Gebiet, das noch nicht kartographisch erfasst war.

Katharina zeichnete viel. Ein Grund dafür mochte bei ihr ein leichtes Misstrauen gegen die Welt der Wörter im Allgemeinen sein sowie die Befürchtung, die gerade in Verwendung befindlichen wichtigen Begrifflichkeiten und deren immense Bedeutung nicht gut genug zu kennen. Sie sparte zwar nicht an Wörtern, doch oft erschien ihr Versuch, etwas mit der Sprache auszudrücken, wie Schlittern auf glattem Eis. Das Zeichnen ging ihr leichter und unmittelbar von der Hand.

Eines Nachts kletterten wir in ein leerstehendes, fast verfallenes Haus, das darauf wartete, abgerissen zu werden. Farbe, Pinsel und Übermut hatten wir mitgenommen. Zwei Schulfreunde waren noch dabei. Einer beleuchtete die kahlen Räume, und der andere bemalte im Schein der Taschenlampe die leeren Wände. Unsere Zeichen waren für niemandes Auge bestimmt. Katharina malte schnell. Ich schüttete die Farbe mehr auf die Wand. Wir wechselten uns ab mit dem Halten der Leuchten und hastigem Malen. Gegenseitig trieben wir uns an, noch schneller zu malen, bevor unser verbotenes Tun entdeckt würde. Das Licht könnte uns verraten, und besser wäre es, im Dunkeln zu malen. Am besten wäre es, gar nicht zu sehen, was man malt, gar nicht zu hören, was man sagt. Wir malten und sprangen im Finstern. Die Pinsel tanzten über den Stein. Wir tranken die Farbe und spuckten damit die Wände voll. Dann standen wir im Kreis und watschten uns reihum und lachten dabei. Durch die Fensterlöcher blies der Nachtwind auf unsere erhitzten Backen. Ich spürte eine Furcht, die nicht unangenehm war. Wir schrien laut in dem Haus, in dem keiner mehr lebte, und ließen das Licht der Taschenlampen schnell durch die Räume kreisen, als malten wir an den Stellen weiter, an die wir mit Pinsel und Farbe gar nicht hingekommen waren. Wir schrien, strahlten und schmierten, als wären wir allein auf der Welt. Wein haben wir getrunken und Essen verschlungen. Matratzen lagen auf dem Boden. Da haben wir geschlafen.

Als ich im Morgengrauen meine Augen öffnete, sah ich Katharina schlafend neben mir liegen. Mein Herz klopfte, als ich ihr ganz vorsichtig mit der Spitze des Zeigefingers über die Lippen strich. Ich konnte die Wärme ihrer Lippen fühlen, und ganz sanft wehte ihr Atem aus der Nase. Ihre Augen öffneten sich. Sie hatte nichts gegen meinen Finger auf ihren Lippen einzuwenden und ließ ihn gewähren, als er leicht zittrig die Konturen ihres Mundes nachzeichnete. Ich sah winzige kleine Härchen unter ihrer Nase, die sich im Ausatmen ganz leicht bewegten. So nah war ich Katharina noch nie gekommen. Ich roch ihre Haut. Sie berührte auch mich und malte mir mit ihrem Finger unsichtbare Zeichen ins Gesicht. Es fühlte sich an, als male sie mir ein Leuchten auf die Backen, als wäre ich ein Stück Rosinenkuchen, das in eine Schüssel warmer Milch gefallen war und sich vollsaugte mit Wohlgefühl. Fast erstaunt bemerkte ich, dass sich noch Knochen unter meiner Haut im aufgestützten Arm befanden und ich mich noch nicht zur Gänze in eine Pfütze aus Leidenschaft aufgelöst hatte. Ganz vorsichtig strichen wir uns über die Augenbrauen und über die Backen zum Kinn. Ich rückte näher. Katharina rückte. Wir schmolzen ineinander und hielten uns gegenseitig im Unsagbaren fest. Unsere Nasenspitzen berührten sich. Wir atmeten einander. Dann berührten sich unsere Lippen. Was oben und unten war, Schwerkraft und Gewicht waren nur noch Behauptungen eines Käfers, der auf einem fernen Planeten im Schatten eines Kiesels eingeschlafen war. Es fühlte sich an, als schwömmen wir beide in einem Schokoladenpudding mit Sahne obenauf, der aus dem Klang von hundert Violinen entstanden war. Ich glühte vor Glück wie ein Toaster. Der Sinn des Daseins war ein Stück Brot, das immer wärmer wurde. In meinem Inneren waren Kabel verlegt, und jetzt floss Strom darin. Mit einem sanften Brummen öffnete sich meine Schädeldecke. Eine große Glühbirne, in der der Glühdraht in dunklem Rot leuchtete, erhob sich aus meinem Hirn. Ich schloss die Augen und genoss diesen unglaublichen Kuss. Wie zwei Bücher, die sich schon immer gehört hatten, stahlen wir uns gegenseitig aus dem Regal der Zeit.

Ich öffnete die Augen. Katharina öffnete die Augen. Wir sahen uns an und lächelten wie zwei Stücke feinster Käsekuchen mit Sahne. Dann schlossen wir die Augen wieder und küssten uns noch einmal. Warum hielt man sich mit anderen Dingen im Leben auf? Ich konnte es nicht begreifen. Wir hörten nicht auf mit dem Küssen.

DIE letzten Schulaufgaben des letzten Schuljahres waren geschrieben worden. Jetzt begann für uns die Vorbereitung auf die schriftlichen und mündlichen Abiturprüfungen. In der letzten regulären Stunde des Chemiegrundkurses las der Chemielehrer in alphabetischer Reihenfolge die Namen der Schülerinnen und Schüler vor und unterrichtete jeden, mit welcher Punktzahl er in seinem Abiturzeugnis zu rechnen habe.

Meinen Namen las er nicht vor. Obwohl er mich mit dem E am Anfang meines Nachnamens eigentlich schon relativ früh hätte nennen müssen. Mich hob er sich für den Schluss auf. Er hatte allen Schülern ihre zugehörige Punktzahl verlesen und setzte eine kleine Pause.

«Kann es denn sein, dass ich bei den vielen Schülern irrtümlich einen vergessen habe?», fragte er theatralisch.

«Ja», sagte ich. «Mich haben Sie nicht vorgelesen.»

«Ach ja, der Egersdörfer. Den muss ich übersehen haben.» Er starrte mit übertrieben gerunzelter Stirn in seine Liste und schien meinen Namen zu suchen. Dann blickte er auf: «Was glaubt der Egersdörfer denn, welche Punktzahl er im Grundkurs Chemie erreicht hat?», fragte er mich.

«Einen Punkt werde ich schon bekommen», antwortete ich mit einem Trotz, der auf zwei sehr dünnen Beinen stand.

«Das glauben auch nur Sie allein», antwortete der Oberstudienrat mit einem Lächeln, als lutsche er gerade ein Zitronenbonbon, dessen Geschmack ihm sehr behagte.

«Aber ich bin immer anwesend gewesen», sagte ich zu meiner Verteidigung.

«Sie wollen also darauf hinweisen, dass sich Ihr Körper im Klassenzimmer befunden hat? Da gebe ich Ihnen recht. Das stimmt», antwortete der Lehrer.

Dann schmolz seine aufgesetzte Fröhlichkeit nach und nach ab, und er dozierte nüchtern weiter: «Ihre körperliche Anwesenheit ist hier freilich auch im Klassenbuch verzeichnet. Aber was bedeutet Ihr physisches Vorhandensein für die Notengebung? Freilich, das Sitzen auf dem Schulstuhl vor dem Schultisch im Schulzimmer ist die theoretische Grundlage, um dem Unterrichtsgeschehen zu folgen und Lernziele zu erreichen. Aber außer der Tätigkeit des Sitzens haben Sie nichts geleistet, das man als relevant bezeichnen könnte. In meinen Aufzeichnungen finden sich keine Hinweise, dass Sie durch Mitarbeit, in welcher Art auch immer, aufgefallen wären. Ganz im Gegenteil. Auf Fragen meinerseits kam bei Ihnen so gut wie keine vernünftige Antwort heraus. In meinen Aufzeichnungen fehlen Vermerke, dass Sie auch nur gelegentlich einmal einen sinnvollen Beitrag geleistet hätten. Außer die Zeit und den

Unterricht hier unbeteiligt abzusitzen, haben Sie nichts geleistet, Egersdörfer. Oft genug habe ich Sie darüber hinaus noch ermahnen müssen, dass Sie sich ruhig verhalten sollten, um nicht auch noch Ihre Mitschüler bei der Konzentration zu stören. Eine Konzentration, die notwendig ist, wenn man naturwissenschaftliche Gesetzmäßigkeiten auch nur im Ansatz verstehen möchte. Aber diese grundsätzlichen Notwendigkeiten haben Sie hier von Anfang an kaltschnäuzig in Frage gestellt. Ihrer Meinung nach sollte es mir also genügen, dass Sie sich in diesem Raum befanden, ohne irgendwie Kenntnis davon zu nehmen, was sich vor Ihren Augen und Ohren abspielt, um Ihnen einen Punkt zu geben. Ich möchte Ihnen heute allerdings unmissverständlich mitteilen, dass Ihre Anwesenheit allein leider nicht ausreicht, um die Minimalanforderung in diesem Grundkurs zu erreichen. In einer hochgradigen Arroganz haben Sie es nicht für notwendig erachtet, sich auch nur vordergründig mit den Inhalten auseinanderzusetzen, die hier verhandelt wurden. Das Abitur, Egersdörfer, zeichnet den guten Schüler aus. Der Erhalt des Abiturzeugnisses erlaubt so einem Schüler zum Beispiel, an einer Universität zu studieren. Die Frau an der Kasse im Supermarkt, beispielsweise, braucht weder ein Abiturzeugnis, noch muss sie ein abgeschlossenes Studium vorweisen, um die Preise von Produkten in die Kasse zu tippen. Die Frau im Supermarkt braucht auch keinen Doktortitel, um Dosenbohnen in das Regal zu stellen. Aber auch sie muss sich beim Einsortieren beeilen und dafür zum Beispiel die Pausen nutzen, in denen gerade kein Kunde seine Waren auf das Laufband legt. Wenn ein Kunde etwas zur Kasse getragen hat, muss die Kassiererin sofort das Einsortieren der Dosenbohnen unterbrechen. Schnell muss sie sich hinter die Kasse und das Laufband in Bewegung setzen, und dann muss sie nacheinander die Preise eintippen und summieren. Keineswegs genügt es bei der Kassiererin, dass sie nur körperlich im Supermarkt anwesend ist. Sie kann sich nicht auf die Palette mit den verpackten Dosenbohnen setzen und darauf warten, dass ein Kollege die Dosenbohnen einsortiert. Es genügt auch nicht, dass die Frau im Supermarkt starr auf dem Stuhl an der Kasse sitzt und bewegungslos vor sich hin starrt, im Vertrauen darauf, dass die Kunden, die an dieser Kasse die Ware auf das Laufband geladen haben, diese Produkte wieder einsammeln und sich damit zu einer anderen Kasse bewegen, an der eine andere Mitarbeiterin vielleicht gerade gewillt ist, das Laufband in Bewegung zu setzen, die Preise einzugeben, den Rechnungsbetrag zu nennen, Geld vom Kunden anzunehmen und ihm Restbeträge zurückzuzahlen.»

Er steigerte sich richtig hinein, um den Unterschied zwischen einem Abiturienten und der Angestellten im Supermarkt zu verdeutlichen. Da wurde es mir wieder gesungen, das Hohelied vom Supergymnasiasten, der in weiten Lüften über den Ameisenkreaturen kreist, die ihre niederen Ameisenarbeiten verrichten. Helle Scheinwerfer bestrahlten die wertvollen Leistungen und ließen sie aufleuchten, die mattherzigen Jämmerlinge in ihrem dürftigen Werkeln blendete es nur. In aller Ausführlichkeit breitete der Studienrat der Chemie den Unterschied zwischen der Königin und den Drohnen aus. Es war das gleiche Lied, das verkürzt schon in den roten «bodenlos»-Flüchen des Mathelehrers mit dem Bluthochdruck am Schulaufgabenblattrand in der Vorstadt gestanden hatte. Genau davor war ich geflohen. So glaubte ich zumindest. Aber ich hatte mich nur ein wenig in den Gängen eines Irrgartens verlustiert und abgelenkt. Jetzt war ich herausgetreten und stand wieder an der gleichen Stelle, an der ich vorher gestanden hatte.

Ich war kurz davor, dem Lehrer zu sagen, dass ich keinerlei Absicht hege, mich von der Frau an der Kasse im Supermarkt größtmöglich zu unterscheiden, und dass er sich sein gottverdammtes Abitur sonst wohin schieben könne.

Die Schülerin neben mir kam dazwischen. Sie merkte meine Ansinnen und zwickte mich in den Oberschenkel. Ich fragte sie leise: «Was machst du? Was soll das?»

Sie flüsterte zurück: «Du hältst jetzt dein Maul. Egal, was du jetzt sagen möchtest. Du behältst es für dich. Der Typ da vorne zieht seine Show ab. Er genießt es. Lass ihm den Spaß. Darauf freut er sich schon lange.»

«Aber das ist ungeheuerlich, was der da erzählt. Was soll ich denn deiner Meinung nach sonst machen?»

«Du machst gar nichts und lässt ihn machen. Er erreicht gleich seinen Höhepunkt. Und nach der Stunde gehst du zu ihm und fragst, ob er dir noch eine Chance gibt.»

«Ich soll dieses Arschloch tatsächlich fragen, ob er mir eine Chance gibt?», flüsterte ich aufgebracht. Das Mädchen schloss die Augen und stöhnte.

Ich hielt mein Maul und ließ dem Studienrat seine Freude. Nachdem das Klingeln die Stunde beendet und die Mitschüler den Klassenraum verlassen hatten, ging ich vor zum Pult vor und fragte den Chemielehrer, ob ich noch eine Chance haben könne. Mit null Punkten in Chemie bräuchte ich zu den Abiturprüfungen gar nicht antreten. Mit null Punkten bekäme ich sowieso kein Abitur. Der Lehrer sortierte seine Schriften und Unterlagen und wies mich währenddessen noch einmal darauf hin, wie rudimentär und lückenhaft mein Wissen sei und dass es ihm sehr leidtäte, er aber wohl oder übel gezwungen sei, mir den einen Punkt nicht zu gewähren. Ich winselte wie ein kleiner Pinscher, der seinen Schwanz zwischen die Hinterbeine zwickt, weil ihm kalt ist. Das gefiel dem Oberstudienrat nicht schlecht. Er ließ sich herab, mit mir auf der Grundlage seiner unermesslichen Gnade eine besondere Prüfung zu vereinbaren.

Ich lernte ziemlich eifrig. Meine ganze Vorbereitung auf das Abitur bestand jetzt hauptsächlich darin, mich intensiv dieser besonderen Prüfung zu widmen. Ich löste ältere Abituraufgaben aus der Chemie. Wenn ich Mineralwasser sah, begann ich in Formeln und Reaktionen zu denken, die das Sprudeln erklärte. Das Feuer einer Zigarette war nichts anderes mehr als der Austausch von Atomen der beteiligten Elemente.

An einem Nachmittag erschien ich dann zu der persönlichen Prüfung meiner Bemühungen. Hinter dem Chemiesaal musste ich an einem Tisch am Fenster sitzen. Um mich standen in großen Vitrinen verschiedenste chemische Substanzen in braunen Flaschen. Der Chemielehrer legte ein Blatt mit Fragen vor mir auf den Tisch. Ich las die Fragen und fing an zu rechnen und zu schreiben.

Plötzlich stand der Lehrer hinter mir und betrachtete, über meine Schulter gelehnt, was ich gerade schrieb. Sein Atmen wurde schwer und laut. Er schüttelte den Kopf und machte ein Geräusch mit der Nase, das nach Zweifel und unangenehmer Überraschung klang. Er entfernte sich mit einem Klagelaut. Mit schwitzenden Fingern rechnete ich weiter. Er tauchte wieder auf und blickte auf das, was ich geschrieben hatte. Dann fing er an, mir zu erklären, dass ich gerade dabei wäre, unglaublichen Unsinn auf das Papier zu schreiben. So etwas habe er in seiner gesamten Laufbahn noch nie erblickt. Das alles entbehre jeglicher Vernunft und Sinnhaftigkeit. Ich wollte weiterschreiben, er unterbrach mich wieder und äußerte sein Bedauern über mein eklatantes Unwissen. Ich wusste in dem ganzen Hin und Her gar nichts mehr. Die Welt um mich wurde unscharf. Die chemischen Substanzen in ihren Flaschen drehten sich. Der Tisch wandelte seinen Aggregatzustand und schwabbelte plötzlich wie Sülze. Meine Arme hatten sich verlängert. Mein Schreibstift hatte sich in einen Regenwurm verwandelt, der zwischen meinen Fingern zappelte. Ich beteuerte, dass ich mich täglich mehrere Stunden auf diese Prüfungen vorbereitet hätte und dass ich imstande sei, Abituraufgaben der Chemie fehlerfrei zu lösen. Ich hätte mich in der letzten Zeit einzig und allein auf diese Prüfung vorbereitet, hätte nichts anderes mehr getan. Mein Denken und mein Leib seien durchdrungen von chemischen Gleichungen und Atommodellen.

Der Oberstudienrat drückte sein Bedauern aus. Hier liege offensichtlich eine Verkennung alles Tatsächlichen vor. Er müsse davon ausgehen, dass ich nicht im geringsten Bescheid wüsste über die minimalsten Anforderungen des Chemiegrundkurses der dreizehnten Jahrgangsstufe. Ich hatte mich entweder gar nicht vorbereitet oder das zwar getan, aber dabei überhaupt nichts verstanden, geschweige mich in die Lage versetzt, etwas davon korrekt wiedergeben zu können. Ich kroch vor ihm auf dem Boden und sagte noch dreimal alles, was ich vorher schon gesagt hatte. Auch er sagte noch dreimal, was er mir schon vorher gesagt hatte. Am Schluss bot er mir an, dass ich zu einer weiteren Prüfung erscheinen könne. Ich willigte ein wie ein Verurteilter, bei dem der elektrische Stuhl nicht funktioniert hatte, und lernte alles noch einmal.

Vor der nächsten Prüfung ging ich in die Kneipe unweit der Schule. Hier war ich schon oft gesessen und hatte mit Freunden gelacht und Geschichten erzählt. Hier saßen wir in den Freistunden, wenn die Englischlehrerin am Vorabend getanzt hatte. So etwas gab es in der Vorstadt auch nicht. Dort waren wir im Aufenthaltsraum, wenn eine Stunde ausfiel, und tranken Wasser vom Hahn. Aber das Lachen und die Geschichten waren jetzt ausgeleert wie volle Aschenbecher. Stumm und allein saß ich am Tresen, und die Musik klang wie das Rauschen einer Autobahn. Wortlos schüttete ich mit relativ hoher Geschwindigkeit drei Biere in mich hinein und zahlte dann für den Genuss, der keiner war. Dann wankte ich angesoffen und mit einer Fahne aus dem Mund zu meiner Prüfung in den Chemieraum.

Die Aufgaben, die der Chemielehrer mir jetzt hinlegte, waren lächerlich einfach. Ich hätte fünf Biere trinken können. Er gönnte mir die fehlerfreie Beantwortung. Der Studienrat hatte mich kleinlaut jaulen gesehen, und er hatte jede meiner Demutsgesten genossen. Er hatte mir eine Lehre erteilt und meine Arroganz bestraft. Dafür bekam ich den Punkt im Grundkurs Chemie.

MEINE Mutter hatte sich verwandelt. Schon immer hatte sie alle Teile der Familie wie Spielsteine nach ihren Regeln auf dem Feld hin und her gerückt. Jetzt war ein neuer Stein hinzugekommen, der ihr ganz und gar missfiel. Die Mutter sagte zu mir: «Du kannst heute Abend mein Auto haben, wenn du in die Stadt fahren und ins Kino gehen möchtest. Du kannst das Auto haben, wenn du deine Schwester besuchen möchtest. Du darfst mein Auto haben, wenn du mit einem Freund einfach nur herumfahren willst. Du bekommst mein Auto aber auf keinen Fall, wenn du beabsichtigst, diese unmögliche Katharina zu besuchen.»

Ich fuhr mit meinem Fahrrad im Wiesengrund neben dem Fluss von der Vorstadt zur Stadt, wo Katharina wohnte. Groß und weit war der Himmel über den Feldern und meinem Weg. Immer größer wurde der Abstand zu der brennenden Kleinstadt. Im Rücken fühlte ich noch die Flammen aus dem Mutterschlund. Angenehm wehte mir von vorne schon die Kühle der Großstadt ins Gesicht. Der Wind fuhr mir durch die Haare und blies mir das Gekeife der Mutter aus dem Kopf. Ihr Angebot mit dem Auto war eine von den harmlosen Varianten, die meine Mutter aufwandte, um die Verbindung zu dem ihr ungenehmen Mädchen zu unterbinden. Katharina war in ihren Augen eine Unperson, die dem Wohl ihres Vorstadtprinzen nur schaden würde. Der Mutterdrache breitete seine schwarzen Flügel aus und spuckte Feuer. Sie tat alles ihr zu Gebote Stehende, um die Liaison zu beenden, am liebsten ein für alle Mal. Sie schrie Katharina ins Gesicht, wenn diese mich in der Vorstadt besuchte. Spucketropfen schleuderte es dabei aus ihrem aufgerissenen Mund wie kleine Flammen. Katharina besuchte mich nicht mehr. Sie rief Katharinas Eltern an und brüllte in den Hörer, was für schädliche Auswirkungen die schlimme Tochter auf ihren gutherzigen Sohn hätte. Das Telefon war eine Waffe, mit der die Mutter rücksichtslos wütete. Sie rief sogar im Gymnasium in der Stadt an und verlangte, dass Maßnahmen ergriffen würden, damit der Weibsteufel endlich die Finger von mir ließe. Die Mutter unternahm alles, was in ihrer Macht stand, um zwei Menschen auseinanderzubringen.

Ich küsste Katharina in der Stadt. Es schmeckte wundervoll, und das Küssen wirkte sich so einmalig auf die Vorgänge im Hirn aus. Verpflichtungen und Kümmernisse lösten sich auf wie Tintenschrift auf Briefen, auf die es regnet. Ein Kuss war wie ein Buch, in dessen schöner Geschichte man sich noch befand, nachdem man schon lange ausgelesen hatte. Das Küssen war für mich eine sinnvolle und glücklich machende Tätigkeit. Es kostete nichts. Man brauchte kein Abitur und keine abgeschlossene Berufsausbildung dazu. Wenn sich zwei Personen gefunden hatten, denen die gemeinsamen Küsse schmeckten, konnte es ohne weitere Vorbereitungen sofort losgehen.

Katharina vertrat die Meinung, dass es nicht ginge, dass man nur sitzt und küsst und Musik dabei hört. Meiner Ansicht nach hätte man auch noch auf die Musik verzichten können. Meine Freundin meinte hingegen, man müsste auch in sonstiger Weise tätig werden, Küssen als Hauptanliegen der Existenz sei durchaus nicht ausreichend. Katharina versuchte, Zeitung zu lesen, aber nach einigen Sätzen langweilte es sie. Sie wurde müde, wenn sie die Zeitung las, dennoch müsse man sich einfach dazu zwingen, zu lesen und zu begreifen, erläuterte sie mit leidvoller Miene. Ich vertrat die Meinung, dass man die Zeitung nicht lesen müsse, wenn sie einen müde machte und wenn man nicht verstand, was man liest. Statt sich zu quälen, fand ich es gewinnbringender, sich mit Dingen auseinanderzusetzen, die einem Freude bereiteten, wie beispielsweise Küssen. Ich konnte mir gut vorstellen, die nächsten Jahre in der Hauptsache mit Küssen zu verbringen. Meiner Meinung nach hätten wir ab sofort und für immer zusammenbleiben können. Man betätigte sich tagsüber mit einer kleinen Arbeit, um sich Brot, Wurst und etwas zu trinken kaufen zu können. Nach der Arbeit beeilte man sich dann nach Hause, um sich ganz und gar dem Liebkosen zu widmen.

Vielleicht waren meine Visionen für die Frau aus der Stadt zu kurz gedacht und nicht tragfähig für die Zukunft. Möglich ist es auch, dass Katharina das Küssen als Hauptzweck einer Beziehung zu dürftig gewesen ist. Dem Zauber der ersten Liebe gingen plötzlich die Haare aus, und wir vermochten es so wenig zu begreifen wie die Vorgänge in einem Atomkraftwerk. Am Anfang waren Katharina und ich zwei unterschiedlich geladene Teilchen gewesen, die sich stark anzogen. Dann begann sich die Ladungsverteilung zu ändern. Plötzlich stießen wir uns ab. Unsere Münder berührten sich immer seltener. Wir redeten stattdessen manchmal so viel, dass ich fürchtete, meine beiden Ohren reichten für die unzähligen Wörter nicht aus. Die Gespräche wurden anstrengend. Manchmal fürchtete ich, dass ich schlagartig das Fahrradfahren verlernen könnte, wenn ich weiterreden würde, weil sich die Diskussionen derartig kompliziert entwickelten. Es kam so weit, dass wir schnell verschwanden, wenn einer von uns dem anderen nah sein wollte. Das ging hin und her. Wenn wir länger voneinander getrennt waren, näherten wir uns plötzlich sehr leidenschaftlich, und das Blut sauste uns in den Ohren. Wir liebten uns, um uns dann schnell wieder vom anderen zu entfernen. Das Hin-und-her-Gezerre war schmerzhaft. Irgendwann wussten wir selber nicht mehr, ob es schöner war, allein oder zusammen zu sein.

DIE Abiturprüfungen waren abgeschlossen. Mit Ach und Krach war ich über die schriftlichen und mündlichen Hürden gesprungen. Viele Lehrer hatten bei der Korrektur beide Augen zugedrückt. Wie durch ein gnädiges Wunder hatte ich es geschafft, dass mein gesellschaftlicher Status nun als ein höherer galt. Ich hätte jetzt gerne eine Blautanne gefällt oder ein Gymnasium angezündet. Vorgesehen war aber, das Erreichen der Hochschulreife auf andere Weise zu würdigen. Auf einer ausgelassenen Feier mit Musik und Kokolores am letzten Donnerstag des Schuljahres sollte denjenigen, die das Ziel der dreizehn Jahre erreicht hatten, die Bescheinigung darüber in einem jubelnden Festakt ausgehändigt werden. Meine Eltern wollten mich bei diesem herausragenden Moment meines bisherigen Lebens begleiten.

Als der Tag gekommen war, ging ich in den Keller meines Elternhauses hinunter. Meine Schritte klangen wie die eines Frosches. Ich war ein Frosch mit Abitur, dem sein Teich abgelassen worden war. Die Dunkelheit und die verstaubten alten Dinge machten keinen Eindruck mehr auf mich. Ohne eine Regung ging ich am Brenner der Heizung, an den Flaschen und Schränken vorbei. Ich holte mir, ohne lang hinzuschauen, zwei Weißweinflaschen aus dem Regal des Vaters. Wichtig war nur, dass hinter dem Korken Alkohol lagerte und dass dieser schnell und in großer Menge den Weg in meinen Hals finden konnte. Dann schritt ich die Kellertreppe hinauf, ging vorbei an der Tür, hinter der meine Oma einmal gelebt hatte, und weiter hoch vorbei an dem Bild der nähenden Mutter im ersten Stock, vorbei an dem Raum, in dem Frau Schiffer mich im Klavierspiel unterrichtet hatte. Ich ging in mein Zimmer, schloss die Tür, setzte mich auf das Bett und zog den Korken aus der ersten Flasche. Der Frosch goss sich ein Glas ein und trank es rasch aus, um inneres Austrocknen zu verhindern. Der Geschmack kümmerte mich so wenig wie das Preisschild auf einem Buch, das man klaut. Ich schenkte immer weiter ein, bis die erste Flasche leer war. Dann zog ich den Korken aus der zweiten Flasche und goss mir das Glas voll. Ich hatte die zweite Flasche fast geleert, als mein Vater ins Zimmer kam. Er wollte mich darauf hinweisen, dass wir gleich losfahren müssten, meine Abiturfeierlichkeit würde alsbald beginnen. Ich sagte irgendetwas, das sehr fragmentiert einen Zusammenhang zu den Lebensbedingungen von Fröschen herstellte. Mein Vater wunderte sich über meine seltsame Aussprache. Dann sah er die zwei Weinflaschen und wollte wissen, ob ich diese Flaschen aus dem Keller geholt habe. Ich bestätigte das. Der Vater war empört und wies hilflos darauf hin, dass der Wein nicht dazu da wäre, mitten am Tag ohne Verstand in sich hineingeschüttet zu werden, und dass ich ihm die beiden Flaschen vom eigenen Geld ersetzen müsse. Dann trat er aus dem Zimmer und sagte sehr laut zur Mutter, dass er nicht bereit wäre, diese Schmach zu ertragen und sich öffentlich vom eigenen Sohn lächerlich machen zu lassen. Denn der Sohn wäre nicht bei Trost und vollkommen betrunken. Die Mutter stampfte die Treppen in mein Zimmer hinauf und sah die Weinflaschen. Sie wollte von mir wissen, was mich veranlasst habe, derartig viel Wein zu trinken. Ohne eine Antwort abzuwarten, beklagte sie meine Rücksichtslosigkeit, mit der ich den armen Vater und sie so sehr quälen würde. Dann rannte sie hinaus. Auf der halben Treppe brüllte die Mutter zum Vater hinunter, dass der Sohn heute sein Abitur bekäme und dass es die Pflicht des leiblichen Vaters sei, diesem feierlichen Anlass beizuwohnen. Dann rumpelte sie noch einmal in mein Zimmer, um mir in großer Lautstärke irgendetwas mitzuteilen.

Unten stritten die Eltern noch ein wenig.

Ich hatte mich angezogen und schwankte auf dem Weg ins Auto. Dann fuhren wir zur Feier. Der Vater sagte auf der Fahrt mehrmals, dass ich aus dem Mund nach Alkohol stinken würde. Von weitem könne man das schon riechen. Die Mutter jammerte dazu, wie ich ihnen das nur antun konnte.

Als wir in der Stadt auf der Feier ankamen, sah ich als Erstes meine Freundin. Katharina trug ein Kleid, das aus Camouflage-Stoff geschneidert war. Wir sprachen kurz miteinander, ohne etwas zu sagen. Plötzlich war ich wieder nüchtern und hätte gern irgendetwas umgeschmissen. Verschiedene Eltern und Schüler standen herum und unterhielten sich. Manchmal wurde gelacht. Ich verstand nicht, warum gelacht wurde.

Man setzte sich, und der Direktor las nacheinander die Namen der Abiturienten vor. Die Abiturienten gingen vor zum Direktor, und der gab ihnen das Zeugnis. Die Stimmung war ausgelassen. Viele Schüler hatten sich zu Gruppen zusammengetan, um gemeinsam in einem anschließenden Urlaub das Erreichte und die Zukunft zu feiern.

Ich wollte nicht in den Urlaub fahren, um danach wieder zurückzukommen in den Teich ohne Wasser.

Ich wollte weggehen, ohne jemals zurückzukehren. Ich wollte nicht mehr und nie wieder in der Vorstadt leben. Zwei Monate später zog ich in eine Hafenstadt weit oben im Norden.